Lo mejor de la nueva NOVELA HISTÓRICA

LA BOCA DEL NILO

León Arsenal

PLANETA DeAGOSTINI®

Lo mejor de la nueva Novela Histórica

Director editorial: Virgilio Ortega

Edita y realiza: Centro Editor PDA, S.L.
Edición: Inés González Lázaro

Diseño cubierta: rombergdesign

Fotografía de la cubierta: Interior de la Tumba 24 del Valle de los Reyes, en Luxor.

Avda. Diagonal, 662-664. 08034 Barcelona
www.planetadeagostini.es

ISBN: 978-84-674-5332-4
ISBN obra completa: 978-84-674-5328-7
Depósito legal: B-5367-2007

Imprime: Mateu Cromo Artes Gráficas, S.A.
Pinto (Madrid)
Distribuye: Logista Publicaciones
C/ Trigo, 39 - Edificio 2
Pol. Ind. Polvoranca - 28914 Leganés (Madrid)
Printed in Spain - Impreso en España

Para Ana G. y su también largo periplo
en busca de las orillas del Nilo.

PROVINCIA DE EGIPTO
SYENE
I CATARATA
FILÉ
PRIMIS
GOLFO ARÁBICO
RÍO NILO
II CATARATA
III CATARATA
KAWA
IV CATARATA
NAPATA
V CATARATA
REINO DE MEROE
RÍO ASTABORAS
MEROE
VI CATARATA
RÍO ASTASOBAS
RÍO ASTOPUS
TERRA INCOGNITA
LOS PANTANOS
mapa creado por Manuel Calderón ©

SOBRE LAS LEGIONES ROMANAS

La unidad básica de la legión era la centuria, de ochenta hombres cada una. Se dividía en 10 contubernios de ocho soldados cada una, todos ellos ciudadanos romanos. Una cohorte la componían 6 centurias y la legión tipo de la Roma Clásica constaba de 9 cohortes normales, además de la Primera Cohorte, que tenía 5 centurias dobles. Contaba además con 120 jinetes. Eso daba una fuerza de 5240 hombres, suponiendo que todas las plazas estuviesen cubiertas, cosa que no ocurría prácticamente nunca. Como además había oficiales sin mando de tropa, especialistas y sirvientes del ejército, su número rondaba los seis mil integrantes.

Al frente de la legión estaba un legado y, justo tras él, un tribuno laticlavio y un *praefectus castrorum.* Luego había cinco tribunos angusticlavios, que asistían al legado. Laticlavio y angusticlavio hacían referencia a las túnicas que usaban los tribunos, orladas con una franja púrpura, ancha en el primer caso y más estrecha en el segundo. El *praefectus castrorum* era un militar de carrera, en tanto que legado y tribunos estaban de paso por las legiones; un escalón en el llamado *Cursus Honorum,* que había de recorrer aquel que quisiese hacer una carrera política. Legado y tribuno laticlavio pertenecían al rango senatorial, llamados a altos cargos, en tanto que los angusticlavios eran del orden ecuestre.

Cada centuria estaba al mando de un centurión, secundado por otros oficiales, como el optio o el *tesserarius* (ordenanza). La caballería no era una unidad propiamente dicha y estaba dividida en decurias, que realizaban tareas de exploración o avanzada. Había también oficiales sin mando de tropa, con tareas concretas en la administración de la legión, y los llamados *extraordinarii*, de libre designación para misiones específicas.

Hay que señalar que el caso de Egipto era especial. Esa provincia, granero del imperio, era considerada clave estratégica por los césares, hasta el punto de que las leyes prohibían a un miembro del rango senatorial pisar esa tierra. Por eso, el gobernador de la provincia pertenecía al rango ecuestre.

En el caso de las dos legiones estacionadas allí, por esa misma razón, no existía el cargo de legado, y el mando recaía sobre un *praefectus legionis* del orden ecuestre, auxiliado por un *praefectus castrorum.*

Las legiones estaban asistidas por auxiliares, tropas regulares reclutadas entre súbditos romanos sin ciudadanía. La infantería formaba cohortes, de 1000 o de 500 hombres; cada una con un *praefectus cohortis* a la cabeza y divididas en centurias, con sus centuriones, optios, signíferos y *tesserari.* La caballería se agrupaba en alas, al mando de un *praefectus alae.* Había también algunas tropas mixtas de caballería e infantería, llamadas *cohors equitates.*

Existían además, en algunas provincias fronterizas, fuerzas irregulares de bárbaros a sueldo de Roma. Se agrupaban la infantería en *numeri* y la caballería en *cunei* y, aunque estaban al mando de oficiales romanos, sus insignias, gritos de guerra y voces de mando eran las suyas autóctonas.

Si era necesario, se creaban destacamentos para misiones concretas. Se llamaban vexilaciones y con frecuencia eran una subdivisión temporal de una legión. Repetían a pequeña escala el esquema organizativo de las legiones y contaban con un estandarte propio, el *vexillum*. Una de esas unidades fue la que mandó Nerón a buscar las fuentes del Nilo, el año sexto de su reinado, el 813 a contar desde la fundación de Roma.

DRAMATIS PERSONAE

AFRICANO, CNEO AURELIO. Rico comerciante romano, voluntariamente exiliado en Asia Menor.

AGRÍCOLA, JUNIO. Mercader romano, uno de los que participó en la expedición a Nubia.

ANFÍGENES. Mestizo, habitante de Emporion.

AMANIKHATASHAN. Candace, reina consorte de Amanitmenide en el trono de Meroe.

AMANITMENIDE. Rey de Meroe en la época de la expedición al sur.

ARISTÓBULO ANTIPAX. Personaje que se convierte en una pequeña leyenda para los romanos enviados a Nubia.

AVIANO, CAYO JULIO. Legado militar al mando de una de las legiones de Asia Menor.

BASÍLIDES. Erudito griego de Alejandría, miembro del Museo de esa ciudad y designado por los rectores del mismo para acompañar, en calidad de geógrafo, a la expedición.

CRISANTO, QUINTO. Nuevo rico, hijo de libertos, que dirige la caravana que acompaña a los soldados romanos en su viaje hacia Meroe.

DEMETRIO. Mercenario griego de Egipto, compañero de fatigas de Agrícola en la expedición.

DIOMEDES. Aventurero griego alejandrino, uno de los dos jefes de Emporion.

EMILIANO, CLAUDIO. Pretoriano, enviado al frente de dos centurias de sus hombres a Egipto, por el propio Nerón, para dirigir la expedición a Nubia.

FLAMINIO. *Extraordinarius* romano al mando de uno de los *numeri* de mercenarios libios.

HESIOCO. Exiliado griego de Egipto que vive junto al Nilo, cerca ya de los grandes pantanos.

JANUARIO, GAGILIO. Tribuno menor, uno de los dos asignados a la *vexillatio* romana.

MARCELO, CAYO. Pretoriano, mano derecha de Emiliano.

MERYTHOT. Sacerdote ambulante egipcio que se gana la vida como adivino.

PAULO. Uno de los libertos de la corte que rodea a Nerón. Enviado por éste a acompañar a la expedición

QUIRINO, ANTONIO. *Extraordinarius* romano, uno de los dos asistentes personales de Tito.

SATMAI. Jefe de la escolta de la sacerdotisa Senseneb.

SELEUCO, SALVIO. *Extraordinarius* romano, amigo de Quirino y asistente, como él, de Tito.

SENSENEB. Sacerdotisa nubia de Isis. Enviada por sus reyes como embajadora, con la misión de acompañar a los expedicionarios romanos.

TITO FABIO TITO. Militar de carrera, nombrado por el prefecto de Egipto para el cargo de *praefectus castrorum* de la *vexillatio* enviada a Nubia.

VALERIO FÉLIX. Joven romano de buena familia, con veleidades de filósofo y cronista. Se une a los expedicionarios con la intención de dejar su viaje por escrito.

VESTINO. Prefecto de Egipto; gobernador de esa provincia en tiempos de la expedición.

PRÓLOGO

En un patio de Asia, lejos, muy lejos de Roma, Cneo Aurelio Africano celebra esta noche otro de sus famosos banquetes privados.

El recinto, muy amplio, está techado en parte con emparrados y, como estamos a finales del verano, el follaje casi oculta las vigas de madera y, sobre las cabezas de los comensales, cuelgan pámpanos verdes y racimos de uvas negras. Por todas partes arden antorchas, lámparas de aceite y flameros de llamaradas rugientes. El patio entero es un laberinto de luces, penumbras y sombras que se agitan y danzan alborotadas.

Hay largas mesas cubiertas de manteles blancos, fuentes doradas con montañas de comida, y jarras y ánforas rebosantes de bebida. El convite es un hervidero de gentes dispares, donde los funcionarios romanos y los personajes locales se codean con viajeros, filósofos de paso, vagabundos y buscavidas. Se recuestan sobre sillas y triclinios, hablan en una docena de idiomas y los ropajes no pueden ser más variados. Gracias a las costumbres relajadas de la época, es posible ver allí a asiáticos que usan la toga blanca al lado de romanos de pura cepa que sin embargo visten túnicas y mantos coloridos, al estilo oriental.

Los resplandores son amarillentos y la penumbra está llena de tintineos de copas, de resonar de cerámica, de conversaciones que saltan con naturalidad del griego al latín, y vice-

versa. Se ríe en voz alta, los músicos están tocando y las llamas arrancan destellos dorados a las pulseras, los collares y los tocados. La diversión está matizada por la prudencia, se siembra allí para futuros negocios y no pocos invitados ocultan puñales en las mangas. Los esclavos van y vienen, sudando, acarreando fuentes humeantes y cántaros. Hace calor y, como no corre ni un soplo de aire, el ambiente esta cargado de olores a asados, salsas, especias y perfumes. Y, sobre todos ellos, se impone ese otro aroma más pesado del incienso, que se quema en pebeteros de bronce con gran humareda. Hay esclavos vestidos a la oriental que agitan abanos de plumas de avestruz sobre las cabezas de los comensales, tratando de remover un poco esa atmósfera estancada.

Africano preside la cena desde su mesa, reclinado en su diván, indolente y distante. Hay pocas luces sobre esa mesa, pero tiene cerca un pebetero, de forma que el humo del incienso le envuelve y hace que los invitados le vean ahí, cerca y a la vez lejano, recostado entre el humo como un dios viejo en la penumbra de su templo. Es muy gordo y ya anciano, y sus rasgos tienen poco de nobleza. Pero su misma corpulencia le hace imponente y, como bien pueden dar fe muchos, cuando se ponen en pie en el senado local para hablar, envuelto en la toga, su voz y gestos impresionan a los oyentes con una fuerza que es casi palpable.

Ambicioso a la vez que prudente, o tal vez cobarde, hace ya muchos años que abandonó la turbulenta Roma, esa de los últimos césares de la familia Julia Claudia, para asentarse en las fronteras del imperio. Aquello fue en los tiempos de Calígula y, durante todos estos años, ha ido recibiendo noticias –con esa satisfacción sombría del que constata que ha elegido bien, a diferencia de otros– sobre la ejecución, el asesinato, el suicidio o el destierro de algún viejo conocido, miembros todos de familias pudientes y a menudo antiguos compañeros de los campos de Marte.

Se ha adaptado a la perfección a la vida en las provincias asiáticas. Ha amasado poder y riqueza durante décadas, lejos de las convulsiones de la metrópolis. Vive rodeado de clientes y aduladores, con un boato que nada tiene que envidiar al de un déspota del oriente helenístico. No pretende cargos políticos y tiene pánico al puñal y al veneno –él, de quien se dice que no es precisamente remiso a usarlo contra sus enemigos–; apenas sale de casa y si lo hace es rodeado de guardaespaldas y con una cota de cuero bajo el manto. Le dan mucho miedo también los hechizos, y por eso abundan las estatuas de dioses en su casa y los sacerdotes y magos en su mesa; y, si uno aguza el oído, puede oír cómo tintinean los amuletos debajo de la túnica.

Bebe el vino a sorbos lentos, en copa de oro; lo paladea mientras observa el festín al fulgor de los fuegos, con la expresión, entre cínica y cansada, del que ya lo ha visto todo. Pocos detalles escapan a su mirada y ni un invitado está aquí por casualidad, pues los convites son para él una herramienta más. Gasta mucho dinero en espías y confidentes y, aunque se puede decir que es casi un recluso, recibe noticias de todo y cuenta con agentes en lugares tan remotos como el Cáucaso, Arabia o el país de los partos.

Tiene fama de ser tan generoso con los amigos como implacable con los enemigos, y su mesa es como una corte oriental en miniatura, a la que puede acudir cualquiera que tenga algo que ofrecer. Le interesan sobre todo las flaquezas y los vicios humanos; y, como es más amigo de sobornos que de violencias, gasta el oro a manos llenas, sabiendo que habrá de multipli-

carlo por diez. Por eso sus banquetes son pródigos en carnes, pescado, legumbres, frutas y miel; corre el vino sin medida, y nunca faltan músicos, bailarines y acróbatas. Pero ahora va a ofrecer otro tipo de diversión a los invitados.

Alza la copa para que se la rellenen y, con la misma, hace un gesto al jefe de los esclavos, que levanta a su vez el báculo. Los sirvientes hacen correr la voz de que va a haber una lucha de gladiadores y las conversaciones se apagan casi como por ensalmo. Unos se levantan sobre el codo para ver mejor, otros se vuelven. Los esclavos hacen entrar en el patio a dos mujeres armadas. El anfitrión va a brindar una lucha, sí; pero no una de las clásicas de reciarios, mirmidones o tracios, sino una de esas otras, tan fantasiosas como sangrientas, que tan en boga están en estos días por todo el imperio.

Esas dos mujeres son jóvenes y flexibles, propiedad de un lanista local, que las tiene tan entrenadas y en forma como a cualquier gladiador regular. Se cubren con piezas de armadura –hombreras, brazales, grebas–, grandes y recargadas; y, allí donde no van protegidas, la piel desnuda reluce con el aceite. Una de ellas porta una máscara dorada y muchos de los presentes la conocen ya por otros duelos, en fiestas o en la arena. Dicen que esa careta metálica, hermosa y fría, esconde un rostro una vez bello y ahora deformado por una gran cuchillada.

Las mantienen separadas unos pasos mientras el jefe de esclavos –un griego de Asia, viejo, barbudo y tan pomposo como un retórico ateniense– proclama en voz alta las virtudes de ambas con las armas. Luego hace una pausa dramática y, a una nueva señal del amo, les entregan cuchillos desenvainados y todos se apartan. Son puñales largos y de hoja ancha, con punta pero sin filos, y guardas circulares como las de las gladios del circo.

El mayordomo bate palmas, y ellas se acercan y comienzan a dar vueltas muy despacio, una alrededor de la otra, cautas, algo inclinadas y con las hojas tendidas. Se tiran ya alguna puñalada de tanteo. Las han entrenado bien: son prudentes, conocen ese juego mortal y no arriesgan en vano. A cada movimiento, las llamas relucen sobre las armaduras, los aceros desnudos, los cuerpos aceitados. Los presentes contemplan el combate embebidos, más cerca de una lucha de lo que nunca estarán en el circo, y el silencio es completo, fuera del susurro de telas cuando alguien cambia de posición, y un rumor de oleaje que es la suma de las respiraciones yendo y viniendo como el mar.

Ambas se protegen la mano y el antebrazo izquierdo con pesados guanteletes de cuero y metal; lo que, unido a los puñales sin filo y de anchas guardas, evita que el espectáculo acabe demasiado pronto. Y, para impedir que resulte poco vistoso por falta de entusiasmo, allí está un empleado del lanista, látigo en mano.

Pero no tiene que hacerlo chasquear ni una sola vez.

Entre las luces y sombras del patio, las dos gladiadoras se tiran puñaladas llenas de mala intención que buscan el vientre, el muslo o cualquier otra parte vulnerable. Desvían los golpes enemigos a manotazos o hurtan el cuerpo, y hay veces en que los hierros se encuentran, resonando, entre una lluvia de chispas azules.

No dejan los pies quietos un instante y buscan cualquier resquicio en la defensa enemiga. Dan vueltas en silencio, entre los pequeños sonidos del público: tintineos, suspiros, crujir de telas, murmullos, un respingo. Algunas moscas zumban a su alrededor. Respiran ya entre dientes; el sudor forma regueros lustrosos, que bajan centelleando al resplandor de las llamas, y los espectadores más cercanos pueden oler ese aroma tan pecu-

liar que es el del sudor fresco mezclado con el más cálido del aceite.

Cambian de táctica, como de común acuerdo. Se agazapan, de repente quietas, y se acechan, las manos izquierdas adelantadas en defensa y los puñales dispuestos atrás, junto al costado, como víboras a punto de saltar. Al titilar de las luces, la máscara dorada reluce como el sol, y más de uno se pregunta si no estará hecha de oro puro. El sudor hace brillar el rostro desnudo de su enemiga, que es de piel negra y ojos brillantes, y a la que el mayordomo ha presentado como nubia. Se quedan así inmóviles durante unos instantes muy largos, y luego saltan como resortes. Ahora sí que hay un cruce muy rápido de puñaladas que hace que los presentes prorrumpan en gritos y jaleos, y no pocos se ponen en pie de un salto.

Cuando se separan, las dos están heridas. La Máscara ha recibido un pinchazo en el brazo izquierdo y la nubia dos, uno en muslo y otro en el costado. Cualquiera puede ver que no son más que puntadas, pero los hilos rojos que se deslizan perezosos sobre los cuerpos lustrosos encienden la sed de sangre de los espectadores, y el barullo se convierte en un rugido ensordecedor.

Vuelven a atacarse, azuzadas por el griterío, y en esta ocasión la hoja de la Máscara –tan veloz que muy pocos llegan a ver de verdad cómo golpea– rebasa la guardia enemiga y se hunde hasta la empuñadura en el vientre liso de la otra. Ahora sí que salta la sangre a chorro y la nubia recula dando traspiés, el puñal aún adelantado, pero con el paso vacilante, el rostro reluciendo de aceite y sudor. Hace por palparse con dedos acorazados la herida. Le flaquean las piernas y cae primero de rodillas y luego a cuatro patas, como si estuviera demasiado cansada para seguir en pie. Los espectadores aúllan como fieras y algunos agitan el pulgar hacia abajo, igual que si estuviesen en las gradas y ellas en la arena.

Africano alza una mano con gesto imperioso, para detener todo eso. Pero la Máscara está enervada por los gritos, la lucha y la sangre, y o no le ve o no le hace caso. Se lanza sobre su oponente, que sigue a cuatro patas, resollando con dificultad. Da la vuelta al cuchillo y lo alza para apuntillarla, pero el empleado del lanista le estorba el golpe de un latigazo. El cuero se enrosca chasqueando sobre el antebrazo y, antes de que nadie pueda parpadear, ya se le echan encima varios esclavos de la casa.

Tienen que reducirla entre muchos; quitarle el arma de la mano y apartarla a la fuerza de la vencida. La Máscara, que ya de por sí es fuerte y con nervio, parece ahora poseída por una furia de menade: se debate como una fiera y, bajo esa careta hermosa e impasible, chilla de rabia. Se retuerce y suelta patadas. Los esclavos buscan con los ojos al amo; pero éste zanja el asunto con un ademán hastiado. La sacan entre cuatro en volandas, aún peleando, y otros se llevan a la herida, que gimotea y va dejando, sobre la tierra parda del patio, un rastro de grandes goterones rojos.

El espectáculo de gladiadores ha acabado. Vuelven los músicos, mientras los sirvientes sacan bandejas de aves asadas, cubiertas de miel y frutos secos, así como más vino, y los invitados vuelven a sus lechos. Se reanudan las conversaciones, y los hay que se entretienen un rato discutiendo los lances del duelo. Africano caza al vuelo algunas palabras y el tono de ciertos comentarios hace que, entre los contraluces y el humo de incienso, deje escapar una sonrisa leve y de poco humor.

Es una mueca muy suya que no pasa inadvertida al viejo Mario, que está reclinado en un lecho, no lejos del amo de la casa.

–Me temo, Cneo Aurelio, que la función ha podido decepcionar a tus invitados –le suelta, como quien no quiere la cosa, mientras se lleva la copa a los labios delgados.

–¿Cómo? ¿Defraudar a mis invitados? –sonríe Africano con igual sorna.

–Por lo menos a algunos.

–Los dioses me libren de tal descortesía –habla de forma teatral, ya que conoce de sobra la lengua de serpiente del viejo Mario–. ¿En qué he podido faltar a la hospitalidad? ¿Acaso ha sido un mal duelo?

–En absoluto. De hecho, yo diría que ha sido excelente.

–¿Entonces, cuál es la queja?

–La conclusión del mismo, Cneo Aurelio. No debieras haber escatimado la diversión final a tus invitados.

–¿A qué llamas tú la diversión final?

–A la muerte del vencido, por supuesto.

–¡Bah! –agita una mano de dedos gordos, cargada de anillos gruesos.

Pero el viejo Mario es como un perro de presa y cuesta hacerle soltar, una vez que ha mordido.

–Los hay que, cuando dan un combate de gladiadores, ajustan dos precios con el lanista; uno para el caso de que haya muertos y otro, más bajo, para el caso de que no. Es una forma de ahorrar, claro –afirma con malicia pomposa–. Pero me cuesta creer que tal pueda ser tu caso, Cneo Aurelio.

El aludido le dedica una sonrisa truculenta, al tiempo que le observa por encima de su gran copa de oro.

Mario Donato es un romano flaco y aviejado, con unos rasgos ruines que en su caso sí que son espejo de lo que es: un ayudante de procurador, corrupto y con los dedos demasiado largos, aun comparándolo con la gente de su clase. Es también uno de los parásitos de Africano, uno de esos caprichos inexplicables suyos, más propios de un reyezuelo oriental que de un caballero romano. Le sienta desde hace muchos años en su mesa, y le tolera insolencias como a ningún otro, sin que nadie, quizá ni siquiera él mismo, sepa muy bien por qué lo hace.

–Y tienes razón, Lucio Mario. No es mi caso –responde al final con pachorra–. No soy ningún manirroto, pero tampoco escatimo donde no se debe. Bien lo sabes tú. Al lanista se le ha pagado para que diera el mejor espectáculo: una lucha de verdad, a sangre y sin trampas. No ha habido muerte, pero bien pudo haberla habido, si la puñalada hubiera sido en el cuello, en vez de en el vientre.

–Pero no has dejado que la rematase.

–Tengo por costumbre perdonar al vencido. Me has visto hacerlo muchas veces, así que no sé de qué te extrañas.

–No me extraña; tan sólo me pregunto por qué lo haces. La muerte del vencido es el colofón lógico a un buen combate de gladiadores. No entiendo por qué te empeñas en privar a tus invitados de ese placer.

Los vecinos de mesas asisten mudos e interesados a ese duelo verbal entre el viejo canalla y su anfitrión. Este último, siempre reposado, tiende su copa de oro. Un esclavo se la rellena de su ánfora particular. No es que Africano sea descortés y beba un vino distinto y mejor que el de sus invitados, es que tiene esa costumbre por miedo a los venenos.

–La gente pide sangre con mucha ligereza. Matar por matar a un gladiador derrotado en buen combate es un despilfarro. Peor: es un error terrible que perjudica a los juegos. La lucha de gladiadores es muchas veces un duelo entre rivales que no están, necesariamente, a la misma altura en cuanto a las armas que usan o la habilidad con las que las esgrimen. Cuan-

to más veteranos son los gladiadores, más vistosos son los combates. Por tanto, matar a un buen luchador es una merma para el espectáculo. Sólo hay que rematar a los débiles, los torpes y los cobardes.

Bebe con parsimonia, porque es de esos a los que les gusta paladear el vino. Se seca los labios con la servilleta y mira dentro de su copa, al vino tinto que reluce entre los brillos del oro. El viejo Mario ha devuelto su atención al plato, al parecer sin muchas ganas de seguir con el tema, y los demás comensales han perdido ya el interés. Pero Africano, de soslayo, llega a ver cómo uno de estos últimos menea distraído la cabeza, como si desaprobase en su fuero interno esas palabras.

Se trata de un mercader de paso. Se llama Agrícola y es romano de Roma. Un hombre de pelo entrecano, de corta estatura, fuerte y poco agraciado, con el aplomo de los que se las han visto en muchas y han conseguido salir de todas. No se encuentra en ese banquete por azar –nadie lo está–, y Africano aprovecha la oportunidad de dirigirle la palabra.

–Creo, señor, que no estás muy de acuerdo conmigo... –sonríe como un ídolo, envuelto en las espirales azules del incienso.

Agrícola levanta los ojos de su copa, cogido por sorpresa, porque estaba ya perdido en sus propios pensamientos. Pero casi en el acto sonríe a su vez, y menea despacio la cabeza.

–No deseo ser descortés, Cneo Aurelio.

–Opinar no es descortesía.

–Entonces he de decirte que no, no estoy de acuerdo contigo. Aunque comparto las razones que has dado para perdonar la vida a los gladiadores. –Tiene la boca grande, de labios gruesos, y una mueca perenne que parece de hastío, de desencanto ante la vida o quizá de ambas cosas a la vez–. Pero son muy pocos los que van al circo a presenciar una buena exhibi-

ción de esgrima. La multitud va a ver cómo mueren los hombres en la arena.

Africano ladea la cabeza, aunque ya ha oído otras veces tal argumento.

–Una opinión, para ser digna de consideración, ha de apoyarse en algo.

–La mía se apoya en las observaciones de los filósofos, que van a los juegos a estudiar a los hombres, de la misma forma que éstos lo hacen para disfrutar del espectáculo. Y muchos de ellos han llegado a la conclusión de que lo que llena los circos es el deseo de ver sangre y muerte, y no buenos combates.

–Pero donde esté un buen duelo... –objeta alguien; un tribuno de paso, rumbo a una guarnición de frontera.

–No digo que la esgrima no tenga importancia, lo mismo que cada tipo de gladiador tiene sus seguidores. Pero todo eso es secundario para la multitud. El combate no es más que un preludio de lo que de verdad importa en la arena: la muerte del vencido.

–No siempre acaba así la cosa.

–Por supuesto. En los pulgares de la masa está el destino del derrotado: es ser un dios durante un instante, dispensar la vida o la muerte a capricho.

–Curioso pensamiento, digno de recordarse –murmura Africano, con cierta simpatía.

–Pero los mejores gladiadores alcanzan fama y honores –insiste el tribuno–. Todo el mundo les conoce, les aplauden y son unos héroes para la plebe.

–Y no sólo para la plebe –apostilla Agrícola con una mueca, arrancando risas en sordina, porque las aventuras de gladiadores en alcobas de clase alta son un lugar común–. Dicen que toda gloria es efímera, pero la de un reciario o un mirmi-

dón es la más fugaz de todas. ¿Quién se acuerda de ellos cuando mueren o les entregan la espada de madera y se retiran? En unos días, todos les han olvidado y suerte tendrán si al final les cubre una lápida, pagada por sus amigos. Pero en cambio, sí se recuerdan ciertos juegos. ¿Y por qué se recuerdan? ¿Por la calidad de las luchas? No. Los que quedan en la memoria de la gente lo hacen por la multitud de gladiadores empleados en ellos.

–Es cierto –asiente Africano–. Y aun esos juegos y quienes los organizaron se van olvidando poco a poco, según pasan los años.

–Todo pasa –cabecea Agrícola, que es de los que se ponen filosóficos con el vino, como otros fanfarrones o alegres–. Ya te lo he dicho antes, y es una frase de los sabios, y no mía: toda gloria es efímera.

–La gloria es efímera; sí –el anfitrión vuelve a sonreír como un ídolo–. Y a veces ni eso se alcanza, aun habiendo hecho méritos de sobra para lograrla.

–Cierto. Es la Fortuna la que reparte la gloria.

–O la niega.

–Así es.

Africano se lleva la copa a los labios, y aprovecha el giro de la conversación para introducir el tema que le interesa.

–Como en el caso, supongo, de aquella embajada que envió el césar Nerón al sur de Egipto, en demanda de las fuentes del río Nilo.

Agrícola alza la vista, la copa detenida a media altura, y le mira de veras sorprendido. Un recuerdo, como una lucecita muy lejana, se enciende en el fondo de sus ojos; porque hace ya mucho de eso y no suele pensar en ello. Los que están más cerca les miran con un nuevo interés, porque tanto la expresión del anfitrión como la de su invitado dan a entender que ahí hay toda una historia que escuchar. Casi nadie ha oído nada de esa expedición, aunque alguno ha leído la breve alusión que hace a la misma el filósofo Séneca en uno de sus tratados.

Pero el anfitrión está hablando de nuevo, con falsa indolencia.

–He oído hablar más de una vez de esa aventura, menciones sueltas aquí y allá, pero hay poco escrito sobre la misma y tengo entendido que no se concedieron grandes honores a quienes participaron en ella. Y, sin embargo, parece ser que llegaron más al sur que ningún romano o griego antes que ellos, y los hay que dicen que incluso alcanzaron las fuentes del río.

Africano hace una pausa, quizás en espera de respuesta, pero Agrícola se limita a cabecear de nuevo en silencio, con sonrisa nostálgica.

–Tengo entendido también, Junio Agrícola, que tú mismo estuviste en persona en aquella empresa.

La sonrisa del mercader se hace más ancha, igual de desencantada que todas las suyas.

–Y así fue. Yo fui al lejano sur con esa expedición. Pero hace ya años de eso...

–¿Y qué hay de cierto en lo poco que cuentan los libros?

–Si te soy sincero, no lo sé.

–¿No?

–Nunca me he molestado en leerlos ni en preguntar qué se dice en ellos. ¿Para qué? –vuelve a sonreír–. ¿Qué pueden contarme hombres que hablan de oídas a mí, que estuve allí en persona?

Africano rompe a reír.

–Tienes razón.

Agrícola se acomoda un poco más en su diván, consciente de la atención con que le escuchan.

–Bueno. En primer lugar, no es del todo cierto que Nerón mandase una expedición en busca de las fuentes del Nilo.

Bebe.

–Lo que el emperador hizo fue, en realidad, enviar una embajada al reino de Meroe, al sur de Egipto. Y los embajadores recibieron, eso sí, el encargo adicional de alcanzar el lejano sur, del que habla el griego Herodoto, y descubrir el origen del padre Nilo, para mayor gloria de Roma.

–Vaya –Africano asiente pensativo–. ¿Y puedo preguntarte qué te llevó a ti a unirte a esa aventura?

–Hubo quienes, en Egipto, vieron en aquella embajada una buena oportunidad de abrir los mercados del sur. Yo fui como agente de ciertas casas comerciales de Alejandría que deseaban informes de primera mano sobre rutas y productos.

–Eso no lo entiendo. Se sabe de sobra qué puede ofrecer Meroe. Los egipcios han comerciado con esas tierras desde siempre, los griegos desde hace siglos y nosotros desde hace décadas.

–Sí. Pero esos mercados han sido siempre coto cerrado. Unos pocos controlan las caravanas y el trasiego de productos, y mis patronos buscaban la forma de romper el monopolio de esos intermediarios.

–Ah... –Africano se queda pensando, antes de sonreír–. Bueno, por una vez me interesan más la aventura geográfica que los entresijos del comercio.

–En este caso, van unidas.

–Me gustaría conocer la historia.

–Es muy larga, señor.

–Tenemos tiempo por delante –replica el anfitrión con amabilidad.

–¿Deseas oír la historia del viaje a Meroe y al país del Sur?

–Sí quisiera, si tú no tienes inconveniente.

–Por supuesto que no.

–En tal caso... –deja la frase en suspenso y hace un ademán, invitándole a hablar.

Agrícola asiente muy despacio. Se queda en silencio unos instantes, contempla el interior de su copa y luego parece que los ojos dejan de ver a su anfitrión, para mirar mucho más lejos. Es la mirada perdida del que recuerda otros tiempos y lugares. Y Africano –que, a pesar de su nombre, nunca ha pisado África, y nunca lo hará– imagina que su invitado ha vuelto con la memoria a días lejanos, a las riberas cubiertas de papiros de un río que es un dios. Un río ancho, tranquilo, rumoroso, muy azul y lleno de destellos del sol...

FILÉ

Un poco por encima de la catarata está *Philae*, un asentamiento común para egipcios y etíopes, la cual está construida como Elefantina y tiene unas proporciones similares; también tiene templos egipcios.

Estrabón, *Geografía*, XVII, 49

CAPÍTULO I

Pero las pocas veces que Agrícola, por uno u otro motivo, dejaba caer los párpados y volvía con la imaginación a los lejanos días de la embajada a Nubia y la expedición en demanda de las fuentes del Nilo, no recordaba nunca el azul de las aguas ni el verdor de las riberas, y sí rocas calcinadas, arenas, calor y una luz ardiente que cegaba a todos los que se exponían demasiado a su resplandor. Porque, para él, aquella aventura no había comenzado en Roma, donde se fraguó, ni en Alejandría, donde oyó hablar por primera vez de ella, sino en los yermos situados al este del gran río, a lo largo de las rutas de caravanas que llevan a las minas de oro y al puerto de Berenice Pancrisia, en el mar Rojo.

En aquellas estepas, lejos de Syene, junto a unos pozos y casi en mitad de la nada, fue donde instalaron los romanos el campamento de reunión. Y Agrícola, cuando pensaba en los días anteriores a la partida, no podía recordar más que jornadas interminables de polvo y sed. Un viento abrasador que arrastraba torbellinos de polvo. La ruta de caravanas que serpenteaba de horizonte a horizonte, entre peñas, matorrales y arenas. El aire caliente que hacía temblar las imágenes más lejanas.

Los legionarios se entrenaban a primeras horas de la mañana y a últimas de la tarde. Tiraban jabalinas y piedras, y se batían con espadas de palo, mientras los arqueros afinaban la puntería y los jinetes galopaban entre nubes de polvo. Los buitres giraban en el cielo. Los vigías, en lo alto de las peñas, se recortaban contra el azul.

El prefecto Tito iba de un lado a otro, con su túnica de color blanco, la espada ceñida al cinto, observando cómo maniobraban las centurias y tomando nota de las habilidades en tiro y esgrima de cada hombre. En las horas de más calor, los soldados le veían a la sombra de un toldo, sentado con sus ayudantes, bebiendo vino aguado mientras resolvían los problemas de intendencia.

Había sido Tito quien había elegido aquel emplazamiento y él mismo había sido el primero en llegar allí, a la cabeza de cuatrocientos auxiliares, sacados de las tres cohortes estacionadas en Syene. Los soldados habían levantado el campamento en un abrir y cerrar de ojos, y algunos nómadas pudieron observar, entre curiosos y asombrados, a aquella multitud de soldados que se afanaban como hormigas, abriendo fosos y plantando estacas. En los días siguientes habían ido llegando más tropas, personal civil, abastos. Y el campo romano había ido creciendo, siempre en orden, siempre cuadrado, con las tiendas alineadas y protegido por fosos, terraplenes y estacadas.

Cerca había un segundo campamento, más pequeño y caótico, y, pegado a él, un redil provisional lleno de animales. Aquel era el de la caravana que, cargada de productos, iba a acompañar a la embajada durante toda la primera parte del viaje, hasta llegar a Meroe, capital del reino nubio del mismo nombre. Allí se albergaban mercaderes, caravaneros, guardias y, por supuesto, la inevitable patulea de cantineros, putas, adivinos y tahúres que suelen seguir a los soldados allá a donde van.

Cuando hubieron llegado el último destacamento y la última carga de provisiones, ya no quedó sino esperar al enviado de los reyes nubios, que debía acompañarles en el largo viaje Nilo arriba. Y, mientras aparecía, poco había que hacer, aparte de engrasar arreos, afilar hierros, sestear o gastar el dinero en timbas, vino y prostitutas. La única diversión en aquella sucesión de días secos y monótonos estaba en las frecuentes disputas entre los dos comandantes romanos: Claudio Emiliano, tribuno mayor nombrado por el propio césar Nerón, y Tito Fabio, *praefectus castrorum* designado por el gobernador de Egipto.

Podrían darse muchas razones que explicasen la enemistad entre aquellos dos; desde las dificultades que presentaba una expedición así, hasta la escasez de medios con los que contaba aquella en concreto. Pero mucho tiempo después, sincerado por el vino, Agrícola le daría a Africano la mejor de las razones: rivalidad, pura y simple. A los dos les gustaba el mando y les repugnaba compartirlo. Se sentían celosos de sus atribuciones y, como estas se solapaban a menudo, las chispas saltaban cada dos por tres.

La antipatía personal también desempeñó su papel, es cierto, pero las razones de la misma había que buscarlas en lo distintos que eran el uno del otro, y no en disputas por el mando. Y, a juicio de Agrícola, también había ahí un poco de envidia recíproca, dado que cada uno echaba de menos algo que el otro tenía.

Emiliano, que aún no contaba treinta años cuando fue nombrado tribuno militar de esa expedición, era de familia ecuestre, urbano de pura cepa, y llevaba la política en la sangre. Instruido, despierto y lleno de ambiciones, se hallaba en esa frontera lejana por orden del emperador y muy contra su voluntad. Era de estatura media, tan bien formado como una estatua griega, con un rostro de belleza romana, de cabellos rubios y unos ojos azules que cambiaban de tono como las mareas del mar. Pretoriano típico, mostraba hacia las provincias y sus asuntos cierta condescendencia que le había llevado a más de un enfrentamiento con el prefecto.

Porque éste no podía ser más distinto a él. Romano de Asia, no era más que un oscuro oficial de las legiones, y había hecho toda su carrera en las fronteras de Egipto; al mando de legionarios, de auxiliares o incluso de mercenarios indígenas. Era un poco más alto que Emiliano, membrudo y fuerte, de rasgos marcados y pelo negro algo ensortijado. Era también más viejo, de unos cuarenta años, y apuesto a su manera, con una sonrisa que, cuando la mostraba de repente, en su rostro requemado por los soles etíopes, resultaba deslumbrante y podía ser, cuando él quería, de lo más cautivadora.

No pasaba día sin que tuvieran algún roce, por los motivos más diversos, y era frecuente que disputasen en público, delante de todo el mundo. Los soldados comentaban luego todo aquello bajo los toldos de los cantineros, al atardecer, mientras bebían vino barato, unos riendo y otros con cierto disgusto.

Una de las peleas más sonadas tuvo lugar a pleno sol y delante de no pocos legionarios, a causa del número de esclavos que podía llevar cada soldado. Consciente de que estaban ante testigos, el prefecto Tito trató por una vez de contemporizar, y quiso hacer entender al tribuno que el agua y las provisiones iban a ser algo precioso en ciertos tramos del viaje.

Sin embargo, Emiliano se empecinó: insistía en que sus pretorianos estaban acostumbrados a ser bien atendidos, y que no comprendía por qué los romanos tenían que cambiar sus costumbres por el solo hecho de viajar por tierras bárbaras. Al final, Tito, que tenía mal genio, así como la mala costumbre de beber vino puro y a deshora, se olvidó de la cortesía y le replicó con aspereza que no dudaba que los pretorianos fuesen los mejores soldados del mundo; pero que él, con franqueza, casi prefería para la expedición a los mercenarios libios, que quizá no eran tan disciplinados, pero al menos eran capaces de vestirse por sí solos.

Tal respuesta fue muy comentada, y el incidente, al igual que la rivalidad entre los dos jefes, no era más que un reflejo de lo que se vivía en el campo romano. Además de por auxiliares y mercenarios, las tropas estaban formadas por pretorianos llegados de Roma y legionarios de las guarniciones locales. Los primeros se consideraban la élite de Roma, los mejores entre los mejores, y, por supuesto, muy por encima de los simples soldados provinciales. Éstos, a su vez, llevaban muy mal la arrogancia y los desaires de aquéllos, por lo que el ambiente estaba bastante enrarecido.

La tensión era algo tan palpable como el polvo, el calor o el tedio de la espera. Pretorianos y legionarios evitaban mezclarse e incluso acudían a distintos cantineros y prostitutas. Se habían producido bastantes altercados y, aunque esas faltas a la disciplina no quedaban sin castigo, lo cierto era que a los dos comandantes no les disgustaba tanto esa rivalidad. Era raro ver salir a alguien solo, y no precisamente por miedo a los bandidos. Parecía una simple cuestión de tiempo el que se desatase alguna pelea a puñaladas, en vez de a palos o puñetazos. Por eso, los más prudentes, además de los más inquietos, suspiraron de alivio cuando se supo que, por fin, se acercaba el emisario nubio.

Fue como si un golpe de viento barriese el campamento. Aventó la pereza agresiva, la desidia, y los humores se aplacaron al saber que por fin iban a dejar aquel lugar perdido y polvoriento. Los soldados aprestaban los equipos, los intendentes los abastos, e incluso Tito y Emiliano dejaron de lado su antipatía para decidir los últimos detalles de la marcha, así como el recibimiento que habían de dispensar al nubio.

El día de la llegada del enviado de Meroe, la gente salió en masa del campamento de los mercaderes para situarse en una colina larga y baja, cercana a los pozos y justo al lado de la senda por la que tenía que llegar la comitiva nubia. Mercaderes, guardias, prostitutas, jugadores, cantineros, agoreros y demás gentes se mezclaban en la ladera abrasada por el sol. Allí estaba un Junio Agrícola más joven, con más pelo y bastantes menos canas, aunque ya con aquel rictus que le daba una expresión de hastío burlón. El calor era terrible y no corría soplo de aire. El aire colgaba como un velo, el sol llameaba en un cielo azul pálido y sin nubes, los buitres daban vueltas en lo alto y las moscas zumbaban hostigosas.

Agrícola, como muchos de los allí presentes, se había echado un pliegue del manto blanco por encima de la cabeza, para resguardase del sol, y los había que incluso se embozaban, tratando de no respirar tanto polvo.

Las tropas estaban formadas delante de su campamento para recibir a los nubios, en un orden perfecto. Sus comandantes las habían situado como si fueran una pequeña legión, quizá para impresionar a los visitantes. Y desde luego que eran un espectáculo de veras vistoso, y más aún en medio de aquellos desiertos –o así lo recordaba al menos Agrícola, luego de todos esos años–, con los legionarios agrupados en centurias, detrás de sus enseñas y jefes.

En primer lugar y a la derecha estaban las dos centurias de pretorianos, de diez en fondo, imponentes con sus armaduras barrocas y bruñidas, los cascos de grandes cimeras y las capas rojas que parecían llamear entre los grises y marrones de la estepa. Les seguían por la izquierda las dos centurias de legionarios de Egipto; infantería ligera de cotas de malla y equipos mucho más modestos y baqueteados. Luego los auxiliares equipados a la legionaria, con túnicas verdes y escudos oblongos en vez de rectangulares. Por último cuatro *numeri* de mercenarios libios armados a la libera, que habían sido reclutados ex profeso para la expedición. Y aún más allá de todos esos contingentes estaban los arqueros sirios, con sus túnicas verdes y sus cascos cónicos, y un centenar de jinetes hispanos. En total, más de un millar de soldados.

A los oficiales se les distinguía aún de lejos por las cimeras de los cascos, así como porque llevaban las espadas ceñidas a la cadera izquierda y no a la derecha. Los que tenían mando directo se situaban a la derecha de sus unidades, y por delante de éstas se hallaban los ordenanzas, trompeteros, signíferos con sus pieles de leopardo sobre cabeza y espalda. Y, por delante de todos ellos, se habían situado Tito y Emiliano, acompañados tan sólo por el portaestandarte de la expedición.

Claudio Emiliano se había vestido sus mejores galas pretorianas y no con la túnica de tribuno, como era de esperar. Agrícola, cuando entornaba los ojos para volver a aquel día lejano de luz cegadora, calor y polvaredas, no podía sino verle una vez más allí parado, hermoso como un dios, con sus maneras de senador. La armadura de piezas labradas que brillaba a cada gesto, las *faleras* que centelleaban sobre la coraza, el casco de cimera y la capa roja como la sangre que llevaba, al descuido, recogida en el pliegue del codo.

Tito, a su lado, daba una imagen bien distinta. Los arreos de un oficial de fronteras no podían siquiera soñar con competir con los de un pretoriano, y menos si éste era de alto rango. Emiliano, consciente de ello, había querido sacarle partido y ganar notoriedad a ojos del enviado nubio. Pero al viejo zorro del prefecto ni se le había pasado por la cabeza luchar en un terreno donde lo tenía perdido todo de antemano. Así que por eso, aquella mañana llena de polvo y luz, los espectadores de la ladera pudieron verle junto al pretoriano de armadura brillante y capa roja, envuelto él en una toga de un blanco inmaculado, larga y suelta, que ondeaba cada vez que hacía un gesto o se volvía a mirar a las tropas.

Colgaba también en el aire cálido e inmóvil el *vexillum* de la expedición, en manos de un veterano *vexillifer* que se situaba a dos pasos detrás de los jefes, con su armadura de placas metálicas y una piel de leopardo, dorada con motas negras, sobre la cabeza y espalda. Al diseñar aquella enseña, se habían propuesto toda clase de figuras, alegorías y leyendas. Pero por una vez, tribuno y prefecto habían estado de acuerdo. Lo que se había bordado en la enseña era una diosa Fortuna, sobre una esfera que representaba al mundo, con una rama de olivo en la derecha y una corona de laurel en la zurda, ya que los dos sabían de sobra, aunque no lo reconociesen en público, que lo que esa embajada necesitaba sobre todo era eso, suerte, más que valor o sabiduría, si querían llegar a buen fin.

Dos jinetes aparecieron a galope tendido por el camino del oeste, que llevaba a Syene. Cabalgaron derecho hacia los jefes, aunque refrenaron las monturas a unos pasos, para no mancharles de polvo. Hubo un intercambio de frases. Los jinetes asentían, señalaban a la espalda y, al final, el tribuno les despachó con un gesto. Corrió entre los espectadores la voz de que ya se veía a la comitiva nubia y todos se volvieron a mirar. Y ya llegaban, en efecto, entre el temblor del aire recalentado, entrevistos a través de celajes de polvo en suspensión.

El asombro sacudió a los presentes, espantando la modorra. Porque, aunque el séquito en sí no era nada impresionante, el emisario nubio no llegaba en litera ni a lomos de caballería, sino en lo alto de un elefante, tal y como pudiera haberlo hecho en tiempos un embajador de la legendaria Cartago. Unos miraban boquiabiertos y otros señalaban. Las putas aplaudían riendo, y sus ajorcas tintineaban. Los viajeros avezados se acariciaban el mentón, comentando otros despliegues fastuosos que habían presenciado en lejanas correrías.

El elefante era de largos colmillos y grandes orejas, que agitaba para espantar a las moscas. Lucía pinturas blancas sobre el pellejo gris, gualdrapas de telas vistosas, adornos en los colmillos y, en lo alto, se bamboleaba una barquilla con baldaquín y velos que oscilaban a cada paso. Un conductor pequeño y desnudo, de pelos enmarañados y negro como un tizón, se sentaba a horcajadas sobre el cuello de la bestia, empuñando una aguija puntiaguda.

Agrícola, que era hombre curioso, ya había oído hablar de los elefantes que los nubios criaban para la guerra y las paradas. Pero el saber eso no hizo que, aquella mañana lejana y sofocante, allí, en mitad de parajes resecos, sintiese menos asombro que sus compañeros. Él también se quedó mirando hechizado, la cabeza cubierta por un pliegue del manto blanco, cómo el elefante llegaba a paso lento y majestuoso, balanceándose y agitando las orejotas, mientras las gualdrapas y los velos del baldaquín ondeaban al compás de la marcha.

Una nutrida escolta hormigueaba alrededor de la gran bestia. Más de un centenar de guerreros nubios; altos y de miembros largos, piel negra y rasgos vivaces, como es costumbre entre los de su raza. Unos llevaban túnicas blancas y sueltas, otros iban casi desnudos y el que parecía el jefe portaba una aparatosa cota de malla. Muchos lucían plumas entre los cabellos, y colas de león colgando del taparrabos, y todos empuñaban los grandes arcos que habían dado fama a su pueblo a largo de los siglos, en la guerra y en la paz, y que incluso eran el emblema de sus reyes. Caminaban a largas zancadas, para mantenerse al paso del elefante, y detrás de ellos, entre el polvo, marchaba un séquito de sirvientes y asnos cargados de bagajes.

El arquero de la cota de malla se acercó al elefante y pareció pedir instrucciones a los ocupantes de la barquilla. Gritó a su vez y un par de guerreros corrieron a la zaga, para hacer que el tren de acémilas se detuviese en tanto que paquidermo y escolta seguían adelante, dirigiéndose ahora hacia los jefes romanos que, solos y muy por delante de sus tropas, les esperaron sin pestañear.

Todo el paisaje, allá a donde uno volviese la vista, temblaba por efecto del calor, la luz hacía daño a los ojos, y el mismo aire, las pocas veces que se levantaba en ráfaga, sofocaba de puro ardor. Los tres romanos aguardaban inmóviles, en mitad del terreno pedregoso y polvoriento. El tribuno, con su capa roja recogida en el pliegue del codo y la actitud casual de un petimetre en el foro. El prefecto, alto y digno, muy moreno y envuelto en su túnica tan blanca. El *vexillifer*, impasible, con el estandarte de la Fortuna en las manos y la piel de leopardo sobre la cota de malla. Los tres quietos, sin que pareciera inmutarles la llegada de ese gigante grisáceo –un monstruo casi mítico para los romanos, ligados a los grandes enemigos de Roma– de ojillos iracundos, colmillos curvos y forrados de cobre reluciente, y la nube de arqueros bárbaros a su alrededor.

Pero no sucedió nada anormal, claro. Ni el elefante cargó barritando para pisotearlos, ni los nubios se les echaron encima a traición, con los aceros en claro. A una voz del cabecilla, los arqueros redujeron el paso y se fueron rezagando, mientras el elefante seguía hasta pararse a poca distancia de los romanos. Azuzado por su conductor, se arrodilló trompeteando, sacudiendo las orejotas y haciendo que la barquilla oscilase como una nave en el temporal. Luego bajaron los pasajeros, apartando los velos, y hubo nuevos murmullos de asombro entre los espectadores.

Porque ahora que se mostraban a plena luz, todos pudieron ver que a lomos de aquel elefante sólo viajaban tres mujeres, y una de ellas era sin duda alguna la enviada de los reyes de Meroe. Sólo una se adelantó hasta los embajadores romanos, escoltada por el arquero de la cota de malla. Era la más alta de las tres y el gran tocado lunar le hacía parecer aún de mayor estatura. Iba cubierta de pies a cabeza con velos, que al avanzar ondeaban a su alrededor como un oleaje de gasas. Pocos de los mirones dejaron de fijarse en la forma que tenía de caminar, con andares lánguidos y propios de alguien que se sabe poderoso.

Tito y Emiliano le salieron al paso igual de tranquilos, y se produjo un intercambio de cortesías a pleno sol. Los gestos de los romanos eran mesurados, los de la nubia calmos y, como Tito no llamó a los intérpretes, los mirones supusieron que ella hablaba griego y latín, porque, de los dos romanos, sólo el prefecto chapurreaba algo de nubio, ni siquiera suficiente para una conversación casual.

Las tres figuras –el prefecto de toga blanca, el tribuno de armadura metálica sobre ropas rojas y la enviada de los velos blancos, con el gran tocado rematado en una media luna de plata– fueron a sentarse bajo un toldo, a la derecha de las tropas. Como no había paredes ni velos, sólo un gran techo de lona entre cuatro postes, todos pudieron verles allí sentados, charlando reposadamente, mientras los esclavos les abanicaban, y les servían vino y frutas. El tribuno se había quitado el casco, el prefecto jugueteaba con su copa y ella se las arreglaba para beber sin despojarse de los velos.

–... una mujer, sí. Está muy claro por qué, ¿o no? –rezongaba una voz desabrida a espaldas de Agrícola–. Los reyes nubios nos la han enviado para insultarnos. Sí: insultar a Roma.

El mercader se giró, aunque ya había reconocido esa voz, que trataba siempre de imitar, sin conseguirlo nunca del todo, las inflexiones del latín más noble. Y en efecto, allí estaba el adinerado Quinto Crisanto, a la sombra que le daba un esclavo con un parasol y observando irritado la escena, con los brazos en jarras.

Aquel Crisanto parecía sacado de las páginas de El Satiricón, ya que era un nuevo rico, hijo de libertos, de modales ostentosos, atuendos recargados y arrogancia en demasía. El prototipo de una nueva clase con ínfulas, nacida a la sombra del imperio y sus conquistas, que se abría todas las puertas haciendo tintinear el oro.

Agrícola, siempre atento a sus propios intereses, esbozó una sonrisa e hizo intención de responderle, pero otro se le adelantó.

–Eres demasiado suspicaz, Quinto Crisanto, y por eso ves fantasmas donde no hay nada –le replicó con amabilidad el joven Valerio Félix, que estaba sentado muy cerca, sobre una roca, cubierto con el manto.

Tiempo después, al hablar de todo aquello, Agrícola comentaría a menudo lo distintos que resultaban aquellos dos y cómo verles juntos era como estar ante las dos caras de la Roma pudiente de la época. Porque Valerio era el vástago de una familia antigua y no un nuevo rico como Crisanto. Como muchos de los de su clase, se había sentido fascinado por la vieja Grecia; un interés que le había llevado a cruzar el Adriático y a viajar largo tiempo por las antiguas ciudades, hasta recalar en Atenas, donde había pasado una temporada y se había dejado una gran barba, yendo de filósofo en filósofo, hasta que la moda, siempre pendiente de los gustos del emperador, había dejado de lado a Grecia para encandilarse con Egipto.

–¿Fantasmas? –Crisanto, que gesticulaba mucho cuando se alteraba, estaba señalando a la mujer de los velos blancos–. ¿Es que eso es un fantasma? ¿Me ha dado una insolación y estoy viendo visiones?

–Es de carne y hueso –sonrió el otro, que era alto y delgado, al tiempo que se acariciaba la barba de filósofo, larga y castaña–. Lo que sí es un espejismo es tu suposición de que nos la han enviado como ofensa a Roma.

–Eres demasiado generoso, señor. Llevamos mucho tiempo aquí, esperando la llegada de un alto personaje de la corte de Meroe y, cuando por fin aparece, resulta que no es más que una mujer... se supone que iba a venir alguien de calidad, a la altura que la dignidad de nuestros embajadores exige.

–Esa mujer es de calidad. Yo diría que es una sacerdotisa de Isis.

–Me parece muy bien. Pero yo te estoy hablando de política. Esto es una embajada y mandarnos a una sacerdotisa es una descortesía.

–Los sacerdotes nubios, lo mismo que los egipcios, pesan mucho en política.

–¿Tiene algún poder real esa mujer?

–No lo sé.

–¿Entonces por qué nos hacen esperar y nos la mandan a ella? A eso me refiero. Esto es un gesto para demostrarnos lo poco que les importamos.

–Hubiera sido más adecuado mandar a otro personaje, sí –Valerio se volvió a acariciar, ahora dudoso, la larga barba.

Agrícola, la cabeza cubierta por el manto, ocultó una mueca. Ya había podido comprobar otras veces cómo aquel joven estudioso cambiaba de opinión según sus interlocutores, y no por interés o porque sopesase los argumentos del otro, sino casi por costumbre.

–Escucha, Quinto Crisanto –medió él mismo–. Los nubios son un pueblo antiguo y sus costumbres son a veces, en verdad, un poco chocantes para un romano. Entre ellos, las mujeres ocupan altos cargos. Pueden llegar incluso a lo más alto. No sé si has oído hablar de las Candaces...

–Pues no.

–Es el nombre que en Nubia dan a sus reinas. Ocupan el trono, gobiernan el reino e incluso llegan a dirigir sus ejércitos en campaña.

–No lo sabía, aunque la verdad es que no suelen interesarme mucho las extravagancias de los bárbaros, excepto que eso afecte de alguna manera a mis negocios. Pero me resulta increíble la idea de que las mujeres participen en la política.

–¿Es que no lo hacen en todas partes? La única diferencia es que en Nubia lo hacen abiertamente y no desde las sombras, como en Roma.

Crisanto le correspondió con una sonrisa gruesa.

–¿Es entonces posible que esa mujer sea alguien de verdad importante en la corte nubia?

–Claro –intervino de nuevo Valerio.

–O es un alto cargo en la corte o habla en nombre de alguien que sí lo es –puntualizó con prudencia Agrícola.

–Eso es –remachó Valerio.

–¿Pero por qué los reyes meroítas la envían precisamente a ella?

–Por lo que te ha dicho Valerio. Es sacerdotisa de Isis y, entre su gente, como entre los egipcios en tiempos de los faraones, los sacerdotes no andan nunca lejos del trono.

Crisanto meneó la cabeza, antes de volverse a mirarle. Tenía los rasgos tan aquilinos que casi podría pasar por una caricatura de romano de pura cepa.

–Admito que no sea una burla a Roma, sino que puede tener un poder verdadero. Pero entonces lo que tenemos que preguntarnos es por qué nos la han mandado a ella en concreto, y no a ningún otro.

–¿A qué te refieres?

–Yo soy de los que piensan que nadie hace algo sin ningún motivo. Vamos a emprender un viaje largo, fatigoso y tal vez expuesto a peligros. ¿Por qué nos mandan a una sacerdotisa? Tiene que haber alguna razón. Si los reyes nubios hubieran designado simplemente a alguien en función de las necesidades de la tarea, hubieran elegido a algún hombre de armas.

–Te repito que las mujeres ocupan puestos importantes en la corte de Meroe.

–Y yo te digo que hubieran escogido a un noble acostumbrado a la guerra y a la caza, no a ningún sacerdote, hombre o mujer, de no ser porque hubiera alguna razón para ello.

Agrícola, la cabeza cubierta por el pliegue del manto, volvió a mirar abajo, allá donde el toldo creaba una sombra que era como una isla de penumbra en medio de un mar de luz. Quinto Crisanto podía ser un tipo de falsos modales y poco instruido, pero nadie se hace rico siendo tonto y sus palabras daban que pensar. Se quedó un rato callado, con los ojos puestos en la mujer de los velos blancos y el tocado lunar de plata.

–¿Quién sabe? –murmuró luego–. ¿Acaso no vais a venir vosotros también río arriba?

–Claro que iré. He puesto mucho dinero en todo esto y voy a velar por mi inversión. De hecho, pienso dirigir personalmente la caravana.

–Yo también iré. Es una oportunidad única de conocer la vieja cultura egipcia en estado puro, sin contaminar por las influencias griegas.

–Entonces creo, señores –sonrió distraído Agrícola y sin apartar la mirada del toldo–, que vamos a tener tiempo de sobra, camino de Nubia, de averiguar las intenciones de esa sacerdotisa; o más bien las de quienes la han enviado.

CAPÍTULO II

La expedición se demoró aún un día más en aquellas tierras polvorientas y abrasadas por el sol, mientras la enviada nubia y los jefes romanos discutían algunos detalles. Pero a la mañana siguiente, apenas hubo una pizca de claridad a oriente, los legionarios se lanzaron a desmantelar el campamento, a los tres toques de trompa y el clamor preceptivo, antes de que el tribuno diera orden de ponerse en marcha.

Mientras los soldados formaban en columna, en el campamento de la caravana todos se afanaban aún en desmontar las tiendas, en empacar y cargar todo en las acémilas, entre traspiés y reniegos. El sol asomaba ya por el este, rojo y deforme, entre nubes bajas y azuladas, y una brisa primera agitaba los mantos y las telas, al tiempo que hacía correr torbellinos de polvo entre los matorrales.

Para asombro de muchos, la larga columna enfiló hacia el oeste, de vuelta a Syene, a orillas del Nilo. Durante todo ese tiempo, habían dado por supuesto que, si estaban acantonados en aquellas tierras requemadas, era porque Tito y Emiliano habían decidido llegar a Meroe por las rutas de las caravanas del oro y las gemas; es decir, marchando a oriente y alejados del río. Fue *vox populi* que aquella estancia era una parada obligatoria antes de internarse en el desierto, para que las tropas fueran acostumbrándose al sol, la inundación de luz y la sed.

Pero ahora la embajada se volvía por donde había venido, para perplejidad de casi todos. Luego correría el rumor de que todo aquello no había sido sino una de las astucias de Tito. Que había acantonado allí a las tropas para endurecerlas, sí, pero también para impedir deserciones de los mercenarios libios. Éstos, reclutados entre los aventureros que se alquilaban como guardias a las caravanas de la ruta de los oasis, en la margen occidental, eran hombres aguerridos pero poco acostumbrados a la disciplina. El prefecto temía, y con razón, que muchos huyesen del campamento en los primeros días, incapaces de sufrir la vida militar. Acampando en la orilla nubia y a tanta distancia del Nilo, era mucho más difícil que un impulso repentino les hiciera desertar. Y aun así, más de uno lo había intentado: unos los habían conseguido y otros colgaban de cruces en una colina cercana para escarmiento de los demás; un castigo ciertamente cruel, pero nada sorprendente en el prefecto, que tenía fama de mano dura.

Más tarde, algunos aducirían aún otra razón. Que el prefecto temía también que les pudieran preparar emboscadas a lo largo del viaje y así, acampando en la margen oriental, lograba que los hipotéticos enemigos preparasen sus celadas por lugares por donde la expedición romana nunca iba a pasar.

Se volvieron pues a orillas del Nilo, en un viaje que duró dos jornadas. Las unidades marchaban en una larga columna, siguiendo un orden prefijado e inmutable. Los soldados caminaban bajo la luz y el calor, con armaduras, equipos y provisiones de boca a cuestas, y las bestias de carga avanzaban azuzadas por los esclavos. La caballería protegía los bagajes y a lo lejos se veía a las patrullas. Corría una brisa sofocante que casi ahogaba. Detrás de los romanos, lo suficientemente lejos como para no cubrirse de polvo, iba la caravana, y aún después la delegación de los nubios, con el gran elefante rodeado de arqueros.

Al segundo día, durante la marcha de la tarde y con el sol bastante alto, la columna llegó a las inmediaciones de Syene; pero, para decepción de las tropas, los jefes ordenaron detenerse lejos de la población. Syene se levantaba a orillas del Nilo y era una gran población, dotada de muelles, almacenes, casas de barro y los cuarteles de las tres cohortes de auxiliares, de guarnición permanente en esa ciudad. Enfrente, en mitad del río, estaba la gran isla de Elefantina y a espaldas de Syene unas colinas que de siempre sirvieron de necrópolis a las gentes de ese nomo, que es el primero de todos los egipcios y constituye la frontera con Nubia.

Y allí, lejos del agua, entre la ciudad y esos cerros, fue donde el tribuno ordenó plantar el campamento.

También fue esa noche cuando ocurrió un suceso que luego sería muy comentado, aunque Agrícola fue de los pocos que pudieron decir que habían visto algo con sus propios ojos.

Era ya última hora de la tarde, el sol colgaba bajo a occidente, sin que el calor hubiera aún remitido. La luz iba cogiendo ese tono tan especial, propio de la hora, y algunas nubes bajas pasaban contra el azul. Las aves planeaban rumbo al río y, a veces, un graznido llegaba resonando al campo romano. Los soldados se habían acercado a los toldos de los cantineros, y se les oía montar escándalo alrededor de las mujeres y las mesas de juego.

Aburrido del ritual cotidiano de vino rancio, putas viejas y pendencias, Agrícola había salido al exterior de las carpas, a jugar una partida de dados con el griego Demetrio y Valerio Félix. Les acompañaban un sacerdote egipcio llamado Merythot, que observaba sin participar, así como un par de esclavos de Valerio.

Fue a esa hora, cerca ya del crepúsculo, cuando el prefecto Tito acudió a la tienda de Senseneb, la enviada de los reyes meroítas, a visitarla por invitación expresa de ésta. Los tres campamentos –el militar, el mercader y el nubio– estaban separados y formaban un triángulo, y en realidad el último no era más que un pabellón enorme, de aspecto fastuoso y exótico, que servía de alojamiento a Senseneb, sus esclavas y eunucos, y un par de tiendas más pequeñas, porque los arqueros y el resto de la servidumbre dormía al raso, muchos de ellos echados a las puertas de la tienda de su ama.

Tito llegó dando un paseo desde su propio campamento, sin escolta y en compañía de dos de sus ayudantes. Los tres iban sin armaduras, vestidos con las túnicas y las capas de color blanco, y con las espadas ceñidas al costado izquierdo para que todos, aun de lejos y con poca luz, supieran sin duda que eran oficiales. Los arqueros nubios, apostados ante el pabellón, se apartaron para dejarles pasar.

Parece ser que Senseneb había invitado a Tito a su tienda a última hora de la tarde, para discutir la ceremonia que debía celebrarse en el templo de Isis de la isla de Filé, por deseo expreso del emperador Nerón. Era aquel un santuario famoso, venerado por los nómadas, que acudían de muy lejos a rendir culto, y la ceremonia era tanto una muestra de respeto del césar hacia la diosa como un gesto hacia las tribus errantes, cuyas relaciones con Roma eran siempre conflictivas.

Pero la discusión sobre tal tema no debió ser demasiado larga, porque todos aquellos que estaban mirando pudieron ver cómo primero los criados de la sacerdotisa y luego los ayudantes del prefecto abandonaban la tienda. Al principio Agrícola, con los dos dados en la mano, pensó que los habían hecho salir para discutir algún asunto muy secreto. Pero eso quedó descartado cuando los dos romanos de vestimentas blancas pasaron entre los arqueros altos y de piel negra, y se volvieron a su campamento sin esperar a su superior.

Agrícola, haciendo saltar los dados en su palma, pudo ver la expresión de aquellos dos, aún de lejos y en la luz menguante, y eso le dio que pensar.

Esa pareja era bien conocida de los soldaderos que seguían a los destacamentos de frontera. Su rango era el de *extraordinarius* –ese título tan flexible que distinguía a todo legionario destinado a una tarea específica y no regulada por las ordenanzas– y eran la mano derecha y la izquierda del *praefectus castrorum*. Quien les buscase fuera de servicio, haría bien en mirar primero entre vasijas de vino, putas y timbas; lo que no quitaba que fuesen dos veteranos diligentes y eficaces, y que gozasen de la confianza de los oficiales superiores.

El uno, Salvio Seleuco, era uno de esos hombres que, a fuerza más de grandes que de altos –manos grandes, grandes espaldas–, parecen a primera vista casi gigantes. El otro, S. Antonio Quirino, era en cambio pequeño y ancho, y se afeitaba la cabeza a la egipcia. Los dos eran joviales, burlones y estoicos a la hora de encarar la vida y sus lances, aunque cada uno a su manera.

Ahora se volvían al campamento romano, entre perplejos y divertidos, comentando con grandes aspavientos. Seleuco reía a carcajadas y Quirino mostraba al hablar una sonrisa de medio lado muy suya. Luego los jugadores volvieron otra vez los ojos a la tienda nubia, porque las que ahora salían eran las dos esclavas personales de Senseneb, y se veía claramente, pese a los velos, que ellas estaban riéndose también.

Agrícola hizo saltar una vez más los dados en su palma, luego lanzó sobre una piedra plana. Una mala tirada. Valerio los recogió y se quedó a su vez jugueteando con ellos.

–Esto es increíble.

–¿Qué es lo que es increíble? –Agrícola le miró.

–Se han quedado los dos a solas, dentro de su tienda.

–Ah –se encogió de hombros.

–¿Pero qué es lo que están haciendo?

Ahora todos sonrieron.

–Está bien claro lo que están haciendo –dijo con cierta sorna el griego Demetrio.

Valerio se acarició la larga barba de filósofo, porque trataba de cultivar la mesura y a lo que recurría era a eso, a pasarse la mano por la barba, dándose tiempo así a meditar las respuestas.

–No me refiero a eso. Lo que me asombra es que sean capaces de hacer una cosa así.

–Él es un hombre y ella una mujer –repuso sentencioso el griego.

–Te equivocas. Él es prefecto de Roma y ella una enviada de los reyes nubios. ¿Cómo se les ocurre liarse así, a la vista de todos? Esto es una falta de discreción, como poco.

–Lo que esté ocurriendo ahí dentro sólo podemos suponerlo –medió Agrícola.

–Bueno, sí –comenzó a recular Valerio, cuyas opiniones cambiaban según las de sus interlocutores.

–A Tito Fabio le gustan demasiado las mujeres, o eso dicen sus soldados –Demetrio se echó a reír sin maldad–. Y ella, al fin y al cabo, es una sacerdotisa nubia...

Le interrumpió la risa suave de Merythot, el egipcio, que se apoyaba en un báculo, disfrutando de la brisa, ya fresca, del ocaso.

–Ay, griego –meneaba la cabeza–. Tu gente lleva siglos en nuestra tierra y aún lo veis todo como desde muy lejos y a través de nieblas.

–Mis antepasados vinieron a Egipto con el gran Alejandro –respondió sin molestarse el otro–. Yo nací aquí, y mi padre, y mi abuelo, y el abuelo de mi abuelo. Ésta es mi tierra.

–Egipto sólo es la tierra de los egipcios. Todos aquellos que no son egipcios están en Egipto de paso, por muchos siglos que pueda durar esto.

El mercenario y el adivino se contemplaron mutuamente, aunque sin hostilidad. Comenzaba a oscurecer ya a oriente, y el cielo a poniente era violeta, con nubes bajas y blancas, tocadas de rojo arrebol. El viento suspiraba y hacía ondear las telas de las tiendas.

Demetrio era alto y fuerte, de porte marcial. Uno de tantos mercenarios de sangre helénica que nutrían los ejércitos privados de los terratenientes del Alto y el Bajo Egipto, y que estaba en aquella expedición a sueldo de las mismas casas comerciales que pagaban a Agrícola. De hecho, compartía mula de carga y tienda con él.

En cuanto a Merythot, estaba allí enviado desde la propia Roma. Era alto y magro, y de porte digno. Vestía de lino blanco, se depilaba cabeza y cuerpo, y cumplía a rajatabla con las normas de aseo, alimentación y demás preceptos del sacerdocio egipcio; pese a lo cual, muchos ponían en duda que fuera un sacerdote consagrado.

Al parecer, el césar Nerón le había conocido en Roma, donde cada vez había más interés por Egipto y sus cultos, y parecía sentir el mayor respeto por él; pero todos sabían que el emperador se codeaba con extraños personajes. Lo cierto es que había mandado a esa expedición una fastuosa *imago*, una de esas imágenes del emperador que acompañaban a las tropas, formada en este caso por un busto de oro deslumbrante, colocado en lo alto de un astil y a cargo de un *imaginifer* de los pretorianos.

Esa *imago* tenía guardia propia durante las marchas y, en las acampadas, se colocaba en una tienda donde sólo estaba la misma, bien custodiada por pretorianos. Y, además, el emperador había enviado a aquel sacerdote, Merythot, a acompañar a esa enseña, como si ésta fuese él mismo.

Que los falsos sacerdotes estaban a la orden del día en Roma era cierto. Pero, sin embargo, cualquiera que frecuentase durante algún tiempo a Merythot descubría –poco a poco y por detalles, porque él no se jactaba de nada– que era un hombre muy instruido, como si de verdad hubiera estudiado durante muchos años en los templos. Y así, durante las semanas de estancia en el desierto oriental, su nombre había conseguido cierta fama entre los expedicionarios, pues eran muchos los que, desde tahúres a centuriones, iban a él en busca de consejo o a que les interpretase los sueños, y él les recibía a todos con la mayor dignidad, como un gran sacerdote a suplicantes en el patio de su templo.

A Agrícola le gustaba aquel extraño personaje, tanto por las historias que narraba como por el aura de misterio que le envolvía. En cuanto a Demetrio, que era hombre mesurado y nada propenso a echar mano a la espada por una nadería, también sentía cierta debilidad por el supuesto sacerdote. No obstante, el primero se apresuró a intervenir en la discusión, ya que aquellos dos eran, a la postre, enemigos hereditarios. Uno decía pertenecer a la casta que, desde la sombra, había gobernado Egipto durante milenios, y el otro era descendiente de los soldados helenísticos que sojuzgaron el país sagrado en tiempos de Alejandro de Macedonia.

–¿Qué sucede con las sacerdotisas de Isis? –preguntó, tanto por curiosidad como para ir desviando la conversación.

–Todo el mundo sabe lo antiguo y arcano que es el culto de Isis. Las iniciadas en sus misterios adquieren grandes poderes, y yo que Tito me andaría con mucho ojo a la hora de mezclarme con una mujer así.

–¿Poderes? ¿Son como brujas que usan el sexo para hechizar a los hombres y encadenar sus voluntades? –Agrícola era supersticioso, como buen romano, y no pudo ahorrarse un gesto contra el maleficio, en tanto que Merythot se reía.

–Por supuesto –asintió solemne Demetrio–. ¿No ha sucedido otras veces y con hombres más grandes? Acordaos de César y de Antonio.

–¡Ay, amigo! –el egipcio seguía riéndose–. ¡Qué fácil es echar la culpa a la magia de sucesos y comportamientos inesperados, en vez de buscar la explicación en las propias debilidades de la gente!

–¿Qué quieres decir?

–A Cleopatra no le hizo falta ninguna magia para hechizar a vuestros generales. Le bastó con despertar a los demonios que cada uno de ellos llevaba dentro. Ése es el más poderoso de los hechizos.

Agrícola agitó la cabeza con una media sonrisa, aunque aún algo inquieto. La forma de pensar de Demetrio era muy común entre su gente, y también entre los romanos corrían toda clase de fábulas sobre los cultos egipcios y las artes negras de sus adeptos. Y, en lo tocante a ciertas sacerdotisas, no debía haber ni un solo legionario que no creyese a pies juntillas que eran capaces de los embrujos más terribles, así como de hazañas amatorias sin cuento.

–No me vas a negar, padre –dijo–, que son los propios sacerdotes egipcios los que dan alas a las historias que corren sobre ellos mismos y sus poderes.

–Claro que no lo niego. Los adeptos estamos en contacto directo con la divinidad y, en cuanto a los poderes que los demás nos atribuyen, ¿por qué íbamos a aceptar o negar que los tenemos? Tonto es el que no aprovecha las ventajas que otros le dan.

–Tienes razón. Pero luego no te rías de nosotros, ni nos llames crédulos. Mira como, en el caso de Senseneb, son sus propios arqueros los que van diciendo que tiene toda clase de poderes mágicos.

–Los pequeños se crecen haciendo más grandes a aquellos a los que sirven –en esa última luz de la tarde, Merythot se permitió una sonrisa amable y algo distante, muy suya–. Además, como bien has dicho, griego, Senseneb es sacerdotisa de la Isis nubia y no de la Isis egipcia.

–¿Es que no es lo mismo? –intervino al punto Valerio, siempre tan interesado en ciertas materias.

–No lo es. Las sacerdotisas de la Isis nubia dependen de las egipcias, por supuesto; pero su culto e incluso algunos atributos de la diosa son diferentes.

–¿Por qué es así?

–Es lo que sucede cuando dos pueblos distintos adoran a un mismo dios, joven.

–Pero si los nubios son los egipcios del sur...

–¡Ah, no! –el adivino meneó la cabeza calva, con un orgullo muy de los de su raza–. Los nubios son como los egipcios, pero no son egipcios. Nunca lo han sido.

–No pretendo faltarte al respeto, padre, porque eres un sabio. Pero ¿no te dejas llevar ahora por los prejuicios de tu gente? He leído que, durante muchos siglos y en distintas épocas, Nubia no ha sido más que una provincia de Egipto.

–Es cierto. Pero debieras seguir leyendo, joven, porque aún es mucho más lo que ignoras que lo que sabes. Es verdad que Nubia ha pertenecido a veces a Egipto; pero nunca ha sido parte del país sagrado.

Hizo una pausa, antes de señalar con la vara hacia el oeste, hacia donde debía correr rumoroso el gran Nilo, lamiendo las orillas de la ciudad de Syene y la vieja isla de Elefantina. La brisa de la tarde le agitó las ropas de un blanco inmaculado.

–Egipto acaba aquí –anunció, como un oráculo inapelable.

Valerio sonrió con largueza, acariciándose la barba de filósofo y sin tomarse a mal la respuesta del adivino, tanto porque era hombre de paz como porque sus tutores ya le habían enseñado que los egipcios se consideraban superiores al resto de los mortales.

–Pero tú mismo has dicho que Nubia fue parte de Egipto.

–He dicho que nos perteneció, que no es lo mismo. Te repito que, por el sur, el país bendito acaba en estas mismas tierras en las que nos encontramos, que son las del primer nomo. Más allá de las cataratas –volvió a señalar con el bastón, aunque ahora hacia algún punto del sudoeste– está Nubia, que es una tierra y una gente distinta. Nunca jamás los faraones organizaron ese país a la egipcia, ni crearon allí ningún nomo, sino que nombraban virreyes para que gobernasen en su nombre.

–Ah –Valerio volvió a acariciarse la barba.

–Como gustes –medió Demetrio–. Pero los nubios tienen mucho de egipcios, y eso nadie puede negarlo.

–Por supuesto. ¿Pero quién no querría parecerse al pueblo de los dioses? El contacto entre los dos pueblos ha sido estrecho y, desde siempre, desde antes incluso de los primeros faraones, el comercio ha sido muy intenso.

–El comercio... –Agrícola, que tenía los ojos puestos en los últimos resplandores del ocaso, al oeste, se volvió al oír la palabra mágica–. ¿Es tan rica Nubia como dicen?

–Yo no diría rica –Merythot se apoyó en su báculo–. Pero los nubios disponen de todo lo que nuestra gente siempre ha apreciado: oro, marfil, gemas, pieles, maderas. Y lo que ellos no tienen lo consiguen en las tierras de los negros, que están más al sur y disponen de todo eso y más, en cantidad aún mayor.

Se quedó en silencio unos momentos y los otros tres le observaron allí, entre dos luces, con la cabeza calva ladeada, el cuerpo flaco recostado en el bastón, las ropas blancas y holgadas agitándose con la brisa.

–Grandes desiertos separan a Egipto del lejano sur, amigos: desiertos ardientes y terribles que han devorado caravanas, expediciones e incluso ejércitos enteros. La única forma de llegar a los países de los negros y sus riquezas es siguiendo el curso del río sagrado. Y eso implica cruzar Nubia.

Agrícola, los dados olvidados, cogió un puñado de tierra y dejó que los granos cayesen entre sus dedos.

–¿Y las rutas marítimas? Se podrían establecer puertos en las costas de los negros y, desde allí, enviar expediciones terrestres o comerciar directamente con los bárbaros de la costa. Sería algo parecido al puerto de Berenice Pancrisia, pero más al sur. Sé que hay cierto tráfico de ese tipo, aunque no a gran escala.

–El pueblo sagrado nunca ha sido marinero. La única opción aceptada ha sido siempre la terrestre. Y en todo momento Egipto, mediante conquista o comercio, ha hecho todo lo posible para llegar hasta las riquezas de los nubios y los negros.

Hizo otra pausa.

–El tráfico de oro, de marfil, de piedras preciosas se ha mantenido siempre. A toda costa...

Se quedó callado, reclinado en el bastón, como si rumiase sobre viejos sucesos.

–¿Vas a contarnos algo, padre? –aprovechó la ocasión Agrícola, al que le gustaba oír los relatos que aquel extraño vagabundo contaba sobre el viejo Egipto.

–¿Os gustaría oír un cuento?

–Una historia. Una historia de los tiempos antiguos.

Merythot se le quedó mirando aún unos instantes con ojos un poco perdidos; luego pareció ahuyentar lo que fuera que rondase por la cabeza y sonrió.

–Muy bien. Decidme, amigos: ¿os habéis fijado en esas colinas que quedan a nuestras espaldas, las que hemos tenido que sortear para llegar a Syene? ¿Sí? Bien. No sé si os habéis parado a mirar las laderas occidentales. Si lo habéis hecho, tenéis que haberos dado cuenta de que hay tumbas en ellas. Eso se debe a que, desde tiempos inmemoriales, las gentes del nomo de Abu, al que vosotros llamáis Elefantina, han enterrado allí a sus muertos.

»Bueno, pues en esas laderas, si alguno de vosotros se acerca algún día hasta ahí y se molesta en buscar un poco, podrá ver dos tumbas gemelas, que están construidas la una al lado de la otra. No solamente son idénticas entre sí, sino que según la tradición existe un túnel que las comunica.

»Una de ellas cobija al que fuera gobernador del nomo de Abu en tiempos de las primeras dinastías de faraones, cuando la capital estaba en Menfis. Eran tiempos antiguos y nuestro hombre organizó una expedición en busca de todas esas riquezas de las que hablábamos hace un rato: oro, marfil, esclavos, pieles, ébano.

»Los países al sur del reino sagrado han recibido muchos nombres, y sus límites se confunden. En una época, lo que ahora vosotros llamáis Baja Nubia era el Wawat, y también todo eso ha sido conocido como el Yam, el país del arco. En aquellos tiempos, los habitantes de la Baja Nubia eran los bárbaros wawat y nosotros, los egipcios, mantuvimos con ellos relaciones distintas, a veces comerciando, a veces guerreando.

»En el momento de mi historia, las relaciones entre el pueblo sagrado y los wawat se habían agriado, y los faraones habían enviado varias expediciones de castigo, que no consiguieron otra cosa que sembrar destrucción y rencor. Por eso, cuando el gobernador de nuestro relato se internó con su caravana en el sur, los wawat le tendieron una emboscada y aniquilaron a la columna entera. Fue una matanza espantosa, y sólo dos hombres de todos los que habían partido de Abú pudieron volver para dar cuenta del desastre. Entre los muertos que quedaron tendidos en el campo de batalla estaba el propio gobernador, porque los wawat no tomaron prisionero alguno.

»El nuevo gobernador, que era hijo del muerto, supo por aquellos dos supervivientes que los cadáveres de su padre y sus compañeros yacían insepultos en el Wawat, ya que nadie se había hecho cargo de los cuerpos. Tal idea le reconcomía, puesto que dejar allí los restos de su padre era condenar a su alma y, en consecuencia, pidió permiso al faraón para entrar en el Wawat y recuperar el cuerpo, para poder darle así una sepultura digna y lograr que su alma pudiera vivir por siempre.

»El faraón le dio su consentimiento, conmovido por sus nobles razones, e incluso le mandó un gran colmillo de elefante, aunque él y toda su corte se temían que el joven gobernador habría de correr la misma suerte que su padre. Por tanto, éste equipó una caravana de cien asnos, cargados con toda clase de riquezas. Sí, habéis oído bien; cien asnos cargados con toda clase de presentes valiosos. Una fortuna inmensa. ¿Pero acaso la inmortalidad del alma del padre de uno no merecía correr con tantos gastos y tantos riesgos, o incluso con otros aún mayores?

»Así pues, el gobernador, acompañado de hombres leales, se adentró con los cien asnos en las tierras de los guerreros wawat. En esos días, como he dicho, estaban en armas contra Egipto pero, como todos los bárbaros, eran crueles y generosos a un mismo tiempo, a la manera de los niños, de forma que se quedaron asombrados ante el valor y los motivos del joven gobernador, y consintieron en entregarle los restos del muerto a cambio de la caravana. El gobernador y sus hombres recogieron los despojos y regresaron con ellos a Abú, para poder darle sepultura según los ritos y en la tierra bendita de Egipto, y no en un país extranjero.

»Diréis que, a su manera, el gobernador era un hombre malvado, porque recuperó el cuerpo de su padre y dejó en el campo el de todos sus compañeros, condenándoles a la muerte eterna. Pero no es así. En tiempos de las primeras dinastías, amigos, sólo los faraones y los grandes dignatarios tenían derecho a la vida eterna, y tendrían que pasar los siglos para que tal derecho llegase al resto de los egipcios. El gobernador no era, pues, más que un hombre de su época.

»El gobernador muerto fue enterrado en esas colinas. Una de las dos tumbas de las que os he hablado es su morada en la muerte. La segunda recibió, a su debido tiempo, a su hijo devoto. Allí se hizo sepultar y por eso mandó, según la tradición, que construyesen el túnel que comunica las dos cámaras funerarias: para poder estar en comunicación con su padre aun en la muerte. Su padre, al que tanto había honrado en vida.

Se quedó callado tanto rato esta vez que sus compañeros comprendieron que había acabado.

–¿Y cuál es la moraleja? –aventuró Valerio Félix.

–Ah, sí. Dicen que todo cuento ha de tener una enseñanza, ¿no? Pues bien, amigos, yo os digo que, si eso es así, la de éste es la siguiente: que uno no debe olvidar nunca a lo que se debe en primer lugar. El gobernador tenía, sobre todo, la obligación de recuperar el cuerpo de su padre y darle sepultura, para evitar la muerte eterna de su espíritu. Eso era lo primordial y, por tanto, el gobernador no levantó un gran ejército ni invadió a sangre y fuego el Wawat, en busca de venganza. No. Se tragó su orgullo, se guardó su ira, hizo lo que debía y fue a negociar con los bárbaros, aun a riesgo de la propia vida.

CAPÍTULO III

La expedición entera cruzó el Nilo a la altura de Syene, lo que dio la razón a todos los que opinaban que iban a dirigirse al sur siguiendo la ribera africana del Nilo, mucho más transitable que la asiática.

La ciudad de Syene era un puerto fluvial moderno, con sus casas y los cuarteles de las tres cohortes de auxiliares –la principal fuerza romana en esa frontera sur–, al revés que la isla de Elefantina que, situada enfrente, en mitad del río, estaba llena de monumentos e historia. Los expedicionarios fueron directamente a cruzar y fue allí, casi a pie de muelles, donde se les unieron los últimos rezagados, entre ellos un geógrafo llegado de la mismísima Biblioteca de Alejandría, de nombre Basílides, y un tal Paulo, un sujeto que habría de dar no pocas molestias durante el viaje. Paulo era un liberto perteneciente al círculo de aduladores y esbirros del césar y años después los supervivientes de esa expedición le recordarían, todos, como arrogante e insolente, y tan peligroso, gracias a sus relaciones con el emperador, como un áspid.

Los tribunos menores –jóvenes caballeros asignados a la *vexillatio*, con conocimientos de burocracia, pero poca experiencia sobre el terreno– se eclipsaron voluntariamente a la hora del cruce, dejando todo en manos de Salvio Seleuco y Antonio Quirino. Los dos ayudantes de Tito fueron los que se ocuparon del embarque de hombres, animales y bagajes, y se hicieron con las mejores naves, de forma que la caravana tuvo que arreglárselas como pudo, lo mismo que los soldaderos –taberneros, putas, tahúres, adivinos– que seguían a las tropas. Más de uno acudió a esos dos *extraordinarii* con quejas o en busca de algún tipo de arreglo. Y si bien es cierto que aquel par despachaba a los primeros con sorna más o menos solapada, dependiendo del rango del quejoso, algunos de los segundos lograron acomodo en los botes.

Agrícola tuvo ocupación de sobra aquel día, buscando buenas naves a un precio razonable. El jefe de la caravana, Quinto Crisanto, aunque era amigo de la ostentación hasta el punto del mal gusto, resultaba luego ser un verdadero tacaño en todo aquello que no fuese a reportarle beneficio o prestigio. Primero fue a exigir botes a gritos, y tuvo un altercado con el gran Seleuco entre la barahúnda de los muelles. Luego perdió el tiempo indignándose ante los precios abusivos, ya que los barqueros habían subido sin demora las tarifas. Así que tuvo que ser Agrícola el que arregló todo aquello, negociando con unos y otros, y a cambio sólo consiguió la gratitud algo recelosa de Crisanto, que no podía dejar de sospechar que se había embolsado una buena comisión.

En cambio, el joven Valerio Félix no tuvo problema alguno para pasar. Aunque era vástago de una familia acomodada, inclinado a las artes y la filosofía, y no sabía nada de asuntos mundanos, contaba con un séquito de esclavos y libertos que velaban para que no le faltase de nada. Ellos consiguieron un buen bote regateando lo justo, y cruzaron mientras Crisanto aún discutía a voces en los muelles.

Las embarcaciones cruzaban el río según se iban llenando. Costeaban la gran isla de Elefantina, y la más pequeña adyacente, para ir a varar en los arenales de la ribera occidental. Las naves iban cargadas hasta los topes, llenas de hombres, bestias y bultos, y los pasajeros, hacinados, se entretenían mirando los viejos templos de Elefantina que resultaban visibles a lo lejos, a pleno sol. Los boteros, por su parte, observaban atónitos los camellos. Porque a Tito Fabio, nativo de Asia, se le había ocurrido traer una partida de tales animales, tan abundantes en su tierra; unos seres feos y malhumorados, pero únicos a la hora de transportar cargas por estepas y desiertos.

Una de las barcas, cargada en exceso, naufragó en mitad del río, y no pocos de sus pasajeros se ahogaron. Pero no era una de la expedición, sino que estaba ocupada por una multitud de soldaderos. La gente de la embajada en sí pasó sin el menor contratiempo, las tropas se reunieron en la ribera y el tribuno se vio en la obligación de felicitar a Seleuco y Quirino por su eficiencia.

Desde allí se pusieron en marcha hacia el sur. En todos los ejércitos hay no pocos estrategas de taberna y el romano nunca fue la excepción. Así que, mientras avanzaban cargados como mulos, algunos legionarios rezongaban que hubiera sido mejor cruzar más arriba, pasadas las cataratas, allí donde había abundancia de islotes. Pero otros les respondían que en ese punto había menos naves disponibles y que el paso hubiera sido por tanto bastante más lento.

Decían que en el apogeo de Egipto, los grandes faraones habían abierto un canal en la margen oeste de las cataratas, para permitir el paso de naves entre los dos tramos; pero hacía cientos de años que había quedado inservible por el desuso. Cuando Agrícola y Demetrio pasaron por aquel lugar a la vera de la caravana, el canal estaba cegado desde hacía siglos y de no ser por Merythot ni siquiera se hubieran dado cuenta que había existido. Pero el sacerdote les había guiado hasta el borde de las aguas alborotadas, para mostrarles lo poco que quedaba de la vieja obra de ingeniería. Con el báculo les fue mostrando los sillares, los trabajos en la roca viva, los lugares por donde las cuadrillas halaban de los barcos. Se quedaron allí largo rato, como lagartos al sol, viendo con ojos entornados cómo el agua espumaba y rugía entre las piedras, y oyendo contar al sacerdote historias sobre las glorias del gran Ramsés.

La expedición fue remontando las cataratas, hasta rebasarlas y llegar a la altura de la isla de Filé. Allí plantaron de nuevo campamento, para una estancia de varios días esta vez, ya que Nerón había ordenado que se celebrase una ceremonia en el famoso templo de la diosa Isis en Filé, antes de proseguir viaje. Los que siempre buscan motivos a todo creían que, con ese gesto, el césar trataba de agradar a los belicosos blemios, esos nómadas que eran el azote de las tierras situadas a oriente del Nilo; la pesadilla secular de las caravanas y las minas. Otros en cambio creían que no era más que otra de las extravagancias del emperador.

La embajada era un hervidero de rumores, y no pocos estaban convencidos de que todo aquello era en realidad una aventura militar, que su objetivo último era preparar la invasión de Nubia. Agrícola, dado su carácter, prestaba oídos a todos los chismes pero evitaba pronunciarse. Se sentaba bajo los toldos y junto a los carromatos, en los crepúsculos polvorientos, a beber vino aguado y pasar calor, y oír cómo la gente daba rienda suelta a la lengua y apoyaba toda clase de argumentos; aunque a menudo no podía evitar sonreírse ante las hipótesis descabelladas de más de uno.

* * *

Es entonces cuando Africano se acaricia, sonriente, el mentón.

–Te entiendo: a la gente le gusta hablar y, los que menos saben, son los que más opinan. Pero es lógico que una empresa extraordinaria dé lugar a rumores fantásticos.

–Eso es cierto.

–Yo mismo me pregunto qué motivos podía tener Nerón para enviar una embajada tan al sur.

Agrícola mira al anfitrión y ahora es él quien toma un sorbo de vino para darse un instante antes de contestar.

–No creo que nadie supiera de verdad lo que pensaba Nerón. Era un gobernante impulsivo y caprichoso.

–Y voluble e inconstante. Sí. Eso al final fue su ruina. Pero cabe preguntarse si la búsqueda de las fuentes del Nilo no sería una excusa para esconder otros fines.

–Yo también creo que había algo más. Pero estoy convencido de que, dejando de lado todo lo demás, el emperador deseaba y mucho que sus enviados llegasen hasta las fuentes del Nilo. El nacimiento del río ha interesado desde hace siglos a los sabios y la vanidad de Nerón era inmensa.

–Inmensa, sí –se hace eco Africano, pensativo.

–Sin duda soñaba con ser él, a través de la expedición enviada por orden suya, quien desvelase el misterio y diera por zanjada la cuestión.

–¿Y qué hay de ese posible plan de anexionar Nubia a Roma?

–No creo que fuese verdad. Había muchos rumores, sí, pero nada cierto. Está claro que los jefes de la embajada tenían la misión de averiguar cuanto pudiesen sobre Nubia, sí; pero eso no quiere decir que Nerón pensase invadirla. La información sirve para atacar tanto como para defenderse. Después de todo, fueron los nubios quienes invadieron Egipto en tiempos de Augusto, y no al revés.

Uno de los invitados, al que Agrícola no conoce, parece inclinado a discutir en tono burlón.

–Sería muy propio de un loco como Nerón planear la invasión de un lugar como Nubia.

Agrícola sonríe. La suya es una sonrisa entre cansada y cínica, a juego con sus ojos. En esos días, resulta de buen tono denigrar la memoria del emperador derrocado y loar a los usurpadores del trono de Roma.

–¿Por qué sería de locos convertir Nubia en provincia romana?

–¿Bromeas? ¿Qué hay ahí? Es un país lejano, lleno de desiertos y bandidos. Mientras no amenacen Egipto, es de tontos perder tiempo y soldados allí, pudiendo conquistar Arabia o Parthia.

–Dicen que Nerón tenía planes también respecto a esos países. Pero murió y todo quedó en nada –suspira Agrícola–. En cuanto a Nubia, muchos en Roma ignoran la cantidad de productos que nos llegan por intermedio suyo. Nubia es la lla-

ve del sur, y eso quiere decir marfil, oro, pieles, ébano, esclavos. Si no fuera por los esclavos que suministra Nubia, no sé cómo íbamos a mantener abiertas las minas de Egipto.

Hace una pausa, bebe y luego vuelve a hablar.

–No. Creo que ni Nerón ni el prefecto de Egipto pensaron nunca en anexionarse las tierras al sur de Egipto. Pero puede que sí tuvieran en la cabeza la posibilidad de establecer algún tipo de protectorado sobre Meroe, tal y como se ha hecho con muchos reinos asiáticos y africanos.

–Entonces tengo razón –insiste triunfante Africano–. La búsqueda de las fuentes del Nilo era algo secundario; importante para Nerón, sí, pero supeditada a una empresa de tipo político.

–Y yo vuelvo a decir que pienso lo contrario. Esa expedición perseguía varios objetivos y todos ellos eran iguales de importantes para el césar. Eso sí era muy típico del divino Nerón: el desear varias cosas a la vez, aunque las unas estorbasen a las otras.

Varios comensales se agitan incómodos o azarados, y alguno frunce el ceño. Agrícola acaba de emplear el apelativo divino *para referirse a un emperador derrocado, el último de la sangre del gran Julio, adorado por la plebe e infamado por los actuales gobernantes. Africano mira por un instante con curiosidad a su invitado, que sigue manteniendo esa sonrisa entre cínica y cansada, pero no da tiempo a que se produzca ninguna situación molesta.*

–No discutamos más eso. A mí siempre me han interesado más los hechos que las suposiciones, de la misma forma que prefiero saber cómo acabó todo a cómo empezó –manifiesta con suavidad, al tiempo que tiende la copa para que se la rellenen–. Sigue, por favor. ¿Qué pasó en Filé?

CAPÍTULO IV

Senseneb se embarcó rumbo a la isla de los templos, para participar en la ceremonia en calidad de sacerdotisa de Isis. También partieron hacia allí varios miembros de la expedición, unos por obligación y otros movidos por la curiosidad. Tito se quedó en la margen occidental, pues conocía de sobra Filé y sus monumentos, y quiso aprovechar ese tiempo para pasar revista a los equipos y abastos. Emiliano, en cambio, no perdió la ocasión de acudir a esa isla que tanta fama tenía entonces en Roma.

No pensaba asistir a la ceremonia en honor de Isis. Ya había visitado varios templos egipcios durante el viaje río arriba, rumbo a Elefantina, y había presenciado oficios. De hecho, alguna vez había acudido a los cultos que, en honor a Isis, se celebraban en la Roma imperial, donde esa diosa estaba cada vez más de moda. Y si algo había sacado en claro, era que los ritos egipcios le resultaban largos y aburridos, ya que gran parte de la liturgia estaba reservada a los sacerdotes, que oficiaban ocultos a los ojos de los profanos.

Así que lo que hizo fue dirigirse en barca a la isla, pero con la intención de recorrer sus maravillas. Lo hizo en compañía de Basílides, el geógrafo, que se había ofrecido a enseñarle Filé con mucho gusto. Aquel Basílides era alto y fuerte, de rasgos toscos, cabellera espesa, aunque con grandes entradas, y un aspecto general que era más de luchador que de erudito. Era de humor variable, a veces huraño y a veces expansivo; un hombre de vasta cultura, entendido en muchas materias y capaz de trazar con aquellas manazas suyas unas caligrafías preciosas.

La barcaza, de gran vela triangular, zarpó de los arenales de la ribera occidental para costear la isla de Senemt y entrar en el canal que hay entre esta isla y la de Filé. Mientras bogaban por el canal, entre el susurro de las aguas y el zumbido de los insectos, Basílides había ido señalando al tribuno las construcciones que habían dado a Filé el apodo de la isla de los templos. La orilla oeste de la isla estaba cubierta por la columnata occidental y, más allá de la misma, descollaba la vegetación y unos edificios ciclópeos que mezclaban elementos egipcios y griegos, cosa que no hacía sino darle a todo el conjunto un encanto muy especial, perceptible aun de lejos. Basílides iba señalando y Emiliano asentía. Hablaban en griego, debido a que el erudito, como muchos griegos alejandrinos, ignoraba adrede el latín, en tanto que el tribuno conocía el griego, ya que había tenido tutores atenienses.

Las aguas del Nilo eran allí calmas y azules, llenas de reflejos dorados del sol. La barca fue costeando a fuerza de remos y, al llegar al extremo sur, dobló para arribar al pórtico de Nectanebos, que hacía las veces de entrada de la isla. El tribuno se sentaba en la barca con la cabeza cubierta por el manto blanco, y el geógrafo se situaba un poco más a proa, disfrutando del aire y el sol, algo que resultaba bastante insólito en alguien cuyo mundo eran los pasillos penumbrosos y los papiros de la Biblioteca.

Al tocar tierra, fue Basílides el primero en saltar a los escalones de piedra y, con un gesto algo grandilocuente, invitó al tribuno a seguirle. Los griegos de Egipto se enorgullecían de aquella isla y la sentían como algo propio. Porque, aunque existían allí templos desde tiempos muy antiguos, habían sido los Ptolomeos los que, al transformar la pequeña capilla de Isis en el gran templo actual, y al añadirle después nuevos monumentos, habían convertido Filé en un centro religioso de primer orden; y no parecía que su popularidad fuese a menguar bajo el imperio romano, sino más bien todo lo contrario.

Subieron los peldaños sin prisa, el tribuno con la cabeza aún cubierta por el manto, los ojos fijos en el obelisco allí plantado, y el alejandrino ansioso de mostrarle las maravillas de la isla. Pero ya en lo alto de la escalinata, el romano se detuvo y alzó una mano, pidiendo unos momentos de silencio a su acompañante.

Ante sus ojos se abría el gran patio columnado y, como ya otras veces ante monumentos así, Emiliano no podía por menos que sentirse pequeño y efímero. El patio era inmenso, rectangular, y las construcciones titánicas que lo formaban mostraban una mezcla de elementos egipcios, griegos y romanos que las hacían aún más imponentes a ojos del visitante. A los lados estaban las columnatas y allí al fondo, gigantesco, el pórtico de dos pilonos, adornado el de la izquierda con una escena del faraón triunfante, y el de la derecha con otra del mismo faraón y el dios Horus.

Por aquel gran patio deambulaban egipcios, griegos, romanos de la expedición y bárbaros etíopes de aspecto fiero y exótico. Emiliano se quedó allí plantado, contemplándolo todo a pleno sol. Zumbaban las moscas y sobre el patio, de derecha a izquierda, pasó un ibis como una flecha. El tribuno levantó la vista y se quedó mirando un instante con el ceño fruncido.

Se dirigieron a la margen occidental, a la gran columnata construida en tiempos de los césares Augusto y Tiberio, y allí Basílides, con una actitud muy propia de un sabio, que concede más valor a un logro técnico que a la religión o la belleza, no cejó hasta que pudo mostrarle y explicarle el Nilómetro, ese artefacto que sirve para calcular la intensidad que va a tener la crecida e inundación del gran Nilo.

Luego fueron paseando por entre las columnas y, desde la sombra, el griego le fue señalando el templo de Arennsnufis, el de Imhotep, las capillas, al tiempo que le abrumaba con toda clase de datos sobre cómo, cuándo o por orden de quién fueron levantados. El romano hablaba poco y escuchaba, unas veces con interés y otras por cortesía, y a menudo asentía con la cabeza.

Así llegaron hasta la gran fachada de dos pilonos, la puerta del complejo en el que se ubicaba el templo de Isis. Más allá se veía que el recinto estaba lleno de fieles, pero Emiliano no tenía ninguna intención de entrar allí dentro. En vista de aquello, Basílides, que sí pensaba meterse hasta la parte permitida a los profanos, le recomendó que visitase el templo de Hathor, en la parte oriental de la isla.

Emiliano se despidió del geógrafo y se dirigió hacia la zona este. Se detuvo a destocarse y después se echó el manto sobre el brazo izquierdo. Debajo vestía una túnica blanca sin gran adorno y ceñía espada. Algún romano le saludó y los blemios del desierto le vieron pasar sin hostilidad, porque aquel lugar era sagrado. Él les observó con idéntica curiosidad y –aunque se detuvo a admirar la puerta construida en tiempos de Ptolomeo II–, en vez de dirigirse hacia el norte y el templo de Hathor, se acercó al borde del agua, saturado ya de tanta belleza arquitectónica.

La ribera oriental era salvaje, a diferencia de la occidental, que estaba llena de monumentos. Se llegó casi hasta el margen, a mirar cómo el sol centelleaba sobre las aguas azules. Al otro lado estaba la ribera del Nilo, accidentada, llena de verdor y rocas redondeadas por el agua. Hacía mucho calor y reinaba un gran silencio. El cielo era azul con unas pocas nubes blancas, los íbices pasaban volando sobre el río, y a veces se levantaba un soplo de aire cálido que estremecía las plantas acuáticas y agitaba la túnica del tribuno.

Se quedó un buen rato allí, con el manto colgado del brazo izquierdo y los ojos puestos en el fluir del agua. Aquel paisaje era de una belleza antigua que lograba tocar incluso a un hombre como Claudio Emiliano, que se jactaba de prosaico. Pero allí, en esa ribera acunada por el rumor de las aguas azules y el murmullo de la vegetación, no pudo evitar pensar con nostalgia en la lejana Roma, así como en las circunstancias que le habían conducido, en contra de su voluntad, hasta esa frontera remota.

Otro ibis pasó volando muy rápido, una flecha negra y blanca sobre el azul, de nuevo de derecha a izquierda. Salió de su ensimismamiento y se preguntó si ese ibis y aquel otro, el del patio, no serían malos augurios. Suspiró, hizo gesto de acomodar el manto sobre el brazo y entonces fue cuando oyó a sus espaldas el rechinar de la tierra bajo unos pies cautelosos.

Cualquier somnolencia se esfumó. El tribuno se revolvió como una serpiente, echando mano a la espada. Dos egipcios desarrapados, renegridos por el sol y con pelambreras enmarañadas, se le habían acercado por detrás con largos cuchillos puntiagudos. Retrocedió al tiempo que lanzaba una voz de alarma y tiraba de acero; pero los asesinos estaban ya demasiado cerca y le saltaron encima. Pudo estorbar a uno con un floreo del manto, pero el otro le agarró por la muñeca y le impidió que desenvainase la espada, a la vez que le lanzaba una puñalada. Emiliano logró recular y hurtar el cuerpo, de forma que la punta pasó rozando las costillas y le abrió una herida larga y superficial.

Volvió a molestar al de la izquierda con el manto, y la cuchillada de éste se perdió entre los pliegues de tela. Sin dejar de lanzar grandes gritos de auxilio, soltó el pomo de su espada para retorcer el brazo y liberar la muñeca, justo a tiempo de desviar, con la palma abierta, la hoja que ya le buscaba las entrañas. Luego, de un puñetazo, le rompió la nariz al asesino de la izquierda, que se retiró un par de pasos, rugiendo y sujetándose el rostro.

Pero ya el otro atacante cargaba como un toro furioso, bramando y con la cabeza gacha. Consiguió agarrar el manto del romano y asestarle dos puñaladas en vientre y costado. El tribuno, aullando de dolor y rabia, logró sacar su propia espada y le acuchilló a ciegas. El egipcio soltó un jadeo horrible, y se derrumbó llevándose el hierro clavado en el cuerpo. La sangre roja y caliente salpicó los brazos y el torso del pretoriano.

Éste retrocedió ante el cuchillo del otro asesino, mojado en sudor frío, sintiendo cómo le corría la sangre por el cuerpo y con el manto como única arma. Su enemigo, con la nariz rota y la boca llena de sangre, titubeó al ver a su compañero caído, con la espada clavada y aún estremeciéndose. Observó al romano, le enseñó los dientes en una mueca que la sangre hacía espantosa y se adelantó de nuevo, el cuchillo por delante. Se trabaron otra vez, el egipcio tirando puntazos y el tribuno defendiéndose con manto y puñetazos. Dos pinchazos más recibió Emiliano antes de poder asestar otro golpe en las narices del egipcio, que brincó hacia atrás con un grito de angustia.

Se observaron sudorosos y resollando. El tribuno con el manto en la izquierda, como si fuera la red de un reciario, la palma de la derecha sobre las heridas, la túnica blanca manchada de rojo, pálido y sintiendo cómo le ganaba la fatiga. El egipcio greñudo y casi desnudo, la cara ensangrentada, los párpados entornados y el cuchillo destellando en el puño.

Se adelantó un paso y su víctima retrocedió, agitando el manto. Luego tomó aire e iba ya a arrojarse sobre el pretoriano para coserle a puñaladas, confiado en el cansancio de éste y aun a riesgo de recibir algún puñetazo más, cuando unos gritos destemplados le hicieron detenerse.

Se retiró unos pasos mirando alarmado. Emiliano apartó a su vez los ojos de él, por un parpadeo. Valerio llegaba corriendo, acompañado de tres esclavos de túnicas pardas. El rostro delgado y de barba larga del romano mostraba consternación, pero sus esclavos acudían ceñudos y enarbolaban bastones. El asesino se revolvió y quiso hacerles frente con el cuchillo, pero los tres –hombres grandes y fuertes– la emprendieron a palos con él, sin ponerse a tiro del cuchillo. Un golpe le descalabró y otro le quebró los nudillos, de forma que el puñal cayó en el polvo.

El egipcio, molido como un perro y lleno de sangre propia, se dio la vuelta y huyó aullando hacia el norte de la isla. Los esclavos de Valerio salieron detrás de él, agitando entre gritos bárbaros los bastones, y, como los tenía a los talones, el asesino frustrado se tiró de cabeza al río. Sus perseguidores se quedaron al borde de las aguas, insultándole en sus lenguas natales y blandiendo los báculos, antes de escupir en dirección al fugitivo, que nadaba con dificultad, y volver junto al herido y su amo.

Éste último había querido sostener al primero, pero fue en vano, porque no le sostenían las piernas. El tribuno se había sentado, pálido y cubierto de sudor, y le pidió jadeando a Valerio que le ayudase a recostarse en una piedra. Mientras lo hacía, llegó a ayudarle Merythot, el sacerdote egipcio, que había estado paseando con el romano cuando oyeron los gritos de la pelea.

Fue el egipcio el que le rasgó la túnica y el primero que atendió sus heridas, con rapidez aunque sin delicadeza, de forma que el pretoriano rugió de dolor.

–¿Estás seguro de que sabes lo que haces, sacerdote? –gruñó. Porque, aunque había oído hablar mucho y bien de él, a sus ojos no era más que otro buscavidas extranjero que había logrado ganarse un puesto en la mesa de Nerón.

–Que no se diga que un tribuno de Roma no ha podido soportar un poco del dolor.

–¿Dolor? Como me desgracies, hago que te crucifiquen cabeza abajo.

–Conozco mejores formas de dar las gracias a quien te ayuda. –El egipcio, enjuto y calvo, siguió hurgando inmutable en las puñaladas–. Estate tranquilo, que aprendí con grandes maestros hace mucho tiempo, en el Delta. Además, lo único que estoy haciendo es vendarte las heridas para detener la hemorragia. Hay en esta isla sacerdotes médicos, muy hábiles, que te atenderán enseguida.

Se volvió hacia Valerio, que observaba indeciso, sobándose la gran barba de filósofo.

–Envía a alguien en busca de ayuda.

El romano hizo una señal a sus esclavos y dos de ellos salieron a escape, mientras el sacerdote vendaba las heridas. Emiliano se revolvió gruñendo, pero Merythot le contuvo.

–Quieto, tribuno, que te han dado lo tuyo.

–¿Y me lo dices a mí, que me siento desangrar? Anda, hazme un favor y sécame la frente, que se me mete el sudor en los ojos y me pican. ¿Son graves mis heridas? Dime la verdad.

–Unas más que otras, pero no me parece que te hayan tocado ninguna víscera. El único problema es la hemorragia y ya me estoy ocupando yo de cortarla.

–Así que voy a salir de ésta.

–No lo dudes, tribuno. Los dioses de la isla se han puesto de tu parte.

–Sí tú lo dices...

El egipcio, ocupado en vendar, desvió los ojos por un momento y le sonrió.

–Es de humanos fijarse en lo que se ha perdido, y no en lo que se ha conservado –repuso luego sentencioso, con los dedos manchados de rojo–. Si el señor Valerio, sus esclavos y yo no hubiéramos estado paseando por las inmediaciones, y si no hubiésemos oído los gritos y venido a ver qué pasaba, ahora estarías muerto.

–Lo sé.

Dejó caer los párpados mientras Merythot le secaba el sudor de la frente con un jirón de su propia túnica.

–Abre los ojos, tribuno –dijo con suavidad el egipcio.

El aludido obedeció y, al hacerlo, se le vino una idea a la cabeza.

–¿Cómo es que no estás en la ceremonia, en el templo, con todos los demás? –preguntó con cierta sorna, porque siempre había dudado de la autenticidad de aquel sacerdote, que bien podía ser uno de tantos impostores que pululaban por Roma.

–Porque soy un hombre chapado a la antigua –repuso sin cambiar de color el otro, con una de sus sonrisas amables y distantes–. Lo cierto es que ofende a mi dignidad de sacerdote la idea de asistir a una ceremonia ordenada por el capricho de un gobernante extranjero. Y perdona que te sea tan sincero.

–Pero si tú estás aquí enviado por Nerón.

–Una cosa no quita la otra, tribuno.

Valerio seguía de pie y a pocos pasos, acariciándose la barba castaña, mientras que el único esclavo que se había quedado con ellos se apoyaba en su largo bastón.

Las moscas zumbaban en torno al herido, atraídas por la sangre, y Merythot desgajó unas ramas de una mata, para agitarlas a modo de abanico.

–¿Dónde está mi espada? –reclamó de repente el tribuno. Volvió la cabeza y quiso señalar al asesino muerto, pero el sacerdote le contuvo con suavidad el brazo–. Ahí está. Traédmela.

El propio Valerio Félix sacó el hierro del cuerpo y quiso limpiar la hoja, pero su esclavo se la arrebató, temeroso de que se cortase los dedos con el filo.

Empezaba a llegar gente, los egipcios llevándose las manos a la cabeza, los nubios y los blemios indignados ante el sacrilegio y los romanos consternados al ver al tribuno caído y ensangrentado. Y así fue como éste, recostado contra una roca, envuelto en vendas de fortuna, ya enrojecidas, entre el calor y las moscas, pudo ver por primera vez a Senseneb sin velos.

La sacerdotisa, al conocer la noticia, había bajado sin quitarse las ropas ceremoniales, compuestas de linos muy blancos, una estola roja y un gran collar pectoral de cobre bruñido y turquesas azules. Su piel era muy negra, los ojos oscuros y brillantes y, cuando se inclinó sobre él, Claudio Emiliano supo que, en efecto, era tan hermosa como decían los soldados romanos, pese a que ninguno de ellos había visto jamás su rostro. Estaba arropada por el olor a perfumes exóticos y, más de cerca, el pretoriano pudo ver tatuajes azules en sus mejillas.

Senseneb palpó con gran delicadeza las vendas sangrientas, y más de uno creyó ver cómo las yemas de sus dedos se demoraban sobre aquel pecho de músculos marcados. Y es que el tribuno, aun allí tendido, pálido y sudado, respirando con fatiga, seguía siendo aquel joven noble, ambicioso y mundano del que decían que podía servir de modelo para una estatua.

Ella cambió unas palabras con Merythot, pero hablaban en egipcio y el herido no pudo entender nada. Le examinó de nuevo, preguntó algo y el sacerdote contestó.

–Según dice Merythot, señora, no moriré de ésta –rezongó el pretoriano–. Puedes preguntarme a mí si lo deseas, que aún no estoy delirando.

Los ojos de una y otro se encontraron. Y allí, bajo la luz ardiente de Egipto, aunque la cabeza le daba vueltas, él no pudo dejar de fijarse en el contraste que ofrecían su piel negra, los linos blancos y el rojo sangre de la estola. Ella le sonrió.

–No era mi intención molestarte, tribuno –respondió con voz melosa, ahora en griego–. Parece que, aunque tus heridas no son graves, has perdido bastante sangre. Eres fuerte, pero necesitas que te atiendan.

–Ya han ido a avisar a los sacerdotes médicos –intervino Merythot, también en griego.

Senseneb volvió a sonreír al tribuno, con la boca y con los ojos, quizá para darle aliento. Su mano de dedos ágiles se posó por unos instantes sobre su pecho, para sentir con la palma la respiración rápida y agitada. De los que estaban allí, mirando y hablando en voz baja, unos creyeron ver en ese gesto un acto de magia curativa y otros algo bien distinto.

–Ya lo has oído: los médicos de Filé van a cuidar de ti. En mejores manos no podrías estar, créeme.

Emiliano asintió con fatiga. Ella se levantó sacudiéndose con delicadeza las ropas, para aventar el polvo pardo que pudiera haberse adherido a ellas.

–Voy a rezar a los dioses para que te restablezcas, y haré que se ofrezcan sacrificios y se lean los conjuros curativos –le observó de nuevo con ojos brillantes, al tiempo que hacía una señal a sus servidores, para que supieran que iba ya a marcharse–. Espero que pronto estés repuesto.

–Gracias. Yo también lo espero –murmuró el tribuno con los párpados entrecerrados y el rostro reluciente de sudor.

Ella le miró por última vez, antes de darle la espalda, y el pretoriano se quedó mirando cómo se marchaba. Luego volvieron las moscas y Merythot agitó de nuevo la rama verde para espantarlas. Y, entre unas cosas y otras, y con los dolores de las heridas, al poco, Claudio Emiliano dejó de pensar en ella.

CAPÍTULO V

Los sacerdotes-médicos de Filé se ocuparon en efecto del tribuno. Le hicieron trasladar al interior de un templo y en cámaras tibias y umbrías –entre estatuas de dioses, paredes cubiertas de frescos y flameros llameantes–, limpiaron, cosieron y vendaron las heridas, aplicando emplastos entre cánticos. Como le habían apuñalado en el vientre, a pesar de que no parecía que los hierros hubiesen tocado las entrañas, no le dieron adormidera, sino que le hicieron aspirar el humo de hierbas narcóticas, quemadas en braserillos de barro.

Sólo entonces le pusieron en manos de sus soldados, que le trasladaron en barca hasta el campamento romano. Le bajaron en parihuelas, con cuidado de no aumentar sus dolores con el movimiento, aturdido por las drogas y rodeado de pretorianos armados. Estaba débil y malparado, pero consciente y, en cuanto supo esto último, Tito Fabio Tito fue a visitarle a su tienda, sin perder un solo instante.

Los pretorianos que montaban guardia ante la carpa le vieron llegar solo, alto y renegrido por el sol, con la túnica blanca de legionario y la espada y la daga ceñidas. Como se acercaba a trancos largos y con expresión absorta, como si fuese a entrar en la tienda sin detenerse, los guardias se agolparon ante la puerta, para cerrarle el paso sin amenazas.

El prefecto se detuvo de repente y fijó sus ojos oscuros en los pretorianos. Se quedó contemplando durante unos instantes a esos soldados de túnicas rojas y escudos que mostraban alas y rayos dorados sobre fondo rojo.

–¿Está despierto el tribuno? –traía el pelo revuelto, aunque su rostro moreno estaba perfectamente afeitado.

Los pretorianos cruzaron miradas entre ellos, antes de que alguno se animase a contestarle.

–No lo sabemos, prefecto.

El aludido se plantó delante de ellos con los brazos en jarras, y una expresión que se volvía tormentosa por momentos.

–¿Así que no lo sabéis?

–No, prefecto. Nosotros sólo estamos de guardia.

–¡Pues que vaya alguien a enterarse, idiotas!

Los pretorianos se agitaron molestos, pero uno de ellos entró a pedir instrucciones. Y enseguida salió a toda prisa Cayo Marcelo, mano derecha de Emiliano.

–¡Disculpa a los hombres, prefecto! Pero están muy afectados por el intento de asesinato del tribuno. Todos lo estamos –y le mostraba las palmas de las manos, a manera de excusa.

–Es comprensible. No te preocupes –descartó el tema con un ademán, como si así ahuyentase su propio enfado.

–Pero no te quedes fuera, hombre. Entra, entra –Marcelo le arrastró casi del codo al interior, con familiaridad; ya que esos dos habían hecho muy buenas migas desde el principio, pese a todas las rivalidades que pudiera haber de por medio.

La tienda del tribuno era amplia y de techos bajos, llena de tapices, telas, pieles y arcones, iluminada por algunas lámparas de aceite y con una atmósfera ahora bastante cargada de olores. Emiliano yacía en su lecho, entre almohadones y arropado pese al calor. Dentro se encontraban algunos esclavos personales, así como media docena de pretorianos sin armadura que bebían vino, unos de pie y otros sentados. La conversación murió y todos los ojos se clavaron en el prefecto, de forma que éste se encontró frente a toda una retahíla de miradas que iban de la curiosidad a la hostilidad, pasando por las meramente inexpresivas.

Fue un silencio espeso, pero Cayo Marcelo se hizo cargo en el acto de la situación y se encaró con sus compañeros.

–Dejadnos, amigos. El prefecto tiene asuntos que discutir con el tribuno, y es mejor que lo hagan en privado –se volvió luego a los esclavos–. Salid vosotros también.

Unos fueron a levantarse con presteza, mientras que otros se mostraron más lentos y desganados, pero Tito les contuvo con la mano.

–Tranquilos. Apurad antes el vino, que ya lo echaréis de menos cuando estemos muy al sur.

Hubo hasta quien sonrió. Los pretorianos bebieron hasta el fondo y, chasqueando las lenguas, se ciñeron las espadas y salieron todos juntos. Cayo Marcelo no hizo intención alguna de seguirles y Emiliano, desde la cama, tendió con fatiga una mano.

–Marcelo, haz el favor; sirve un poco de vino al prefecto.

–¿Prefecto? –el aludido puso la mano sobre una ánfora.

–Nunca digo a eso que no –Tito sonrió e, incluso en la penumbra de la tienda, sus dientes brillaron muy blancos en ese rostro oscurecido por el aire y el sol. Como gesto de cortesía, se desciñó el cinto de la espada para dejarlo sobre la mesa, aunque a Cayo Marcelo le costaba creer que alguien como el prefecto no guardase un puñal oculto en alguna parte.

Aceptó la copa de vino con agua que le brindaban y, sin más ceremonia, él mismo arrimó un asiento de madera y cuero para instalarse cerca del lecho.

–¿Cómo te encuentras, tribuno?

–Me duele todo –Emiliano dejó escapar una risita, bastante incongruente con el semblante demacrado y sus palabras. Pero su visitante no se sorprendió, pues había visto que, a menudo, el humo de las hierbas narcóticas provocaba cierto estupor y una extraña hilaridad.

–He ordenado rastrear la orilla palmo a palmo, a ver si damos con tu atacante. Aunque lo más seguro es que, dado el estado en que dicen que se tiró al agua, se lo hayan comido los cocodrilos, si es que no se ha ahogado directamente.

–Si le encuentran, que lo capturen como sea. Lo quiero vivo.

–Ésas son las órdenes que he dado.

El tribuno asintió cansino, fijó unos ojos turbios en su interlocutor y, por último, cerró los párpados, como muy fatigado.

–¿Has sido tú? –le preguntó, con los ojos aún cerrados–. ¿Has sido tú quien ha enviado a esos asesinos?

A Cayo Marcelo se le escapó un respingo. Tito se quedó en silencio durante largos instantes, la copa en las manos. Marcelo cambió el peso de un pie a otro, apurado.

–Prefecto, tienes que entender que el tribuno está herido y...

Emiliano, sin abrir los ojos, levantó una mano para que se callase; un gesto del que se resintió, a juzgar por la mueca que hizo. Pero Tito se limitó a menear la cabeza, como pensativo, antes de sonreírle al ayudante del tribuno.

–No te preocupes, Marcelo –volvió la mirada al herido–. No, Claudio Emiliano, yo no tengo nada que ver con todo eso. Yo no deseo tu muerte y, si la quisiese, sé donde encontrar hombres mejores, y tú no hubieras salido vivo del trance. Créeme.

Emiliano volvió a reírse con esa hilaridad que le sacudía, sin que pudiera contenerla, a pesar del dolor que le causaba en las heridas.

–No tienes pelos en la lengua.

–Tú me has preguntado sin rodeos, y yo te he respondido de igual manera.

Hubo un intervalo durante el que los tres se quedaron en silencio e inmóviles: el enfermo en su jergón, pálido, bocarriba, con los ojos cerrados; su visitante observándole con la copa en las manos, y Cayo Marcelo a un par de pasos de ellos, la zurda reposando, por hábito y no como amenaza, sobre el pomo de la espada. Por fin, Tito bebió un poco más de vino y, con la copa entre las dos manos, se inclinó hacia su anfitrión, con la actitud relajada del que está en una velada de ociosos.

–¿Y qué motivos podría yo tener para quererte muerto?

–Tú y yo no nos entendemos nada bien. De hecho, nos llevamos muy mal.

Ahora fue el prefecto el que se echó a reír.

–Si fuese haciendo asesinar a todos aquellos con los que tengo alguna diferencia, me temo que el ejército y la administración de Egipto iban a tener muchas vacantes que cubrir.

–Estamos obligados a compartir el mando, y eso te desagrada tanto como a mí. Yo tengo la capacidad última de decisión, y eso te gusta aún menos. Si yo muriese...

–Nombrarían a otro en tu lugar y tú lo sabes. Son razones de poco peso para querer matarte.

El tribuno abrió los ojos y quiso asentir. Respiraba con dificultad y estaba sudando, por lo que Cayo Marcelo le secó la frente. Hacía mucho calor dentro de la tienda, a pesar de que ya se había puesto el sol.

–Hay algo más. Vosotros sois contrarios a esta expedición.

–¿Quiénes somos nosotros?

–Tú, el prefecto de Egipto, todos. Si yo hubiese muerto, el prefecto hubiera hecho detener la expedición con esa excusa.

Ahora fue Tito el que se quedó callado y pensativo. Luego, cuando habló, lo hizo tratando de medir sus palabras.

–No puedo negar que muchos en la administración provincial ven con malos ojos esta empresa. Es un gasto para las arcas y se retiran soldados de las guarniciones de frontera. Pero la palabra de Nerón es ley, y nadie va a alzar un dedo para estorbar esta misión.

–¿Y qué hay de ti?

–Yo voy a donde el emperador o el prefecto de Egipto me envíen, tribuno.

–No te estoy preguntando eso.

–¿Quieres saber mi opinión personal sobre toda esta aventura? –dio un sorbo–. De acuerdo, te la voy a dar. Creo que no se nos ha perdido nada en Nubia y menos en los países de los negros. Hemos tenido que retirar tropas sobre todo de las cohortes de Syene y eso es un problema.

–No va a haber una invasión...

–Vosotros, los de Roma, siempre pensáis en grandes acciones, tribuno. A nosotros en cambio nos tienen más ocupados cosas como la seguridad de las poblaciones más fronterizas y de las rutas de caravanas; es ahí donde más problemas vamos a tener, al disminuir los efectivos.

–Luego estás en contra de esta expedición.

–No estoy en contra de nada, tribuno. No me atribuyas palabras que no he dicho. Me he limitado a señalar un hecho. Y quiero que entiendas algo: tu muerte ahora no detendría la expedición; la retrasaría todo lo más, hasta que se nombrase un sucesor.

–Ya –Emiliano se dejó llevar por la hilaridad–. Pero, mientras tanto, tal vez a Nerón le hubiese dado otra de sus ventoleras y cambiado de opinión. Con lo desquiciado que está y lo...

Cayo Marcelo se adelantó a toda prisa, y puso una mano sobre el hombro del convaleciente.

–Descansa, Emiliano –le apaciguó, antes de volverse turbado hacia Tito para mostrarle la mano abierta–. Prefecto, los médicos de Filé le han dado drogas para calmarle un poco los dolores. Tienes que comprender que la cabeza se le va y que divaga.

–Claro que lo entiendo, no te preocupes.

Se puso en pie y se dirigió al herido.

–Discúlpame tú a mí, tribuno; te estoy cansando sin motivo. Es mejor que no sigamos hablando y descanses. Tiempo habrá para discutir los asuntos pendientes. Pero déjame decirte que el prefecto de Egipto ha hecho cuanto ha podido para cumplir las órdenes del césar y yo haré a mi vez lo mismo en la parte que me toca.

Echó mano del cinto con la espada y la daga, y Cayo Marcelo volvió a cogerle por el brazo para susurrarle, mientras le acompañaba hasta la puerta de la tienda:

–Sus heridas... las drogas... lo que ha dicho...

–Vamos, Marcelo, vamos –sonrió con amabilidad–. Todo esto no ha sido más que una charla informal, en privado. Lo mejor es que, para bien de todos, olvidemos lo que aquí se ha dicho.

–Es lo más prudente.

Tito se ciñó los aceros antes de abandonar la tienda; pasó entre los pretorianos de guardia y se despidió de ellos con un gesto. Le respondieron a coro. Ya era noche cerrada. El aire estaba en calma, hacía calor y las estrellas titilaban a millares en el cielo nocturno. Los mosquitos llegaban en nubes espesas desde el río, zumbando y revoloteando por millares alrededor de las teas y se abrasaban en las llamaradas, restallando.

Alguien silbó y Tito, sorprendido, se giró con la mano sobre el pomo de la espada. Una figura se le acercaba en la oscuridad, con una lámpara de barro de luz muy tenue. El prefecto estrechó los ojos y observó con recelo; pero no se trataba más que de aquel liberto desagradable y presuntuoso, Paulo, el que se les había unido en Syene exhibiendo credenciales con los sellos del mismísimo Nerón.

–¿Qué haces aquí fuera, a estas horas? –el prefecto le observó sin ocultar su disgusto.

–He venido a interesarme por la salud del tribuno –Paulo, rechoncho y petulante, le dedicó una sonrisa de lo más falsa.

–Es muy loable tu intención; pero esto es un campamento militar y no una taberna –apartó los dedos de la espada para abarcar con un ademán las tiendas que les rodeaban–. Uno no puede ir y venir a su antojo por aquí.

–Uno cualquiera quizá no; pero yo no soy uno cualquiera, prefecto –se le arrimó con su sonrisa truculenta aún en el rostro–. Nuestro señor Nerón confía en mí, me he sentado con frecuencia a su mesa y me ha hecho partícipe de sus planes y pensamientos.

Tito se cruzó de brazos y miró hosco a ese sujeto chaparro, grueso, de rasgos grotescos y falsa urbanidad al que su lugarteniente Salvio Seleuco, riendo, atribuía cierto parentesco con las chinches y las cucarachas.

–Yo jamás me he sentado a la mesa del emperador; ni siquiera le he visto. Sin embargo, le sirvo. Y haz el favor de bajar la voz, que los soldados duermen.

Volvió a señalarle con la mano las tiendas silenciosas, pero el otro no le hizo el menor caso.

–¿Cómo se encuentra el tribuno?

–Ha recibido varias cuchilladas. Le han curado y ahora descansa.

–¿Vivirá?

–Supongo que sí, a no ser que se le infecten las heridas.

–¿Y qué hay de los que le han atacado?

–El propio Claudio Emiliano mató a uno de ellos y el otro se tiró al río, huyendo de los que le perseguían. Lo más seguro es que se haya ahogado.

Paulo asintió y se acercó aún más al prefecto, para cogerle por el brazo y preguntarle, bajando ahora sí la voz:

–¿Y qué hay de sus cómplices?

–¿A qué cómplices te refieres? –repuso con aspereza, conteniéndose a duras penas de sacudirse con violencia esa mano–. Esos dos no eran más que un par de ladrones de fortuna que vieron una ocasión de matar y robar a un romano rico que se había alejado de la zona de los templos.

–¿Matar y robar en la isla de Filé?

–Es un sitio como cualquier otro.

A la luz turbia de su lámpara, Paulo miró en los ojos del prefecto con algo parecido al resentimiento. El otro le sostuvo la mirada sin pestañear.

–¿Me estás tomando el pelo, prefecto? Filé es una isla sagrada y todo el mundo sabe que los egipcios son el pueblo más religioso del mundo. Un egipcio nunca...

–¡Ja! –ahora sí que se zafó con gesto brusco del agarrón, sin poderse ya contener–. Anda, vente conmigo río abajo, al desierto, y yo mismo te mostraré docenas de tumbas violadas y vacías. Fueron saqueadas y no en tiempos de los Ptolomeos, sino de los propios faraones, y por ladrones de sangre egipcia. Que sean el pueblo más religioso del mundo no quiere decir que no haya entre ellos ladrones de tumbas y sacrílegos.

Paulo le contempló indeciso, los labios gordezuelos fruncidos.

–Es posible... –levantó un poco más la lámpara, como tratado de escudriñar a la luz el rostro de su interlocutor–. Prefecto, voy a decirte una cosa; esta expedición es idea del propio césar, no algo que le propusiese nadie.

–Eso había oído.

–¿Sí? Entonces quizás hayas oído también cómo trata el divino Nerón a aquellos que fracasan.

Tito no dijo esta boca es mía. Paulo sacudió la cabeza.

–La muerte de Claudio Emiliano, ahora, hubiese sido un fastidio –y ese *ahora* le sonó bastante siniestro al prefecto–, ya que hubiera retrasado la expedición. No le habría gustado nada al césar, y es un hombre colérico e impulsivo. Quizá su cólera hubiera caído no sólo sobre los culpables, sino sobre todos aquellos sospechosos de no haber sido diligentes a la hora de cumplir sus órdenes.

El prefecto siguió en silencio y la expresión de Paulo se volvió taimada al resplandor de la lámpara.

–Mando informes por carta a Roma; soy yo quien da noticias al emperador, acerca de la expedición. Él confía en mí, y es por mí que sabe quién en esta misión le es leal y quién no.

Hizo una pausa y, en el silencio, alzó un poco más la lámpara, de forma que la luz se reflejó en los ojos oscuros de Tito Fabio.

–¿Me explico?

–Perfectamente.

–Me alegra que sepas entender las cosas. Es mejor llevarse bien conmigo, prefecto –sonrió como un tiburón–. Créeme.

–Te creo –el legionario retrocedió un paso, de forma que su rostro volvió a ser una mancha entre las sombras–. Pensaré en lo que me has dicho. Pero ahora tengo cosas que atender, así que buenas noches.

Y, antes de que el otro pudiera replicar nada, se dio la vuelta y se alejó en la oscuridad.

* * *

–Perdona que te interrumpa –uno de los comensales detiene con un gesto el relato–; pero hay algunas cosas que no entiendo.

–¿Qué es lo que no entiendes? –Agrícola vuelve los ojos a su interlocutor: un romano alto, flaco y de rasgos aquilinos, al que no conoce y del que después sabrá que se trata de Julio Aviano, legado militar de una de las legiones estacionadas en la zona.

–No me cabe en la cabeza, por ejemplo, que hubiese pretorianos en esa expedición. Creo recordar haber oído alguna vez hablar de esa aventura, sí; pero yo estaba muy lejos de Roma en aquella época y creo que todo cuanto me llegó fue un comentario.

Agrícola asiente. Los pretorianos, la guardia personal de los césares, los de las armaduras fastuosas y las pagas principescas, están acuartelados en Roma, tienen como misión la defensa del emperador y la Urbe, y sólo se alejan de la segunda cuando tienen que dar escolta al primero.

–Entonces no debo haberme explicado lo suficiente. Pero, si tuviese que contar todos los detalles de lo que sucedió... creo que ya he dicho que los pretorianos llevaban con ellos una imago *del emperador.*

–Sí. Eso sí.

–Digo imago *por darle algún nombre, y porque los mismos pretorianos la llamaban así. Pero no eran como las normales que suelen llevar consigo las legiones. Fue hecha ex profeso para la expedición y la verdad es que alguna vez me he preguntado qué ocurrió luego con ella. Estaba realizada en oro puro, pero en sí no era más que un asta con medallones, sobre la que había un busto del divino Nerón.*

»Fue la vanidad del césar la que le hizo encargar esa enseña. La vanidad, sí, y la ambición, y el consejo de un mago oriental. Nerón quería ser él quien descubriese las fuentes del Nilo; ser él en persona el descubridor y no simplemente el emperador que envió a los descubridores. Por eso mandó a la expedición a esa imago, *rodeado de pretorianos, igual que si fuera un emperador de viaje. La* imago *no representaba a Nerón, sino que era el propio Nerón, y a lo largo de la marcha oí contar toda clase de historias sobre el mismo. Incluso decían que dentro del busto habían guardado unas gotas de la sangre y unos rizos de pelo del césar; pero eso ya no podría jurar que fuese verdad.*

–Pero sí que sería muy propio de Nerón –asiente con toda seriedad el legado–. Era un supersticioso, dado a prestar atención a las supercherías, y a adoptar toda clase de costumbres extranjeras.

–O incluso costumbres inventadas por él mismo. Y desde luego su soberbia era inmensa. Así que, lo mismo que tuvo que ser el mejor poeta de los juegos griegos, tenía que ser él, en imagen ya que no en persona, quien llegase a la boca del Nilo.

Por eso estaban allí en principio las dos centurias de pretorianos, para proteger esa imago *de la misma forma que lo hubieran hecho con un emperador de carne y hueso.*

–¿En principio? –Africano caza el matiz al vuelo–. ¿Es que había algo más?

–Algunos decían que sí: que había otra razón para que aquellos pretorianos hubiesen sido enviados tan lejos. Un motivo relacionado con la muerte de la madre de Nerón –observa dudoso a sus oyentes–. Supongo que todos aquí saben que fue una banda de libertos y esclavos del propio Nerón los que mataron a Agripina en su misma casa.

–Supongo –Aviano le observa desconcertado–. Es una historia vieja, uno más de los crímenes de Nerón. ¿Pero qué...?

–Espera. Tal y como me lo contaron a mí, ese asesinato fue posible porque Nerón ordenó que se retirasen los pretorianos que montaban guardia en casa de su madre. Así sus esbirros pudieron entrar sin resistencia y matarla a puñaladas.

»También me dijeron que esa jugada no sentó nada bien entre la Guardia Pretoriana. Fue una muerte infame, más teniendo en cuenta que era su propia madre, y a muchos pretorianos les sentó muy mal verse implicados. Por eso algunos decían que Nerón había aprovechado esa expedición para librarse de los más contumaces; los más opuestos a él o los que habían dado su opinión en voz más alta.

–¿Y tú crees que eso era verdad?

–No lo sé. Pero sí puedo afirmar, porque yo mismo estuve indagando un poco, que en aquella vexillatio *estaban unos cuantos pretorianos de los que habían estado de guardia aquel día en casa de Agripina.*

–¿Y qué hay del tribuno?

–Claudio Emiliano era un hombre ambicioso; un joven de buena familia, de los que aún soñaban con la vuelta a la República y al poder absoluto del Senado, y supongo que Nerón lo sabía; así que lo más seguro es que Nerón aprovechase la ocasión para librarse de él, y de otros que pensaban igual.

Africano sonríe despacio, recordando aquellos años convulsos y sangrientos, cuando la decadencia de la dinastía Julia hizo que no pocos, de entre las clases más favorecidas, creyesen que podían resucitar la vieja República, con sus antiguas oligarquías de sangre.

–¿Tenía Emiliano algo que temer por ese lado? Temer por su vida, me refiero.

–¿Quién sabe? En aquella época, el prefecto de Egipto era Julio Vestino.

–¿Vestino?

–Sí. Un tipo gris, pero de toda la confianza del emperador, como suele ocurrir con los gobernadores de Egipto. Puede que Emiliano recelase de que Vestino, bien por encargo de Nerón o por halagarle, hubiese dispuesto que no volviera con vida de la misión. Precedentes ha habido: Calígula envió a lugares lejanos, y muertes seguras, a hombres a los que no se atrevía a eliminar abiertamente.

–Eso es cierto.

–Emiliano, a raíz de que intentasen matarle en Filé, se volvió muy desconfiado. Se buscó unos guardaespaldas germanos y no aceptaba así como así ni una copa de vino.

–Es comprensible –el anfitrión se encoge de hombros–. Ni el propio Nerón se hubiese atrevido a matar a un pretoriano; pero no era de los que perdonan ni olvidan y, como tú has dicho, enviar lejos a individuos molestos, con el encargo de que es mejor que no vuelvan, es un método antiguo de los poderosos.

Agrícola muestra otra de sus sonrisas, entre cansada y cínica.

–Los reparos de Nerón con los pretorianos no impidieron que éstos le traicionasen a la hora de la verdad.

–Tanto como traicionar... –apunta alguno de los comensales.

–Traición. Le traicionaron por dinero –insiste Agrícola con súbita energía, antes de alzar su copa, cambiando bruscamente de tono–. Pero en fin, la vida tiene esas cosas. Yo lo único que puedo decir es que juraría que Tito Fabio no tenía el encargo de eliminar al tribuno mayor. Otros no sé; pero él no.

–¿Y qué hay de aquel liberto?

–¿Paulo? Ése era uno de los parásitos de Nerón. El césar tuvo siempre la mala costumbre de rodearse de gentuza, y ésa fue una de las causas de su caída.

Africano vuelve a mirar con curiosidad a su invitado, porque éste no puede evitar traslucir bastante simpatía por aquel emperador derrocado; aunque claro –se obliga a recordar– Agrícola pertenece a las clases populares, que siempre idolatraron a Nerón.

–¿Podía él tener el encargo de la muerte del tribuno?

–No. Paulo estaba allí como espía del césar. Podía ser muy peligroso si se decidía a mandar cartas a Roma difamando a alguien; por eso todo el mundo en la expedición le temía como a una peste. Pero no; aunque Nerón se fiaba demasiado de sus aduladores, no hubiera sido tan necio de encargarle un asesinato. No.

–De acuerdo. Prosigue, por favor.

CAPÍTULO VI

Tito no durmió esa noche en su tienda, ni fue a visitar los puestos de guardia, sino que salió a pie del campamento para estar hasta bien entrada la madrugada con la nubia Senseneb. Los soldados de guardia en la puerta decumana, armados con escudos y *pila*, envueltos en sus capas rojas para protegerse del viento árido y frío del desierto, le vieron salir sin escolta alguna, a pesar del atentado que acababa de sufrir el tribuno. Pero nadie se animó a decirle nada y se contentaron con mirar cómo desaparecía en la oscuridad de la noche, antes de hacer entre ellos toda clase de comentarios, típicos de los soldados y el aburrimiento de las guardias.

Corría el rumor entre las tropas de que Tito y Senseneb se conocían ya de antes, que habían coincidido en los templos del Dodescaqueno, que eran amantes ya de entonces y que lo único que habían hecho era reanudar una vieja relación. Pero todo eso no eran más que infundios de campamento, pues, como Agrícola llegó a saber en su momento de labios del propio *praefectus castrorum*, no sólo no se conocían previamente, sino que nunca habían oído hablar el uno de la otra.

Había sido ella la que había tomado la iniciativa aquella noche cerca de Syene, al hacer salir a sus sirvientes con la excusa de hablar en privado con el prefecto. Le había servido vino ella misma; vino puro, tal y como le habían dicho que le gustaba al romano, entre roces de manos, miradas brillantes y sonrisas. Él tan sólo se había dejado hacer. Y se habían convertido en amantes con facilidad pasmosa, sin que ella pareciera darle mayor importancia y sin que a él le importase gran cosa lo que pudiera opinar nadie.

Según había confiado Tito Fabio a unos pocos íntimos, Senseneb era una mujer bastante contradictoria. Era astuta, sin duda, y escurridiza, tal y como corresponde a quien representa a los intereses de sus reyes, y también era muy instruida. Hablaba griego y latín, este último aprendido de los mercaderes instalados en Meroe. Era tan fogosa en la intimidad como reservada cuando aparecía en público, cubierta por sus velos, y hacía sexo unas veces con abandono y otras con la furia de una fiera. Tan distintas eran sus caras pública y privada que al romano le hacían pensar en juegos de máscaras y le llevaban a preguntarse a veces qué habría de verdad detrás de esas caretas; en ocasiones, casi sentía cierto escalofrío. Flaminio, uno de los *praepositi* de los *numeri* libios, le decía medio en broma que se había topado con la encarnación de la diosa doble: la Isis Blanca y la Isis Negra.

Pero todas esas consideraciones perdían importancia y se esfumaban cuando practicaban sexo en la semioscuridad de su tienda, entre luces que chisporroteaban, pieles de fieras nobles, sombras temblorosas y el olor de los perfumes que se quemaban sin llama en los pebeteros de bronce.

Porque Senseneb, como las bacantes antiguas, parecía entrar lenta e inexorablemente –a cada embestida de su amante– en un estado de gracia furioso y se convertía en un torbellino de ojos centelleantes, jadeos, resuellos, sudor. Mordía y arañaba hasta sacar sangre. Era una vorágine que arrastraba una y otra vez al prefecto, de forma que al final acababan los dos exhaustos y satisfechos, además de no poco doloridos.

Luego sobrevenía entre ambos un tiempo de extraña calma. Se quedaban tumbados el uno junto al otro, envueltos en el agitar de las penumbras, entre el olor de los perfumes y el incienso, oyendo cada uno cómo respiraba el otro. A ella le gustaba entonces acariciarle, recorrer con sus dedos largos el pecho depilado, y besarle en los arañazos, como si quisiera restañar con labios y lengua el goteo de la sangre. Él, aún cansino, tendía la mano a la luz de las lámparas, cuando ella se inclinaba sobre su pecho, y le acariciaba con pereza las mejillas.

Porque las mejillas de Senseneb fascinaban en grado sumo a Tito Fabio, a pesar de que éste hubiera visto ya otras así. Ya que el rostro de esa sacerdotisa de Isis estaba tatuado de azul con unos símbolos bárbaros que debían de identificarla, sin duda, como miembro de alguna de las tribus seminómadas de la alta Nubia. Él no se cansaba nunca de acariciar una y otra vez los dibujos azulados sobre la piel negra y ella, a su vez, dejaba correr las yemas de sus dedos, igual de curiosa, sobre esas cuatro letras –S.P.Q.R.– que él llevaba tatuadas en el brazo izquierdo.

–El tribuno tiene también tatuadas estas mismas letras, y en el mismo brazo que tú –le comentó una vez, besuqueándole la leyenda.

–¿El S.P.Q.R.? –se desperezó somnoliento–. Claro: todos los soldados de Roma se los tatúan al enrolarse, incluso los pretorianos.

Ella le pasó los labios por un largo arañazo en el hombro y lamió distraída las gotas de sangre fresca, igual de adormilada que él.

–¿Cómo se encuentra?

Ya le había hecho esa misma pregunta antes, cuando él había entrado en su tienda y ella estaba todavía rodeada de sirvientes, eunucos y arqueros. En aquel momento había sido un detalle de cortesía, mas ahora era casi una invitación a las confidencias. Tito guardó silencio, sin dejar de acariciarle los tatuajes de las mejillas. Luego le paseó los dedos por la cabeza, sintiendo la suavidad de aquel cráneo largo y afeitado.

El prefecto, por supuesto, se preguntaba a menudo por qué la sacerdotisa se había convertido en su amante, tras tomar la iniciativa ella misma aquella noche en Syene. Algunos lo hubieran achacado al temperamento de los bárbaros, que es impulsivo y ligero. Otros en cambio a un carácter calculador y frío, y a intereses oscuros. Él, por su parte, aunque se complacía en pensar que había una atracción sincera entre ambos, no dejaba nunca de recordar que ella pertenecía a una casta, la sacerdotal, que había gobernado la cuenca del Nilo durante milenios, ayudándose de intrigas y manejos tortuosos.

La besó en la coronilla, apartó los ojos y, a la luz temblona de las lámparas, distinguió a las esclavas de Senseneb, Heti y Shepenupet, que permanecían acuclilladas e inmóviles en una de las esquinas de la tienda.

Aquella primera noche cerca de Syene, ella había hecho salir a todos sus sirvientes para quedarse a solas con el romano. Pero ya desde la segunda vez, no obstante, había conservado a esas dos dentro de la tienda para que les sirviesen fruta y vino, y cantasen para ellos. Luego, cuando Tito le había instado a despedirlas también, ella se había empeñado en que se quedasen. Tito, ante tanta insistencia, le había preguntado ociosamente si es que pensaba hacerlas participar en sus juegos y Senseneb se había revuelto como un áspid y le había abofeteado con furia. Pero el romano, con las mejillas ardiendo, se había echado a reír y le había dicho que por él de acuerdo, que se quedasen si ése era su capricho.

Se había acostumbrado ya a que las dos esclavas, una nubia y otra negra del sur, estuviesen siempre allí, en una esquina, incluso cuando se acoplaba con la sacerdotisa. A veces se olvidaba por completo de ellas y otras, en cambio, saber que estaban ahí, el captar su presencia con el rabillo del ojo, mientras se movía sobre su amante, le producía una sensación peculiar, fruto de la situación y para nada desagradable, como si la presencia de esas espectadoras silenciosas se hubiera convertido en una especie de acicate al placer.

–Está bastante débil ahora, pero más por la pérdida de sangre que por la gravedad de las heridas. En unos días estará bien –la miró a los ojos–. ¿Y dónde le has visto tú el tatuaje?

–Justo después de que le apuñalasen. Estaba recostado en una piedra y le habían roto la túnica para vendarle las heridas –se inclinó sonriente sobre su boca, en la penumbra, y se movió como una serpiente sobre él, haciendo que los pezones le rozasen el pecho–. Es un hombre muy bien formado: es como una de esas estatuas que hacen los griegos.

–Sí –él sonrió a su vez–. Dicen que en Roma le llamaban el bello Emiliano. Tiene un cuerpo de ésos que los dioses sólo conceden a unos pocos afortunados; y aun a ésos sólo durante los pocos años de la juventud...

–Él parecerá una estatua de los griegos –se mofó ella–, pero tú pareces a veces uno de sus filósofos. ¿Tú también tenías un cuerpo así cuando eras más joven?

–No –se echó a reír y la acarició de nuevo.

–¿Así que tú nunca fuiste uno de esos pocos bendecidos por vuestros dioses? –le besó burlona.

–Pues no –suspiró en broma, los párpados entornados y negándose a morder el anzuelo–. Soy hijo y nieto de legionarios romanos, no de gente bien de la Urbe, como nuestro tribuno. Nunca he tenido mucho tiempo para las termas, y menos para el atletismo.

–¿Y eso qué tiene que ver? –ella le miró, entre curiosa y desconcertada ahora, y él volvió a sonreír, cautivado por sus cambios de humor tan repentinos, así como por ese interés abierto e infantil, tan de los pueblos bárbaros, que se mezclaban en ella con la languidez y la astucia egipcia.

–Si uno quiere formar el cuerpo, tiene que emplear mucho tiempo en ejercicios. Yo de pequeño ayudaba a los míos en el campo y apenas tuve edad y talla me enrolé en las legiones. Soy un hombre fuerte gracias a los entrenamientos y a las marchas que hice cargado como un burro, en las campañas de Asia, pero eso no me dio un cuerpo tan proporcionado como el de

Emiliano o sus hombres que, como tú dices, parecen estatuas.

–Qué lástima... –le acarició las mejillas, se las besó, volvió a frotarse contra su pecho. Luego hizo un gesto a sus esclavas para que les sirvieran vino. Se inclinó de nuevo y le besuqueó–. La verdad es que los soldados de Emiliano son bastante más guapos que los tuyos, para qué vamos a negarlo.

–Son más jóvenes y están mejor cuidados. Pero mis hombres son buenos soldados, que es lo que importa.

–¿Son de sangre noble todos?

–¿Los pretorianos? Bueno, puedes considerarlos así. Son una élite, la guardia personal del emperador y de Roma –aceptó la copa que le tendía Shepenupet, la esclava negra–. Son romanos de pura cepa. Tropas escogidas.

–Entonces son mejores soldados que los tuyos.

–Eso habría que verlo –dio un largo trago–. Son mejores con las armas, eso no lo discuto, porque están mejor entrenados y sus equipos son los mejores. Tiempo y dinero tienen para ello, y cobran el doble que los legionarios. Pero los míos están acostumbrados al tedio de las guarniciones, a las fatigas, a pasar hambre, sed y sueño, y se han curtido en escaramuzas contra incursores y bandidos. Todo eso es algo que no se consigue con ningún entrenamiento, por muy largo y costoso que éste sea.

–¿Por qué vuestro emperador manda a los soldados de su guardia personal a nuestro país? Roma está muy lejos de Meroe.

–¿Quién sabe lo que pasa por la cabeza del césar? Es posible que quiera mostrar, mandando a una *imago* suya y un manípulo de su guardia personal, respeto por vuestro pueblo y reyes –mintió con la mayor soltura–. El divino Nerón es un gobernante con muchas virtudes, y amado por la plebe, pero tiene un carácter tan imprevisible como el de cualquier dios. Es caprichoso y no acepta obstáculos cuando se empecina en algo. Ahora quiere que se desvele el misterio del origen del Nilo, que ha empeñado a sabios durante siglos.

–¿Por qué? ¿Qué importancia tiene eso? El río es eterno y ha estado aquí desde siempre, y estará cuando ya nadie se acuerde de ninguno de nosotros.

–Tu forma de pensar es distinta, Senseneb, y por eso te cuesta entenderlo. Pero los filósofos de Grecia, y ahora los eruditos de Roma, siempre han especulado sobre el nacimiento del Nilo. Nerón quiere zanjar de una vez por todas la discusión, y no es hombre que admita un fracaso.

–¿No?

–No –sonrió con aspereza, tumbado boca arriba–. Más nos vale encontrar lo que vamos a buscar, o no volver.

–No hay nada que encontrar. La tradición, como bien puede decirte Merythot, es clara: el Nilo nace muy al sur, entre dos grandes rocas.

–Pues tendremos que llegar hasta allí y verlo con nuestros propios ojos.

–Sin embargo, tus propios legionarios dicen que hay soldados que están en vuestra expedición como castigo.

–¿Castigo? –se incorporó a medias, irritado de repente–. ¿Qué historia es ésa?

–Dicen que hay entre estas tropas soldados que han caído en desgracia y que por eso vuestro emperador les ha enviado a esta aventura, lejos del trono.

–¡Malditos soldados! Se reúnen a beber y a tontear con putas, se les calienta la boca y sueltan las mayores tonterías –enseñó los dientes con una sonrisa de león.

–También dicen que...

–¡Bah! Si tuviera que prestar atención a todas las habladurías de las tropas...

Volvió a pasear los dedos por sus mejillas, tratando de captar con las yemas el relieve de los tatuajes, y luego por los labios, de forma que no la dejó seguir hablando. Jugueteó con esa boca jugosa. Senseneb cambió de humor, tan rápido como era su costumbre, y, sin previo aviso, le propinó un buen mordisco en la mano. Fue un bocado doloroso. Tito gruñó y la agarró por la cabeza, sintiendo la suavidad de ese cráneo perfectamente afeitado. La copa se volcó y mojó las sábanas de vino oscuro.

Ella trató de revolverse, pero él la sujetó con fuerza, con las dos manos, sonriendo con ferocidad. Los ojos y los dientes de la nubia relucían en ese rostro oscuro, y ahora olía a mujer con intensidad. Se debatió y se revolvió, medio en serio, pero él la tenía ahora bien agarrada por la nuca, y la obligó hasta entre sus piernas. Ella cedió de un instante para otro, riendo, pero no por eso aflojó él su presa. Senseneb se entregó a gusto al juego, y se introdujo el miembro en la boca. Tito entornó los párpados y se dejó llevar por el jugueteo de los labios y la lengua de la sacerdotisa. Las dos esclavas, en su esquina, no perdían detalle de la escena. El prefecto las contempló un instante, antes de cerrar del todo los ojos, mientras acariciaba la cabeza de la nubia. Luego las olvidó.

NUBIA

El curso del Nilo es conocido no sólo por donde atraviesa Egipto sino también mucho más al sur, tanto como uno pueda viajar por tierra o agua durante cuatro meses; un cálculo mostrará que éste es el tiempo que se tarda en ir desde Elefantina a la ciudad de los desertores. En este punto el río corre de oeste a este; más allá nadie conoce su curso con certeza, ya que el país está deshabitado a causa del calor.

Herodoto, *Historia*, II, 31

CAPÍTULO I

La expedición se demoró un par de días frente a la isla de Filé, sobre todo para dar tiempo a que el tribuno se recobrase un poco, antes de ponerse en marcha al ritmo de la caravana, rumbo al sur. Esos primeros días habían de transitar a través del Dodecasqueno, la zona de la Baja Nubia que fuera condominio entre los Ptolomeos y los reyes nubios, y en la que los romanos mantenían guarniciones y patrullas para prevenir una invasión desde el sur, como la que tuvo lugar un siglo antes, en tiempos del césar Augusto y el prefecto Petronio.

Río arriba, las tierras fértiles se reducían hasta convertirse en poco más que franjas cultivables a ambos lados del río, estrechas en el mejor de los casos y que desembocaban en el desierto. Había aldeas de agricultores nubios dispersas por esas orillas y, de vez en cuando, uno podía toparse con grandes templos de estilo egipcio, algunos de ellos del tiempo de los Ptolomeos y otros mucho más antiguos, casi todos ya abandonados. O eso decía el geógrafo Basílides, y así lo confirmaban los exploradores, porque los miembros de la columna poco vieron, ya que transitaban por caminos de caravana algo apartados del río, jalonados aún por piedras miliares romanas, con los palmerales a la izquierda y las arenas del desierto a la derecha.

Viajaban a paso de mula, cosa que no disgustaba al prefecto Tito, porque le ayudaba a acostumbrar a sus tropas a los rigores del desierto. Marchaban en una larga columna, en orden siempre igual: primero de todos algunos mercenarios libios, batiendo para prevenir emboscadas, y después de ellos, en sucesión, los auxiliares, los encargados de las herramientas para montar campamentos, el manípulo de legionarios, la impedimenta, los oficiales superiores, los mercenarios y por último los pretorianos, a modo de retaguardia, por ser la infantería más pesada. La caballería y los arqueros protegían la impedimenta. Detrás de todos ellos, y a distancia, les seguía la caravana y aún más atrás la comitiva de los nubios.

A Emiliano le llevaban en una litera, y también Senseneb había cambiado el elefante por un palanquín, y viajaba recostada entre pieles y almohadones, bien oculta por cortinas de gasa que ondeaban a cada vaivén de la marcha y que, a veces, revoloteaban acariciadas por algún golpe de aire cálido.

Todos los días seguían una misma rutina. Apenas había un asomo de claridad a oriente, levantaban el campo a tres toques de trompeta, entre las aclamaciones rituales de los soldados. Luego marchaban en silencio por los caminos del sur, hacían un alto en las horas de más calor y, al atardecer, construían un nuevo campamento protegido por fosos, taludes y estacadas. A veces se encontraban con alguna patrulla romana, y los labriegos y nómadas nubios les salían al paso para ver con sus propios ojos esos extraños animales que acompañaban a la columna: unos seres nunca vistos, altos, feos y jorobados, de cuello largo y mal genio. En esas jornadas polvorientas, aparte de divertirse a costa del asombro de los sencillos bárbaros, los únicos entretenimientos eran los chismes e ir a desfogarse en los negocios de los soldaderos.

Agrícola y Demetrio, que viajaban con la caravana y compartían tienda, acostumbraban a cenar a las puertas de la misma, a última hora de la tarde. Se alimentaban a la egipcia, con tortas de trigo y cerveza espesa que despachaban pausadamente, al tiempo que conversaban en griego, con los ojos puestos en los espectaculares atardeceres del desierto. El egipcio Merythot les acompañaba algunas veces y, todas las noches sin falta, acudían algunos chiquillos en busca de las sobras de la cena.

Eran niños entecos, renegridos por el sol, harapientos y sucios, ágiles, espabilados y con los dedos muy largos. Unos eran hijos de las prostitutas que seguían a la soldadesca y otros huérfanos que rondaban las caravanas como perros sin amo, viviendo de restos y rapiñas. Era parte de la fauna humana que acompañaba a los ejércitos y el mercenario Demetrio sentía particular debilidad por aquellos desheredados, hasta el punto de reservarles habitualmente algún bocado, y de haber impedido más de una vez que los caravaneros matasen a alguno de ellos a palos, por alguna ratería.

Agrícola, menos compasivo y más oportunista, había acabado por encontrar utilidad a lo popular que era el griego entre esa chiquillería. Aquella costumbre suya de repartir entre ellos las sobras le servía ahora de excusa perfecta para que los rapaces se acercasen a él, y para que, sin despertar sospechas, le informasen de todo lo que sucedía en el campamento. Aquellos diablos mugrientos se metían por todas partes, lo veían y escuchaban todo, y todo se lo contaban a cambio de algunas tortas frías y, en ocasiones, una moneda pequeña.

Agrícola era hombre curioso, de los que tienen por máxima que el saber es poder, pero aquel interés por los entresijos de la caravana se debía a algo muy concreto: a una conversación habida la tarde del mismo día que intentaron matar al tribuno Emiliano.

Ese atentado había arrojado en aquellos momentos una sombra casi palpable sobre el campo romano. Los soldados no comentaban otra cosa, y todos hacían cábalas sobre quiénes y por qué habían querido matar al tribuno, así como sobre qué podía ocurrir con la expedición. Aquella tarde, los hombres bajaron en mucho mayor número a los puestos, como si quisieran divertirse en previsión de lo que pudiera depararles el futuro, de forma que el vino corrió a raudales, no había putas disponibles, los tahúres tuvieron las partidas llenas y los adivinos se hartaron de echar las suertes.

Agrícola y Demetrio se acercaron también por allí, más que nada a ver si oían algo interesante. Pero como la bebida suelta las lenguas y acorta el sentido común, escucharon muchas tonterías y nada de interés. Aunque, eso sí, al menos se rieron a mandíbula batiente con tanta insensatez. Los expedicionarios se agolpaban, mezcladas por una vez las túnicas rojas, blancas y verdes. Hacía un calor asfixiante, olía a sudor, a vino y cerveza, y la barahúnda era tremenda.

Las primeras prostitutas nubias habían hecho ya acto de presencia, contoneándose con falso recato, y, aunque los auxiliares las tenían más que vistas, aquellas mujeres altas, de piel negra y rasgos finos fueron toda una sensación para los pretorianos. Algunos, borrachos, obligaron a subir a las más jóvenes a las mesas, les arrancaron los harapos y las hicieron bailar desnudas para la soldadesca, que batía palmas y vociferaba.

El romano y el griego anduvieron alrededor de ese alboroto, mirando sin gran interés. Luego vieron a Salvio Seleuco, que asomaba una cabeza por encima de la mayoría de los soldados, y que les reclamaba por señas, mostrándoles un ánfora de vino con una gran sonrisa. Ellos asintieron, también sonrientes, y se abrieron paso hasta él.

O mejor dicho ellos, porque junto a Seleuco estaba Antonio Quirino, el otro ayudante del prefecto, pequeño en comparación con su amigo, con la cabeza afeitada y una sonrisa burlona en el rostro. Se alejaron del tumulto organizado en torno a las nubias, que se contoneaban desnudas para los romanos, en medio de un gran escándalo, unas exhibiéndose entre risas y otras, en cambio, mirándoles con ojos asustados.

Bebieron de cubiletes de cuero embreado, muy sobados, mitad de vino y mitad de agua, chasqueando los labios al sentir el regusto áspero de la mezcla.

–¿Cómo está el tribuno? –Agrícola hizo la pregunta más repetida a lo largo de aquella tarde–. ¿Qué se sabe de lo que ha pasado?

–¿Qué habéis oído vosotros? –inquirió Quirino.

–Ufff. De todo. Los soldados no hacen más que contar historias. Incluso nos han dicho que el tribuno ha muerto pero que, de momento, estáis ocultando la noticia.

–¿Muerto? –Seleuco soltó una carcajada y, con sus grandes manos, se sirvió más vino y agua–. Está bien vivo y coleando, eso te lo puedo asegurar.

–Pero le han herido.

–Tiene unas cuantas puñaladas, pero al parecer son más aparatosas que graves. No tardará en montar a caballo.

–Me alegra saberlo.

–Todos nos alegramos, ¿no? –matizó Antonio Quirino, con su sonrisa de medio lado–. ¿Qué más habéis oído?

–Ya te digo que de todo. Pero la historia más sensata de todas es la de que el tribuno tuvo la mala idea de alejarse a solas del gran patio, y que un par de ladrones quiso aprovechar la oportunidad de matarle y robarle –contestó Agrícola, ya que Demetrio prefería oír, callar y beber de su cubilete.

–Un par de ladrones, sí. Eso es también lo que opina Tito –Quirino hizo una pausa que, en sí misma, ya era burlona–. O al menos, eso es lo que opina en público.

Agrícola cambió una mirada con Demetrio, aunque ninguno de los dos mudó lo más mínimo de gesto. Luego tendió el cubilete para que Seleuco le sirviera más vino, y aguardó a que siguieran hablando, porque aquellos dos no les habían invitado a beber sólo para pasar un rato. Pero los dos *extraordinarii* guardaron silencio, así que les aguijoneó.

–¿En público? ¿Es que piensa de forma distinta en privado?

–Pues sí. Tito Fabio no cree mucho en las casualidades, y ésa es una de las cosas en las que estamos de acuerdo –respondió Seleuco–. Y menos cuando todo parece indicar que esos dos egipcios llegaron a Filé sólo para matar al tribuno.

–¿Qué estás diciendo?

–Que llegaron en esquife y desembarcaron en la orilla occidental, más al norte de donde trataron de matar al tribuno. Había un tercer hombre, que se quedó en el bote y huyó en él al ver que el golpe había fracasado.

–¿Eso es una suposición o un hecho probado?

–Lo segundo. Uno de nuestros hombres lo supo hablando con un sacerdote de Filé; pero todo esto que os digo es confidencial y no se hará nunca público, a no ser que ese sacerdote se vaya de la lengua... pero es poco probable.

Fue a dar un trago, pero se quedó con el cubilete en el aire al reparar en la expresión, ahora cautelosa, con la que le contemplaban sus interlocutores. Se echó a reír.

–¡Eh, vamos! No iréis a pensar que hemos matado a un sacerdote egipcio para hacerle callar, ¿verdad? Digo que es poco probable que se vaya de la lengua porque nuestro hombre, que sabe hacer bien las cosas, compró su silencio con unas cuantas monedas.

–Por supuesto. ¿Cómo íbamos nosotros a pensar una cosa así? –Agrícola sonrió a su vez–. ¿Pero por qué ha de mantenerse en secreto?

–Eso pregúntaselo a Tito, que es quien lo ha decidido así.

–¿Y por qué nos lo contáis a nosotros?

–Porque Tito os considera gente de confianza. Tiene fama de impulsivo, y lo es, pero también es un hombre meticuloso y se ha informado sobre los participantes de esta expedición. Tenéis buenas referencias los dos. Y éste es un asunto que os toca de cerca.

–¿A nosotros?

–Si la expedición fracasa, vuestros patrones habrán gastado su dinero en vano.

Sus interlocutores movieron la cabeza sin comprometerse, cada vez más atentos. Los dos estaban en esa aventura a sueldo de casas comerciales de Alejandría, muy interesadas en conocer las posibilidades de los mercados del sur; tanto que incluso habían aportado parte del dinero necesario para realizar aquella expedición. Agrícola cabeceó.

–Es cierto. Si este viaje a Nubia y los países del sur fracasa, los que nos pagan habrán gastado su oro en vano, y eso es algo que nunca gusta a nadie. Pero su enojo no iría contra nosotros, que sólo vamos en la expedición, sino contra el prefecto de Egipto.

–¿El gobernador?

–Él es quien les ha convencido de que pongan dinero en todo esto.

–¿No dicen que toda inversión es un riesgo?

–Sí. Pero la gente se acuerda de las máximas cuando le interesa. Y supongo que el fracaso salpicaría a nuestro *praefectus castrorum.*

–Sin duda –admitió Quirino–. Pero a Tito no le preocupa el enojo de vuestros patronos; o le preocupa menos que el de otros. El propio césar es quien ha ordenado esta expedición, y ya sabéis con qué moneda paga la traición o el fracaso.

Agrícola asintió sombrío, mientras Demetrio se llevaba imperturbable el cubilete a los labios, al pensar en las historias que se cuentan al respecto.

–¿Es esto una conversación casual?

–No. Necesitamos algo de vosotros.

–Tú dirás.

–En realidad no somos nosotros, sino Tito Fabio, quién quiere que le ayudéis en el tema del atentado contra el tribuno.

–No te entiendo –Agrícola observó a los dos *extraordinarii*, entre perplejo y alerta–. Es un honor que el prefecto piense en nosotros, desde luego; pero no veo en qué podemos serle de utilidad.

Seleuco y Quirino se consultaron con la mirada, y luego es el primero de ellos el que habla.

–Si aceptaseis tener una reunión discreta para tratar el asunto, no os pesaría; os lo aseguro. Y no os comprometería a nada.

Ahora fueron los otros dos los que cruzaron miradas, dudosos.

–Dadnos algo de tiempo para pensarlo –habló luego por primera vez el griego–. Esto es algo inesperado.

–Por supuesto –aceptó con ligereza Salvio Seleuco–. Tomaos uno o dos días, y nos dais cuando queráis vuestra respuesta. Sin prisas.

Sirvió más vino y agua, y aunque estuvieron aún un rato bebiendo y charlando, mientras caía el sol, ya no trataron más aquel asunto.

* * *

–Agrícola –dice intrigado el anfitrión–. ¿Te he entendido mal o has dicho que los comerciantes de Alejandría financiaron en parte esa aventura?

–Algunos comerciantes de Alejandría. Sí.

–¿La expedición a Meroe fue equipada con dinero particular? Esto es asombroso.

Agrícola suspira y juguetea con su copa.

–Fue equipada parcialmente, y tiene su explicación. El divino Nerón era un hombre de ideas grandiosas –se sonríe–, pero rara vez se paraba a averiguar si el tesoro público podía o no financiarlas. Cuando ordenó mandar esa expedición a Meroe y las fuentes del Nilo, el pobre Julio Vestino se encontró en un buen apuro. Tenía que organizar una aventura de lo más costosa, con un dinero que no tenía, y unos hombres de los que no podía prescindir.

»Nerón no era de los que cuando algo se les metía en la cabeza admitiesen réplicas ni razones en contra, así que el gobernador no tuvo otro remedio que ingeniárselas. Retiró un par de centurias de las legiones de Nicópolis y auxiliares de la guarnición de Syene, y recurrió a algunas casas comerciales de Alejandría para que ayudasen a sufragar los gastos y pusieran el dinero necesario para reclutar mercenarios libios.

–Me cuesta creer que aportasen ese dinero por pura generosidad, o por amor al imperio –dice de buen humor Africano, provocando risas y sonrisas.

–Nadie da nada por nada –sonríe Agrícola–. Y esta vez no fue la excepción, no.

–Por curiosidad: ¿qué casas comerciales en concreto pusieron dinero para ese viaje? –inquiere. Porque Africano, que a pesar de su nombre nunca ha pisado ni pisará África, tiene intereses directos o indirectos en todo el imperio y conoce, aunque sea de nombre, a todo aquel que es alguien en el comercio.

–Si no te importa, eso me lo voy a guardar. No es mi intención ser descortés, pero me considero un hombre discreto y no

creo que se deba morder la mano que te alimenta. Ellos me pagaron lo convenido y yo guardaré sus nombres en secreto.

–Podría enterarme con facilidad por otros conductos.

–Y yo te felicitaría por tener tales recursos.

El anfitrión se echa a reír a carcajadas.

–Me gusta esa actitud. Sigamos con la historia. ¿Aceptasteis el encargo del prefecto?

Agrícola sonríe, ahora casi con cierta nostalgia.

–Por supuesto.

CAPÍTULO II

Entre otras misiones, el césar había encomendado a sus embajadores que redactasen una relación de los templos situados en Nubia. En cumplimiento de la misma, unos días después el geógrafo Basílides se apartó de la columna durante unas horas para visitar uno de tales templos. Le acompañaron Antonio Quirino y una escolta de libios, y también Valerio Félix, que estaba decidido a escribir una descripción del viaje. Con este último también fueron Agrícola, Demetrio y el egipcio Merythot, que se había convertido en fuente inagotable de información para el romano.

Aquella fue la ocasión para conversar discretamente sobre cierto asunto.

El templo en cuestión era un *hemispheos*, un edificio semisubterráneo, carente de mucho adorno y sin las dimensiones ni la grandiosidad de otros templos egipcios. Pero en su interior albergaba pinturas que conmemoraban las victorias del faraón contra los enemigos de Egipto, tan hermosas que hacían que su fama sobrepasase a otros mayores. Y, mientras Valerio y Merythot se hundían en el interior fresco y oscuro para admirarlas, y los libios, con sus pieles sobre la espalda y el rostro embozado, vigilaban desconfiados los alrededores, el *extraordinarius* romano, el geógrafo, Agrícola y Demetrio buscaron la sombra de los muros del templo para conversar.

–La pregunta es –dijo Quirino, con las manos apoyadas en las caderas–: ¿Quién y por qué ha podido querer matar al tribuno en Filé?

–La respuesta más socorrida es que han sido ladrones ocasionales –respondió Agrícola.

–Pero eso queda descartado. Hemos comprobado que fueron a la isla a matarle.

–Entonces eran asesinos y no ladrones, porque no es posible que mediase un motivo personal. Es difícil que esos dos muertos de hambre fueran nacionalistas egipcios, y que vieran la oportunidad de acuchillar a un oficial romano de alto rango.

–Es difícil, sí. Y unos tradicionalistas no harían violencia en lugar sagrado.

–Entonces asesinos a sueldo.

–Bien –el calvo Quirino asintió–. ¿Pero a sueldo de quién?

–Quizá de enemigos políticos. Las aguas están tan revueltas en Roma como siempre, puede que aún más, y el asesinato es moneda corriente.

–Roma está muy lejos de la frontera nubia y organizar la muerte del tribuno desde allí supondría tramar toda una conjura. Sin faltarle al respeto, Claudio Emiliano no es pez tan grande.

–Supongamos que se hubiera enemistado con alguien muy, muy poderoso –apuntó Agrícola con cautela.

–Aun así, es de suponer que ese alguien tan poderoso esté más interesado en el triunfo de la expedición que en la muerte del tribuno –contestó, con igual prudencia, el oficial romano.

Se miraron entre ellos, sin que nadie se atreviese a ser más explícito, y Basílides aprovechó para tomar la palabra.

–Entonces hay que pensar en qué consecuencias podría tener la muerte de Claudio Emiliano, y quién sacaría algún beneficio de la misma. Tenemos que preguntarnos si es un atentado contra la persona o contra el cargo en sí.

Agrícola observó a aquel geógrafo alto y fuerte, de manos grandes y rasgos toscos, que parecía cualquier cosa menos un ratón de biblioteca, al tiempo que se preguntaba qué hacía en aquella reunión. Pero nada dijo y el alejandrino prosiguió.

–Una posibilidad es que alguien quiera jugar una mala pasada al gobernador de Egipto, que es el primero que se vería en apuros si la expedición fracasa. Pero asesinar al tribuno para lograr ese objetivo es algo exagerado.

–Y un gran riesgo –asintió Quirino, las manos aún en las caderas.

–Entonces, los únicos que pueden salir ganando si la expedición no llega a buen término, o al menos los únicos que a mí se me ocurren, son los intermediarios del comercio con Nubia, y los mercaderes romanos de Meroe. Ciudadanos romanos, me refiero, sean romanos, griegos o judíos, que pueden perder, y mucho, con un cambio de la situación política.

–Tito mencionó algo parecido –Quirino meneó la cabeza calva–. Pero no estoy tan seguro.

–Los mercaderes de Meroe, los intermediarios... –Agrícola les contempló un poco desconcertado–. ¿Por qué?

El geógrafo se frotó las grandes manos y le miró a los ojos, antes de abarcar con un ademán las extensiones desérticas y batidas por el sol.

–Esto es el Dodecasqueno, la zona de la baja Nubia de condominio entre Meroe y Roma, la misma frontera que ya tenía Egipto en tiempos de los Ptolomeos.

–Eso lo sé.

–¿Conoces la historia de las relaciones entre Roma, Egipto y Nubia?

–No como debiera, supongo –admitió con prudencia Agrícola.

–Bien. El césar Augusto se anexionó Egipto invocando el testamento de Ptolomeo XI, que lo legaba a Roma y, al hacerlo, colocó a Nubia en la situación de *in tutelam*...

–*In tutelam?* –habló por primera vez Demetrio, que a veces tenía algunas dificultades con ciertos términos latinos.

–Convirtió Nubia en un protectorado romano, para que nos entendamos. Eso, sin embargo, no gustó nada a los nubios y, a la primera oportunidad, aprovechando la retirada de parte de las tropas de Syene, que fueron enviadas a la expedición contra Arabia, invadieron en masa Egipto. El prefecto Petronio no sólo les rechazó, sino que tomó y saqueó Napata, la capital de Nubia.

–Esa historia la conozco –el mercenario se encogió de hombros mientras Agrícola, por su parte, asentía, porque algo había oído también.

–Los reyes nubios trasladaron más al sur, a Meroe, su capital y los romanos se apoderaron de forma más efectiva del Dodecasqueno. Sin embargo, desapareció la relación de protectorado.

–¿Y qué tiene que ver todo eso con lo que estamos tratando? –insistió Agrícola.

–Se habla de que esta expedición pudiera ser un tanteo previo, el primer paso para una invasión, o quizás un gesto de fuerza para obligar a los reyes meroítas a aceptar de nuevo el protectorado.

–Ésos no son más que rumores –Quirino agitó con cierto desdén la cabeza.

–Pero puede que haya quienes teman que sea cierto. Hoy en día, Nubia está lejos de Roma. Es un reino independiente, el paso obligado para los productos y los esclavos del sur, y en Meroe hay asentada una gran colonia de ciudadanos romanos, que se dedica a la intermediación de todo ese comercio. Si Nubia se convirtiese en provincia o volviese a ser un protectorado, quizá perdiesen el monopolio que han organizado, porque no hay duda de que las grandes casas comerciales de Alejandría entrarían en el negocio.

–¿Por qué estás tan seguro de eso? –Agrícola le miró.

–Por pura lógica. Se sabe que los comerciantes alejandrinos han ayudado con dinero a esta expedición. Nadie hace algo por nada, y menos un mercader.

–A cambio, nos acompaña una gran caravana, que recibe así escolta.

–Yo hago números y no me salen. El prefecto de Egipto tiene que haber ofrecido otras contrapartidas.

–Ya.

–Si yo fuera uno de los mercaderes de Meroe –sonrió con aspereza–, estaría temiendo que existiese un acuerdo secreto entre el gobernador y los comerciantes alejandrinos; un acuerdo sumamente perjudicial para el actual statu quo.

–Quizá, quizá –Agrícola lanzó un suspiro, como si de repente se hubiera cansado de discutir aquello, y se recostó contra el muro de piedra.

–Observando con atención, podremos desentrañar el misterio –repuso Basílides, sin inmutarse.

Antonio Quirino dio dos pasos en dirección al desierto, se aseguró de que los libios mantenían la vigilancia y se reacomodó la espada.

–En todo caso, han tratado de asesinar al tribuno: eso es un hecho bien cierto. Tito Fabio está preocupado por la posibilidad de que haya traidores infiltrados en la caravana, con la misión de frustrar esta expedición. A él lo que menos le importa, en principio, es quién pueda haberles mandado y sí el daño que puedan hacer.

–Creía que Tito no sentía un gran entusiasmo por esta empresa –dijo Agrícola.

–No creo que a nadie le haga gracia ir tan lejos y, encima, para una misión tan difícil de cumplir. Pero por otra parte, aquí hay oportunidades de hacer méritos y ganarse una promoción. Además, los soldados vamos donde se nos manda, como vosotros cumplís las órdenes de los que os pagan.

–Ya que sale el tema... –el geógrafo Basílides se encaró curioso con Agrícola y su compañero–. ¿Por qué estáis exactamente en esta expedición? Me he dado cuenta de que viajáis casi como pasajeros de la caravana, sin ocupación visible.

–Mis patronos son los que han organizado esta caravana, aunque esté al mando de Quinto Crisanto, y quieren que les haga un informe sobre los productos, los mercados y las posibilidades comerciales de Meroe y los países de más al sur.

–¿Y tú, Demetrio? No pareces hombre muy hablador.

–Si no tengo nada que decir, prefiero estar callado. Se supone que estoy aquí para proteger a Agrícola –tocó el pomo de su espada con una sonrisa fugaz–. Pero, ya puestos en confidencias, diré que yo también tengo que hacer un informe sobre esta ruta: la seguridad de los caminos, los pozos, las tribus, los bandidos...

–Una caravana es una inversión muy costosa –añadió Agrícola–. Nuestros patronos desean tener todos los datos en la mano, antes de meterse en aventuras comerciales. Tan ruinosa puede ser una caravana demasiado pequeña, y que pueda ser presa de bandidos en zonas de riesgo, como una que sea demasiado grande sin razón, porque supone un gasto innecesario en escolta, además de una acumulación de riesgos.

Basílides se permitió un gesto de suficiencia, dirigido a Quirino, que a punto estuvo de encogerse de hombros.

–¿Lo ves como tenía yo razón? Las casas comerciales de Alejandría están, cuanto menos, sopesando la posibilidad de entrar de lleno en el comercio nubio.

Miró a Agrícola y éste le contestó con una sonrisa fatigada.

–Mis patronos no me han comentado qué intenciones tienen al respecto. A mí sólo me pagan... pero bien pudiera ser.

–Los intermediarios de Meroe tienen motivos para temer a la competencia de los egipcios, sobre todo si el gobernador va a favorecer a los segundos a cambio del dinero que han aportado a la empresa.

–Yo en su lugar estaría, al menos, inquieto, sí. Puede que los alejandrinos quieran quitarles parte o todo el comercio del Sur.

–¿Todo?

–Nadie, pudiendo quedarse con todo, se conforma con sólo una parte.

–Y, por tanto, no iban a quedarse de brazos cruzados, ¿no?

–Seguramente, no. Pero sigo sin saber qué quiere en realidad Tito Fabio de nosotros.

Quirino, que seguía ahora al sol, la mano izquierda descansando en el pomo de la espada, observando a los libios de la escolta, fue el que le respondió.

–Trabajáis para las casas alejandrinas y Tito piensa que sois hombres cabales, y de fiar. Le gustaría que estuvieseis atentos a los rumores que pudieran ser interesantes, a las idas y venidas sospechosas, y que busquéis en la medida de lo posible pistas que nos lleven a los traidores que pueda haber en la caravana.

Hizo una pausa, observó de nuevo a los mercenarios libios y por último esbozó una sonrisa torcida y casi burlona.

–Digo puedan porque yo no tengo la certeza de que existan de verdad. Tito es un hombre suspicaz, lo cual es bueno en un comandante, pero quizá nos tiene persiguiendo fantasmas.

–No tienes pelos en la lengua –apuntó con rudeza Basílides.

–No os estoy diciendo otra cosa de lo que ya le he dicho al propio Tito hace un rato, a la cara.

–¿Puedo ser yo igual de sincero entonces? –inquirió Agrícola–. ¿Sí? Bueno, dime entonces qué beneficio vamos a sacar nosotros de mezclarnos en un asunto así.

–Tito se ocupará de que tanto el gobernador de Egipto como vuestros patronos sepan de vuestro trabajo.

Agrícola y Demetrio sonrieron a la vez, como si se hubieran puesto previamente de acuerdo. Respondió el primero.

–No es que los poderosos no sepan qué significa la palabra gratitud; es que ni siquiera saben que exista.

El *extraordinarius* se echó a reír, y el geógrafo esbozó una mueca áspera, y por un momento hubo una extraña complicidad entre esos hombres tan distintos.

–Es verdad –admitió con la risa aún entre los dientes Quirino–. Pero también hay otros factores que sopesar.

–Pues tú dirás.

–Si Tito tiene razón, los que mandaron matar al tribuno no lo hicieron movidos por ninguna enemistad personal, sino para poner trabas a esta expedición. Esa muerte, estando aún en territorio romano, nos hubiera detenido hasta que llegasen nuevas instrucciones.

–Eso está ya dicho.

–Sí. Pero puede que camino adelante recurran a otro tipo de métodos, como pueden ser echarnos encima a los nómadas. Una buena forma de detener a esta expedición es destruirla. Si Tito tiene razón, no sólo la embajada está en peligro, sino también la caravana y vuestras propias vidas.

Ahora sí que el mercader y el mercenario se consultaron con la mirada.

–Tienes razón –convino el primero.

–Hay algo más. Si son los mercaderes de Meroe los que pagaron a los atacantes del tribuno, vosotros corréis más peligro que muchos, porque todo el mundo sabe quién os paga. ¿No es una medida lógica eliminar a los agentes de la competencia, e impedir así que hagan sus informes sobre los mercados del sur?

–Es lógico, ciertamente. –Demetrio movió lacónico la cabeza.

Agrícola asintió a su vez, muy despacio. Volvió los ojos. Hacía un calor espantoso sobre el desierto; el río corría ancho, calmo y verdoso, y una bandada de aves pasaba en formación sobre las aguas. Los libios, a pleno sol, vigilaban jabalina en mano. La luz y las arenas deslumbraban, y el aire temblaba. Apartó la mirada.

–Si lo que hemos estado suponiendo es cierto, las vidas de todos corren peligro.

–Y las vuestras más.

–Sí.

–¿Cuál es entonces vuestra respuesta?

–Dile al prefecto que puede contar conmigo.

El *extraordinarius* se volvió a Demetrio, que se limitó a asentir.

–Pero hay una condición –apostilló Agrícola.

–¿Cuál?

–Si hay que pagar por alguna información, ése es un gasto que corre por vuestra cuenta, no por la nuestra.

–Es muy razonable. Puede arreglarse siempre que no sean sumas desmesuradas.

–No creo que lo sean.

* * *

En consecuencia, los dos se habían puesto manos a la obra, frecuentando más los puestos de los soldaderos y dejándose caer por las timbas, donde el vino y los golpes de suerte soltaban más las lenguas. Y también habían reclutado a aquellos pequeños desheredados que seguían a la caravana para que les informasen de cuanto viesen u oyesen, y que pudiera serles de utilidad.

Por eso, una jornada cualquiera un observador pudiera haberlos visto, a ellos dos y al geógrafo Basílides, durante el atardecer al borde del desierto, sentados delante de la tienda y viendo cómo los chiquillos trasegaban las sobras de la cena. Siguiendo la costumbre griega y romana, y en contra de la egipcia, su comida fuerte solía ser la cena, y aún estaban allí sentados, bebiendo cerveza aromatizada con romero, mientras los muchachos mascaban tortas de centeno y comentaban que si tal tahúr se había marchado, o que si cual prostituta había enfermado y su proxeneta la había abandonado al borde del camino, para que se muriera al sol como un perro sin amo. Muchos cotilleos de campamento, pero nada que en apariencia pudiera servirles de algo.

Al final Demetrio repartió entre ellos un poco más

de comida, y Agrícola les espantó agitando las manos, con gesto de hastío. Luego, cuando se fuese el geógrafo, echarían cuentas de lo gastado y Agrícola haría números, buscando la forma de sisar algún dinero al prefecto sin que éste lo notase. Pero ahora cuanto hizo fue quedarse sentado a las puertas de la tienda, con los brazos sobre los muslos y los dedos entrelazados.

–Toda información es útil –le dijo Basílides, viéndole desanimado.

–No sé qué decirte –suspiró, con los ojos puestos en el desierto. Luego, sin apartarlos de las dunas distantes, añadió–: ¿Puedo hacerte una pregunta, Basílides?

–Adelante.

–¿Por qué has aceptado meterte en esto?

–Porque a mí también me lo pidió el prefecto.

–Ya. ¿Pero por qué dijiste que sí?

–Me gustó el reto.

–¿Qué reto? ¿El de desenmascarar a los traidores?

–No exactamente. Es un desafío intelectual.

Se quedó callado, como dudando, y Agrícola, apartando los ojos del atardecer en el desierto, le animó con la mirada a seguir. Demetrio, por su parte, estaba sentado junto a ellos, escuchando en silencio.

–Opino que el universo es mecánico y que detrás de todos los sucesos hay una lógica, leyes que los rigen. Un hombre, con la sola ayuda de su intelecto, puede desentrañar todos los misterios, si es capaz de buscar, encontrar y encajar las piezas. Es posible acceder a lo invisible mediante los efectos que causa sobre lo visible. Y eso es algo que vale tanto para las fuerzas de la Naturaleza como para las acciones del Hombre.

–Ah –el romano agitó la cabeza, sin muchas ganas de enredarse en una de esas retorcidas discusiones de las que tan amigos eran los alejandrinos–. ¿Entonces todo esto es para ti una cuestión filosófica?

–No –sonrió con aspereza Basílides, al tiempo que le mostraba sus manazas–. Esto es para mí algo mucho más interesante. Una investigación de verdad, y no andar revolviendo entre papiros y discutiendo conclusiones, hasta el hastío, con mis colegas de la Biblioteca. Por eso he aceptado la proposición del prefecto, y pienso descubrir la verdad mediante la lógica, como ya te he dicho.

Agrícola sonrió, antes de menear la cabeza.

–Pues no podría jurar que no estemos perdiendo el tiempo.

–¿Acaso crees que estamos cazando espejismos?

–No. Es cierto que, como tú has deducido, hay gente poderosa a la que puede perjudicar esta empresa, y es más que posible que traten de ponerle trabas. Pero no sé si hacemos bien en buscar asesinos y saboteadores disfrazados de vivanderos o caravaneros, o saben los dioses qué.

–¿Por qué?

–Porque, una vez dejemos atrás las últimas avanzadas romanas, no tendrá ningún sentido el tratar de asesinar al tribuno. Si él muere, el *praefectus castrorum* tomará el mando.

–¿Y si él muere?

–Entonces la expedición quedará a cargo del más antiguo de los dos tribunos menores. Está todo previsto en las ordenanzas. Así que ya no hay razón para planear asesinatos de oficiales.

–¿Ves? –Basílides agitó la cabeza con cierta satisfacción–. A eso me refiero: eso es usar la lógica.

–En mi pueblo, en cambio, lo llamaban ir podando las ramas.

–Es lógica; o al menos una clase de lógica: la que descarta las hipótesis imposibles o absurdas, para centrarse en las posibles. Yo, en cambio, prefiero sumar hechos hasta que la verdad se hace inapelable.

–Uff –el romano hizo un gesto cómico–. Demasiado complicado para mí.

Basílides se echó a reír ante lo exagerado de la mueca, sin tomárselo a mal.

–Sigamos –dijo luego–. ¿Qué es lo que debemos temer entonces?

–Si yo quisiera obstaculizar esta expedición, habría infiltrado espías o saboteadores, y no asesinos corajudos. El peor de los adivinos puede ser un espía impagable, capaz de reunir información sobre las tropas, para que los que le pagan puedan azuzar a los nómadas contra nosotros, o de sobornar a los libios para que maten a sus oficiales y deserten. Estoy poniendo ejemplos.

–Ya –el alejandrino movió la cabeza con pesadez–. ¿Cómo detectarles?

Agrícola se encogió de hombros.

–Es muy difícil. Un espía procura pasar desapercibido; si es listo, es muy difícil sospechar de él.

Hay un lapso de tiempo en el que los tres guardan silencio, sentados ante la tienda, mientras el sol declina, ya muy bajo en el horizonte occidental.

–La verdad, prefiero a los asesinos –gruñó el romano.

–Hay un fallo en ese razonamiento –apuntó casi a la vez Basílides.

–¿Cuál?

–Ese supuesto informador tiene que formar parte, por fuerza, de esta expedición y, por tanto, está tan en peligro de muerte como nosotros, en caso de que nos ataquen los nómadas.

–Se tiende a desdeñar a los espías, pero yo los tengo por los hombres de más valor –dijo de repente Demetrio, que se había puesto a bruñir la hoja de su espada con esmero, los labios cerrados y los oídos abiertos, según era su costumbre.

–Un ataque no tiene por qué aniquilar a esta expedición; no necesariamente –Agrícola volvió a perder su mirada en la puesta de sol sobre las arenas–. De hecho, eso sería un gran error; puesto que podría provocar represalias por parte de Roma y quién sabe si la anexión que tratan de evitar. Si yo quisiera hacer fracasar esta empresa, trataría de causar las pérdidas suficientes como para obligar al tribuno a darse por vencido y volverse a Egipto.

Se quedó callado un instante.

–Además, los hay que corren menos riesgo que otros en caso de un ataque de nómadas.

–¿Quiénes?

Fue Demetrio el que le respondió sin palabras, al señalar con su espada hacia la gran tienda de la sacerdotisa nubia.

–¿Senseneb?

–Tú lo has dicho –el romano suspiró–. ¿Qué piensan los reyes meroítas de todo esto? ¿No tienen ellos razones también para temer que todo esto sea un tanteo previo a una anexión?

–Cierto. O a un protectorado. Nubia ya lo fue hace un siglo, como os he contado, y todo acabó en guerra. Es más: a raíz de aquello, los reyes nubios trasladaron la capital de Napata a Meroe, para estar más lejos del alcance de las legiones.

–No se han negado a aceptar esta embajada, pero bien puede deberse a que temen desatar las iras de Nerón, que no es un hombre muy templado. Además, ¿qué sabemos de la situación política en Meroe? Bien puede haber una docena de facciones políticas, de intereses e intenciones contrapuestas...

–Hay que reflexionar sobre todos esos factores –Basílides volvió a mostrar las palmas de las manos–. Cuando tengamos todas las piezas en las manos, encajarán en su sitio y tendremos la verdad.

–Aggg –Agrícola se llevó de repente las manos a la cabeza, en gesto de nuevo cómico–. Traidores, conjuras, sospechas... ¡Basta! –echó una mirada a occidente–. Está a punto de ponerse el sol. Aún tenemos tiempo de echar un trago.

Demetrio devolvió la espada a la vaina, y se incorporó.

–Hecho.

–Pues yo tampoco digo que no –el geógrafo se puso despacio en pie, sonriendo con rudeza–. Esto es vida, amigos, y no estar enterrado en vida en la Biblioteca, sin ver el sol y ordenando documentos a todas horas.

CAPÍTULO III

Senseneb se había empeñado en cuidar en persona las heridas del tribuno mayor, llevada quizá del capricho o puede que como gesto de deferencia bárbara hacia alguien que era el embajador del césar. O al menos eso defendía en público Cayo Marcelo, el lugarteniente de Emiliano, tan prudente como siempre. Los médicos romanos no habían puesto el menor impedimento, ya que la medicina egipcia –que aunaba religión, magia y tratamientos empíricos– gozaba de gran fama en todo el imperio y hasta los griegos que en eso, como en todo, se consideraban los mejores, la tenían en gran consideración.

Todas las tardes, una vez montadas las tiendas, la nubia se acercaba a la gran carpa del tribuno, cubierta con la toca lunar y los velos blancos, acompañada por sus dos esclavas y dos arqueros de túnicas blancas y plumas azules en el pelo negro y crespo. Le cambiaba las vendas, renovaba los emplastos y le pasaba las manos por el pecho y el vientre, tarareando muy por lo bajo una cantinela en un idioma que, desde luego, no era el egipcio.

Emiliano, cuyas heridas iban cicatrizando y que daba ya paseos al atardecer, ordenaba luego que le acercase un asiento, y ella aceptaba con gusto la invitación a charlar.

Se sentaba junto al lecho, con los velos alzados, y conversaban un rato en griego, idioma que el tribuno dominaba y que para ella era más fácil que el latín. Hablaban de asuntos formales, del viaje sobre todo; pero según iban pasando los días, la conversación fue haciéndose más suelta y distendida, y se llenaba en ciertos momentos de giros y dobles sentidos. Sonreían, reían, y ella acababa despidiéndose siempre como a disgusto, antes de cubrirse de nuevo el rostro y marcharse con su pequeño séquito.

Eso ocurría en la tienda del tribuno, estando más gente presente. Los esclavos lo comentaban, los soldados murmuraban y al final era la comidilla del campamento. Estaba en boca de todos y de eso precisamente fue de lo que acabaron discutiendo una tarde Seleuco, Quirino y Flaminio, uno de los *praepositi* de los *numeri* libios.

Los tres iban deambulando a pleno sol de la tarde, con las espadas ceñidas, supervisando a los legionarios que abrían el foso a golpes de zapapico, para acumular la tierra en terraplenes sobre los que después clavarían las estacas de la empalizada. Los dos primeros vestían las túnicas blancas, mientras la del tercero era de color verde. Seleuco se reía a carcajadas, el calvo Quirino sonreía de medio lado y Flaminio discutía unas veces sarcástico y otras ceñudo, apoyando sus palabras con gestos de vara, porque era de esos que, como Tito, nunca soltaba el bastón de oficial.

–Esa Senseneb es una loba –se burlaba Seleuco–. Una loba. Y no hay que darle más vueltas al asunto. Se acuesta con Tito y acabará haciéndolo también con el tribuno.

–Tiene que haber algo más –gruñó Flaminio, que era alto, de tez morena y espeso pelo negro, con un carácter tan frío unas veces como ardiente otras.

–¿Algo más? ¿El qué? Te digo que esa nubia tiene más vicio que la mujer de un senador. Eso es todo y no hay que darle más vueltas.

–¿Qué sabrás tú del vicio que tiene la mujer de un senador, desgraciado, si nunca has estado en Roma?

–¿Y qué sabrás tú del que no tienen, si tampoco has estado jamás?

Los tres se echaron a reír a mandíbula batiente ante esa salida, con tales carcajadas que algunos de los legionarios que cavaban, medio desnudos y cubiertos de tierra, se detuvieron un momento a mirarles, zapapicos en mano. Pero luego Flaminio sacudió con vigor la cabeza.

–Estoy hasta las narices de oír que Senseneb es una araña, una devoradora de hombres. No es que lo dude, será verdad: pero no hay que olvidar que es la enviada de los reyes de Meroe, y eso me da que pensar.

–¿Pensar en qué?

–Se ha convertido en la amante de Tito y ahora tontea con Emiliano. Seguro que la mueve algo más que el simple deseo.

–Flaminio –Seleuco adoptó un tono razonable–. Se sabe de muchos casos en los que el deseo ha podido más que las razones o el interés.

–Ya. Y yo te repito que no dudo que a esa mujer le atraigan tanto nuestro *praefectus castrorum* como el tribuno. Pero tiene que haber algo más.

–Insinúas que trata de conseguir algo de ellos.

–No insinúo nada –en su énfasis, a punto estuvo de poner la vara de oficial bajo las narices de su amigo–. Lo afirmo.

–Eres un suspicaz. Aunque tendrás razón: no hay que olvidar que Senseneb es sacerdotisa de Isis, y todo el mundo sabe lo fríos y manipuladores que son los sacerdotes egipcios.

–Senseneb es nubia, no egipcia.

–Para el caso es lo mismo.

–Si tú lo dices... Pero lo que importa es que trata o tratará de sonsacar a Tito en la cama.

El gran Seleuco estalló en carcajadas, al tiempo que buscaba con los ojos a Quirino. Pero éste se limitó a encogerse de hombros, con una sonrisa de medio lado, porque cada vez que aquéllos se ponían a pelear, él se mantenía al margen, a la manera de los espectadores del Circo.

–Y tú eres el único al que se le ha ocurrido eso, ¿no, Flaminio? Relájate, hombre. Ya lo hemos pensado nosotros, y otros muchos, y seguro que Tito también.

–¿Seguro?

–No nos ha dicho nada abiertamente. Pero, más o menos –con una mueca, agitó una mano en el aire–, nos lo ha dado a entender.

–Te voy a dar dos razones –y ahora fue él quien puso dos dedos delante del rostro del prepósito–. La primera porque ella es una mujer hermosa, y la segunda porque él no es ningún pelele para dejar que nadie le maneje a su antojo.

–Los juegos de cama son peligrosos, y todos nos podemos ir de la lengua.

–¿No te estoy diciendo que no te preocupes? Parece que no conocieras a Tito.

–Mira: la mejor forma de caer es siempre considerarse a salvo.

–Tú siempre tan dramático. El riesgo es pequeño y Tito sabe también jugar. Si él puede caer en las redes de Senseneb, ella puede caer en las de él también.

–¿Qué puede sacarle Tito a esa mujer? –agitó la vara con gesto desdeñoso.

–No nos vendría mal saber, por ejemplo, cuál es la verdadera actitud de los reyes meroítas respecto a esta expedición.

–Ya te lo digo yo sin necesidad de tanto esfuerzo: recelan.

–No creo que suponga ningún esfuerzo para Tito. Senseneb debe ser buena amante, capaz de satisfacer a cualquiera.

–Ése es el problema; que Tito no es cualquiera –rezongó el otro–. Es el *praefectus castrorum* de esta expedición; los soldados murmuran sobre el tema y eso no es bueno.

Salvio Seleuco se paró en seco, con gesto de fastidio.

–¿Murmuran? ¿Qué es lo que murmuran esos idiotas? A ver, ilústranos.

–Lo que murmuran no es más que lo que cabía esperar. Que Senseneb ha embrujado a Tito, que está atando su voluntad a la de ella, poco a poco, y cosas por el estilo.

–¿Ya estamos con ésas? ¿No pueden vivir sin sus historias de magia?

–Magia o arte de seducción; llámalo como quieras. A mí me da igual, pero ya sabes lo supersticiosos que son los soldados.

–Mira: si son idiotas o cobardes, ése es su problema.

–Te equivocas –le contestó Flaminio, abandonando por un momento los grandes gestos–. Es nuestro problema. Nos estamos alejando de nuestras bases en una expedición que nos lleva primero a un país extranjero y luego a tierras desconocidas. No es nada bueno que las tropas duden de sus jefes.

–En eso tiene razón, Seleuco –aceptó con una mueca pensativa Quirino.

–Bueno: aun así, sería problema nuestro y no tuyo, Flaminio –replicó el aludido, que comenzaba a calentarse–. Nuestro –con el pulgar señaló a Quirino y luego a sí mismo–. Tú ocúpate de que tus libios no se amotinen y nos corten a todos el cuello una noche, mientras dormimos.

Flaminio se revolvió, picado a su vez, en tanto que Quirino se detenía a un par de pasos y adoptaba de nuevo esa pose de espectador burlón, atento al duelo verbal que se avecinaba.

–¿Qué tienes tú que decir de mis hombres, bocazas?

–Que son unos salvajes, y que no me fío nada de ellos.

–No te apures, hombre, que en caso de batalla no se van a desbandar al primer choque, como hacen los nubios.

–Si tú lo dices, porque la verdad es que estamos teniendo un montón de deserciones.

Flaminio acusó el golpe encrespándose un poco más.

–No desertan por miedo, sino porque son unos tipos indómitos, y muchos son incapaces de adaptarse a la disciplina militar. Pero son buenos guerreros: sus madres les traen al mundo con la lanza y la honda ya en la mano.

–Pues peor todavía. Me pone nervioso que duerman dentro del campamento, tienda con tienda con nosotros. Mira que se lo he dicho veces a Tito, pero no me hace ni caso.

–¿Y luego dices que yo saco las cosas de quicio? –se carcajeó Flaminio, cambiando de humor como el viento.

–Tú ríe. Pero cualquier noche nos van a pasar a cuchillo, o matarán a sus oficiales, desertarán en masa y nos abandonarán en territorio hostil. No sé cómo podéis estar tan tranquilos, siendo un puñado entre tantos bárbaros.

–Ja. Exagerado.

–Ríe. Pero vigila tu espalda, Flaminio.

–Si me cortan la cabeza, confío en que tú me darás un funeral decente.

–Pues haces mal. Tengo cosas más importantes de qué ocuparme –replicó de igual humor Seleuco; pero, viendo que por aquel lado no iba a conseguir picar más a su amigo, no insistió.

Antonio Quirino aprovechó la tregua para volver al tema.

–¿Qué podría querer sonsacar Senseneb al tribuno o al prefecto? ¿Nuestras fuerzas?

–Eso es absurdo. Están bien a la vista –repuso Seleuco.

–No hablo de los soldados que componen esta *vexillatio.* Me refiero al número y composición de las fuerzas de frontera.

–Me parece que lo que tienen los nubios en la cabeza es una invasión de su territorio desde Egipto, y no al revés –Flaminio sonrió con dureza.

–Siendo así, el dato les sería aún más útil. Pero a mí me parece que, si quiere saber algo, eso son nuestras verdaderas intenciones. Me da que los nubios no se creen que Roma pueda hacer un despliegue semejante sólo para llegar hasta la boca del Nilo.

–Eso será porque no conocen a Nerón –volvió a sonreír de mal humor el prepósito.

–Y más les vale no conocerle, al menos cuando está de malas –Seleuco enseñó los dientes.

–A mí lo que me importa es lo que pueda pasar con Tito –volvió a la carga Flaminio, incansable.

Sus dos compañeros le miraron desconcertados.

–¿Qué pasa si esa nubia logra influir en él?

–¡No digas tonterías, hombre! –Seleuco se echó a reír a carcajadas–. Te está dando demasiado el sol y el viento del desierto. A ver si ahora también tú vas a creer eso de que Senseneb es una bruja y le va a robar la voluntad.

–Yo no he dicho eso. Ya sé que Tito no es hombre que se convierta en juguete de mujer alguna, sea sacerdotisa de Isis o reina de Asia. Pero me da miedo que ella pueda influir hasta cierto punto en sus decisiones.

Seleuco volvió a reírse, en tanto que Antonio Quirino meneaba la cabeza, sonriente aunque más dudoso.

–Mira, Flaminio –se mantuvo el primero en sus trece–. Senseneb es una mujer guapa, todo lo lista que quieras, y sin duda una gran amante. Como si de verdad tiene poderes mágicos. Tito no va a caer en sus redes y me apuesto contigo lo que quieras.

–De momento va a su tienda todas las noches, si es que ella le llama. Eso lo sabe hasta el último esclavo de la caravana.

–¿Y qué? Ya sabes como es Tito: le gustan mucho las mujeres, pero eso no implica que ella signifique nada para él.

–¿Eso te lo ha dicho él o lo estás suponiendo?

–Conozco a Tito, Flaminio, y tú también. Y algo parecido me dio a entender después de la primera noche. Le dije que se anduviera con tiento con esa nubia, y se rió de mí, como yo me río ahora de ti.

–Tú lo has dicho: eso fue después de la primera noche. Las cosas cambian. Y sigo pensando que tanta suficiencia es peligrosa. Ya sabes lo que dicen: el corazón es como una fortaleza desguarnecida...

–Olvídate de refranes –se echó a reír con tanta fuerza que los que cavaban se volvieron de nuevo a mirarles. Pero estaban demasiado lejos y nadie pudo saber de qué discutían con tanta vehemencia.

–Como quieras. Pero tú haz la prueba. Ya que tanta confianza tienes con Tito, saca como quien no quiere la cosa el tema de Senseneb cuando estéis bebiendo; dale cuerda para que hable, que eso se te da a ti muy bien, y luego saca tus conclusiones.

–De acuerdo: eso haré –aceptó el otro, aún sonriente–. Pero ves fantasmas donde no hay nada, Flaminio. Siempre has sido así.

–¡Mira quién habla de fantasmas! ¿No eras tú el que decía hace un rato que no duerme bien y anda siempre mirando por encima del hombro, no sea que los libios se amotinen y nos pasen a cuchillo a todos, cualquiera de estas noches?

Seleuco abrió la boca para replicar; pero Quirino, que contemplaba el enfrentamiento a unos pasos, socarrón y con los brazos en jarras, medió de repente.

–Dejadlo ya, que cansaríais a un griego con tanta discusión. Siempre estáis igual –señaló con un gesto al campamento, a las zanjas abiertas y a los hombres polvorientos, que ya se disponían a clavar cada uno sus dos estacas, y a afirmarlas con cuerdas, para formar la empalizada–. Eso ya está listo.

–Vamos a echarle un vistazo –Salvio Seleuco se olvidó de la pugna verbal como si nunca hubiera ocurrido, para lanzar una ojeada al sol que declinaba–. Hoy hemos acabado pronto.

–Sí –convino Flaminio, que aún seguía algo acalorado.

–Mejor –Seleuco se permitió una sonrisa de oreja a oreja–. Pasamos una inspección y, si todo está en orden, nos vamos a tomar un vaso de vino. Con calma, que es como a mí me gusta.

–¿Y una partida?

–Hecho.

CAPÍTULO IV

La columna siguió hacia el sur, siempre el sur, siempre paralela al curso del Nilo, a lo largo de rutas de caravana que unas veces discurrían por el desierto y otras en cambio se acercaban tanto al río que los legionarios en marcha podían sentir y oler el frescor de las aguas, divisar el verdor y, entre las plantas, entrever cómo él sol resplandecía sobre el azul. Viajaban despacio para no forzar a la caravana y para más comodidad de Basílides, que con frecuencia se apartaba de las tropas, con una escolta armada, a visitar antiguos templos y las ruinas de ciudades y factorías fundadas en la época de los grandes faraones y abandonadas desde hacía siglos.

La fortaleza de Primis, el último baluarte romano en esas tierras, había quedado ya a sus espaldas y avanzaban desde hacía días por la zona bajo control meroíta. Aunque los soldados no habían notado muchos cambios, para Emiliano, que viajaba aún en litera, había resultado de lo más impresionante el momento en que, al apartar los cortinajes para contemplar el paisaje, había descubierto que ya no había más piedras miliares marcando distancias en el camino. Quizá para otros no tuvo ninguna importancia, pero el tribuno sintió una sensación muy extraña al darse cuenta de que, por primera vez en su vida, había salido de territorio romano.

La franja fértil era ya un recuerdo lejano y a ambos lados del río no había otra cosa que arenas y pedregales, salpicados de matojos y recorridos por chacales, gacelas, leones y avestruces. Las dunas llegaban a menudo hasta el mismo borde del agua, y en las márgenes soleadas crecían poco más que palmeras formando grupos dispersos.

Allí donde las orillas eran un poco más benignas, los exploradores encontraban aldeas de agricultores, cuyos habitantes sólo se distinguían –al menos a ojos de un romano– de los campesinos de Elefantina porque su piel era negra; pero tanto en costumbres como en vestidos y adornos se diferenciaban bien poco de ellos. Había también tribus errantes que vivían de la ganadería y la caza, que vestían con pieles y que se acercaban a mirar el paso de la columna, atraídos por la fama de Roma y sus soldados, así como por el deseo de comprobar si era verdad eso que se contaba sobre los fabulosos animales de cuello largo y joroba que servían como bestias de carga a los viajeros.

Pese a la indiferencia que en general mostraba Claudio Emiliano hacia lo egipcio –una postura que era en buena medida reacción contra esa otra de muchos de sus conciudadanos, que en los últimos años mostraban un fervor excesivo por todo lo que llegaba de ese país milenario–, no pudo dejar de sentirse atraído por las historias que se contaban sobre el Gran Templo del Rey. La gente se hacía lenguas acerca de ese edificio legendario, esculpido en roca viva en una colina ribereña del Nilo, por orden del gran faraón Ramsés II. El mismo Basílides, que nunca lo había visitado, no dejaba de alabar las dimensiones y la perfección del monumento, y otro tanto hacía Merythot, aunque éste sí se jactaba de haber estado allí.

Por eso, cuando supo que el geógrafo iba a visitar el templo, el tribuno se decidió a acompañarle, y se embarcó con él en una de las naves de la flotilla de apoyo que navegaba por el Nilo, cargada de provisiones y manteniéndose siempre a la altura de la columna.

Emiliano tendría luego recuerdos algo brumosos de esa visita, por culpa en parte de que aún no se había recuperado del todo, y en parte por el calor y la sensación de soledad que les acompañó durante el viaje, tanto el de ida como el de vuelta.

La nave era una embarcación de estilo indefinible, mezcla de las artes navales romanas y egipcias, con media docena de remos a cada banda y una gran vela triangular. Carecía de cubierta y en su interior se apiñaban los tripulantes, Basílides, el tribuno, algunos soldados y unos pocos acompañantes, entre los que estaban Merythot y Valerio Félix, que se apuntaba casi siempre a esas salidas, provisto de tablilla y punzón.

Fueron navegando a lo largo de una ribera salvaje, despoblada y desértica, en la que escaseaban los palmerales y abundaban las arenas. El agua del río iba a lamer con mansedumbre playas estrechas que se abrían al pie de farallones rocosos, carcomidos por la erosión. El borde mismo del río rebosaba empero de toda clase de plantas acuáticas, entre las que se escabullían los peces. Las aves sobrevolaban un Nilo que era allí perezoso, azul y centelleante, y era frecuente que los cocodrilos y los hipopótamos rompiesen la superficie del agua con estruendo, entre un hervor de espuma blanca.

La proa cortaba con un susurro las aguas, el viento hacía chasquear la lona pintada de la vela. El sacerdote y el geógrafo discutían sobre cuestiones arcanas en griego, este segundo sorprendido por los conocimientos de alguien al que había tenido por un charlatán. Los soldados conversaban en latín y los marineros se gritaban entre ellos. El tribuno se había apartado de todos para contemplar en silencio, acodado en la borda, la extensión azul del río y esas riberas agrestes, amarillas de arena y pardas de rocas. Con la cabeza cubierta por un pliegue del manto blanco, observaba las colinas lejanas, las dunas, los círculos de los buitres en el cielo. Le molestaba el sonido de las conversaciones y se dejaba arrullar por el murmullo del agua, los aleteos de la vela, los crujidos del maderamen.

¿Cuánto tiempo estuvo así? No hubiera sabido decirlo. Adormilado, dejaba saltar sus pensamientos entre la lejana Roma y el actual viaje, y de vez en cuando algún incidente –un ibis que pasaba como una flecha blanca y negra, la salida resonante de un hipopótamo, el aire que rielaba sobre los desiertos ribereños– le sacaba por un instante de su abstracción; pero luego dejaba caer los párpados y volvía a la somnolencia.

Uno de los marineros dio una voz de aviso. Las conversaciones se apagaron y el tribuno levantó primero la cabeza y luego apartó algo el pliegue del manto, para poder ver mejor. Todos miraron hacia donde señalaba el vigía, un sujeto renegrido que no vestía más que un taparrabos, y el silencio se apoderó de la nave.

Porque río arriba, en la misma ribera occidental, en la ladera rocosa de una colina que casi llegaba a las aguas, manos antiguas habían tallado la fachada de un templo, esculpiendo estatuas gigantescas dentro de nichos abiertos en la misma piedra. Todos miraban. La nave, entre el aleteo y chasquear de la vela, fue pasando ante la fachada de ese templo consagrado a la diosa Hathor. Algunas de las imágenes representaban al propio faraón, tocado con coronas reales, en tanto que la del centro era la de una mujer y retrataba a la esposa del rey, Nefertari, que había servido de modelo para encarnar a la propia diosa. O eso les contó, algo después, el sacerdote Merythot.

Pero en aquellos momentos todos guardaban silencio y contemplaban la orilla, con los ojos puestos en aquellas estatuas enormes que surgían de la misma roca, y lo único que se oía era el suspiro del viento, el murmullo de las aguas azules y los sonidos de la soga y la madera, mientras los marineros se afanaban a la vela para atrapar las ráfagas de viento.

La embarcación llegó a la altura del templo, lo fue dejando lentamente atrás y, en un momento dado, cuando empezaba a rebasar esa colina y lo que había más allá quedó de repente a la vista, todas las miradas se volvieron de nuevo a proa. Los hubo que no pudieron contener exclamaciones de asombro y Emiliano, la cabeza tapada, observó boquiabierto.

Más allá había otra colina; pétrea, parda, igual de redondeada que la otra por la erosión, y separada de ésta por un desfiladero arenoso. Y en la ladera norte de aquel cerro rocoso, esa que miraba al desfiladero –y no en la que daba al río, como era el caso del templo de Hathor–, los canteros egipcios habían tallado un segundo templo en la roca viva, tan inmenso que hacía pequeño al anterior.

En la fachada había cuatro colosos de piedra sentados, cuatro que eclipsaban en cuanto tamaño y grandeza a todo lo imaginable. Eran estatuas todas del gran rey, con coronas dobles, semblantes majestuosos y las manos sobre las rodillas, mirando eternamente al infinito. La segunda de las imágenes a partir del río estaba incompleta, porque había perdido la cabeza y parte del pecho. Eran tan grandes que, al menos vistas desde el río, desde la nave que se acercaba lentamente, no parecían algo verdadero, sino pertenecientes a esas escenas fantásticas de los sueños.

En el mismo centro de esa fachada titánica, entre las dos parejas de gigantes pétreos, había un nicho inmenso que partía a la altura de las rodillas de éstos y acababa a la de las cabezas, y allí había una estatua de Haraktés de pie; enorme y sin embargo pequeña en comparación con esas otras cuatro. Y aún por encima de todo ese conjunto, había grandes cornisas talladas en la roca, sobre las que se agazapaban monos de piedra, adorando al sol.

Claudio Emiliano había oído hablar mucho de ese templo, claro, y de lo desmesurado de sus proporciones; y era por eso por lo que se había decidido a visitarlo. Pero nadie, ni siquiera Merythot o los marineros que afirmaban haberlo visto desde sus barcos, podrían haberle preparado para esa visión gigantesca que apareció casi de repente ante sus ojos, cuando la nave sobrepasó a la primera colina.

El patrón de la nave comenzó a dar voces y los marineros se aplicaron a la vela y los remos, mientras los pasajeros miraban como entre sueños al templo. La embarcación viró entre crujidos y fue a varar a la orilla, allí donde la arena del desfiladero llegaba al borde mismo del agua para formar una playa ancha y árida.

Desembarcaron. Unos saltaron a tierra desde la proa, tratando de llegar a la arena sin mojarse, y otros por los costados directamente al agua, y desde ahí chapoteando hasta la orilla. Esto último fue lo que hizo el tribuno, que salió del río apartando algo molesto las manos que le tendían para ayudarle. Se quedó en el borde, observando aquel gran templo bajo la luz deslumbrante de la mañana, que por alguna razón parecía hacerlo todo aún más grande, mientras sentía en las canillas la humedad de los bajos empapados del manto.

A simple vista se advertía que la arena entraba en aquel desfiladero procedente del desierto, empujada por los vientos, e iba a remansarse allí, formando una larga rampa amarillenta. Desde donde ellos se hallaban podían ver cómo, gracias a siglos de abandono, la arena había enterrado ya parte de la fachada del templo, cubriéndola hasta una altura que iba desde las rodillas del coloso más lejano a los tobillos del más próximo.

El tribuno se dirigió al templo con sus acompañantes y los soldados, mientras que los marineros se quedaban atrás, al lado de la nave. La escota estaba formada en esa ocasión por una decena de pretorianos con escudos y *pila*, así como por tres arqueros sirios, cetrinos y altivos, y los tres germanos del tribuno mayor. Comenzaron a ascender en fila por la cuesta arenosa, sin apresurarse, bajo el calor ardiente y la luz cegadora.

Emiliano subió en compañía de Merythot. Durante esos días en que sus heridas le habían obligado a viajar en litera, no se había olvidado de hacerle llamar para darle las gracias por los cuidados prestados en Filé. Ya sabía de ese egipcio, supuesto sacerdote, claro, pero antes no había tenido trato con él. Sin embargo, en ese tiempo habían tenido oportunidad de charlar, el romano tumbado en la litera y el egipcio caminando muy digno a su lado, báculo en mano, y, como tanto otros en la embajada, al final el primero había quedado más que impresionado por los conocimientos que mostraba el segundo. Hasta Basílides, durante el viaje en barca, había abandonado sus aires de superioridad para discutir asuntos de historia y geografía con él.

Pero ni el mejor narrador del mundo podría haber preparado al tribuno para lo que vio mientras se acercaba al templo del Rey, esa mañana de tanto calor, acompañado de pretorianos de túnicas rojas y armadura, arqueros de faldas verdes, un griego de ropas marrones y blancas, y un egipcio de cráneo mondo, alto y magro él, y ataviado con linos tan blancos que ni siquiera las polvaredas del desierto parecían ser capaces de ensuciar.

La atmósfera era sofocante, el aire seco dejaba un regusto de arena en la boca y el cielo era de un azul polvoriento. Las aves planeaban y picaban en lo alto, y a veces un graznido resonaba entre las paredes rocosas, levantando largos ecos a lo largo del desfiladero. Había una extraña sensación de soledad, de vacío, de distancias inmensas, puede que debidas al calor que hacía temblar el aire y distorsionaba las imágenes.

Mientras remontaba fatigosamente la cuesta, Emiliano volvió a mirar al coloso incompleto, que había perdido la cabeza y parte del pecho quién sabe cuántos siglos antes, en lo que debió ser un derrumbe estruendoso de rocas y polvo mineral. Esa falta en la fachada no hacía a ésta menos imponente, antes quizá lo contrario, porque le prestaban todavía más de esa grandeza que tiene lo antiguo.

–Me pregunto qué pudo ocurrirle a ese coloso.

Merythot volvió los ojos a él y luego los puso de nuevo en su meta, con los linos blancos ondeando a su alrededor a cada bocanada de viento ardiente.

–Alguna falla en la roca, sin duda alguna. Está escrito que toda esa parte cedió no mucho después de que se tallase el templo, y que tal suceso fue considerado como una mala señal.

–¿Una mala señal? ¿Un augurio desdichado?

–En efecto.

–¿Pero desdichado para quién? ¿Para el rey o para el reino?

–En Egipto, rey y reino son sólo dos aspectos de una misma realidad, tribuno –Merythot se sonrió, con una petulancia muy egipcia.

El romano correspondió con otra sonrisa de buen humor, acostumbrado ya al aplomo y la seguridad con las que aquel sacerdote, real o supuesto, hablaba de Egipto y lo egipcio. Volvió a observar el templo en la roca y, con la sonrisa colgando de los labios, se le ocurrió que quizás a los egipcios no les faltaban razones para creerse gente aparte del resto de los mortales.

–¿Se cumplieron los malos presagios?

–Sí, tribuno. El imperio del gran Ramsés no duró tanto como debiera haberlo hecho, de la misma forma que su estatua se quebró mucho antes de lo que cabía esperar.

Un explorador nubio –alto y flaco, con plumas en el cabello enmarañado y un delantal de cuero– que corría unos cien pasos por delante, se paró de golpe y se quedó observando a la derecha. Siguiendo su mirada, Valerio Félix vio como un grupo de aves acababa de levantar el vuelo desde la colina de la derecha y se alejaba graznando sobre las rocas. El pretoriano que abría la marcha alzó su *pilum* y la fila se detuvo.

Se quedaron en mitad de la cuesta. Por delante de todos ellos, solo en mitad de las arenas amarillas, el nubio escudriñaba la ladera de roca, buscando con la mirada qué pudiera haber espantado a los pájaros. Los pretorianos de túnicas rojas volvían la mirada a todas partes, los escudos prestos, y alguno se acercó al tribuno, no fuera que tuvieran que cubrirle. Los arqueros sirios contemplaban con la mayor indiferencia el paisaje de piedra y arenas que les rodeaba, el arco en una mano y el extremo suelto de la cuerda en la otra, dispuestos a montarlos a la menor señal de alarma.

Fue pasando el tiempo. Los ojos del nubio registraban cada grieta y cada roca. Soplaban ráfagas de aire caliente que levantaban torbellinos de polvo. Valerio, acariciándose la larga barba, echó una ojeada a la espalda y se dio cuenta ahora de lo lejos que estaban de la barca. Por fin el nubio, el arco largo en la zurda, se giró para proseguir la andadura en dirección al templo. Los pájaros volvían ya a posarse en las rocas de la ladera y nada se movía.

La fila de hombres se puso de nuevo en marcha, en parte aliviada y en parte intranquila. Valerio le comentó a Basílides, con cierta inocencia:

–¿Sabes? Me alegro de que esta vez nos acompañen los pretorianos.

–¿Por qué? –el recio geógrafo le miró con esa hosquedad que a menudo asomaba a sus modales.

–Porque estamos muy lejos de todo y, si nos atacan...

–No sé qué decirte. Yo preferiría tener con nosotros a los hombres de Tito.

–¿Cómo puedes decir eso? Los pretorianos son los mejores soldados del imperio, los mejor entrenados; son la guardia personal del césar.

Basílides sonrió con aspereza.

–No lo dudo. Pero los legionarios y los auxiliares de Tito están curtidos en la lucha en el desierto y la veteranía vale más que cualquier entrenamiento.

–Ah, claro... –Valerio meneó la cabeza–. Sí, desde luego; no hay nada como la experiencia.

Callaron, pero unos pocos pasos más adelante el romano volvió a hablar.

–Fue el propio Marcelo quien ordenó que viniesen esos pretorianos y los tres arqueros, en vez de una escolta normal. Algún motivo tendría.

–Sin duda. Marcelo no es hombre que haga las cosas porque sí.

–Quizá temen que se produzca un intento de asesinato.

–No creo –refutó con un gesto impaciente el hombre de la Biblioteca. Pero luego añadió con más prudencia–: No hay motivos para pensar que aquello que pasó en Filé fuese otra cosa que un intento de robo; a no ser que los chismes de campamento, que afirman lo contrario, sean una razón de peso.

–Claro.

–Creo yo que Marcelo habrá pensado que, en caso de que nos ataquen bandidos, los pretorianos cuidarán con más celo del tribuno, que es uno de los suyos. Aparte de que, por razones de prestigio, los pretorianos no iban a ceder la escolta a otros.

–Sí. La verdad es que la gente trata de buscar siempre explicaciones complicadas a lo que es muy sencillo.

–Tú lo has dicho.

Algo más adelante, el jefe de los pretorianos se retrasó para cambiar unas palabras con Claudio Emiliano.

–¿Vamos a entrar, tribuno?

–Sí.

–¿Es necesario?

–El césar quiere que se le informe de lo que hay en el interior de ese templo; y no le vale un relato a partir de lo que podamos leer u oír, sino que lo quiere de primera mano. Y no vamos a desobedecer a Nerón sin motivo, ¿verdad?

Al mirarse, cambiaron una casi sonrisa cómplice. Luego el veterano hizo una mueca de resignación y se adelantó para retomar la cabeza de la fila.

Remontaron lo que quedaba de la cuesta en silencio, bajo el sol abrasador que arrancaba destellos a las puntas de las armas y a los cascos. Entre las dos parejas de colosos sentados, justo bajo la hornacina con la estatua de Haraktés, se abría una puerta enorme, de jambas y travesaño tallados en la roca viva. Se detuvieron allí, más de uno jadeando por culpa del calor y la subida. La arena que bajaba en cuesta se veía contenida en parte por el más norteño de los colosos, lo que había impedido que la puerta quedase sepultada a lo largo de los siglos de abandono.

Basílides comentó tal circunstancia al tribuno.

–Es una suerte, sí –convino éste, antes de mostrarle cómo la arena había sido barrida de la entrada–. Pero parece que los hombres han tenido también algo que ver.

El geógrafo, que se había apartado el pliegue del manto de la cabeza, observó la zona despejada con interés.

–Tienes razón: supongo que los nubios vienen cada cierto tiempo a traer ofrendas o a rezar. Doble suerte entonces.

–Más que doble –el romano sonrió–. Porque esto nos da la seguridad de que ninguna fiera ha hecho del templo su cubil. Es lo único que nos faltaba; que un león nos atacase ahí dentro.

Basílides asintió pensativo, pero no dijo nada. El tribuno levantó los ojos para contemplar las estatuas, que desde allí abajo parecían aún más inmensas. Ordenó a los soldados que se quedasen fuera, de guardia, y tanto pretorianos como sirios se apresuraron a buscar la sombra. El guía nubio, por el contrario, desdeñando cualquier descanso, se fue a explorar los alrededores, arco en mano.

–Entremos.

El propio Emiliano fue el primero en cruzar el umbral, para sumergirse en la penumbra fresca de aquel templo abandonado durante siglos. En la antecámara aún había algo de claridad, pero al cabo de pocos pasos reinaban ya las tinieblas, tal y como suele suceder en las construcciones subterráneas, y más si la entrada, como era el caso, está ocluida en parte por arena. Encendieron lámparas de arcillas y, con ellas en alto, contemplaron el interior.

Aquel templo seguía un patrón egipcio clásico, de forma que tenía un largo pasillo que arrancaba a la entrada y corría hasta llegar al fondo, atravesando las distintas cámaras. Éstas eran tres, cada una de ellas más pequeña y de techo más bajo que la anterior.

Al resplandor de las luces, vieron que la primera era rectangular e hipóstila, con cuatro colosos que retrataban al gran Ramsés colocados a modo de columnas a cada lado del pasillo central, como centinelas que custodiasen eternamente el corredor. No había detritus ni excrementos en el suelo, lo que confirmaba la idea de que los nubios acudían cada cierto tiempo a rendir culto. El grupo se deshizo de inmediato y cada cual se fue por su lado; unos a admirar las estatuas, otros los frescos de batallas en las paredes, y alguno a registrar las estancias laterales que partían de esa cámara central.

Basílides y Merythot siguieron el pasillo. Más allá de la primera cámara había una segunda; la sala de la aparición, sustentada por cuatro pilastras. Y aún después estaba la sala de las ofrendas, con tres capillas. La más grande de las tres estaba al fondo y contenía un altar y cuatro estatuas talladas en roca viva.

El geógrafo paseó la luz de su lámpara por ellas, observándolas mientras las sombras danzaban como enloquecidas en las paredes. Merythot se las fue mostrando.

–Esas tres representan a Amón, al rey y a Haracktés –se giró para mostrarle la cuarta, que estaba separada del resto–. Ésta representa a Ptah.

Basílides asintió y, con la lámpara de arcilla en la mano, se volvió para mirar a sus espaldas. Pensativo, apantalló la luz con la mano para que no le deslumbrase y se quedó observando durante unos momentos el recuadro luminoso de la entrada, visible desde allí gracias a que el pasillo era recto como una flecha.

–¿Es cierto que la luz del sol, al amanecer, entra por esa puerta e ilumina a las estatuas?

–Veo que eres hombre instruido –el egipcio ladeó con aprobación la cabeza calva–. Sí, es cierto; pero no ilumina más que a una de las estatuas.

–Ah. ¿Y a cuál?

–Los arquitectos del faraón construyeron el templo de tal forma que, dependiendo de la estación, la luz incida en una u otra de estas tres estatuas. En cuanto a la imagen de Ptah –volvió a señalarse a la luz temblona de la lámpara–, dada la naturaleza del dios, ha de quedar en todo momento en la oscuridad.

Valerio Félix, por su parte, se había quedado contemplando absorto las escenas de batalla y victoria que adornaban las paredes. No hubiera podido decir cuánto tiempo estuvo estudiándolas a la luz de su lámpara, recorriendo el muro y volviendo sobre sus pasos para buscar nuevos detalles. Y cuando por fin despegó los ojos de los frescos no fue por cansancio, sino porque le distrajo la llegada de alguien procedente del exterior.

Se trataba de uno de los pretorianos, que se quedó unos instantes en el umbral, cegado por la repentina oscuridad. Fue la presencia de esa figura en el dintel, que tapaba la entrada de luz exterior, lo que le hizo volverse. En las tinieblas, los hombres iban y venían con las lámparas, de forma que las luces danzaban por la sala hipóstila como luciérnagas amarillas. El pretoriano localizó al tribuno, se le acercó, cambió con él unas pocas palabras y los dos salieron fuera.

Lleno de curiosidad, y también un poco alarmado, Valerio fue detrás de ellos.

Casi tuvo que retroceder ante la embestida de luz y calor que suponía emerger de repente de las entrañas de las montañas. Parpadeó, los ojos se le llenaron de lágrimas. Apagó la lámpara, que aún chisporroteaba en su mano.

Los pretorianos habían abandonado la sombra y formaban en grupo, algo por delante de los colosos, empuñando los escudos rojos con alas y rayos dorados, y con los *pila* en las manos. Los tres arqueros sirios se les habían unido, de nuevo prestos a montar la cuerda del arma a la menor señal de alarma. Emiliano, envuelto en su manto blanco, estaba discutiendo con sus hombres, y también él miraba rampa arriba y a las laderas rocosas. Los germanos se mantenían muy cerca de él, con sus túnicas verdes, las trenzas y las barbas rubias, y esos escudos oblongos, de motivos dorados sobre fondo verde.

Valerio quiso saber qué pasaba.

–El nubio ha desaparecido. Salió a explorar y no ha vuelto –le contestó el tribuno.

–Quizás ha tenido un accidente y se ha despeñado.

Emiliano le miró con ojos que ahora eran de un azul oscuro y su interlocutor se acobardó.

–O quizás ha aprovechado para desertar. Ya lo sé.

–No he pretendido molestarte, tribuno.

–No lo has hecho –zanjó el otro con diplomacia.

Se adelantó unos pasos por aquel río de arena que bajaba en pendiente, el manto ondeando en el viento cálido. Se detuvo y se quedó observando aquellos alrededores batidos por el sol. Paseó los ojos por las peñas.

–Que alguien avise a los que están dentro para que salgan, y sin demora. Nos volvemos al barco.

Basílides y Merythot salieron, el primero guiñando los ojos, entre deslumbrado y confundido, el segundo imperturbable. El tribuno, con un gesto seco y sin mayores explicaciones, ordenó emprender el regreso.

–Con calma.

Bajaron como habían venido, en hilera. Los pretorianos marchaban con los escudos y los *pila* en las manos, los arqueros en retaguardia, oteando como halcones. Nadie hablaba y ya no había nada de la pereza o el asombro de la subida, y sí cierta tensión contenida, como la de un resorte presto a saltar.

No mediaban más que unos cientos de pasos entre el templo del Rey y la orilla, donde aguardaba la embarcación, pero ahora a Valerio Félix le pareció una distancia muy larga. Podía haber bandidos nubios ocultos entre las piedras y, en cualquier momento, podían salir en tromba para acuchillarles. Todo era silencio. El aire alzaba torbellinos de polvo, los arrastraba unos metros y luego los dejaba caer al agotarse la ráfaga. Las aves planeaban junto al acantilado, por debajo de los monos de piedra, con graznidos retumbantes.

Para Valerio fue un paseo muy largo, pero llegaron a la orilla sin mayor contratiempo. Los soldados se refrescaron en el río y luego, entre todos, empujaron la nave para arrancarla a la arena de la playa. Fueron subiendo entre chapoteos, ayudándose unos a otros a pasar la borda.

Con el agua por las caderas, Claudio Emiliano, tribuno militar, se volvió a mirar por última vez a aquel templo inmenso y antiguo, cincelado hacía tantos siglos en la roca de los cerros por el genio colectivo de todo un pueblo. Hacía mucho calor, el viento era sofocante y las aves planeaban por el desfiladero. Todo allí tenía un aspecto desolado y él, mirando a los distantes colosos, meses después de haber pisado Egipto, tuvo más que nunca la sensación de estar, de verdad, muy lejos de Roma.

* * *

Al volver del templo del Rey, Claudio Emiliano no se sentía nada bien. No dijo una palabra al respecto, pero se adivinaba por su forma de respirar, por la palidez del rostro y por cómo se enjugaba el sudor, abundante y pegajoso, una y otra vez. Cuando la nave varó en las arenas de la orilla, los pretorianos quisieron ayudarle a bajar, y él no rechazó esta vez las manos que le tendían.

Apoyado en el brazo de uno de sus soldados, recorrió muy despacio la distancia que les separaba del campamento; ya estaba instalado, y Cayo Marcelo mandó de inmediato que le acostasen. Así que el tribuno se quedó lo que quedaba de día tumbado en su lecho, mientras los esclavos le daban caldo y agua, y le aireaban con abanicos de hojas de palmera.

La tienda, que era de las de poste central, tenía las paredes formadas por varias capas superpuestas de lona y cuero. Mientras era aún de día, tenía quitadas las externas, de forma que las interiores, que eran las más finas, se transparentaban con la luz de la tarde y el interior estaba sumido en una penumbra tibia, y una quietud como de santuario, en la que se podía ver el revoloteo de las motas de polvo. Era una atmósfera que invitaba al silencio o a hablar en voz baja, y el tribuno pasó la tarde dormitando, a pesar de que había allí varios de sus hombres, conversando entre susurros.

Luego, uno de los centinelas entró para anunciar que la sacerdotisa Senseneb había llegado a visitarle, y Emiliano volvió la cabeza para observar con párpados entrecerrados. Alguien apartó las lonas de la entrada, una marea de luz se coló de repente por el hueco, a raudales, la figura velada de la nubia se perfiló en ese resplandor. Luego las lonas cayeron entre susurros, y la tienda volvió a quedar en su penumbra quieta y dorada.

Ella se acercó al camastro, con un revuelo de gasas blancas. Se quedó contemplando durante unos instantes al convaleciente, antes de alzarse los velos y tomar asiento a su lado. Cayo Marcelo, con un cabeceo, invitó a los pretorianos a salir. Mientras éstos se levantaban, con rumor de tela y cuero, y tintineo de metales, señaló a los sirvientes la puerta, conminándoles a marcharse también. El ayudante del tribuno, siempre tan prudente, lo prefería así, ya que sabía que el mejor amigo, o el esclavo más leal, puede irse de la lengua sobre lo que no se debe, y bastantes habladurías corrían ya entre las tropas.

Él mismo fue a sentarse de nuevo a la mesa, a examinar mapas y documentos, con la copa de vino medio llena en la mano, mientras las dos esclavas de la sacerdotisa se refugiaban en una de las esquinas de la tienda, porque los arqueros de Senseneb jamás entraban.

–Tribuno –le dijo ella con voz suave, en su latín bárbaro–, me han dicho que has vuelto a caer enfermo y he venido a ver cómo te encuentras.

Él movió la cabeza, con ojos entrecerrados, y respondió en griego:

–Eres muy amable, de verdad; pero no es nada. Me he fatigado un poco de más, eso es todo. Aún no me he repuesto por completo y me han afectado tanto calor y tanto sol.

Senseneb miró unos instantes dentro de esos ojos somnolientos, de color ahora azul apagado. Recogió uno de los abanicos de hojas de palmera y ella misma comenzó a agitarlo rítmicamente ante el rostro del enfermo, con un sonido susurrante que creaba la ilusión, dentro de la tienda, del viento agitando los palmerales.

Apartó luego el abanico, y le puso la mano sobre las vendas que aún le cubrían el pecho y el abdomen, para comprobar si tenía fiebre en las heridas. Y él se dejó hacer con languidez.

Se inclinó un poco más sobre el romano, pero sus manos no pudieron notar nada anormal a través de las vendas. El cuerpo del tribuno desprendía el mismo calor que una piedra que hubiera estado en la solana durante largo rato, pero eso se debía al esfuerzo realizado por un hombre que aún no se había recuperado del todo. No se sentía ese tacto tan peculiar, que es como el de un fuego enfermizo, que es propio de las calenturas.

Sus manos aletearon sobre el torso atlético del tribuno, con dedos tan leves como el roce de plumas. Ya la primera vez que le vio en Filé, tendido y sangrante, se había sentido fascinada por el cuerpo de ese romano, que tanto le recordaba a las esculturas de los griegos. Había visto a muchos hombres fuertes, de músculos grandes y marcados, sobre todo entre los guerreros negros del sur, que combatían y bailaban desnudos detrás de sus escudos pintados. Pero nunca en su vida había contemplado una perfección igual, ni proporciones tan armoniosas. Era, en verdad, como si una estatua helenística hubiera cobrado de repente vida.

Las yemas de sus dedos acariciaron ese pecho depilado, sintiendo el tacto resbaladizo del sudor. El tribuno estaba empapado. Le olisqueó, pero su olor era ese punzante del sudor fresco y no el que ella había olido durante días, cada vez que le visitaba; aquel otro más espeso y cargado con los humores de la enfermedad.

Las vendas estaban mojadas por la transpiración, así que deshizo los nudos. Debajo había cicatrices rosadas que estropeaban la perfección del vientre y pecho de estatua. Palpó con delicadeza aquella carne nueva.

–Tus heridas están casi curadas, tribuno –afirmó con suavidad–. Que no vuelvan a vendarte; es mejor que les dé el aire, para que se sequen y acaben de cerrar antes.

Él asintió con desidia.

Senseneb pasó un dedo por una de las cicatrices y él sintió un estremecimiento muy peculiar, como un calambre que comenzase allá donde ella acariciaba y fuese a acabar en su espinazo. Ella volvió a rozar la herida, él volvió a estremecerse. Luego, la sacerdotisa comenzó a deslizar la yema muy despacio por entre sus pectorales marcados, para bajar después por la línea media del vientre.

Claudio Emiliano cerró los ojos y lanzó un largo suspiro.

Cayo Marcelo apartó la vista de sus pergaminos y, con un gesto seco, ordenó a las dos esclavas que salieran. Luego él mismo se puso en pie con el mayor de los sigilos, recogió despacio su espada de encima de la mesa y se fue también. Hubo una nueva agitación de lonas en la puerta, un ir y venir de la luz, y la tienda volvió a quedarse en penumbras.

Los dedos de Senseneb volvieron a subir por la línea del vientre y por el tórax del tribuno, despacio, muy despacio. Sus yemas parecían revolotear sobre la piel del romano. El olor que desprendía éste había cambiado y ahora había en él un aroma que la nubia conocía de sobra, que nada tenía que ver con la fatiga o el placer, y sí con el hombre en celo.

Miró otra vez dentro de esos ojos entornados. Las pupilas azules habían mudado también de color y se habían vuelto mucho más oscuras, como mares profundos y alborotados. Había deseo en ellos, sí, pero también algo más. Esos ojos parecían conservar una frialdad que no se disipaba nunca del todo, que no cedía ante ningún otro sentimiento, sino que simplemente se mezclaba con él; fuera éste deseo, ira o alegría. Era siempre así, de la misma forma que los ojos oscuros del prefecto Tito, por más excitado o satisfecho que pudiera estar, nunca perdían cierto poso de dureza que quedaba en todo momento ahí, muy al fondo.

Senseneb le sonrió, con una sonrisa amplia y brillante. Volvió a acariciarle el pecho y él a inspirar con fuerza. Entonces ella se levantó, apartó como de mala gana la mano de su tórax y se alejó unos pocos pasos.

Las motas de polvo danzaban en la claridad seca de la tienda. Las telas se transparentaban contra la luz de la tarde, y se veían las siluetas negras de los pretorianos de guardia, como si estuvieran detrás de un telón iluminado. Las lonas chasqueaban cada vez que se alzaba algún soplo de aire cálido; pero, por lo demás, todo era silencio. Los legionarios estaban descansando, aprestando los equipos o fuera, bebiendo, y los centinelas dormitaban. Sólo algunas moscas rompían la quietud interior y zumbaban junto a las copas de vino.

Más tarde, Claudio Emiliano tendría otra vez un recuerdo extraño y bastante fantasmal de lo que allí había ocurrido. Puede que las cosas no hubieran sido exactamente como él lo recordaba, ya que la fiebre juega extrañas pasadas, y él era consciente de eso. Aunque también es posible que todo hubiera sido así.

Tras apartarse del lecho, la sacerdotisa se le quedó mirando un instante y luego se quitó el tocado de velos blancos, rematado en una media luna de plata; y por primera vez el tribuno pudo verla descubierta. Era de cráneo fino y largo, y tenía la cabeza completamente afeitada, cosa que fue casi un choque para Emiliano, porque ni mucho menos la había esperado así. Sin embargo, la impresión era exótica y ni mucho menos desagradable. Sus rasgos eran aún más armoniosos sin el tocado, y también más juveniles, y los ojos le brillaban en la penumbra dorada de la tienda, casi como los de una fiera.

Se quedó con el tocado entre las manos, observándole, y luego lo depositó sobre una mesa. Comenzó a despojarse de sus velos para él, que la contemplaba, uno a uno y muy despacio, casi como si bailase una danza antigua. Su atuendo estaba formado por gasas traslúcidas y superpuestas, de forma que, según se las iba quitando, el cuerpo que había debajo se perfilaba poco a poco. Sonreía y se contoneaba lentamente, como una serpiente hipnótica, mientras se libraba de un velo tras otro. Y el tribuno mayor, tumbado en el caluroso interior de su tienda, cubierto hasta la cintura por sábanas, pese a la fiebre y el malestar, sintió de repente una gran erección.

La sacerdotisa se despojó de otro velo y quedó cubierta tan sólo por la última gasa, silueteada contra el telón de las lonas iluminadas por el sol del desierto. Era de pechos pesados y caderas anchas. El romano entrecerró los ojos; ella siguió cimbreándose, volvió a sonreír. Soltó el último velo, y los ojos azules del tribuno se volvieron aún más oscuros.

Llevaba todo el cuerpo, y no sólo el cráneo, depilado, según las costumbres sacerdotales egipcias. No tenía ni un pelo ni en las axilas ni el sexo, que era tan liso como el de una niña. Dos tatuajes creaban la ilusión de cejas; tatuajes negros y no azules, como esos otros que alargaban las comisuras de los ojos, o los de las mejillas, que la marcaban como hija de una tribu de la Alta Nubia. Con el último velo aún en la mano, se acercó de nuevo al lecho del tribuno. Se sentó otra vez en el borde de la cama, notando el bulto que le crecía al romano bajo las sábanas.

La atmósfera de la carpa era sofocante. Ella le acarició las mejillas, antes de recoger el abanico de hojas de palmera y agitarlo ante el rostro sudoroso. De nuevo hubo ilusión de viento susurrando en los palmerales. Él puso los ojos en esos pechos grandes, en el canalillo mojado de sudor, y le quitó el abanico de entre los dedos. La somnolencia se esfumó como por arte de magia. La agarró por la cintura y ella se dejó arrastrar de buena gana, pasando una pierna por encima para quedarse a horcajadas sobre él.

Emiliano hundió el rostro entre sus pechos y pasó la lengua por entre medias, saboreando el gusto salino del sudor. Ella le estrechó la cabeza contra su pecho, se frotó contra su rostro. Él le mordisqueó un pezón. La cogió por las caderas anchas con más fuerza aún y ella se dejó llevar, y se cimbreó arriba y abajo contra el bulto bajo la sábana. Él gruñó ante ese envite y le estrujó el sexo depilado. Los dedos se le empaparon y a la nubia fue como si se le cayese del rostro una máscara de actitud distante, con un sonido que era entre jadeo y gañido, y que parecía salirle de muy dentro.

Fue ella la que apartó la sábana y la que, con dedos que el ansia volvía algo torpes, atrapó el miembro para introducírselo ella misma. Al sentir cómo se deslizaba dentro, hasta el fondo, dejó escapar otra vez aquel jadeo que salía de muy hondo, como un ronquido del alma. Para Emiliano, que la tenía bien agarrada por la cintura, fue de repente como si la sacerdotisa perdiera de repente cualquier control y se desbocase encima de él.

Senseneb comenzó a moverse arriba y abajo, sobre el romano, con rapidez y empuje crecientes. Él tuvo tiempo de asombrarse de la fuerza que había en esas piernas, porque brincaba encima de él, cada vez más rápido, y los músculos se agitaban en los muslos oscuros. La cama vibraba y retemblaba con cada acometida.

El aire era cálido, pesado, las moscas zumbaban, las sombras de los centinelas seguían pasando tras las telas trasparentadas por el sol. Senseneb sudaba ahora copiosamente, de forma que la piel negra le brillaba lustrosa. No decía nada y sólo de vez en cuando dejaba escapar uno de esos estertores roncos. Pero, según se iba cimbreando cada vez más rápido sobre él, más enseñaba los dientes, como las fieras. Andando el tiempo, Emiliano aprendería que ella podía hacer sexo tanto en silencio como a gritos, con los ojos cerrados o con esa mueca, de labios entreabiertos y dientes al desnudo, que era como un rictus de menade enloquecida.

Olía a hombre y olía a mujer. Y Senseneb se desbocó encima de Emiliano, sintiendo como si un horno se le encendiese dentro, para desparramar fuego por todo su vientre. Emiliano, que sujetaba sus caderas anchas y oscuras, notó cómo dentro de él estallaba algo incontenible. Cerró los ojos, se tensó, y acabó derramándose dentro de ella en una catarata rápida, tal y como suele ocurrir con los hombres que habitualmente duermen solos. Las últimas gotas salieron con un espasmo casi doloroso, que tuvo algo de calambre. Ella, cuando él explotó en su interior, lanzó un último gañido, esta vez mucho más largo, y siguió moviéndose, aunque con ímpetu cada vez menor, apretando los muslos para retener el miembro dentro.

Emiliano se relajó, los ojos aún cerrados, sintiendo ahora todos los músculos flojos y el cuerpo pringoso de sudor. Senseneb acabó por detenerse, descabalgó y se quedó un buen rato tumbada a su lado, sintiéndose empapada por dentro, oyendo cómo se calmaban las respiraciones alborotadas y oliendo los olores calientes.

Más tarde el tribuno, adormilado, pudo notar cómo ella abandonaba su camastro. Volvió la cabeza, entreabriendo los párpados; pero ella ya se había vestido y de nuevo era una figura cubierta de pies a cabeza con velos blancos, con ese gran tocado de la luna de plata que la hacía parecer muy alta. Ella se quedó contemplándole a su vez unos instantes, en la penumbra dorada. Luego se marchó. Las telas de la entrada revolotearon una vez más, la luz brillante del exterior entró y se fue, y Claudio Emiliano se quedó sólo en su tienda, tumbado en el lecho, afiebrado, oyendo zumbar las moscas y viendo cómo danzaban las motas de polvo en la penumbra quieta.

CAPÍTULO V

A lo largo de jornadas polvorientas, la columna romana alcanzó el segundo grupo de cataratas que cortaban el Nilo para, una vez allí, reducir de nuevo el ritmo de la marcha y dar tiempo a que los exploradores visitasen las grandes ruinas que se alzaban en esas orillas. Primis estaba ya muy lejos a la espalda y el aislamiento, la monotonía, la aridez del paisaje comenzaban a hacer mella en el ánimo de muchos expedicionarios.

Los veteranos fronterizos conocían bien la locura del desierto, que suele atacar en las horas de más calor, cuando el polvo y los espejismos danzan sobre las dunas, y cuando las mismas colinas parecen temblar en la atmósfera recalentada como reflejos en el agua.

La conocía de sobra Salvio Seleuco y en ella iba pensando mientras cabalgaba cansinamente a lo largo de la ribera occidental, sin escolta alguna. El calor era espantoso y la luz cegaba. Con ojos entrecerrados, contempló la hilera de figuras que se acercaba a pie desde los desiertos occidentales. En la distancia y con el temblor del aire ardiente, no eran más que siluetas indistintas, como fantasmas de las arenas que hubiesen salido a pasear a plena luz.

Venían a trancos regulares sobre las arenas, con jabalinas en las manos y, según se iban acercando al prepósito, que había hecho detenerse a su caballo y les aguardaba desde lo alto de la silla, los párpados entornados, fueron perdiendo ese aspecto fantástico para convertirse poco a poco en una partida de libios, de faldas y embozos de telas, con pieles de animales sobre los hombros, y escudos livianos y lanzas en las manos, encabezados por un oficial romano de túnica verde y casco de cimera roja.

Se detuvieron todos a dos docenas de pasos, excepto el oficial, que no era otro que Flaminio, que se adelantó a grandes zancadas, como si estuviese gastando las últimas fuerzas después de una caminata agotadora por las arenas, a pleno sol.

–Ha huido por el desierto, directo al oeste –señaló con la mano hacia las dunas y las colinas–, como si pensase que andando hacia poniente pudiera llegar a algún lado.

Seleuco le miró con gesto de cansancio, el otro le sostuvo la mirada sin parpadear y por fin el primero desmontó con pesadez. Flaminio se quitó el casco para pasarse los dedos por el cabello negro y espeso. Tanto él como su partida de libios tenían un aspecto polvoriento y cansado y, en el caso del romano, también de mal humor.

Seleuco fue a poner un pie sobre una roca, aún a pleno sol, con la mano izquierda reposando en el pomo de la espada y la túnica blanca ondeando cada vez que se levantaba un golpe de aire caliente. Se pasó la mano por el rostro sudoroso, pensando.

–¿Y hay algún lugar al que pueda llegar?

–Ninguno en absoluto.

–¿Seguro?

–Y tan seguro. Hacia allí no hay otra cosa que desierto: desierto de piedras o desierto de arenas, tiene donde elegir. Hemos seguido sus huellas durante *millia* y se dirigen directas al oeste. No tardará en morir de sed o de insolación, si es que no lo ha hecho ya.

–¿Por qué no le habéis seguido un poco más entonces? Podríais haber traído el cadáver.

Flaminio le lanzó una mirada atravesada.

–Escucha, Seleuco. Le hemos seguido hasta llegar a unos arenales en los que el viento había borrado sus huellas. Hubiéramos tardado bastante tiempo en volver a encontrar el rastro, así que decidí abandonar la persecución y volvernos.

Seleuco hizo una mueca. A sus espaldas, los rápidos rugían y espumaban con gran furia, saltando entre peñas redondeadas por milenios de erosión. Había allí un frescor y una humedad que eran el fruto de la cercanía de las aguas, los rociones y las salpicaduras, y que eran un bálsamo para el romano, en comparación con la sequedad y el aire abrasador de los desiertos, que comenzaban a pocos pasos de la misma ribera.

Se volvió con los brazos en jarras, a contemplar el Nilo mientras le daba vueltas al asunto que les ocupaba. Cerca de donde se hallaban se alzaba una de las enormes fortalezas de ladrillo cocido que los faraones, siglos atrás, habían construido en esas orillas para mejor controlar Nubia, cuando ésta era provincia egipcia. Dejó puestos los ojos en aquellas ruinas masivas, aunque Flaminio no hubiera podido decir si las estaba viendo o no.

–¿Y si todo fuese un ardid? ¿Y si lo que nuestro fugitivo quiere es hacernos creer que se ha perdido en el desierto, para dar en realidad un rodeo y volver al río?

–Por Serapis, Seleuco. Y luego eres tú el que dice que soy un suspicaz y que ando siempre buscándole tres pies al gato. Ese infeliz no ha planeado nada de nada. Es una víctima de la locura del desierto: mató al optio de su centuria por una discusión banal y acto seguido huyó con lo puesto. Eso es todo. Ha huido al desierto sin equipo, ni agua, y ahí morirá.

–Supongo que tienes razón.

Se quedaron los dos en silencio, contemplando la vieja fortaleza egipcia, que se recortaba rojiza contra las arenas amarillentas y el cielo azul. El abandono de siglos, unido a la acción del sol y los vientos, habían ido devorando el ladrillo y carcomiendo las formas originales, hasta dar a aquella construcción enorme –que en tiempos había albergado a miles de soldados y funcionarios egipcios– el aspecto de un termitero gigantesco. Cerca, las aguas corrían rugientes y llenas de espuma. Los libios, con sus jabalinas de moharras caladas entre las manos, se habían acuclillado a la sombra de las palmeras ribereñas, sin prestar la menor atención al paisaje o a los oficiales romanos.

Seleuco resopló de nuevo, porque era hombre grande y los calores le afectaban más que a los pequeños o a los enjutos. Lejos, sobre las dunas, el aire vibraba, y la sensación de soledad era aterradora. Flaminio y sus hombres habían estado persiguiendo a un gregario que, por unas palabras menores, había matado a un oficial, antes de desertar. No era el primer caso de peleas, y menos de deserciones, y el *praefectus castrorum* se tomaba mucho interés en aquellos temas. Y ahora, el *praepositus* volvía con las manos vacías.

–A Tito no le va a gustar nada.

–¿Qué no le va a gustar nada?

–Que vuelvas sin el desertor.

–Que se joda.

–¿Esa es la explicación que piensas darle?

–Seleuco, ya te he dicho las razones que he tenido para volverme. Tito es un oficial veterano y conoce todo esto de primera mano.

–Ya. ¿Seguro que nuestro desertor no tiene ninguna oportunidad de sobrevivir? Hay caza en el desierto.

–Aun así, moriría de sed. Te recuerdo que huyó sin llevarse una jabalina. No tiene más que su espada y su daga, y ni tan siquiera cuenta con un pellejo de agua. No puede sobrevivir cazando gacelas o perdices a pedradas y, aunque llegase a un pozo, no alcanzaría el siguiente.

–¿Y si se topa con una tribu nubia?

–La posibilidad es remota: Sin agua, le quedan unas horas de vida, si es que no está muerto ya. Si se encuentra con nómadas, lo más seguro es que éstos le maten, y si llega a las cuevas de los trogloditas, casi seguro que también.

Salvio Seleuco se encogió de hombros, como si quisiese así ahuyentar las dudas.

–Necesito estar seguro de lo que le voy a contar a Tito. Quería a toda costa que le capturases vivo o muerto, preferentemente lo primero, para dar un castigo ejemplar.

–Tito y sus castigos ejemplares... –gruñó el prepósito.

–Ya sabe cómo se pone a veces cuando las cosas no salen como él quiere.

–Bueno. Ya hablaré yo con él.

Pero Seleuco negó con la cabeza, al tiempo que sonreía con acidez.

–Deja, deja. Lo mejor es que yo se lo explique.

Flaminio frunció el ceño.

–¿Explicar? –en un arranque, golpeó con la palma su casco, que era de modelo antiguo, con cresta roja y dos plumas blancas laterales, haciéndolo resonar–. ¿Pero qué es lo que hay que explicar?

Los libios, acuclillados a la sombra, le observaron sin gran curiosidad, porque ya conocían de sobra su carácter, lo mismo que el ayudante del prefecto. Este último se encogió de hombros.

–Ya te lo he dicho. Tito últimamente está muy picajoso.

–Te voy a contar una cosa, Seleuco. Abandoné la persecución porque consideré que era lo que debía hacer. Pero, si de mí hubiese dependido, le hubiese seguido hasta atraparle o recuperar su cadáver, o lo que los chacales hubiesen dejado del mismo. No lo hice porque me debo a los intereses de la expedición y a los hombres a mi cargo, y no es lógico andar dando vueltas por el desierto durante saben los dioses cuándo, detrás de un muerto.

–Entiendo.

–Ya me hubiera gustado traerle de vuelta para que Tito pudiera clavarle en una cruz.

–¿Te hubiera gustado? –Seleuco miró inquisitivamente a su amigo.

–Por supuesto.

–A veces no te entiendo, Flaminio. ¿No acabas de decir tú mismo que no es ningún asesino, sino un legionario de lo más normal que mató a su optio en un momento de enajenación?

–Eso he dicho, y eso sostengo. El pobre hombre sucumbió a la locura del desierto y no hay que darle más vueltas ni buscar otros motivos.

–Entonces ¿a qué viene tanta saña de tu parte? ¿Por qué? ¿Es que te está afectando también a ti el desierto?

Flaminio le observó durante unos instantes. Luego desarrugó el ceño, inspiró hondo, puso los ojos en la gran fortaleza terrosa y por último se dio la vuelta, con un suspiro largo.

–Yo no tengo ningún motivo de inquina personal con ese pobre *gregarius* –volvió a suspirar–. A lo mejor tienes razón, y me estoy dejando llevar por la locura; pero no es la locura del desierto, sino la de la caza.

–¿Y no te da vergüenza? Te creía de otra madera, Flaminio: nuestro desertor no es en realidad un asesino, y es mejor que muera en el desierto. Dicen que era un buen hombre, y no creo que merezca la cruz.

–Claro que no se la merece; pero hay otros factores a tener en cuenta.

–¿Cuáles?

–No es bueno que un *gregarius* mate a un *principales* y salga impune; impune a ojos de sus compañeros, por más que nosotros sepamos que ha muerto y de muerte horrible, de sed y calor. Estamos en tierra extranjera, lejos de nuestras bases, y hubiera sido bueno castigarle delante de todos, o al menos enseñar su cadáver, para mantener la disciplina.

–Ahí tengo que darte la razón, aunque me pese...

Hubo un silencio entre los dos. Pasó una ráfaga de aire ardiente, robándoles el aliento y haciendo ondear las túnicas.

–Me das la razón, pero... –apuntó al final Flaminio, al que no se le había pasado por alto que el otro había dejado la frase en suspenso.

–Pero creo que aquí se está haciendo uso de una crueldad desmedida y que nada tiene que ver con la necesidad. A veces pienso que tanto sol y tanta arena están despertando en algunos una sed que no es de agua, sino de sangre.

Flaminio, el casco bajo el brazo, le miró dolido.

–Seleuco: eso no es justo. Tengo que tener la mano dura y tú lo sabes perfectamente. Los nómadas y los bandidos nos acechan, me han tendido ya más de una emboscada y éstos –señaló con la cabeza a los libios– seguirán con nosotros mientras nos vean fuertes. Son valientes pero bárbaros, y reverencian la fuerza. Desertarán si olfatean debilidad, porque eso les hará creer que la expedición está perdida.

–No me refería a ti, sino a esta columna en general. Hay *principales* que tratan con demasiada dureza a los hombres, me parece, y Tito se lo consiente. De hecho, él mismo se está volviendo a veces demasiado feroz.

–Ya te he dicho...

–Sí. Te doy la razón: estamos lejos de Egipto y no contamos más que con nosotros mismos. Es cierto que hay que mantener la disciplina; pero abusar de los castigos no mejora las cosas, sino que las empeora.

Se quedaron los dos mirándose unos instantes, con el rumor de las aguas a sus espaldas. Se alzó otra turbonada de aire caliente y sobre sus cabezas pasó un pájaro, con un graznido que reverberó en aquel aire tenue de media mañana.

–Y eso, amigo, me preocupa –Salvio Seleuco, grande y por lo general despreocupado, agitó con gravedad la cabeza–. Me preocupa, sí, y mucho.

KUSH

A tres estadios de las tumbas de los reyes de Etiopía se encuentra, en la cima de un monte, el oráculo de Zeus. Es un templo construido al modo egipcio; flanquean la entrada dos esfinges con cabezas de carnero y sus paredes contienen relieves mostrando las victorias de los reyes etíopes cuando dominaban Egipto. En el interior del templo hay un ónfalo similar a los del oráculo del oasis de Amón y al de Delfos, pues hay quien dice que las prácticas de estos oráculos se originaron aquí. Mis guías me contaron que éste fue el principal oráculo de toda Etiopía, si bien ahora está prácticamente en ruinas y sólo lo cuidan un par de sacerdotes.

Valerio Félix, *Descripción de Etiopía,* III, 35

CAPÍTULO I

La expedición tenía puesta ya sus miras en el tercer grupo de cataratas. El país seguía siendo desértico y ardiente, con muy poco terreno fértil y escasez de aldeas. Los arenales llegaban casi hasta el borde del río y el viaje se había convertido en una sucesión monótona de jornadas. Los soldados marchaban con el equipo a cuestas, sofocados por el calor, el silencio y la aridez del paisaje. Los caravaneros arreaban a las acémilas y los carros avanzaban dando tumbos, y a menudo había que sacarlos de los atolladeros a fuerza de brazos.

El aire recalentado temblaba agitando las imágenes, las moscas zumbaban atraídas por el sudor y los buitres, motas pardas en el azul, daban vueltas sobre los farallones rocosos. No había otra cosa que arenas, pedregales, palmerales dispersos, colinas peladas y, cuando el camino se acercaba lo suficiente al Nilo, una visión lejana, como del paraíso, de palmeras, cañaverales, papiros y aguas verdes y rumorosas.

A veces pasaban cerca de alguna de las grandes fortalezas abandonadas, y los viajeros contemplaban asombrados esas moles semejantes a termiteros.

Pero tanta calma, esa soledad de los desiertos, no era más que apariencia, un espejismo más de las arenas, y los exploradores sabían que los nubios acechaban a la columna. Y no precisamente los labriegos que salían a contemplar su paso, apoyados en sus lanzas y con las bocas abiertas, sino bandidos nómadas que sólo esperaban una ocasión para robar y matar.

Un par de hombres que se habían apartado en mal momento de la columna, para hacer sus necesidades o por cualquier otra razón, habían sido muertos y desvalijados por ladrones. Los que fueron a buscarles al ver que no volvían, no encontraron más que sus cadáveres desnudos y huellas de sandalias nubias. Bastantes más habían, en cambio, desaparecido sin dejar rastro, sin que se supiese si habían tenido el mismo fin, habían desertado –cosa que era lo más probable– o habían sido arrebatados por esos demonios de las arenas de los que tanto hablaban los guías nubios.

Las patrullas extremaban su vigilancia y los guardias de la caravana se mantenían siempre cerca de los asnos de carga, que eran las presas más codiciadas. Los libios, durante las noches alrededor del fuego, afilaban sus armas y se contaban historias, y por el día marchaban ojo avizor, ansiando avistar algún enemigo para salir en su persecución, ya que había siglos de hostilidad entre su raza y la de los nubios, y para ellos cazar hombres en el desierto era el mejor de los deportes.

La flotilla de apoyo les había abandonado en las segundas cataratas y a veces Tito se lamentaba de que Roma no dispusiera de los mismos medios que tenían los faraones para pasar naves entre un tramo y otro. Porque, a la altura de las segundas cataratas, el sacerdote Merythot le había enseñado las ruinas de lo que en tiempos fue una ciudad, con un barrio egipcio y otro nubio, y necrópolis separadas. Por allí en tiempos, o eso le contó Merythot, los antiguos egipcios pasaban sus naves de un lado a otro del río, salvando las cataratas mediante un largo camino hecho de dos raíles de madera paralelos, sobre los que iban empujando los barcos.

Había otros motivos de inquietud, aparte de los bandidos. Los exploradores habían sabido por nómadas amistosos que un grupo de hombres, no muy numeroso pero sí bien armado, seguía en paralelo a la columna romana. Al parecer, los jefes de ese grupo no eran nubios, sino gente de piel más clara. Flaminio había hablado con un jefe nómada y, por las descripciones que obtuvo sobre su físico, atuendos y armas, llegó a la conclusión de que aquellos misteriosos personajes tenían que ser griegos o romanos de Egipto. En cuanto a sus motivos, parecían estar muy interesados en soliviantar a los nómadas contra los expedicionarios; o eso le dio a entender el jefe nubio.

Flaminio había vuelto con su patrulla del desierto, un atardecer, y se fue derecho a la tienda de Tito, sin sacudirse siquiera el polvo. El prefecto le había recriminado por ello, no por cuestiones de etiqueta, sino porque esa actitud podía alarmar a los soldados. Pero a él mismo le faltó tiempo para reunirse con el tribuno mayor y contarle lo que le había dicho Flaminio. Seleuco y Quirino estuvieron presentes en ese encuentro y, andando los días, acabarían por dar bastantes detalles a Agrícola. Allí fue donde por primera vez se oyó el nombre que se daba a sí mismo el jefe de aquella misteriosa banda: Aristóbulo Antipax, un apelativo muy apropiado y que oirían muy a menudo a lo largo de las siguientes semanas.

La reunión tuvo lugar en la tienda del tribuno, que era mucho más amplia y estaba mejor guarnida que la del prefecto, poco después de la caída del sol. La atmósfera en el interior era cálida y cargada. Había algunas lámparas encendidas y un esclavo de confianza iba de hombre en hombre, escanciando vino y agua en las copas; porque, por la parte del tribuno, estuvieron presentes varios pretorianos.

El *praefectus castrorum*, alto, membrudo y renegrido, se había arrellanado en la silla y saboreado el vino antes de explicar por fin todo: desde las sospechas que concibió en Filé a cómo, por orden suya, sus ayudantes habían estado haciendo averiguaciones. Omitió decir que Agrícola y Demetrio le servían como agentes en la caravana, y que el geógrafo Basílides hacía lo mismo en el campamento militar. Si se calló eso porque quería guardarse alguna ventaja o porque a esa reunión se había autoinvitado aquel personaje desagradable, Paulo, el confidente de Nerón, fue algo que Seleuco y Quirino nunca llegaron a saber.

Claudio Emiliano le escuchó sin despegar los labios, instándole de vez en cuando a seguir por gestos. Cuando Tito hubo terminado, se quedó aún un rato en silencio, jugando con su copa y contemplándole con ojos casi grises y distraídos, como si mirase a través de él y sus pensamientos estuvieran muy lejos.

–¿Por qué no me has dicho nada antes?

–Porque hasta hoy no han sido más que sospechas. Pero por fin tenemos pruebas de que alguien trata de impedir que sigamos adelante: ese jefe nómada le contó a Flaminio que le han ofrecido obsequios a cambio de enviar a sus guerreros a hostigarnos.

–Entiendo.

Volvió al silencio y se quedó observando al prefecto, que le sostuvo la mirada sin pestañear. Los allí presentes les contemplaban a su vez al resplandor de las lámparas, porque no había dentro de esa tienda nadie que no supiese que Senseneb los tenía a los dos como amantes. Pero si tal circunstancia había aumentado la rivalidad entre ellos, ambos lo disimulaban muy bien.

Al final no fue ninguno de los dos quien rompió el silencio, sino Paulo.

–¿Y bien, tribuno? –graznó, con tanta brusquedad que sobresaltó a más de uno de los presentes.

El aludido volvió la cabeza despacio en su dirección, para posar en él con disgusto unos ojos que se habían vuelto de repente de hielo.

–¿Y bien qué, Paulo?

–¿No has oído al prefecto? Hay traidores en esta expedición, y nos siguen hombres dispuestos a causar nuestra ruina. ¿Qué es lo que piensas hacer?

–De momento pensar; idiota: eso es lo primero que tiene que hacer uno en caso de problemas –le contestó con la mayor de las descortesías Emiliano. Porque aquel aristócrata era casi el único que se permitía mostrar abiertamente el desagrado que le causaba ese esbirro. Se encaró de nuevo con Tito–. Esto me pilla totalmente de sorpresa, prefecto, y ahora mismo casi no sé ni qué pensar.

–Te reitero que no quise mencionar nada mientras no tuviese otra cosa que sospechas.

–Has hecho bien. Pero ya tenemos pruebas fehacientes. Es hora de hablar y decidir cómo actuar.

Se pasó la mano por el cabello rubio.

–Al parecer, son súbditos romanos los que tratan de impedir que lleguemos a Meroe. ¿Quiénes son y qué motivos pueden tener?

–Ahí, de nuevo, sólo puedo ofrecerte sospechas.

–No importa: te escucho.

–Preferiría decírtelo en privado –se volvió a los pretorianos presentes–. Espero que no me lo toméis a mal.

–Como quieras –aceptó el tribuno, mientras sus hombres cabeceaban por cortesía–. Lo hablaremos entonces tú y yo. La pregunta ahora es: ¿qué planes pueden tener esos hombres, y qué daño pueden llegar a hacernos?

–Creo que tienen agentes dentro de la expedición, y que fueron ellos los que mandaron a esos egipcios a apuñalarte; es muy posible que preparen otras jugarretas desde dentro. En cuanto a los hombres que nos siguen en paralelo, llevan guías, parecen conocer el terreno y sabemos de cierto que son los que están azuzando a los nómadas contra nosotros.

Emiliano asintió despacio, los labios fruncidos, y volvió a quedarse pensando mientras, sin darse cuenta, se acariciaba lentamente, a través de la túnica roja, las heridas recibidas en Filé. Fue C. Marcelo, su mano derecha, el que hizo la siguiente pregunta.

–¿Es posible que los nubios nos ataquen?

–Ya lo están haciendo: los nómadas nos vigilan y acosan a nuestras patrullas.

–Hablo de un ataque a gran escala.

–No son más que bárbaros, sin disciplina y mal armados –bufó uno de los pretorianos que estaba de pie, al fondo de la tienda–. ¿Tenemos que preocuparnos por eso?

Tito, que se reclinaba indolente sobre uno de los brazos de su asiento, dejó caer sobre él los ojos oscuros, con una sonrisa que tenía algo de nostálgica.

–Es difícil que se reúnan en gran número y nos planten batalla. Aunque, ¿quién sabe? Pero hay otras formas de hacernos la guerra: pueden causarnos muchas bajas si durante todo el camino se dedican a hostigarnos con sus flechas, a hacer ataques relámpago contra los burros de carga, a atacar a nuestros aguadores...

–¿Acaso no estamos en territorio meroíta? –estalló Paulo.

–Hace ya días.

–¿Y para qué viene una enviada de sus reyes con nosotros? ¿Es que los nómadas no rinden obediencia al trono de Meroe? Id a ver a esa maldita sacerdotisa y...

–¿Es que no puedes hablar como las personas decentes, Paulo? –le cortó el tribuno con una mueca de fastidio–. Haz el favor de guardar las formas.

–Te estoy dando mi opinión.

–Y yo te estoy diciendo que no alces la voz en mi tienda.

Paulo se puso de todos los colores. El tribuno, sentado en su silla, le observaba con ojos azules muy fríos, en tanto que el prefecto, recostado en la suya, contemplaba con gesto distante, inhibiéndose con toda claridad. Los demás hacían algo parecido; ya que allí, quien más quien menos, temía a aquel sujeto rechoncho y ruin, que se hacía el poderoso gracias a su condición de confidente de Nerón.

Paulo farfulló algunas palabras que no llegaron a entenderse, como si no supiese muy bien qué decir. Pero, antes de que el incidente fuera a más, Marcelo trató de suavizar un poco la situación.

–Nubia no es un reino tal y como lo entendemos en Roma, Paulo. Me parece que sus reyes no tienen excesivo poder sobre los nómadas.

–Entonces, si no es un reino, ¿qué es?

El pretoriano suspiró para sus adentros. ¿Cómo hacer comprender a aquel cortesano que Nubia era un territorio inmenso, árido y muy poco poblado, y que sus habitantes eran una mezcolanza de agricultores, trogloditas y nómadas? Pero, antes de que pudiera contestar, intervino Tito, más por simpatía hacia Marcelo que por quitar hierro a nada.

–Los reyes de Meroe son dioses para su pueblo, a la manera de los antiguos faraones. Llaman a las tribus a la guerra, presiden las ceremonias, median en los litigios y poco más. No creo que los nómadas les paguen siquiera impuestos, ni nada que no sea una pleitesía nominal.

–¿Cómo se mantiene la corte entonces?

–No sé si las aldeas pagarán algún tributo, pero la riqueza de Meroe descansa sobre su situación estratégica, porque es el intermediario del comercio entre Egipto y el sur. El dinero lo sacan de las tasas sobre las mercancías, no de los impuestos.

–Entonces Nubia es como Germania. Ni es reino ni es nada.

–Si tú lo dices...

–¿Y qué nombre le darías tú?

–Germania no tiene un rey de reyes, y Nubia sí.

–Nos estamos desviando del tema –Claudio Emiliano se puso en pie de un tirón, de repente irritado, alto y apuesto como un dios griego, con su túnica roja y el cabello rubio recién rizado por el peluquero de los pretorianos.

–Tienes razón –admite encogiéndose de hombros el prefecto–. Lo que importa es que, por esas razones, la enviada de los reyes meroítas no puede hacer nada para impedir que los nómadas nos hostiguen.

–¿Cómo que no?

–Puede ordenárselo en nombre del rey arquero y la Candace, claro, pero dudo que le hagan caso. Los sobornos de nuestros misteriosos enemigos van a pesar siempre más en los nómadas que la palabra de una enviada real.

–¿Y qué vais a hacer vosotros? ¿Vais a cruzaros de brazos mientras nos van matando por el camino?

Emiliano, aburrido, le hizo callar con un gesto, antes de volverse hacia Tito, que seguía sentado.

–¿Tú qué dices, prefecto? ¿Qué medidas podemos tomar?

–Asumir que marchamos por territorio enemigo. Formar la columna en consecuencia, doblar las guardias y aplicar la más vieja de las reglas militares.

–¿Cuál?

–Que no hay que salirse de la fila para mear.

Los pretorianos, incluido Emiliano, cogidos por sorpresa, se echaron a reír a mandíbula batiente.

–Sabia regla –asintió el tribuno con sonrisa torcida, antes de ponerse serio de nuevo–. ¿Qué pasa con los pozos?

–No creo que envenenen las aguas. Un acto así, en un país desértico como éste, es un crimen inmundo. Habría guerra y venganza de sangre contra la tribu que hiciese una cosa así. Los pozos se consideran sagrados, intocables, porque son la vida de los nómadas.

–De todas formas, conviene que los guías y los exploradores estén avisados al respecto.

–Eso siempre. Y hablando de estar alertas, no descuidemos lo que pueda ocurrir dentro de nuestra expedición. Te recuerdo que estoy convencido de que hay traidores entre nosotros.

–¿En la *vexillatio?*

–Supongo que no. Más bien estoy pensando en la caravana.

–¿Crees que puedan tratar de asesinar a alguien? –de nuevo se palpó a través de la túnica las cicatrices.

–No lo sé. Yo más bien estaba pensando en un incendio, que es fácil de provocar y causa grandes estragos. Pero lo dicho para los pozos vale también para los asesinatos: es mejor no bajar la guardia.

–¿Corremos entonces peligro? –volvió a interrumpirle Paulo.

–Siempre; desde que nuestra madre nos trae al mundo –sonrió Tito con aspereza–. Pero, en las presentes circunstancias, la respuesta es sí, y unos más que otros.

–¿Eso vale también para mí?

–Bueno: es bien sabido que gozas de la confianza del césar y que te sientas a su misma mesa.

Emiliano, aún de pie, se quedó mirando al cortesano.

–¿Quieres que destaque a un par de hombres a vigilar tu tienda? –se ofreció con falsa amabilidad.

Antes Paulo se había puesto de todos los colores, pero ahora fue blanco y sólo blanco.

–No, no –balbuceó–. Mis esclavos sabrán protegerme. Gracias, tribuno, pero no.

Nadie dijo nada, alguno tuvo que ocultar una sonrisa y, cuando la reunión terminó poco después y cada cual se fue por su lado, Salvio Seleuco y Antonio Quirino fueron a pasar una inspección a los puestos de guardia en puerta y estacada, y estuvieron largo rato riéndose a mandíbula batiente, al pensar en la cara que se le había quedado al liberto.

–Casi se caga encima –Seleuco se carcajeaba.

–Creí que se desmayaba –Quirino sonreía de medio lado, a la luz de la linterna de barro que sostenía su compañero–. Ése se ha pensado que Emiliano le quería poner pretorianos para hacerle degollar y luego echarle la culpa a traidores.

–¿Y cómo no lo iba a pensar, si es algo que hacen todos los días en Roma?

–¡Siempre igual! ¿Pero qué sabrás tú de lo que hacen o dejan de hacer en Roma? Si nunca has estado allí.

–Ni tú tampoco.

–Por eso no presumo de saber lo que ocurre en ella.

–Yo sé escuchar, y todo el mundo sabe que los políticos de Roma, cuando no hay circo, se entretienen haciéndose asesinar los unos a los otros.

–Eso: tú créete todo lo que te cuenten, que ya verás...

* * *

Más o menos a la misma hora, algo después de la puesta de sol, Senseneb estaba tumbada en su tienda, la más exótica y lujosa de toda aquella variopinta columna. Ardían mechas en vasos llenos de aceite y dispuestos al azar, de forma que el interior estaba lleno de sombras y penumbras. Había gran profusión de vasijas de barro, marfiles, pieles de león y leopardo, oro, cobre y cristal colorido. En un pequeño pebetero de arcilla se quemaban hierbas olorosas y las espirales de humo ascendían perezosas entre las sombras, para remansarse en los altos de la tienda.

La sacerdotisa dormitaba desnuda, bocabajo, con los ojos cerrados y la cabeza sobre los antebrazos, sintiendo en la piel la tibieza que aún restaba de la tarde, mientras sus dos esclavas la masajeaban con ayuda de aceites aromáticos. No muy lejos de ella estaba sentado Iuput, el eunuco, observando en silencio.

Las luces palpitaban, arrancando destellos al cuerpo untado de aceite. Las esclavas, vestidas ahí dentro con tan sólo un cinturón, amasaban y pellizcaban la piel oscura de su ama, haciéndole proferir a veces un suspiro que era mezcla de dolor y placer. Iuput, un hombre muy alto y fornido, de rasgos hermosos y tendencia a engordar, bebía la espesa cerveza nubia. Había llegado esa misma tarde con un séquito de arqueros, desde la ciudad de Kawa, para informarse de la marcha de aquella inquietante embajada romana.

Observó una vez más a la sacerdotisa, luego miró dentro de su copa, como sorprendido de que se hubiese vaciado ya, y él mismo se escanció más cerveza. Al oír cómo entrechocaban la jarra y la copa, Senseneb abrió a medias los párpados.

Los ojos lánguidos de la sacerdotisa se toparon con esos otros, oscuros y sorprendentemente duros, del cortesano; ojos que, como los del romano Agrícola, tenían ese brillo hastiado del que parece haberlo visto ya todo. Se sostuvieron la mirada durante unos instantes, entre el agitar de las luces. Luego Iuput se llevó la copa a los labios para saborear la cerveza antes de tomar la palabra.

–Señora –dijo con la suavidad de una serpiente deslizándose sobre mosaicos–. ¿Estás segura de que sabes lo que estás haciendo?

Ella le miró como miran los gatos, con pupilas que casi parecían brillar al resplandor de las mechas.

–¿De qué me estás hablando, eunuco?

–Lo sabes muy bien –su interlocutor sonrió con amabilidad. Era muy negro de piel, algo que su túnica blanca resaltaba aún más; un hombre de modales suaves, de ésos que pocas veces dicen una palabra más alta que otra, y que tienen las manos rojas con la muerte de muchos hombres, aunque ellos nunca empuñen el cuchillo o el hacha–. No trates de jugar conmigo, señora; no con el hijo de mi madre. Te estoy hablando, y tú lo sabes, de los dos jefes romanos.

–¿Te parece mal que tenga dos amantes?

–Eso en sí me tiene sin cuidado; pero esos dos representan a su emperador. Ya bastante mal se llevan entre ellos sin necesidad de que enciendas tú ningún fuego. Sí, sé eso y también muchas otras cosas. Me pregunto si serás capaz de manejar una situación así; si no se te escapará de las manos.

–Por eso no te preocupes.

–Si se produce algún incidente desagradable; una disputa que pueda achacarse a los celos...

Ella, la cabeza afeitada reclinada sobre los brazos, los ojos entrecerrados con pereza, el cuerpo lustroso por el aceite, se echó a reír.

–Iuput. Déjame que te recuerde que son dos jefes romanos, no un par de pastores dispuestos a disputarse a lanzazos a una mujer.

–Por supuesto. Pero hay muchas formas de pelear y si ocurre algo, lo que sea, y los romanos te culpan a ti de haber atizado la enemistad entre sus dos jefes, a la corte de Meroe no va a gustarle nada.

–Por eso, estate tranquilo. Nada va a ocurrir.

El eunuco le dedicó otra mirada de serpiente, y bebió más cerveza. Senseneb volvió a cerrar los ojos y a abandonarse a las manos de sus esclavas. Ellas seguían masajeando en silencio, como sordas y mudas, con dedos ágiles, usando a veces los antebrazos, e incluso los codos, para amasarle la espalda.

Iuput, desde su asiento, las observaba inclinadas sobre el cuerpo de su ama en la penumbra, recorriéndolo de arriba abajo. A veces los pezones casi rozaban la piel de la sacerdotisa. Olía a aceite, a mujer y a perfumes. De vez en cuando, una de las dos lanzaba una mirada de soslayo al eunuco que, a su vez, las contemplaba con una especie de diversión fría. Estaban jugando a provocarle con malicia, y él lo sabía; porque en su caso, como en el de tantos eunucos, la castración había matado la capacidad, pero no el deseo. Pero hacía ya mucho, mucho tiempo, que Iuput se había acostumbrado, en los harenes de Meroe, a ese juego cruel que trataban de jugar aquellas dos con él allí, y era algo que le había servido para templar su carácter, famoso por su frialdad.

Bebió.

–Hay algo más. Aparte de que puede ser peligroso, me pregunto por qué lo haces, señora.

Ella volvió a levantar los párpados, para dedicarle otra mirada somnolienta.

–Es muy fácil, eunuco: es una forma de llegar a saber.

–¿Saber qué?

–Averiguar si los romanos están estudiando la idea de invadir Meroe. Si esta embajada es una excusa, una misión de reconocimiento para tantear el terreno y conocer nuestras fuerzas, antes de enviar a sus legiones.

–¿Y crees que sus jefes te lo van a decir? –sonrió con dureza.

–Tú no sabes lo que se suelta la lengua de los hombres en la cama –repuso con maldad.

–Creo saber calibrar a los hombres, y ninguno de esos dos romanos me parece de los que pierden la cabeza por una mujer; al menos, no hasta ese punto. Y no me lo tomes a mal, señora.

–No lo son. Nunca me contarían nada directamente, ni yo lo espero. Pero el sexo, al menos el satisfactorio –sonrió lánguida–, hace bajar a los hombres la guardia y es el momento en el que se les escapan comentarios sueltos, banales por sí mismos, pero que unidos a otros pueden hacerme saber si corremos el riesgo de ser invadidos por Roma. Yo sirvo a los mismos amos que tú, eunuco.

–Y era necesario liarse con los dos...

–Ay, los celos... –sonrió de nuevo, esta vez con abandono.

–¿Los celos? ¿Va a alentar voluntariamente los celos entre esos dos jefes?

–No he tenido que mover ni un dedo. Los hombres son así.

–¿Y piensas que eso les soltará la lengua?

–Por supuesto. Una forma de vencer al rival es demostrar que se es más importante que él –sonreía como entre sueños, la cabeza apoyada en los brazos.

–Ya.

Hubo un silencio largo. Iuput se quedó contemplando cómo las esclavas masajeaban el cuerpo oscuro y lustroso de su ama.

–Señora, haz lo que creas más conveniente –aceptó por ultimo–. Pero procura no encender ningún fuego que luego no puedas controlar.

Ella no respondió nada a eso, ni abrió siquiera los ojos.

–Y una cosa más.

–¿Sí? –ahora sí que alzó una pizca las pestañas.

–Esa no es la única razón para que juegues con esos dos. A mí no me tomes por tonto.

Ella le miró durante largo rato, luego cerró los ojos y volvió a sonreír como un gato.

–No –admitió con voz suave–. Quizás al principio sí; pero ya no. Esos dos romanos me gustan, cada uno a su manera. Me gustan, sí, y mucho. No voy a negarlo.

El eunuco se echó a reír de repente con voz queda. Rara vez reía y las dos esclavas volvieron la cabeza, porque la suya era una risa extraña, sin demasiada alegría. Su ama en cambio ni se inmutó; siguió tumbada, como dormida y con la sonrisa en los labios. Él se puso en pie, apuró la copa de cerveza antes de depositarla con sumo cuidado en la mesa, como si tuviera miedo de romperla. Se alisó la túnica blanca y recolocó collares y brazaletes, entre tintineos.

–Te dejo ya, señora, con tu permiso. Te deseo suerte en tu juego.

–No necesito suerte. Me basta con mi habilidad.

–Permite que lo dude. Se puede jugar con serpientes venenosas y salir indemne, señora, pero sólo a condición de hacerlo de vez en cuando y sin olvidar lo peligrosas que son. El que trastea con ellas de continuo, tarde o temprano acaba recibiendo una picadura.

Ahora fue él quien sonrió, al ver cómo ella abría los ojos, algo sorprendida.

–Procura que alguna de esas dos serpientes no se te escapen de las manos, se revuelva y te muerda, porque seguro que su picadura debe ser de lo más dolorosa –hizo un gesto formal–. Te deseo una buena noche, sacerdotisa de la madre Isis, y un buen viaje, y que llegues sin novedades a Meroe.

Se marchó, apartando el lienzo de cuero que cerraba la entrada a la tienda. Senseneb cerró los ojos y casi enseguida olvidó esas últimas palabras. Sus sirvientas siguieron amasándole con dedos hábiles el cuerpo aceitado, entre el chisporroteo de las llamas, y el temblor de las luces y sombras dentro de la carpa.

CAPÍTULO II

Demetrio tenía costumbre de caminar al flanco de la caravana, como un guardia más, durante las jornadas largas y polvorientas que les conducían hacia el sur. Los arrieros se habían acostumbrado ya a ese griego alto y fuerte que andaba a largos trancos, con su túnica amarilla, el cinturón ancho y una espada más larga que las de los legionarios apoyada con descuido sobre el hombro. Poseía una cota de mallas, escudo, lanzas y casco, pero dejaba todo eso en la mula que transportaba sus efectos y los de Agrícola, para poder desenvolverse con mayor libertad.

Disfrutaba del viaje, de verse libre de las obligaciones de los guardias y también de echarles una mano en ocasiones, por simple capricho. El calor era asfixiante, el aire reseco y ardiente, y los insectos un verdadero martirio. El paisaje a occidente estaba formado por colinas estériles y desiertos de dunas arenosas. Soplaba un viento sofocante en las horas de más calor, que agitaba polvaredas y espejismos, y el griego se detenía a veces a observar las danzas de esas imágenes fantasmales sobre las arenas.

Algún que otro día se le unía el geógrafo Basílides, con su túnica parda y un báculo en la mano. Había ido cogiendo un color tostado, gracias al sol y los vientos, y ya sí que nadie hubiera podido suponer que aquel sujeto fuerte y de aire rudo era un estudioso de la Biblioteca de Alejandría. Más bien un estibador o un esportillero, a juzgar por su porte y ademanes. Él disfrutaba aún más que Demetrio de esas largas caminatas al aire libre, entre polvaredas, rebuznos, gritos, con las ropas agitadas por el viento reseco del desierto.

–Esto es vida –no se cansaba nunca de repetir–. Esto es vida y no la de la Biblioteca, enterrado entre papiros y pergaminos escritos por muertos.

–Sin embargo, es verdad que gracias a los libros uno puede vivir, en cierta forma, las vidas de esos hombres muertos –le replicó una vez Demetrio, filosófico.

–Es cierto, amigo –repuso con la mayor seriedad el otro–. Nadie ama los libros más que yo. Pero también es verdad que cada cual debe vivir su propia vida. El conocimiento es un tesoro y uno ha de adquirirlo tanto de la experiencia propia como de la de los demás. En el equilibrio está la verdadera sabiduría.

–Pues me parece que pocas veces debe de encontrarse ese equilibrio.

–¿Pocas? Casi nunca. Los hombres de talla están casi siempre en uno de los extremos: o son hombres de acción, que viven arrastrados por su destino, o son estudiosos que se agostan bebiendo del conocimiento ajeno. Y entre los dos, claro –sonrió, el rostro ya muy oscuro por los soles etíopes– una mayoría de hombres pequeños, que pasan por la vida sin preguntarse ni ambicionar nada, como esos burros de carga que van ahí.

–Y tú te consideras uno de los segundos, claro...

–Y lo soy. Por eso agradezco a los dioses que me hayan dado esta oportunidad de salir al aire libre y hacer algo por mí mismo; algo más que recopilar el saber ajeno.

–¿Y yo sería de los primeros o de los intermedios? –el mercenario sonrió a su manera tranquila.

–Yo te admiro, Demetrio –contestó totalmente en serio el geógrafo–. Tú, lo mismo que Tito y otros que he conocido en esta embajada, tienes un poco de los dos extremos.

–¿Qué dices? –el otro se echó a reír–. No soy un hombre culto.

–Te equivocas. No es lo mismo ser culto que erudito. Conozco a muchos que presumen de los muchos libros que han leído y de lo que han estudiado; pero son sabidos, no sabios. Tú tienes cierta instrucción, has vivido, viajado y se te nota que al menos reflexionas sobre lo que se te muestra ante los ojos. Todo eso te hace a ti bastante más sabio que a otros que se jactan de ello.

–Si tú lo dices... –Demetrio movía la cabeza, apurado, y no sabiendo qué contestar volvía los ojos para contemplar el desierto a pleno sol.

–En esta expedición hay muchos hombres que están más cerca de ese equilibrio del que hablaba. Hombres de acción como Tito, un legionario hijo de legionarios, pero que se ha instruido, y se le nota.

–Tienes razón en eso, y también en que no es el único.

–Los romanos dan muchos hombres así, capaces de actuar y de estudiar –el geógrafo sonrió como en confidencia–. En ese sentido, he de admitir que siempre he admirado a los romanos por ser capaces de producir tantos personajes de tal madera.

Demetrio le miró bastante sorprendido, antes de corresponder con una sonrisa.

–¿Qué dirían tus colegas de la Biblioteca? –preguntó con sorna–. Los depositarios de la pureza de nuestra cultura helenística...

–Me echarían a patadas... –se rió.

–Tienes una curiosa forma de pensar, Basílides.

–Sólo soy lógico; lo que pasa es que muchas veces cuesta y duele, y es mejor aferrarse a lo cómodo –se puso serio, dejó vagar él también los ojos por el desierto y por último esbozó una mueca ruda–. No digo que sea un error buscar la sabiduría en el retiro, reflexionando sobre lo que otros han escrito y hecho. Antes al contrario. Pero digo que ése sólo es un camino, y no necesariamente el mejor.

–¿Cuál es entonces el mejor?

–Eso depende del hombre en cuestión.

–Y del margen de elección que tenga, claro –replicó el mercenario, de golpe un poco melancólico, porque había visto a los chicos que les servían de espías y que en esos precisos momentos se les acercaban correteando, entre risas y chillidos, esquivando los latigazos que les lanzaba algún arriero.

–Es verdad –Basílides agitó con solemnidad la cabeza, lo que en ese hombre grande y de tosco aspecto se convertía en un gesto de lo más impresionante. Contempló al trío de niños sucios y harapientos–. Aunque todos somos juguetes del Destino, es bien cierto que unos lo somos más que otros.

Los chavales llegaron a su altura y Demetrio, riendo, abrió su morral y les dio unos trozos de torta de centeno. Aquellos diablos tenían siempre un hambre voraz, como Demetrio había podido constatar, y no se les escapaba ni una sola miga.

–¿Tenéis algo que contarme? –les preguntó con aire paternal el mercenario, mientras ellos hacían rodar los trozos de torta en la boca, para que les durase algo más la sensación de estar comiendo.

–Sí, sí. Muy importante –exclamó el cabecilla del trío, Ramosis, el mayor de todos–. El hombre que nos has dicho que busquemos...

–El traidor, el espía.

–Ese, Gran Demetrio. Abandona algunas noches el campamento, cuando todos duermen, y sale a encontrarse con unos hombres que vienen del desierto.

–Cuenta, cuenta –Demetrio trató de ocultar su interés reacomodándose la correa de la espada en el hombro, no fuera que aquellos chavales se emocionasen y adornaran de forma excesiva el relato.

–Hemos visto huellas: pisadas que salían del campamento e iban al desierto.

–Pueden ser de cualquiera que salga a hacer sus necesidades.

–Las hemos seguido, griego –repuso con algo así como orgullo ese demonio famélico y renegrido por el sol–. Se alejaban mucho y acababan revueltas con otras, fuera de la vista del campamento.

–¿Otras huellas?

–De caballos y hombres. Dos caballos y dos hombres.

–¿Cómo es posible que alguien salga del campamento sin ser visto? ¿No es correr mucho riesgo? –le preguntó Basílides a Demetrio.

–Del campamento militar romano no se puede salir sin ser visto, pero del de la caravana sí. Los centinelas están para cuidar que no nos ataquen por sorpresa o nos roben los animales, y es fácil colarse entre ellos si se sabe dónde están apostados –Demetrio se encaró otra vez con los chicos–. ¿Cuántas veces habéis visto esas huellas? Y no exageréis; no os voy a dar más premio por eso.

–Las hemos visto dos veces, griego –Ramosis levantó dos dedos en el aire, como para dar más énfasis–. Y yo mismo le he visto a él con estos ojos, la última de las veces.

–¿Que le has visto? –se inclinó con avidez hacia delante–. ¿Sabes quién era? ¿Podrías reconocerle?

–No sé, griego –la alegría de aquella cara sucia se nubló–. Le vi salir del campamento: es un hombre grande y se cubría con un manto, no sé si para esconderse o porque tenía frío.

–¿Cómo era el manto?

–Negro o marrón, no sé; los hombres de las caravanas los usan así.

–¿Qué más viste?

–Nada más. Era de noche y yo estaba lejos de él. No tenía dónde esconderme si me acercaba, y sentí miedo.

–Claro, chaval –abrió de nuevo el morral y les dio un poco más de pan de centeno–. Acercaos luego por mi tienda y os daré de comer, y puede que alguna moneda.

Sus pequeños aliados cogieron con avidez los pedazos.

–Si vuelvo a ver a ese hombre –le prometió Ramosis–, me acercaré a él y le veré la cara.

–Ni se te ocurra –el mercenario le soltó un capón–. Si volvéis a verle salir del campamento, lo que tenéis que hacer es venir a mi tienda y despertarme. Si lo hacéis así y consigo capturarle, os daré muchas monedas. No intentéis seguirle: él y sus amigos son asesinos. Si le veis, venid a mi tienda y avisadme. ¿Me habéis entendido?

Los tres se marcharon corriendo y gritándose entre el polvo que levantaban los pies de los hombres y los cascos de las bestias.

–Así que nuestro misterioso enemigo sale al desierto a informar o a recibir instrucciones de Aristóbulo –reflexionó en voz alta Basílides.

–Eso parece –Demetrio, caminando de nuevo a largas zancadas, se recolocó la espada en el hombro–. Algo traman y tengo que avisar de inmediato a Agrícola.

–¿Conseguiremos sorprenderle?

Demetrio hizo una mueca fatalista, antes de pasear la mirada por las colinas soleadas y las dunas sobre las que se estremecía el aire caliente.

–Ya veremos.

Eso ocurrió el mismo día en que un destacamento se desgajó de la columna. El tribuno menor C. Centenio Félix, acompañado por el *numerus* de S. Crepecio Fadio –casi cien libios con su prepósito a la cabeza–, cruzó el Nilo con la misión de atajar por tierra dirigiéndose al sudoeste, hasta llegar de nuevo al río y salvar de esa manera la gran recurva del río.

La misión era geográfica y algunos sospechaban que sobre todo militar, ya que Félix tenía el encargo de evaluar la ruta terrestre, que ya había intentado siglos atrás el persa Cambises con su ejército, y que llevaba, a quien la siguiera, al norte de Meroe. Atravesaron el río a plena luz del día, en botes alquilados en una de las aldeas ribereñas, mientras Antonio Quirino y un puñado de auxiliares les observaban desde la orilla. Les vieron apartarse de la orilla, los dos oficiales a caballo, los libios con las armas a cuestas, arreando algunas mulas cargadas de provisión. Antes de dirigirse al desierto oriental, Crepecio Fadio se volvió en la silla y, tan jovial como siempre, agitó la mano a modo de despedida.

Y ésa fue la última vez que alguien les vio o supo de ellos. El desierto se tragó a aquel *numerus* de libios hechos a los rigores del desierto, a su veterano oficial y al tribuno. El mismo desierto que ya había aniquilado al ejército del gran Cambises cuando quiso seguir esa misma ruta. Jamás se conoció si habían muerto extraviados en las arenas, o emboscados por los nómadas, o si quizá los libios se habían amotinado y huido, tras matar a los romanos. Lo único cierto es que no llegaron al lado oriental del río y que nunca más se oyó hablar de ellos.

CAPÍTULO III

Algunas jornadas más tarde, Claudio Emiliano tuvo una discusión con Quinto Crisanto, el jefe de la caravana, a cuenta de que la expedición se había detenido una vez más. Esta vez la parada era frente a Kawa que, situada en la orilla oriental del Nilo, era el centro administrativo de toda aquella zona y la capital más antigua del reino de Nubia. Los romanos habían despachado enviados de cortesía a la ciudad, y Basílides había ido a ver las ruinas y las tumbas de las afueras.

Quinto Crisanto argumentaba que todas aquellas paradas suponían un retraso en tiempo, más gastos en salarios y provisiones y, por tanto, costos adicionales. Emiliano, pese a que no podía soportar a aquel Crisanto, un nuevo rico que trataba de codearse de igual a igual con la nobleza de sangre de Roma, quiso en un principio contemporizar.

–Escucha, Crisanto –le dijo, mostrándole con un gesto el mapa desplegado sobre la mesa–. El encargo del césar es de medir las distancias y explorar tierras y ciudades, y yo sólo cumplo con mi deber.

El mercader, al que el viaje había dejado más delgado y con facciones aún más aquilinas, apenas podía contener esos arrebatos de ira que le acometían de vez en cuando.

–Tribuno: lo entiendo. Pero se me ha comunicado que vamos a seguir bordeando la margen occidental de río.

–Y así es.

–Pero eso nos va a suponer varios días más de viaje hasta llegar a Nápata –señaló a su vez el mapa, gesticulando–. El camino de las caravanas cruza en este punto y va por tierra a Nápata, y de ahí a Meroe.

–Lo sé. Uno de mis hombres va a seguir ese camino para medir las distancias y consignar las particularidades de la ruta.

–¿Y por qué no cruzamos todos? –hizo grandes aspavientos–. Nos ahorraríamos días, días.

El tribuno que, como casi siempre, vestía su túnica roja de pretoriano, le miró fastidiado, cruzó las manos a la espalda y dio varias zancadas arriba y abajo por la tienda, antes de contestarle.

–¿No me has oído hace un momento? Ésta es una expedición geográfica, y se me ha encomendado la misión de explorar toda esa parte de la ribera oriental.

–Manda unos hombres a costear, y haz que el grueso de la expedición cruce el río.

–No –negó con la cabeza–. Se hará como te he dicho. Tú eres libre, por supuesto, de pasar con tu caravana a Kawa y coger la ruta a Nápata, y de allí hasta Meroe.

–¿Y quedarme sin la protección de tu columna?

–Tienes que elegir: unos días más o seguir por tu cuenta.

Crisanto le observó, con rasgos más afilados que nunca.

–Te recuerdo, tribuno, que ha sido el oro de los patrocinadores de la caravana el que ha financiado en buena parte esta expedición.

–No se me olvida. Y yo te recuerdo que esta expedición es decisión del propio Nerón, y que yo tengo instrucciones muy precisas suyas –sonrió venenosamente–. ¿Me pides que desobedezca las órdenes expresas del emperador, y que abandone la margen del río, sólo para que tú ganes unos días y te ahorres gastos?

Crisanto no tenía réplica a eso y tuvo que marcharse con las orejas gachas. El tribuno, acto seguido, se tumbó pese a lo temprano de la hora, porque de nuevo se sentía débil y mareado. Y así estaba, en el lecho, cuando fue a visitarle poco después su ayudante Marcelo. El pretoriano se detuvo casi en el umbral de la tienda, dudoso y contemplando atribulado al tribuno, que yacía sudoroso y respirando con cierta fatiga. Pero el otro, al verle ahí parado, le hizo gesto de que se acercase.

–¿Ocurre algo, amigo? –le preguntó con ojos somnolientos por la fiebre.

–Parece que ha surgido algún problema con unos nubios.

–¿Cuál?

–No lo sé exactamente, pero los legionarios han apresado a unos que estaban de visita en el campamento y Tito les está ahora interrogando.

–¿Dentro de la estacada?

–No, no. Fuera.

Hubo un silencio, antes de que el pretoriano añadiera.

–En mi opinión, debieras estar presente.

El tribuno se pasó la mano por la frente y la retiró mojada en un sudor espeso y pegajoso. Uno de sus esclavos se le acercó con un pañuelo mojado en el agua de un cántaro.

–Marcelo: ¿no ves cómo estoy? Me duele la cabeza, los ojos, y siento las piernas como si fueran de plomo. Me hace daño la luz y la verdad es que no me entusiasma la idea de levantarme para descubrir que los guardias han capturado a unos rateros que trataban de robar cualquier bagatela.

–Y yo sigo pensando que debieras ir, sea lo que sea. Son incidentes como éste los que hacen que los soldados tengan en más o en menos a sus jefes.

–Casi no me tengo en pie.

–Haz al menos acto de presencia. Que las tropas te vean y sepan que nada ocurre aquí sin que tú te enteres, y sin tu consentimiento.

Emiliano, tendido desnudo en su lecho, entre sábanas húmedas, con el torso de estatua brillante de sudor, cerró del todo los ojos, lanzó un suspiro muy largo y asintió muy despacio, maldiciendo para sus adentros el pulso de poder que mantenía con Tito.

Poco después, envuelto en un manto rojo y rodeado por sus tres guardaespaldas germanos, salía por la puerta Pretoria. Se abrió paso ceñudo entre la soldadesca que se arremolinaba en el exterior. Tito estaba sentado a la sombra de un toldo, con expresión sombría en el rostro, y algunos legionarios con los *pila* en las manos tenían arrodillados ante él, a unos pocos pasos, a media docena de nubios. Eran nómadas casi desnudos, con la piel cubierta de tierra coloreada, largas melenas trenzadas con barro y las frentes y mejillas llenas de cicatrices rituales. Eran, como es común en su raza, altos y proporcionados, de rasgos hermosos, algo afeados en aquellos momentos por el miedo.

Al acercarse, el tribuno vio que, por algún motivo, había sobre una mesa dos gacelas muertas. Las moscas, gordas y negras, zumbaban furiosas sobre esas carnes.

Tito, apenas vio aparecer al tribuno, se incorporó, aunque le esperó a la sombra del palio. Y Emiliano se acercó hasta él, después de indicar con una seña a los germanos que se quedasen atrás.

–¿Qué ocurre, prefecto?

El aludido se le quedó mirando, primero con la cabeza puesta en el asunto que le ocupaba, y después más fijamente, intrigado.

–No tienes muy buena cara, tribuno. ¿Estás enfermo?

Emiliano, que había salido de su tienda con la cabeza tapada por un pliegue del manto rojo, más para ocultar su estado a los soldados que para protegerse del sol, hizo un ademán displicente. Titubeó unos momentos y al cabo decidió no destocarse, porque sentía el cabello mojado por el sudor.

–No es más que un golpe de fiebre. No es el primero por el que paso. Supongo que no estoy restablecido del todo. Pero ya me lo conozco: mañana estaré bien.

El prefecto, alto, huesudo, con la tez aún más renegrida gracias a la túnica blanca de legionario, la espada ceñida al costado y su vieja vara de centurión en la mano, agitó despacio la cabeza y no dijo nada. Echó otra mirada a los prisioneros.

–¿Y bien, prefecto? –insistió el tribuno.

–Esos bárbaros vinieron hace un rato a nuestro campamento, con esas dos gacelas de regalo.

Emiliano observó las dos piezas sobre la mesa. Era bastante normal que los nómadas se acercasen a la columna romana con presentes como ésos, en gesto de amistad, y que se fuesen de ella con algún regalo.

–Carne fresca –se encogió de hombros y miró al prefecto, perplejo–. ¿Eso es malo?

–Lo es, si es carne envenenada.

–¡Envenenada! –esa palabra logró por unos instantes ahuyentar la lasitud en la que le hundían las fiebres.

Los ojos se le aclararon de repente, como agua que se hiela, y se volvió a escrutar el rostro oscuro de los prisioneros con una mirada bien distinta.

–Envenenada... –masculló, como el que masca algo de sabor repugnante. La ortodoxia militar romana rechazaba de plano el uso de venenos en la guerra, fuese para emponzoñar las aguas o para eliminar a jefes enemigos. Una repulsión que era mayor en Claudio Emiliano que en otros oficiales, ya que había crecido en un ambiente donde se vivía en perpetuo temor a ser asesinado mediante esos métodos–. ¿Estás seguro de lo que dices o es una suposición?

–No hay duda de ello. Quirino receló algo, a saber qué, pero ese hombre sabe de más materias de las que uno podría imaginar. Él hizo llamar a Flaminio y éste a uno de sus salariados libios, que tiene el olfato de un sabueso.

–¿Y?

–Y lo dicho: han envenenado esa carne.

El tribuno se llegó a la mesa y examinó las gacelas, al tiempo que trataba de espantar, en vano, a las moscas. A simple vista él no advertía nada anormal, así que se giró para encararse con los prisioneros.

–¿Por qué han hecho estos hombres algo así?

–Es evidente.

–Puede que para ti, pero no para mí –con la cabeza aún cubierta por el pliegue de tela, se aproximó a los nubios arrodillados, que agacharon la cabeza. Más allá, los soldados se agolpaban comentando–. ¿Cuánto daño puede causar a una *vexillatio* la carne envenenada de dos gacelas? ¿A cuántos hombres podrían matar así?

–No es cuestión de a cuántos, sino de a quiénes en concreto.

Como de mala gana, Tito abandonó la sombra del toldo para reunirse a pleno sol con Emiliano.

–Vamos a ser claros. La dieta es poco variada en este viaje y las pocas piezas de caza que conseguimos no acaban en el rancho de los *milites,* sino en la mesa de los *principales.* Quien urdió esto lo sabía y contaba con que fuésemos tú, y yo, y nuestros inmediatos subordinados quienes comiésemos esta carne.

El tribuno se le quedó mirando y, bajo la sombra del manto rojo, sus ojos azules se enfriaron aún un poco más.

–Entiendo.

–Los oficiales superiores de la *vexillatio* hubiéramos muerto o enfermado de gravedad. Hubiera sido descabezar de un golpe a esta expedición.

–Está bien pensado, no se puede negar –se quedó mirando a los prisioneros y éstos, viendo esos ojos helados, humillaron aún más la cabeza, temiendo cada uno atraer su atención en concreto y ganarse una muerte inmediata y desagradable–. ¿Pero por qué estos nómadas han hecho una cosa así?

–Les he interrogado con ayuda de los intérpretes y ya han hablado. No ha hecho falta ni amenazarles con llamar a los *quaestionarii* y sus instrumentos de tortura.

–¿Han confesado sin más? ¿Tan cobardes son? –les miró con gran desdén–. Típico de envenenadores.

–No son cobardes, sino pastores; gente sencilla. Nadie les ha dicho que guardasen el secreto y, en cuanto les hemos preguntado, ellos nos lo han contado.

–Bien. ¿Y qué han dicho?

–Que el jefe de su tribu les ordenó traernos las gacelas.

Emiliano suspiró, agobiado por el calor, la luz hiriente y esa pesadez propia de las fiebres que le tenía el cuerpo dolorido y sin fuerzas.

–¿Y por qué un jefe nómada iba a planear la matanza de los jefes de una columna romana? Hemos venido a Nubia en son de paz, como amigos, e incluso viaja con nosotros un representante de los reyes de Meroe.

–No creo que tengan nada contra nosotros. Al parecer hace unos días unos extranjeros, griegos a juzgar por la descripción que me han dado estos infelices, visitaron su campamento y estuvieron reunidos con el jefe y los ancianos, y les dieron oro y regalos.

–Aristóbulo Antipax...

–Él y sus hombres. ¿Quiénes si no?

–Son ingeniosos, no cabe duda.

–Sí: del tipo de ingenio que se premia con la cruz.

–Bueno –el tribuno se volvió a él con fatiga–. ¿Y qué sugieres que hagamos con estos bárbaros traidores?

El prefecto, de piel oscurecida y túnica blanca, se acercó a los prisioneros y se les quedó contemplando en silencio, jugueteando con su vara.

–La decisión es tuya, tribuno, pero yo sugiero que les dejemos marchar en paz.

Emiliano le observó casi boquiabierto, y lo mismo hicieron los tribunos menores, los *extraordinarii* y el resto de presentes. Aquello era lo último que cabía esperar en principio de alguien como Tito, conocido precisamente por su mano dura en ciertos temas.

–¿Qué íbamos a ganar matándoles? Estos desgraciados no son más que los instrumentos de su jefe y poco vamos a sacar desollándoles.

El tribuno torció el gesto, aún desconcertado y tratando de ponderar las razones del prefecto. Pero antes de que pudiera contestar nada, irrumpió en escena y de muy malos modos Paulo, que andaba como siempre metiéndose por todos lados, sin que ni *gregarii* ni *principales* se atrevieran a cerrarle el paso.

–¿Qué estás diciendo, prefecto? –graznó con su voz desagradable–. ¿Pero qué estás diciendo? ¡Han tratado de matarnos a todos!

–A todos no; sólo a unos cuantos –le respondió Tito, tan comedido como siempre a la hora de tratar con aquel esbirro del césar.

–No puedes dejarles marchar sin castigo.

–No se trata de castigo. Es una cuestión de estrategia.

–¿Qué estrategia? Tenéis que dar a los nubios un escarmiento.

–¿Y qué escarmiento van a sacar de la muerte de éstos? Me opongo a ejecutarlos como me opongo a destruir al puñal del asesino. Míralos: no son más que un puñado de pastores que han venido a nosotros porque su jefe se lo ha ordenado. Si les matamos, nos llenaremos de vergüenza y daremos motivos de rencor a los nubios. Y de paso nuestros enemigos, ésos que nos siguen como hienas, tendrán una baza más para incitar a las tribus nómadas a atacarnos.

–¿Tienes miedo de lo que unos bárbaros...?

–¿Por qué no te callas, Paulo? –le cortó con dureza el tribuno, que se sentía cada vez más mareado y sudoroso, al que le latía la cabeza como una fruta pasada a punto de estallar, y que tenía los ojos tan doloridos que hasta le costaba enfocar la mirada–. ¿Quién te ha nombrado a ti consejero militar? Tiene la mala costumbre de dar tu opinión a quien no debes, cuando no debes y sin que nadie te la haya pedido.

–Te olvidas de a quién represento, tribuno –el otro agitó las manos, en una actitud mezcla de soberbia y servilismo, muy suya.

–Y tú te olvidas de quién soy yo, liberto.

Lo de «liberto» fue lanzado como una bofetada y su destinatario se amilanó de forma perceptible, y se quedó callado y con los ojos llenos de rencor. Emiliano le dio la espalda y lo que decidió acto seguido fue más motivado por las ganas de zanjar el tema y volverse a su tienda, así como por dejar en mal lugar a Paulo, que porque hubiera ponderado las razones de Tito Fabio.

–Supongo que tienes razón, prefecto. Si opinas que lo más acertado es soltarles, yo no tengo inconveniente. Lo dejo en tus manos.

Se giró tras dedicar a su interlocutor un saludo lo mejor compuesto que pudo, y sus tres guardaespaldas germanos se apresuraron a rodearle, altos como torres. Se fue mientras Tito llamaba a voces a los intérpretes, para que comunicasen a los cautivos que eran libres. Éstos acogieron la noticia con aullidos de gratitud y grandes gestos, y se arrojaron al polvo, a la manera de los bárbaros, antes de marcharse a buen paso del campamento.

Pero de todo esto último ya no se enteró el tribuno, que se alejaba hacia la puerta del campamento, sin poder pensar en otra cosa que no fuera la penumbra silenciosa y quieta de su tienda.

* * *

Emiliano se acostó de inmediato y, aunque pasó una noche agitada, llena de duermevelas inquietas, con escalofríos y empapado en sudor, a la mañana siguiente se despertó él solo, antes de que los esclavos fueran a avisarle. Se encontraba débil, pero despejado y sin fiebre, así que llamó a sus criados a voces, para que le vistiesen, en esa ocasión con la túnica de tribuno, y salió fuera a respirar el aire frío del desierto.

Era aún de noche; soplaba un viento cortante y al oeste colgaba una gran luna menguante. Las estrellas centelleaban sobre el río, el aire hacía susurrar el follaje ribereño y, en la orilla contraria, se distinguían las luces de guardia de las atalayas de Kawa. Envuelto en un manto grueso, se quedó contemplando el gajo pálido de la luna y una vez más reparó en lo tumbada que se veía, en comparación con la luna de Italia. Era aquel un fenómeno que se acentuaba según se adentraban en el sur y, de pasada, se hizo el propósito de preguntar a Basílides.

El campamento estaba todavía en calma. Aquel día lo pasarían allí, frente a Kawa, y se iba a dar un descanso a los soldados. En cuanto a él mismo, allí parado, disfrutando del fresco de la última hora de la noche, decidió que aprovecharía para arreglar algunas cuestiones burocráticas.

Y así ocupado, entre pergaminos, renegando de la burocracia militar, le encontró a media mañana su ayudante Marcelo cuando irrumpió de golpe en la tienda. Fue una entrada tan extraordinaria que Emiliano se sobresaltó, y aún más lo hizo al ver la expresión de su rostro. A punto estuvo de echar mano a la espada, temiendo un ataque o un motín; pero no se oía en el campamento la barahúnda que un suceso así tenía que haber provocado.

–Tribuno...

–Dime, Marcelo.

–¿Podrías acompañarme?

–¿Qué es lo que sucede?

–Ven conmigo y lo verás por ti mismo.

Como Marcelo no era hombre que hablase o actuase sin motivos, el tribuno apartó los rollos y los libros, se puso en pie y, tras ceñirse el cinturón con la espada y la daga, siguió fuera a su ayudante. Los tres germanos, que estaban sentados a las puertas, con sus túnicas verdes de auxiliares, jugando a los dados, se incorporaron y le saludaron según su costumbre, dando unas voces que más parecía que estuvieran vitoreando al propio césar, cosa que a Emiliano le apuraba bastante. De nuevo salieron por la puerta pretoria, enfrente de la cual estaba el campamento de la caravana. Había soldados ociosos allí agolpados, se oían muchos gritos, y Emiliano frunció el ceño.

–¿A qué se debe ese jaleo?

–Al parecer, el prefecto envió ayer por la tarde a un destacamento en secreto. Veinte jinetes y otros tantos arqueros.

–¿Sin informarme? ¿Sin consultarme?

–Eso parece –Marcelo hizo una mueca apurada.

–¿Y qué tipo de misión les encomendó? –sus ojos iban palideciendo, como si se estuviesen llenando de hielo.

–Mejor que lo veas por ti mismo –se volvió a los germanos–. Abrid paso al tribuno, amigos.

Los tres avanzaron como barcas por entre las plantas acuáticas, haciendo a un lado sin contemplaciones a los mirones. No pocos se revolvían encrespados, sólo para encontrarse con aquellos tres gigantes de túnicas verdes y grandes barbas rubias.

–Paso –decían con su acento gutural–. Paso al tribuno.

Y nadie se atrevía a replicar.

Emiliano se introdujo por aquel túnel humano, hasta llegar al centro del ruedo de hombres. Y entonces se detuvo consternado. Allí, legionarios, auxiliares, mercenarios, e incluso algunos pretorianos estaban jugando a la pelota con cabezas humanas, entre grandes risas y gritos. Se las lanzaban unos a otros, como si estuviesen en las termas, y el tribuno pudo ver que no sólo eran de hombres, sino que también las había de mujeres y niños.

Se quedó mirando en silencio aquel espectáculo inesperado, y los soldados más cercanos enmudecieron al ver allí al tribuno, rubio, con ojos helados, con la túnica blanca y púrpura, y la espada ceñida al costado. Marcelo estaba a su lado, sin decir palabra, y detrás los tres germanos, que lanzaban miradas ceñudas a los que se aproximaban demasiado.

–¿Pero qué es lo que ha hecho el prefecto? –consiguió articular finalmente Emiliano–. ¿Qué es lo que ha hecho?

–Mandó a ese destacamento a castigar a la tribu que trató de envenenarnos.

–¿Una expedición de castigo?

–Eso es, tribuno.

–¿Y lo lograron?

–Creo que demasiado bien, tribuno. Me parece que no debe haber quedado nadie para aprender del castigo.

El tribuno observó a los hombres que se lanzaban las cabezas, y a los que les jaleaban en el juego. Vio que también habían cortado las manos de sus víctimas, según la costumbre nubia y egipcia, y que las blandían en alto, como trofeos.

–Marcelo –dijo, sin girarse ni alzar la voz–. Mira eso: es un espectáculo denigrante. Mira a esos soldados borrachos de sangre. Esto es propio de salvajes, y no de romanos, y no me importan las costumbres que puedan tener estas tropas de frontera.

–Sí, tribuno.

–Yo no pienso tolerar estos excesos. Así que esto tiene que cesar en el acto. Ocúpate de ello, y que los hombres se dispersen.

–Sí, tribuno.

–Quiero hablar con el *praefectus castrorum* antes de tomar ninguna medida. Pero luego me mandas a los pretorianos que hayan tomado parte en este juego macabro, que ya me encargaré yo de ellos, ya.

–Sí, tribuno.

Contempló aún un rato el tumulto.

–Y ahora, el prefecto y yo vamos a tener unas palabras.

–Tribuno...

–Dime, Marcelo.

–He oído decir que Valerio Félix acompañó al grupo y que fue testigo ocular de la operación.

–¿Y qué?

–Opino que quizá te fuera útil hablar lo primero de todo con él. Así podrás saber de primera mano qué es lo que ocurrió exactamente.

–¿No es obvio?

–No, tribuno.

Claudio Emiliano miró a los ojos a su ayudante, que le sostuvo la mirada sin mudar de gesto. Se quedó un momento así, la mano izquierda posada al descuido sobre el pomo de la espada, la túnica cayéndole hasta las rodillas. Sonrió por último sin ninguna alegría.

–Ay, Marcelo, tienes razón, como siempre –le dijo entre el escándalo–. ¿Qué haría yo sin ti?

–Arreglártelas igual de bien.

–Lo dudo. ¿Dónde está Valerio Félix?

–Creo que en su tienda.

CAPÍTULO IV

Valerio Félix se encontraba, en efecto, en su tienda. Había un mercenario griego sentado a las puertas de la misma, con un peto de cuero y una espada al cinto, aunque fue uno de los esclavos el que anunció la llegada del tribuno. El amo le recibió de pie, aunque la mesa atestada de pergaminos, tablilla y punzones, daban fe de que la visita le había sorprendido trabajando en su descripción del viaje.

Se saludaron con bastante calidez, aunque Valerio trataba de cultivar los modales sosegados que se atribuyen a un filósofo y el tribuno distaba de ser hombre efusivo en público. Pero el primero apreciaba al segundo, y éste no olvidaba que fueron los esclavos de aquél los que le salvaron de los asesinos en Filé. El aspirante a cronista ofreció vino y agua al pretoriano, cosa que éste aceptó encantado.

Era un vino muy bueno, como pudo constatar el visitante, tanto que no pudo dejar de chasquear los labios, para rendir tributo a su calidad.

–Es excelente –le mostró la copa.

–Es vino del lago Mariotis –Valerio agitó satisfecho la cabeza.

–¿Mariotis? –echó un vistazo al interior del recipiente–. Con razón.

–Mis esclavos compraron a buen precio una partida, cuando estábamos en Alejandría.

–Eres afortunado por tener hombres así en tu casa.

El anfitrión volvió a asentir y él mismo escanció más líquido al tribuno, que bebió un poco más.

–Voy a echar de menos el vino –suspiró luego, volviendo a mirar dentro de su copa. Porque iba escaseando ya y no había más esperanzas de conseguir más en unas tierras donde todo lo que se bebía era cerveza espesa, a la egipcia, y licor de dátiles fermentado.

–Puedo enviarte una parte del mío.

–Eres muy amable, pero mejor consérvalo –miró en torno, antes de cambiar de tema–. He visto que has contratado a un guardia.

–Sí. Me he decidido a contratar a uno, en vista de cómo están las cosas.

–Vaya. ¿Y cómo están las cosas?

–Bueno, ya sabes... –el otro, un poco confundido, hizo un gesto ambiguo. Corrían toda clase de rumores por la expedición, muchos de ellos infundios o exageraciones, y más de uno, como Crisanto o el propio Valerio, habían empezado a temer ser asesinados, aunque no había ninguna información que permitiera suponer tal cosa.

–¿De dónde has sacado a ese hombre?

–Le encontramos hace unos días, en una de las aldeas ribereñas. Vivía entre los nubios, al servicio de un jefe local.

–¿Y le has contratado así, por la buenas?

–No, por supuesto. Me lo recomendaron.

–¿Quién?

–Algunos guardias de la caravana, que le conocían de antiguo. Dicen que es un hombre de fiar, pero que ha tenido mala suerte en la vida y que por eso anda lejos de Egipto.

–Bueno, tú sabrás –Emiliano bebió–. Disculpa que te haya preguntado, pero hay veces que la gente, sin querer, pone a los lobos a guardar al rebaño.

Valerio asintió, sobándose la barba. Viendo que el tribuno tenía ya la copa vacía, él mismo se la rellenó de nuevo, porque se habían quedado solos dentro de la tienda. Mientras, su invitado echaba una ojeada a los documentos que habría sobre la mesa.

–Veo que estabas escribiendo y que te he interrumpido.

–No importa, tribuno. Es bueno hacer pausas y poner en orden las ideas.

–Hoy tienes para anotar algo más que descripciones de ruinas y distancias.

–Desde luego que sí.

–¿Has presenciado toda la operación con tus propios ojos?

–En efecto. Así ha sido.

–Me gustaría que me contases cómo ha ocurrido todo.

Valerio se quedó mirando perplejo al tribuno y, según tenía por costumbre, se paseó la mano por la barba. Su visitante alzó una mano, sonriendo.

–¿Te asombra mi petición?

–Un poco.

–Pues no tiene nada de especial. Te lo explico: esta *vexillatio* está a mi cargo, y el segundo es el *praefectus cas-*

trorum. A mí me nombró el césar y a él el prefecto de Egipto. Ayer yo estaba enfermo, así que el prefecto estaba en la práctica al mando, y fue él quien decidió la acción punitiva contra la tribu que trató de envenenarnos. Como es lógico, fue también él quien seleccionó a los hombres, que son todo suyos y no míos.

Hizo una pausa de un momento.

–Tú ya me entiendes cuando hablo de suyos y míos.

El otro movió la cabeza, la mano sobre la barba.

–No puedo pedir a ninguno que me cuente de primera mano lo ocurrido. Y es por eso por lo que recurro a ti.

–Entiendo –se agitó incómodo.

–Desde luego que todo lo que me cuentes quedará entre tú y yo, y nunca mencionaré siquiera tu nombre. Yo lo único que quiero saber es, por boca de un testigo imparcial, cómo se desarrolló la acción.

–Ya –el otro ladeó un poco la cabeza, dejando que la curiosidad se filtrase a través de la prudencia–. ¿Puedo preguntarte si es que no apruebas la incursión?

–No es eso, Valerio –se zafó el tribuno–. Pero yo tengo el mando de toda esta expedición, y en mí recae en último término la responsabilidad del éxito o el fracaso de la misión encomendada por el César. Quiero saber los pormenores. No es bueno que uno deje que le cuenten las cosas sin luego comprobarlas; ni en el ejército, ni en sus negocios, ni en su casa, ni en ningún lado.

–Tienes razón. Sentémonos entonces y pregunta cuanto quieras.

–Ante todo, ¿cómo es que te uniste a la partida?

–Fue cosa de Tito. Fui a visitarle a su tienda justo cuando ultimaba el plan y él mismo, en un aparte, me ofreció la posibilidad de acompañar a sus soldados. Pensó que quizá podía querer presenciar la acción en persona: los testimonios de primera mano son siempre más fiables.

Y señaló al caos de pergaminos y tablillas que cubrían la mesa, con tanto entusiasmo que Emiliano, pese a su talante sombrío, a punto estuvo de sonreír de corazón.

–Y tú aceptaste, claro.

–Sin dudarlo.

–Sin embargo, todo esto se llevó muy en secreto.

–Mucho. Hasta dónde yo sé, sólo se informó a los hombres imprescindibles y ni siquiera los soldados seleccionados sabían nada antes de partir. Los planes se hicieron en un pequeño consejo de guerra en el que sólo estuvieron los dos ayudantes de Tito, Seleuco y Quirino, y Julio Caturo.

El tribuno agitó la cabeza, sin cambiar de expresión, al oír aquello. Julio Caturo, el más antiguo de los tres decuriones de la caballería.

–La verdad es que no sé por qué Tito me invitó; supongo que se dejó llevar por uno de sus impulsos, ya sabes. Fui a visitarle en el momento justo...

–Es muy posible. ¿Cómo se desarrolló todo?

–Antonio Quirino fue a buscarme, ya de noche cerrada, a mi tienda y me llevó al exterior de la puerta Pretoria. Allí estuvimos esperando un rato hasta que salieron, primero veinte arqueros sirios y luego una treintena de jinetes. Estos últimos llevaban a las monturas de las riendas y los cascos iban envueltos en trapo, supongo que para no hacer mucho ruido. Recuerdo que tanto Antonio Quirino como Julio Caturo exigieron silencio a los centinelas sobre lo que habían visto. Nos alejamos a pie y sin cruzar palabras, y fuimos dando un rodeo para no quedar a la vista de los centinelas del campamento de la caravana, ni de los nubios de Senseneb.

»Una vez fuera de la vista, montamos. Nunca me había parado a pensar en los jinetes de esta *vexillatio*, tribuno; le llamáis caballería hispana pero no creo que del centenar que forman el destacamento, haya más de un tercio de hispanos...

–Es fácil de explicar –sonrió el tribuno, dejándose ganar por las digresiones de Valerio Félix–. Son tropas montadas de la *Cohors I Hispaniorum Equitata* y llevan muchos años destacados en la frontera de Egipto: aunque aún siguen incorporándose soldados hispanos, la mayor parte de los nuevos reclutas proceden de tierras más cercanas. De hecho, te habrás dado cuenta de que su armamento es mucho más ligero que los de la caballería normal; si es que sabes un poco de esas cosas.

–Pero los arqueros sí son, en cambio, todos sirios.

–Ésa es cuestión distinta –Emiliano, que se había informado ya en Alejandría sobre las tropas que iba a mandar, agitó la cabeza–. La *Cohors I Apamenorum* lleva mucho menos tiempo en Syene y, por tradición, todos siguen reclutándose en Siria, ya que aprenden desde pequeños a manejar esos arcos. Cuesta muchos años entrenar a un arquero en un tipo de arco determinado. Pero sigue.

–Julio Caturo mandó montar, como ya te he dicho, y usamos una táctica que, según me dijo, es propia de los hispanos. Cada uno de los veinte arqueros subió a la grupa de un caballo, para ir más rápido.

–Sí.

–Había también un par de rastreadores libios en el grupo, eso se me ha olvidado decírtelo, que iban por delante explorando. Previamente, Tito había mandado a los libios a que siguieran a los nubios, cuando se marcharon de nuestro campamento, para saber así dónde estaba el suyo.

–¿Eso cómo lo sabes?

–El propio Tito me lo dijo.

–¿Estaban los *praepositi* de los *numeri* al tanto de esa acción?

–Creo que no –se quedó callado, antes de proseguir a un nuevo gesto del tribuno–. No sabría decirte cuanto tiempo estuvimos viajando por el desierto, ni la distancia que pudimos recorrer. No soy hombre acostumbrado a esas cosas y te confieso que acabé adormilándome sobre el caballo, a fuerza de cabalgar entre dunas y sombras. A punto estuve un par de veces de caerme del caballo.

»¿Sabes? Creo que no me gustaría viajar de nuevo de noche por el desierto. No es lo mismo hacerlo de día, en caravana, que de noche, en silencio y a la luz de la luna. El desierto tiene que estar lleno de demonios, y de espíritus, tal y como dicen los arrieros y los guías.

»No me despabilé hasta que Caturo levantó una mano e hizo detenerse a la columna. El propio decurión y los dos libios se adelantaron y vimos, a la luz de la luna, cómo se echaban al suelo y subían reptando como serpientes hasta lo alto de una duna. Los demás nos quedamos atrás. Los jinetes sujetaban a sus caballos por las riendas y los sirios aguardaban con los arcos aún sin montar. Esperábamos y nadie hablaba ni parecía nervioso ante la proximidad de un combate. Pero yo tengo que decir que no soy soldado y que, por mucho que trate de cultivar la inmutabilidad, la realidad es más terca que las convicciones. No me avergüenza decir que sentía como un puño apretándome el estómago. Yo no diría que era miedo, sino tensión; una tensión como la de una máquina de guerra, que necesita tarde o temprano liberarse.

»Caturo y los dos libios volvieron después de un rato, tan silenciosos como fantasmas. El decurión traía el casco en la mano, en eso me fijé, supongo que para evitar que algún centinela pudiera ver la cimera asomando el borde de la duna. Ya todo estaba hablado antes; Caturo cambió unas pocas palabras con el jefe de los arqueros y la caballería, guiada por él en persona, se marchó dando un rodeo, a pie y con los animales de las riendas. Los arqueros se desplegaron detrás de la duna.

–¿Y tú?

–Caturo, antes de marcharse, dejó a los dos rastreadores libios conmigo, y me pidió que observase sin acercarme ni exponerme. Ellos me llevaron a lo alto de la duna. Me asomé con toda la precaución que pude y ahí, a un puñado de pasos, me encontré con el campamento de los nómadas. No era más que un grupo de tiendas de pieles y cueros, y tenían a un lado a las cabras, que según me dijeron después, es la máxima riqueza de la tribu.

–¿De cuánta gente calculas que estaría formada?

–Yo diría que alrededor de doscientas personas, desde el más viejo al más joven.

–¿Qué sucedió entonces?

–Estuvimos esperando, tumbados en la arena. Los arqueros sirios también aguardaban, con los arcos ya montados. Luego oímos gritar en el campamento de los nómadas y vimos salir a los centinelas a la luz de la luna, dando voces de alarma. Los jinetes habían aparecido a una buena distancia, desplegados en abanico, y no habían intentado siquiera sorprender a los nubios, sabiendo que eso iba a ser imposible al claro de la luna.

»En menos de lo que tardo en decirte todo esto, la tribu entera estaba en pie. Los guerreros se adelantaron, negros y desnudos bajo la luz de la luna, con lanzas, mazas de madera nudosa y hachas, que después tuve ocasión de examinar, y con esos arcos largos suyos tan famosos. Nuestros jinetes, al verles allí, parecieron dudar y eso envalentonó a los nubios, que avanzaron un poco. Blandían las armas y aullaban desafíos. Los jinetes hicieron retroceder un poco a los caballos, como si tuvieran miedo de ponerse a tiro de los arcos nubios, y ellos avanzaron un poco más, con un escándalo terrible.

–Y entonces... –dijo con expresión pensativa el tribuno.

–Y entonces se levantaron los sirios y lanzaron la primera descarga, que cayó sobre los nubios antes de que éstos se dieran cuenta siquiera de que estaban ahí. Fue como una lluvia de muerte, y los gritos se volvieron de sorpresa, de miedo y de dolor. Yo estaba en lo alto de la duna y la luz lunar tampoco es especialmente apropiada para observar, pero diría que una buena docena de hombres quedó tendida por tierra, unos inmóviles y otros revolcándose entre chillidos. Y antes de que sus hermanos de tribu pudieran siquiera suspirar, mientras buscaban con la mirada a los atacantes, les llegó la segunda oleada de flechas.

»Y luego una tercera y una cuarta. Algunas de las flechas estaban encendidas y al clavarse en las tiendas incendiaron los cueros secos. El campamento comenzó a arder con mucho humo y poca llama, y un olor apestoso. Y, en mitad de aquel caos, nuestros jinetes cargaron a través de las arenas, agitando las jabalinas.

»El pánico venció a los nubios. Castigados por las descargas de flechas y aterrados por los caballos que se les venían encima, salieron corriendo cada cual por su lado. Ni tan siquiera trataron de defender el campamento incendiado. Todo lo más, los más bravos trataron de poner a salvo a sus familias.

»Llegó un momento en que los arqueros dejaron de disparar, no fuera que hiriesen a alguno de los nuestros. Era la hora de la caballería y la escaramuza se convirtió en matanza. En matanza, tribuno. Llegaron por la espalda de los nubios en desbandada, arrojando sus jabalinas, y hombres y mujeres caían rodando traspasados. Luego, algunos de los hispanos echaron mano a las *spathae* y cayeron a galope tendido sobre los fugitivos. Algún guerrero se volvía, tratando de hacerles frente, y desde donde yo estaba les veía caer dando gritos, con las carnes abiertas. Los golpes hacían volar las cabezas de las mujeres que huían con sus hijuelos en brazos, y los cascos pisoteaban los cuerpos.

–¿No hubo cuartel?

–Ninguno.

–¿Sabes por qué?

–Creo que eran las órdenes de Tito. Aunque algo me dijo Julio Caturo de que el prefecto le había mandado expresamente que dejase al menos a unos cuantos con vida, para que pudieran contar lo que había ocurrido.

»Los hispanos persiguieron a los supervivientes hasta detrás de las dunas del otro lado, y allí siguió la matanza. Debieron escapar muy pocos. Volvieron al trote, con cabezas cortadas, y traían a algunas chicas de los pelos, casi a rastras. Caturo consintió que los soldados se divirtieran un rato con ellas.

»Recuerdo que el campamento estaba ardiendo, y que las cabras correteaban sueltas. Lo que sucedió luego es que uno de los libios, que a pesar de las órdenes se habían apartado de mi lado para violar a las mujeres, sacó de repente un cuchillo muy ancho y comenzó a desollar viva a una de las nubias. No sé por qué hizo eso aquel hombre, supongo que por diversión. Lo cierto es que Caturo oyó los aullidos, se acercó con una jabalina en la mano y le pegó un palo al libio. Éste se revolvió, pero el decurión le dio otro golpe, esta vez en la cabeza, y le hizo caer como un saco.

»Ahí se acabó todo. Caturo, ahora de muy mal humor, mandó matar a las mujeres, sin hacer caso a los que le decían que a ellos aún no les había llegado el turno. Así que los hispanos a unas las decapitaron y a otras las cosieron a lanzazos. Luego, los arqueros volvieron a montar a la grupa de los caballos y regresamos a la columna, a paso lento.

»No tuvimos ni una baja, ni siquiera heridos graves, aunque supongo que eso ya lo sabes.

–Claro –mintió el tribuno. Hubo una pausa–. ¿Cómo piensas narrar lo ocurrido anoche?

–No lo sé. Precisamente a eso estaba dándole vueltas cuando has venido a visitarme.

–Supongo que habrá sido una experiencia impresionante para ti.

–Sí. Mucho.

–Entiendo –el tribuno sonrió y de repente pareció mucho más joven, con el pelo rubio algo alborotado y esos ojos azules suyos–. Sin embargo, he de decirte que, desde el punto de vista militar, eso no ha sido más que una escaramuza. Un golpe de mano.

–Oh –Valerio Félix se paseó la mano por la barba, inseguro–. No dejas de tener razón.

–Puedo comprender que presenciar en persona un combate, y por primera vez supongo, causa una gran impresión. Aun así, no me gustaría ver cómo estropeas tu crónica otorgando una importancia desmedida a unos acontecimientos, con relación a otros. El hecho de que tú estuvieses presente puede hacerte conceder demasiado espacio a lo que no es más que un episodio de este viaje.

Valerio Félix, alto y flaco, se quedó unos latidos acariciándose la gran barba de filósofo, antes de sonreír con entusiasmo.

–Sí, sí. Hay que tratar de ser objetivo. Tienes razón: no puedo dar demasiada importancia a un suceso menor por el simple hecho de que yo estaba allí.

–Cierto.

–No ha sido más que un incidente y la verdad es que con un par de líneas bastará.

–Tú lo has dicho. Te basta, supongo, con apuntar que tú estuviste presente, porque tampoco es necesario que te quites tú mismo méritos.

Se incorporó.

–Valerio Félix, te agradezco que me hayas dedicado tu tiempo y ya no te entretengo más, que sin duda tienes muchas cosas que hacer.

–Gracias a ti, tribuno, por tu consejo –respondió el otro con la cabeza ladeada y los ojos perdidos. Y viéndole, su interlocutor supo que estaba pensando ya con qué párrafo describir todo lo sucedido la noche anterior.

* * *

Era ya noche cerrada cuando Claudio Emiliano se presentó en la tienda del prefecto, sabiendo que antes de esas horas éste estaría despachando los mil y un asuntos cotidianos de la columna. Apareció con ademanes contenidos, ciñendo la túnica blanca y púrpura, la espada al cinto y sin capa, y, aun al resplandor de las lámparas, los que estaban dentro de la tienda pudieron ver que sus ojos eran de un azul muy claro, uno que podría quemar de la misma forma que quema el hielo. Tito sólo tuvo que levantar la mirada y verle para hacer que todos salieran, y poder quedarse a solas con él.

Hubo un silencio entre los dos. Las llamas de las lámparas chisporroteaban, y las sombras danzaban sobre las lonas. El anfitrión invitó a sentarse, con un gesto, a su visitante, pero éste declinó con la cabeza. Entonces le mostró una copa de vino, y el otro volvió a negar. Se llenó la suya y el tribuno, que le observaba sin despegar los labios, se percató de que se servía el vino puro, sin aguar.

El prefecto dio un sorbo con la mayor tranquilidad y sostuvo con sus ojos oscuros a esos otros azules.

–¿Estás mejor, tribuno?

–Mejor, sí. Gracias.

–¿A qué debo tu visita a estas horas?

–Parece que has ordenado atacar a una tribu de nubios –la voz de Emiliano era suave, pero a la manera de los hombres que pueden explotar en cualquier momento.

–No: he ordenado una acción punitiva contra la tribu de nubios que trató de envenenarnos.

–Eso son matices. Has tomado esa decisión sin consultarme.

–Estabas enfermo, tribuno. Te recuerdo que ayer estabas en tu tienda, postrado por las fiebres.

Emiliano, de pie entre las sombras y luces de la tienda, contempló con resentimiento a su interlocutor, que se había vuelto a sentar y actuaba como si todo aquello fuera una conversación casual.

–Ya.

–Me dijeron que estabas muy enfermo y no quise molestarte por un asunto menor.

Hubo otro silencio aún más espeso. La sombra del tribuno crecía y menguaba sobre las lonas, y los rostros de ambos parecían cambiar de expresión al compás de las luces.

–¿Llamas a lo ocurrido un asunto menor?

–Eso es lo que es para mí.

–Ya hablaremos de eso. Pero lo primero de todo: ¿por qué ordenaste que lo hicieran?

–Porque esos nómadas trataron de envenenarnos y un acto así no debe quedar impune.

–Pero si tú mismo me aconsejaste que dejase marchar a los hombres que nos trajeron la carne envenenada.

–Sí.

–Para, acto seguido, mandar matar a la tribu entera.

–Dije, y aún mantengo que no tiene sentido matar a los soldados por obedecer las órdenes de sus generales. Es ridículo, además de innoble.

–¿Te das cuenta de lo que has hecho? Las tribus del desierto se nos van a echar encima en cuanto se sepa lo ocurrido.

–Lo dudo. Esos bárbaros vinieron a nuestro campamento en son de paz y trataron de perjudicarnos con engaños. Les hemos castigado y eso servirá de escarmiento.

–¿Llamas escarmiento a aniquilar a una tribu entera?

–Eso es.

–¿Y qué van a decir los meroítas?

–Nada. Antes de mandar esa partida, yo mismo crucé el río y me entrevisté con el gobernador de Kawa. Él mismo me dio el beneplácito para castigar a esos traidores.

Claudio Emiliano se le quedó mirando, los ojos le cambiaron de color y se volvieron de repente de un azul muy oscuro. Explotó.

–¡Tú estás loco, prefecto! –gesticuló furioso–. ¿Es que te ha dado esa locura del desierto de la que tanto hablan tus hombres?

Alto, renegrido, enflaquecido, Tito Fabio Tito se echó a reír sin ninguna alegría, con la copa de vino en la mano, cosa que lo único que hizo fue enfurecer aún más al tribuno.

–¡Eres un carnicero!

–Y tú eres un soldado de juguete –el prefecto se inclinó hacia delante, con una luz muy extraña en los ojos oscuros–. Un niño rico de Roma que jamás ha tenido que arreglárselas sobre el terreno.

Claudio Emiliano se le quedó mirando, demasiado asombrado para enfurecerse ahora, y entonces se dio cuenta de que el *praefectus castrorum* había estado bebiendo y que estaba ebrio. Se levantó, inspiró con fuera para ahuyentar la rabia y, de un tirón, se soltó el cinto de la espada para después arrojarla con estruendo sobre la mesa. Dio un par de zancadas a lo largo de la tienda, tratando de serenarse un poco y encararse con su interlocutor.

–El prefecto de Egipto tendrá noticias de lo ocurrido, no lo dudes.

–Haz lo que creas más conveniente –replicó el otro con tranquilidad.

–No es sólo que vayamos a tener problemas con los nubios. Es que eso ha sido una matanza sin sentido.

–Ésa es tu opinión. A mi juicio, ha sido un escarmiento necesario.

–¿Dejas marchar a una docena para matar a doscientos luego? ¿Pero de qué estás hablando, prefecto?

–Matar a unos pocos provoca rencor y venganza; matar a muchos provoca miedo.

Emiliano dio otros dos pasos largos por la tienda, resoplando.

–Mira, no voy a discutir tus teorías sobre la guerra. Eso ha sido una atrocidad, un acto indigno.

Tito se le quedó mirando, y luego se echó a reír a carcajadas.

–¡Por Bast! Nunca, nunca entenderé a la gente de la Urbe. Sólo tenéis una cosa buena: que sois todos iguales. No veis más allá de vuestras narices y no porque seáis cortos de vista, sino porque no queréis mirar –aunque se estaba riendo, contemplaba con dureza a su visitante, que ahora le contemplaba a su vez pensativo–. Sois vosotros los que nos tenéis a la gente como yo en las fronteras, siempre escasos de hombres y de medios. Pero, eso sí, esperáis que protejamos a las provincias contra los bárbaros. Si tuviéramos más soldados, no necesitaríamos ser crueles; pero, tal como están las cosas, tenemos que meter el miedo a nuestros enemigos, porque fuertes no somos.

Bebió y, cambiando de humor, prosiguió ahora indignado.

–Hacemos lo que podemos, con lo que tenemos, y vosotros, que sois los culpables de que estemos en esta situación, os lleváis luego las manos a la cabeza. Vosotros, que sois capaces de hacer morir en un solo día a cinco mil hombres en los Grandes Juegos. ¿Pero cómo pueden hablar de atrocidades los políticos de la Urbe, que no hacen otra cosa que conspirar y asesinarse por unas migajas de poder? Unos tipos que no piensan más que en su propio interés y a los que no les importa nada el imperio.

–Cuidado... –le advirtió con suavidad el tribuno.

El prefecto le dio la espalda, bufando, y se llenó la copa. Se giró con el ánfora en la mano.

–Vamos. Bebe un poco conmigo, tribuno.

–De acuerdo.

Tito escanció vino hasta que el otro le contuvo con un ademán, entonces colmó la copa hasta el borde con agua. Se desplomó luego con pesadez en su silla y su visitante tomó asiento a su vez, antes de dar un sorbo. Era un vino basto y áspero, bien distinto al que le había ofrecido antes Valerio Félix; pero era vino al fin y al cabo, y era fuerte. Se quedaron sentados un rato, sin hablar, rehuyendo el uno la mirada del otro.

–Quizá yo no sea quién para opinar de la situación en las fronteras, lo admito –dijo por fin Claudio Emiliano, herido en su amor propio–. Pero, por la misma razón, tú no debieras juzgar los asuntos de Roma sin saber.

–Tienes razón –asintió cansado–. Roma nos pilla aquí muy lejos. A veces uno podría incluso pensar que la Urbe no es más que un cuento que pasa de boca en boca, y que en realidad ella y sus maravillas no existen.

–¿Es que nunca has estado en Roma?

–No –negó con la cabeza–. Mi abuelo sí nació en Roma pero, cuando se licenció de las legiones, le dieron tierras en Bitinia. Allí se asentó y allí ha vivido mi familia desde entonces.

–Entiendo.

Hubo otro silencio. El prefecto dio un gran trago a la copa, se sirvió de nuevo, y miró con sus ojos oscuros al tribuno.

–Tú eres de Roma.

–Sí. Allí nací, allí me he criado y vivido toda mi vida.

–Háblame de ella.

–¿Cómo? –levantó la cabeza, de veras sorprendido.

–Háblame de Roma –insistió el otro, y entonces sí que el tribuno notó en su voz cierto deje pastoso–. ¿Es tan impresionante como cuentan?

–Sí, sí que lo es; y aún más para los que no han nacido en ella y la visitan. Dicen que no hay en el mundo nada igual...

Con un largo suspiro, cogió a dos manos su copa y miró dentro de la misma. Hacía calor y el vino aguado le devolvía un reflejo muy difuminado. Y así, primero algo reacio y respondiendo a preguntas del prefecto, y luego *motu proprio*, como si hablara para sí mismo, comenzó a hablar de Roma.

Las siete colinas, los barrios, las arboledas sagradas. Los monumentos, las vías, las estatuas. El millón de hombres y los dos millones de dioses que la habitaban. Las aglomeraciones humanas, el estruendo de los carros de transporte, las algaradas callejeras. El Foro, el Coliseo, el Circo Máximo. La miseria y la opulencia, los incendios, las plagas. Las fiestas, los triunfos, las grandes ceremonias.

Habló y habló durante muy largo rato; tanto que después se sentiría de veras asombrado, viendo cuanto había contado y el tiempo transcurrido. Cuando se marchó de la tienda del *praefectus castrorum* –dejando a éste sentado a la mesa, ante la copa de vino puro, meditabundo y nostálgico de una Roma Imperial que nunca había conocido–, y sintió en la cara el soplo del aire nocturno, que le despejó un tanto, le echó la culpa de esas efusiones al hecho de que a él mismo se le había subido a la cabeza tanto vino.

Puede que no quisiera reconocer ante sí mismo que todo aquello se había debido, y en no poca medida, a la añoranza que le atenazaba en aquellos parajes lejanos y desérticos, y que le hacían recordar de continuo, con matices cada vez más dorados, a esa ciudad antigua y sin par, a la que sus habitantes tenían por eterna.

CAPÍTULO V

Senseneb sentía en Tito Fabio un poder bullente que a veces casi la aturdía. Una fuerza visceral y primitiva que ella –tanto como sacerdotisa de la Isis Negra como iniciada en los cultos más bárbaros de su tribu natal– podía sentir maravillada a flor de piel, cuando estaban juntos. Una fuerza que una veces se canalizaba y le hacía infatigable a la hora de atender sus obligaciones; pero que otras desbordaba sin control y le arrastraba a toda clase de excesos, fuera en la bebida, el sexo o el trabajo.

A esa fuerza casi telúrica que llenaba las venas del prefecto era a lo que ella achacaba la decisión de ordenar la matanza de toda una tribu de pastores nómadas. A eso y a una determinación férrea de la que tuvo un atisbo cierta noche en la que yacían juntos, en la tienda de ella, a la luz de una sola lámpara. No habían hablado de la masacre –nunca llegarían a hacerlo– y la nubia luego no pudo recordar cómo había salido la conversación, adormilada como estaba en aquellos momentos, después de haber hecho sexo como una pantera. Pero sí que el tribuno había manifestado entre dientes, también como adormecido, su intención de no dejarse detener por nada ni nadie.

–Nada, nada va a pararme –había dicho, tumbado boca arriba en el lecho, antes de inspirar con fuerza–. Esta *vexillatio* va a llegar a las dichosas fuentes del Nilo, aunque tenga yo mismo que situarme a la retaguardia de la columna, y azuzar con la vara a los soldados.

Senseneb, desnuda y aún mojada en sudor, oliendo a perfumes y a mujer, se había vuelto en la cama, entre crujidos de las telas, para apretarse contra él curiosa.

–Había oído decir que a ti no te importaba gran cosa donde pueda nacer o dejar de hacerlo el gran padre río.

–¿Qué has oído? –él giró a su vez el rostro, en la casi oscuridad–. ¿A quién has oído eso.

–Se dice... –ella, sonriente, apretó contra el cuerpo de su amante los pechos grandes–. Los legionarios hablan y mis hombres escuchan. Es así de sencillo.

–¿Y qué más dicen?

La nubia dudó pero, tras un instante, decidió que ningún mal había en ser sincera.

–Se supone que tú no estabas muy entusiasmado con este viaje y que, de hecho, lo desaprobabas.

–No creo que nadie pueda decir que yo he dicho una cosa así.

–Como quieras –le miró, con los ojos reluciendo en la semioscuridad como los de las fieras–. ¿Pero es mentira?

–No y sí. Es cierto que, por muchas razones, considero inconveniente esta expedición. Pero yo obedezco órdenes y voy a donde me mandan sin rechistar.

–Sin embargo, ahora dices que estás dispuesto a hacer lo que sea con tal de que tus soldados cumplan el encargo que os ha hecho vuestro emperador.

–Te lo acabo de explicar: nadie puede decir que yo he dejado de cumplir una orden, me guste ésta o no.

–¿No sería mejor, si esto es un desatino, que las dificultades os hicieran volveros a Egipto, antes de que todo esto acabe en desastre?

Tito Fabio, aún tumbado boca arriba, con los ojos puestos en la oscuridad del techo de la tienda, suspiró ruidosamente.

–No es tan fácil. Puede que desde cierto punto de vista sea así. Pero yo, una vez metido en esta misión, no tengo más remedio que hacer que lleguemos hasta esas dos piedras tan famosas, de entre las cuales dicen los egipcios que nace el Nilo. Llegar hasta allí al precio que sea: aunque perdamos a la mitad de las tropas, aunque nos lleve años, aunque me cueste la vida.

Senseneb se abrazó a él y, de alguna manera, a través de la piel, sintió de nuevo el poder rojo e hirviente que colmaba a veces al romano. Le besó con levedad en la oreja.

–¿Tan terrible es la cólera del césar?

–La cólera del césar no es ninguna bagatela, desde luego. Pero yo, personalmente, me juego algo más que la vida en esta empresa.

–¿Qué puede haber en este mundo más importante que la vida?

–Más que jugarme la vida, me juego *mi* vida.

–No te entiendo.

Confusa, trató de descifrar su rostro a la luz de la única lámpara, pero estaba demasiado oscuro. Él, de sopetón, la estrechó con un brazo. Y ella sintió como esa fuerza rugiente cambiaba de golpe de cualidad, sin perder por ello ni un ápice de poder.

–Soy legionario de carrera, Senseneb –habló con la voz del que repasa algo–. Lo soy como lo fueron mi padre y mi abuelo. En cuanto tuve edad suficiente, me enrolé y he ido subiendo durante todos estos años, ganándome cada ascenso, cada falera. Llegué a centurión antes que la mayoría. He sido centurión *primus pilus* y...

–No te entiendo, amor –le interrumpió ella con esa mezcla de griego y latín que tan sugerente sonaba de sus labios–. Ya sabes que no sé mucho de todo eso.

Él suspiró de nuevo.

–¿Sabes lo que es un centurión?

–Hasta ahí llego –sonrió en la oscuridad.

–El sueño de todo legionario es ascender a centurión y, de la misma manera, el sueño de todo centurión es llegar a *primus pilus*, que es el de mayor rango en toda la legión. No todo el mundo vale para ese cargo, ya que se ocupa, además de mandar la primera centuria de la primera cohorte, de tareas administrativas y organización.

Hizo una pausa, puede que para cobrar aliento o para pensar. Senseneb no dijo nada y se limitó a guardar uno de esos silencios que son una invitación a proseguir.

–Pero llegar a centurión *primus pilus* tiene un problema.

–¿Cuál?

–Según las ordenanzas, el puesto de *primus pilus* sólo puede ser ocupado por un legionario durante un año. Al cabo del mismo, quien ocupa el cargo puede ser promovido a un puesto superior o se le da la *honesta missio*, el licenciamiento con honores. Y las legiones son mi vida entera, Senseneb.

–Pero tú eres un principal de gran valía. Eso lo dicen todos, hasta el propio Emiliano.

Tito Fabio sonrió de pasada ante esa mención al tribuno.

–Lo soy –admitió con orgullo–. Y no sólo porque lo diga mi historial, sino porque me lo gano día a día, en todo momento. Pero eso no siempre es suficiente, Senseneb.

–Es cierto.

–Cuando rematé mi año como *primus pilus*, me promovieron a cargos de *extraordinarius*... –se obligó a contenerse, recordando cómo la nubia se perdía con la terminología militar latina–. *Extraordinarius* es el nombre que se da en las legiones a todos los puestos *ad hoc*, que cubren necesidades concretas. Los *praepositi* de los *numeri*, por ejemplo, son *extraordinarii*. Mis ayudantes, Seleuco y Quirino, son también *extraordinarii*. Y eso es lo que he sido yo, un oficial *extraordinarius* durante los tres últimos años.

–¿Y qué tiene eso de malo?

–Que son cargos muy inestables: tal como se crean, se suprimen, y tal como te nombran para ellos, te destituyen. Hasta ahora me he mantenido ahí, gracias a que valgo y que tengo amigos. Pero basta con que Roma nombre un nuevo prefecto de la provincia para que me quede sin puesto y, por tanto, abocado al retiro.

–Ah, ya.

–Esta misión es mi gran oportunidad. Si hago bien mi trabajo, y puedes jurar que lo haré, tengo asegurado el puesto de *praefectus castrorum* en una de las legiones de Egipto, apenas se produzca una vacante. Y ése es un puesto de escalafón, no uno *extraordinarius.*

–¿Es difícil?

–Sólo hay dos legiones en Egipto, Senseneb.

–¿Y es a lo máximo que puedes aspirar?

–En Egipto no, porque ahí el mando de una legión corresponde a un *praefectus legionis,* y yo puedo aspirar a ese cargo. Pero eso sí que ya es muy difícil.

–¿Quién sabe?

–Sí. ¿Quién sabe? Pero de momento tengo que ganarme el puesto de *praefectus castrorum,* y haré lo que sea para conseguirlo. Lo que sea. Es por ese motivo, y no por descubrir nada, por lo que voy a empeñar todas mis fuerzas en que esta *vexillatio* cumpla la misión que le ha dado el césar. No quiero acabar como mi padre, ni como mis vecinos, asentado en una colonia militar en cualquier provincia remota, sembrando y reuniéndome en la taberna con otros veteranos, a contar historias sobre viejas campañas.

Hizo una pausa muy larga en la oscuridad, como dando vueltas a sus propios pensamientos.

–Aquí está toda mi vida, Senseneb; toda.

–¿No tienes esposa?

–Ni esposa, ni hijos. Fuera de las legiones no tengo nada.

Ella se removió un poco y a oscuras buscó con sus labios el lugar en que suponía estaba el S.P.Q.R. tatuado en su brazo.

–Lo conseguirás –le dijo con un tono de voz que casi recordaba a un encantamiento, al tiempo que le besuqueaba el tatuaje–. Ya verás como sí.

CAPÍTULO VI

Cerca ya de la gran recurva del Nilo –aquella en la que el río, visto con los ojos de quienes viajan aguas arriba, gira de repente hacia el norte para trazar un gran arco, antes de volverse de nuevo y dirigirse ya directamente hacia el lejano sur–, exploradores montados volvieron a galope tendido la columna, en busca del *praefectus castrorum.*

Los soldados más cercanos pudieron ver cómo éste salía a su encuentro, también a caballo, y cómo mantenía con ellos una conversación apresurada. Los exploradores no hacían otra cosa que señalar hacia el sur y el prefecto les preguntaba, haciendo de vez en cuando un gesto enérgico. Por último asintió y, acompañado de sus ayudantes, se fue hacia donde estaba el tribuno mayor, que cabalgaba más hacia la cabecera de la columna, rodeado por sus oficiales. Y así fue como los soldados, que marchaban bajo el sol cargados como mulos, supieron que algo grave estaba ocurriendo. Sin embargo, aunque se cambiaron muchas miradas, nadie dijo ni palabra.

Tribuno y prefecto tuvieron otra conversación igual de rápida. Ahora era el segundo el que señalaba, unas veces al sur y otra al noroeste, como para dar énfasis a sus palabras, y el primero le escuchaba casi sin despegar los labios. Luego pareció asentir, y el prefecto despachó un jinete a la caravana, que les seguía a una media milla de distancia, y otro con instrucciones para los oficiales de marcha.

Trompas de bronce y cuernos tocaron parada, y la columna se detuvo. Después, entre nuevos bramidos de las trompas y los gritos de los *principales*, que vociferaban órdenes desde lo alto de sus caballos, la *vexillatio* entera dio media vuelta y, cada manípulo por su cuenta, se dirigió a un punto situado a unas dos *millia* detrás y algo más adentrado en el desierto.

Los jinetes y los libios pasaron a cubrir lo que ahora era la retaguardia de la columna, mientras el resto de las tropas se dirigía, arenas a través, hacia su destino. Los más nerviosos echaban ojeadas por encima del hombro, como si esperasen ver algo a sus espaldas, pero la mayoría marchaba impertérrita, sudando, con los labios apretados y los ojos clavados al frente, agobiados por el calor, la luz y el tremendo peso del equipo que cargaban a las espaldas.

Los rumores corrían por entre los soldados como ráfagas de viento, y morían con la misma rapidez, en cuanto los centuriones se revolvían ceñudos en las sillas de montar, al oír cómo alguien murmuraba. Pero así se corrió entre ellos la voz de que los exploradores habían avistado a una gran multitud de bárbaros, a unas pocas *millia* hacia el sur, en son de guerra y dispuestos al parecer a cerrar el paso a la columna romana.

De todas las medidas tomadas aquellos momentos, así como de la estrategia seguida en el combate que tuvo lugar después, nadie supo con certeza cuáles atribuir al prefecto y cuáles al tribuno. Muchos no dudaban que la mano de Tito estaba detrás de todo, pero él nunca comentó una palabra sobre el asunto, y las órdenes las dio en todo momento Claudio Emiliano.

La posición elegida para plantar batalla fue la más favorable de las posibles: una llanada entre dos cerros de poca altura, tal y cómo anotó en sus escritos Valerio Félix. La *vexillatio* se dirigió hacia allí dividida en unidades, cada una al paso que podía llevar, y antes de que llegase la primera ya estaba en ese punto el tribuno Gagilio Januario, plantando los banderines que marcaban el perímetro del campamento. Los oficiales mandaron a los gregarios a cavar los fosos, mientras los tres *numeri* de libios se apostaban para prevenir cualquier ataque por sorpresa y varios jinetes se destacaban a otear en busca del grueso del enemigo.

La caravana llegó poco después entre una gran polvareda, rebuznos de asnos y los gritos de los arrieros. Aun en mitad de aquel frenesí, el tribuno Emiliano tuvo que sacar tiempo para atender unos momentos a Quinto Crisanto, que pedía todo tipo de explicaciones sobre qué estaba pasando y qué pensaban hacer. Al final se le quitó de encima como pudo y se fue a buscar noticias más recientes, porque los jinetes no dejaban de ir y venir.

Según le informó el mismo prefecto, se confirmaba que había todo un ejército de bárbaros camino adelante y, según acababan de informarle dos jinetes, se habían puesto ya en marcha, en total desorden, avisados sin duda por sus propios espías de que los romanos los habían descubierto y se aprestaban a la batalla. Los efectivos de aquella horda podían estar entre los cuatro y los quince mil guerreros, según las distintas estimaciones de los exploradores.

Los hombres se afanaban como hormigas con los zapapicos y el foso del campamento quedó abierto en un tiempo sorprendentemente corto, habida cuenta de lo duro y seco de aquel terreno, así como de que la arena obstaculizaba mucho el trabajo. Tito y Emiliano fueron paseando a lo largo de las obras, el primero con su vieja vara de centurión en la mano, alto y renegrido, y el segundo con su túnica roja de pretoriano, y sus cabellos rubios rizados. Cada dos por tres, se paraban a comentar algo en voz baja, de forma que los que les acompañaban apenas podían oír algo.

–No es el momento ahora de discutir –sí que oyó en una ocasión Antonio Quirino que le decía el tribuno al prefecto–, pero esto se debe a la matanza del otro día. La carnicería que ordenaste ha soliviantado a los nómadas y ha hecho que se reúnan en busca de venganza.

–Te equivocas, tribuno –Tito agitó la vara, entre el griterío, las polvaredas y el olor a sudor–. Esta zona de Nubia es especialmente desértica y despoblada. Es imposible que en cinco días se reúna una masa así de guerreros.

Emiliano le observó sin mudar de gesto, pero sus ojos sí cambiaron de color, síntoma de que estaba dudando. Se secó el rostro agraciado con un pañuelo.

–¿Cómo es entonces que tenemos todo un ejército de nubios enfrente?

–Porque yo tenía razón. En todo este tramo del Nilo, al sur de Kawa, no hay aldeas ribereñas y los reyes de Meroe carecen de poder. Aquí no hay más que nómadas, y nuestros enemigos, sean quienes sean, lo han planeado todo con antelación. Por una parte trataron de envenenarnos y por la otra han levantado a las tribus locales contra nosotros. Si su plan hubiera tenido éxito, la *vexillatio* se estaría enfrentando ahora a todo un ejército de bárbaros y con todos los oficiales superiores muertos o incapacitados por obra del veneno.

Los ojos de Emiliano volvieron a cambiar de color. Meneó con lentitud la cabeza.

–Es posible que tengas razón –admitió. Luego una vaharada de polvo, arrastrada por un soplo de aire ardiente, se les echó encima, cegándoles y haciéndoles toser, y ya no tocaron más el tema.

Los soldados estaban apisonando ya la tierra del terraplén e iban clavando las estacas del palenque. Apenas acababan su parte, los centuriones les mandaban ceñirse las armaduras. El tribuno ordenó que tanto los bagajes militares como la caravana de los mercaderes, con todos sus animales e integrantes, se refugiasen en ese recinto. Mientras los hombres vestían las cotas de malla, sacaban los escudos de las fundas y aprestaban los *pila*, Tito cogió por el codo a Emiliano.

–Los bárbaros se acercan, pero hay tiempo para que des tu discurso a las tropas.

El tribuno le miró confuso un segundo. Él, como muchos, había fantaseado en multitud de ocasiones con llegar a ostentar un mando superior, y con el momento de lanzar la arenga tradicional a las tropas, justo antes de la batalla. Pero todo eso se le había olvidado con la sorpresa y la premura de aquella mañana.

–Claro –aceptó–. ¿Alguna sugerencia, prefecto?

–¿Sugerencia? Tú seguro que has estudiado oratoria, tribuno. Yo no.

–Pero tú conoces a los legionarios, y has estado ya en batalla. Yo no.

Tito se le quedó mirando un parpadeo, con el bastón en la mano. Luego una sonrisa deslumbrante cruzó por su rostro moreno, apreciando aquella respuesta.

–Sé breve y directo. Hazles saber que no tenemos más remedio que vencer. Y, si quieres saber mi opinión, quítate esas ropas de pretoriano y ponte la túnica de tribuno.

Emiliano asintió. Varios de sus hombres tendieron lienzos de tela para darle intimidad, y a ese resguardo un par de esclavos le vistió con rapidez, sustituyendo la túnica roja por la blanca de franja púrpura, antes de ceñirle la fastuosa coraza y el casco labrado, propios casi de un legado militar. Luego, acompañado por su ayudante Marcelo, acudió a arengar por las tropas.

Subió al podio, sobre los escudos, y se detuvo mirando al mar de hombres armados hasta los dientes, que le observaban a su vez, pendientes de lo que iba a decirles. Hacía mucho calor y la luz del desierto era deslumbrante. El sol relucía sobre los cascos metálicos, hacía centellear las puntas de las armas, arrancaba reflejos a los bordes broncíneos de los escudos. Contempló durante unos instantes aquella multitud de rostros vueltos hacia él, sintiendo esa sensación tan peculiar y única que otros muchos, en su misma situación, habían sentido antes que él.

Pese a la gravedad de la situación y a la inminencia de una batalla, esa muchedumbre le contemplaba con expresiones que parecían ir desde la sorna a la curiosidad. Y Emiliano, al mirarlos, comprendió que aquellos veteranos aguardaban su arenga con la misma actitud con la que los asiduos del Coliseo observaban a un gladiador nuevo, con fama ganada en provincias pero para ellos desconocido, cuando entra por primera vez en la arena.

Inspiró con fuerza, sus ojos se volvieron de un azul muy profundo y, de repente, se quitó el casco con las dos manos, para desviar la atención de sus oyentes, tal y como le habían enseñado sus maestros.

–¡Romanos! –sonrió, antes de proseguir con voz alta y bien modulada–. Dicen que no hay nada mejor, para pronunciar un buen discurso, que tomar un trago de vino justo antes. Pero los bárbaros se han presentado tan de repente que ni tiempo a eso me han dejado. Tendré de hecho que ser muy breve en este discurso, porque no es cuestión de que nos pillen aquí reunidos.

»Todos sabéis más o menos ya cuál es la situación. Los bárbaros se han reunido para plantarnos batalla, y en estos momentos se acercan. Nos superan varias veces en número, pero supongo que una circunstancia así no es para vosotros nada nueva...

Se detuvo porque, aunque no había sido su intención, esa afirmación desató una tempestad de carcajadas. Sonrió a su vez, ocultando su desconcierto.

–Aunque sean muchos, están mal dirigidos y están desorganizados. Sólo os pido que cada cual cumpla con su cometido y que recordéis –sonrió con maldad– que estamos muy lejos de Egipto. Si los bárbaros logran romper nuestra formación, ninguno de nosotros saldrá con vida de este desierto. Pero cuento con que les venceremos con facilidad, tal y como hicieron en su día las legiones de Petronio con los abuelos de estos mismos nubios.

Le distrajo un gesto del prefecto, que le instaba claramente a concluir. Así que, con el casco entre las manos, volvió a sonreír a la muchedumbre de soldados.

–Romanos: los bárbaros están ya muy cerca y eso os libra de pasar más tiempo escuchando mi arenga, pues, como decís muchos por lo bajo, tengo más de senador que de soldado, y si se me calienta la boca puedo estar hablando durante horas...

Su voz volvió a perderse entre las carcajadas, ahora salpicadas de aplausos, y supo que con ese discurso había ganado. Alguien comenzó a aclamar a Roma y los vítores se extendieron como un incendio por la multitud. Y, aprovechando ese momento de euforia, Tito hizo que los *cornicemi* tocasen sus instrumentos, llamando a las tropas a formar.

Todo estaba ya hablado entre los oficiales romanos. La infantería se desplegó por el llano, entre griterío de los oficiales, toques de cuernos y resonar de equipos metálicos, mientras que jinetes y arqueros ocupaban lo alto de los dos cerros. Cuando cada centuria hubo ocupado la posición designada, el silencio pareció caer como un manto sobre todo aquel lugar. Los hombres aguardaban quietos y callados, en sus puestos, y sólo se oían los graznidos de las aves. Algunos alzaban los ojos a ellas, buscando presagios, pero nadie se atrevió a decir palabra alguna.

Un enemigo al llegar de frente, o los libios destacados en avanzada, al volver la cabeza, hubiera visto con claridad el terreno elegido por los romanos para dar la batalla. Un llano flanqueado por dos altos, en mitad del desierto. Los jinetes hispanos, pie a tierra y jabalina en mano, ocupaban la loma de la derecha, la más alejada del río, que era la más baja y de cima más plana, y cuyas laderas habían hecho escarpadas a golpe de zapapico mientras la infantería plantaba el campamento. En el cerro de la izquierda, más alto y abrupto, estaban los arqueros sirios, con sus cascos cónicos que destellaban bajo el sol ardiente.

En la llanada, los romanos habían formado una larga línea de batalla. Una centuria de pretorianos ocupaba el flanco derecho, pegados a la colina de los jinetes. Le seguían hacia la izquierda, consecutivamente, los legionarios de Egipto y los auxiliares de Syene, y luego de ellos, ya en el flanco izquierdo y junto a la colina de los arqueros, el *numerus* de Flaminio. La segunda centuria de pretorianos estaba más atrás, a modo de reserva y rodeando la *imago* de Nerón, con tanto celo como si protegiesen al emperador en persona. Aún detrás estaba el campamento, defendido por los caravaneros y el *numerus* de Pomponio Crescens, en tanto que el de Sulpicio Casio estaba por delante de la línea de combate, desplegado en guerrilla.

La estrategia empleada ese día –fuera idea del tribuno o del prefecto– fue sencilla y eficaz, antigua de puro clásica. Considerando que aquella multitud de bárbaros que se acercaba no tenía de ejército más que el nombre, ya que debía ser una reunión de bandas guerreras tribales, en la que no debía haber un jefe claro y sí muchos cabecillas, decidieron empujarles al combate. A tal efecto habían enviado a los libios de Sulpicio Casio a provocar a los enemigos, arrojándoles piedras con sus hondas, para que se lanzasen a la batalla en desorden.

Los romanos, desplegados en aquel llano, podían ya ver una enorme polvareda que se acercaba, como una nube de tormenta, y delante de aquel hervor las figuras diminutas de los libios correteaban de un lado a otro, agitando lanzas y haciendo voltear sus hondas. Se oía un fragor sordo, como el de un terremoto o la marejada del océano, que los veteranos sabían que era causado por los gritos, el entrechocar de armas y los pies de una masa humana en movimiento.

Algo más de ángulo tenían los hombres en lo alto de los cerros, que llegaban a entrever a esa multitud que avanzaba sin orden ni concierto, entre el polvo. Los libios les hostigaban, amagando cargas para enfurecerles, pero sin ponerse nunca a su alcance. Volaban algunas flechas, pero eran pocas porque las disparaban desde las primeras filas, desde muy lejos y sin tomar puntería, porque los arqueros disparaban sobre la marcha, empujados por los que venían detrás, y no consiguieron herir a nadie. Cuando alguna llegaba, ya con muy poca fuerza, a algún libio, éste la desviaba sin mayor problema con su escudo de pieles.

Casio, que montaba un caballo bayo y fogoso que no dejaba de caracolear, se llevó el cuerno a los labios, para arrancarle un toque largo. Los libios dejaron de hostigar a la vanguardia enemiga y echaron a correr, buscando refugio en la línea romana. Se desató un clamor tremendo entre los bárbaros, cuando vieron cómo sus enemigos les volvían la espalda y el griterío subió aún más de tono cuando avistaron a sus enemigos desplegados en el llano.

Eran una muchedumbre desorganizada, tal y como habían previsto los jefes romanos. Había allí nómadas nubios, trogloditas, grupos de libios e incluso bandas de esos pueblos errantes y misteriosos de ojos azules y pelo rojo que vagan por los desiertos líbicos; lo que parecía reforzar la idea de Tito de que esa coalición se había gestado con tiempo por delante. Fuera como fuese, no se detuvieron para reorganizarse, ni hubo consulta alguna entre sus jefes. Los que iban delante se lanzaron a la carrera, aullando y blandiendo sus armas, y arrastraron con su ímpetu a los que venían detrás.

Valerio Félix, que se había apostado en el cerro de los arqueros, en compañía de su guardaespaldas, fue testigo de cómo aquel océano de guerreros cubiertos de pieles se lanzaba en masa a la batalla. Fue como ver un torrente humano que se precipitase incontenible por una riera –la formada por entre los altos–, decidido a barrer de un empujón a la línea de romanos, que les aguardaban inmóviles.

El estruendo de la muchedumbre a la carga era aterrador. Entre el polvo, se atisbaban destellos y agitar de mazas, hachas, lanzas y espadas. Los sirios habían montado sus arcos y observaban como halcones el avance. Sobre el otro cerro, se veía a los hispanos con sus capas blancas ribeteadas de rojo ondeando en la brisa ardiente, asomados al borde y con jabalinas en las manos. En el llano, centuriones y optios iban arriba y abajo, gritando para mantener firme la línea y, en el flanco izquierdo, los libios habían comenzado a cantar y bailar.

Cuando los bárbaros se hallaban a unos doscientos pasos, los *tubicines* romanos hicieron sonar sus largas trompetas rectas y las tropas, en toda la longitud de la línea de batalla, empuñaron los escudos. A ojos de Valerio Félix, que estaba mirando en ángulo y desde lo alto, fue como si hubiera aparecido de repente un muro colorido en el llano. Una muralla de escudos que comenzaba con los rectangulares pretorianos, de alas y rayos dorados sobre fondo escarlata, y acababa en los oblongos, de fondo verde y laureles dorados, de los auxiliares, y los paveses de pieles libios. Otro tanto debieron sentir los bárbaros que iban en la vanguardia, ya que su avance pareció titubear al verse de repente ante esa pared.

Pero ya sonaban de nuevo las trompetas de metal, con toques que arrancaron ecos entre los cerros, reverberando largo rato en esa atmósfera enrarecida por el calor. Los romanos se pusieron en marcha con un entrechocar de cuero y metal, al encuentro del frente enemigo, que seguía ahora su avance a trompicones, empujado por la muchedumbre que se agolpaba detrás.

A unos sesenta pasos sonaron de nuevo las trompetas y los romanos lanzaron en andanada los *pila* ligeros y, al cabo de un instante, los pesados. Fue como ver dos olas de proyectiles que surgían de la larga línea para caer como un chaparrón sobre el frente nubio. La vanguardia bárbara pareció frenar en seco ante el impacto de cientos de proyectiles, y se hundió luego en el caos. Los guerreros daban traspiés, empujados por la presión de los de atrás, y muchos cayeron al tropezar con los caídos. Y mientras los nubios se arremolinaban entre el polvo, gritándose, las trompas tocaban ya de nuevo y los romanos echaban mano a las espadas para entrar al cuerpo a cuerpo.

Jamás en su vida Valerio Félix había oído, ni oiría nunca después, un sonido tan aterrador como el que retumbó en aquel llano, mientras aún retumbaba el toque de las trompetas. Fue un ruido que pareció estremecer cielo y tierra, un resonar largo, como el de una avalancha de rocas, producido por cientos de escudos que entrechocaban sus bordes mientras los legionarios cerraban filas para cargar.

En unos instantes, los manípulos romanos chocaron a la carrera contra la horda de enemigos. Los nubios, todavía desconcertados por la lluvia de *pila*, se encontraron frente a un muro infranqueable de escudos, detrás del cual los romanos les acuchillaban con sus gladios. En poco tiempo la batalla se convirtió en carnicería; los guerreros del desierto, atrapados entre esa pared de escudos y la presión de los que venían detrás, se veían aplastados, de forma que casi no podían moverse ni blandir las armas, y morían como ganado en masa.

El tribuno estaba a retaguardia, a caballo y en compañía de los oficiales superiores, entre los que se incluía el prefecto, y aún detrás estaba la *imago*, con la centuria de reserva de los pretorianos. Ese día, más de uno echó de menos la falta de artillería; ya que, pese a las peticiones de Tito Fabio, la *vexillatio* no contaba ni con una balista, en parte por lo remisos que se habían mostrado los *praefecti legionis* a desprenderse de una sola pieza, en parte porque tanto las autoridades de Egipto como Claudio Emiliano opinaron en su momento que las máquinas de guerra sobraban en una misión de paz.

Tito alzó la mano y el *vexillifer*, cubierto con una piel de leopardo, hizo ondear la enseña del destacamento, mientras volvían a tocar las trompetas. Arqueros y jinetes comenzaron a descargar armas arrojadizas sobre la horda que se agolpaba a sus pies, contenidos como por la línea de combate romana.

Los sirios ocupaban el otero que protegía el flanco izquierdo, formado por los libios, que eran las tropas más débiles en un combate así, debido a su armamento más ligero y menor disciplina. Pero las flechas se encargaron de compensar cualquier desventaja. Los arqueros disparaban al unísono sus arcos de doble curvatura, y Valerio calculó que sobre aquellos bárbaros debieron de caer más de dos mil flechas, en tanto que los hispanos del cerro de la derecha pudieron llegar a arrojar un millar largo de jabalinas.

Los bárbaros sufrían indefensos la lluvia de proyectiles, el griterío era atroz y había muchos cadáveres traspasados a los que la aglomeración humana mantenía en pie. La batalla se había decidido ya al primer choque y todo lo que sucedió después no fue otra cosa que una matanza. Los guerreros situados en primera fila estaban tan apretados que no podían casi ni moverse, y los romanos les acuchillaban tirando puntazos por entre y por encima de los escudos. Jamás Valerio Félix, hasta aquel día, pudo llegar a pensar que tantos hombres pudieran morir en tan corto espacio de tiempo.

Muertos y moribundos se amontonaban sobre la arena enrojecida, y las caligas de los romanos pisoteaban los cuerpos al avanzar. Los gritos de miedo, de rabia y de dolor lo llenaban todo, y muchos bárbaros murieron aplastados o asfixiados al quedar atrapados entre los que trataban de huir de los hierros romanos y los que, desde la retaguardia, empujaban hacia delante como toros.

También a Agrícola y Demetrio les tocó aquel día pelear. Un gran contingente de bárbaros, fuera por casualidad o porque alguien les incitó a ello –como muchos sospecharon–, se desgajó de la masa principal y flanqueó el alto de los arqueros para atacar la retaguardia romana; es decir, su campamento. Cargaron con el mismo ímpetu que sus aliados y se produjo un combate encarnizado a pie de empalizada. Fue corto, pero muy sangriento y, cuando por último los bárbaros cedieron, fue dejando gran número de cadáveres en las zanjas. Se quedaron a cierta distancia, blandiendo armas y gritando, mientras los guardias libios de la caravana les provocaban con tiros de honda y silbidos. Pero al final no se animaron a intentar un segundo ataque y se retiraron.

En cuanto a la masa principal de los bárbaros, tras una carnicería espantosa, comenzó a flaquear ante el empuje de la línea romana, la lluvia de proyectiles y los esfuerzos de sus propios hombres de vanguardia, que trataban de escapar a las espadas romanas. Según le diría más tarde un libio que chapurreaba latín a Valerio Félix, en ese momento el olor de los nubios cambió y se llenó de miedo.

A ese ejército heterogéneo le ocurrió lo mismo que a un terrón que alguien mete en el agua y, visto desde lo alto de los cerros, fue como si una lluvia de partículas oscuras empezase a surgir del grueso para dispersarse por el desierto. Primero unas pocas, luego cada vez más y por fin la masa compacta de guerreros se desintegró en una gran desbandada. La infantería romana se detuvo entre el resonar de las trompas, en mitad de una explanada que ahora era de arenas enrojecidas y cadáveres amontonados. El tribuno se acercaba ya a caballo para saludar a sus tropas, y los hombres comenzaron a vitorearle, en tanto que los hispanos habían bajado de su altura y cargaban con jabalinas y *spathae* sobre los fugitivos, aumentando aún más la mortandad.

* * *

Más tarde, Valerio Félix quiso recorrer él mismo el campo de batalla. Caía ya la tarde y las tropas romanas se habían retirado tras las empalizadas. Hacía mucho calor, la luz era algo más suave, gran cantidad de polvo colgaba aún en cortinas sobre el lugar, y los buitres iban posándose voraces sobre los cadáveres. Valerio fue deambulando por esa extensión de cuerpos yertos y armas abandonadas, observándolo todo y acariciándose la gran barba castaña, mientras su guardaespaldas, Serapión, vigilaba receloso, no fuera que algún muerto reviviese para apuñalar a su patrón.

Sin embargo, nada se movía en aquel campo. Y eso fue quizá lo que más impresión causó a Valerio: la quietud y el silencio que imperaban en aquel llano sembrado de puede que miles de cadáveres. Aquí y allá se oía algún lamento, los buitres hozaban en las carnes de los caídos, y un puñado de libios deambulaba de un lado a otro, alanceando a los moribundos. Y otra cosa que siempre había de recordar el romano fue el hedor terrible que imperaba allí; tan espantoso que, a cada momento, se cubría la nariz con el antebrazo, como si así pudiera mitigarlo un poco.

–Es el olor de la muerte –le comentó Flaminio en cierto momento, al advertir el gesto.

Valerio se volvió hacia él. El *praepositus* vagaba entre los muertos espada en mano, con su anticuado casco de cresta roja y dos plumas laterales blancas, ya que había sido a su *numerus* al que habían asignado la tarea de rematar a los enemigos heridos.

–¿El olor de la muerte?

–Seguro que en Roma no han olido nunca algo igual, ni siquiera en el Coliseo.

–Es espantoso.

–Lo será más.

–La corrupción de tantos cuerpos, claro –Valerio volvió a cubrirse con el antebrazo, al tiempo que lamentaba no haber cogido una redoma de perfume–. Y con este calor...

Pero Flaminio negó con la cabeza, haciendo estremecerse la gran cimera roja de su casco.

–Ya olerá a podrido, sí. Pero aún no le ha dado tiempo.

–Entonces por qué huele así.

–Este olor está hecho de sudor, sangre, mierda... pero lo que de verdad apestan son las tripas.

–¿Cómo que las tripas?

–Las tripas, sí. No hay olor más asqueroso que el de los intestinos abiertos. Muchos de estos bárbaros han muerto de heridas en el vientre y encima ahora los buitres están ya llegando –señaló a un carroñero, que atrancaba largos pingajos de carne–, y lo primero que atacan son también las entrañas, que son las partes más blandas. Dentro de nada, la pestilencia será cien veces peor.

Valerio, tosiendo, se cubrió de nuevo las narices. Se detuvo un instante ante un guerrero de piel blanca y pelo rojo; tenía los ojos cerrados, pero el romano imaginó que serían azules.

–¿Han capturado vuestros hombres a alguno de esta raza con vida?

–No lo sé.

Uno de los libios –alto y de piel oscurecida por el sol, con las espaldas cubiertas con pieles y un par de ojos negros que relucían tras la ranura del embozo con el que se envolvía la cabeza– dio una voz y se acercó con un escudo entre las manos. Flaminio lo cogió y lo estuvo examinando largo rato: era ovalado y viejo, claramente romano.

–¿Qué es, *praepositus?* –preguntó por fin Valerio, comido de curiosidad.

–Un escudo de legionario, muy antiguo –lo alzó para que lo viera, con una sonrisa casi melancólica, antes de darle la vuelta y mostrarle las inscripciones que había en la parte interior–. Aquí está escrito el nombre de la unidad y el rango del soldado, y aquí viene el nombre de su centurión.

–¿Estaba en poder de los nubios?

–Parece ser que sí.

–¿Y de dónde pueden haberlo sacado ellos?

–Es un escudo viejo, de los ovalados. Éstos ya sólo se usan en las paradas. Debieron capturarlo como botín en los tiempos del gobernador Petronio, cuando atacaron Syene y Elefantina, y lo habrán tenido en su poder desde entonces.

Acarició el borde curvo del escudo, antes de pasear los ojos por el campo de muertos. Ya habían llegado los chacales, y las hienas, y les habían hincado el diente a los muertos. Frunció el ceño, porque ya estaban también allí algunos saqueadores, puede que incluso fueran algunos de los derrotados, que volvían a expoliar a sus propios aliados. A veces, algún libio volteaba su honda y les lanzaba una pedrada, ululando.

Flaminio se quedó observando unos instantes. Luego echó mano al cuerno y sopló por dos veces, para llamar la atención de sus hombres. Les reclamó con la mano, indicándoles que se retirasen al campamento.

–Nos vamos, Valerio Félix. Esto se va a llenar de alimañas y de ladrones. Te aconsejo que te vengas con nosotros; porque si peligrosos son los leones, más lo son los saqueadores –se echó aquel viejo escudo al hombro–. Me llevo esta reliquia, y que Tito decida qué es lo que se debe hacer con ella.

MEROE

La población de Meroe propiamente dicha dista de la entrada de la isla setenta mil pasos y, para los que suben por el canal derecho del Nilo, al lado está otra isla, la de Tadu, que forma un puerto. Los edificios de la población son escasos; reina una mujer, Cándace, nombre que ya desde hace muchos años se trasmite de una reina a otra; también allí hay un santuario consagrado a Amón, y templetes por toda la zona; por lo demás, cuando los etíopes tenían la hegemonía, esta isla gozó de gran fama. Cuentan que habitualmente proporcionaba doscientos cincuenta mil hombres armados y tres mil especialistas, y se dice que hoy en día existen cuarenta y cinco reyes etíopes diferentes.

Plinio el Viejo, *Historia Natural,* VI, 185-186

CAPÍTULO I

La batalla librada por la columna romana contra las bandas nómadas puso una sombra en el ánimo de Senseneb; una nube de arena, muy oscura, que ya no iba a apartarse nunca de ella. Se había criado en mitad de guerras tribales, odios familiares y venganzas de sangre, y en más de una ocasión había tenido que empuñar ella misma el arco contra los enemigos de su gente. Y luego, años más tarde, siendo ya sacerdotisa de Isis, había presenciado las matanzas colectivas que acompañaban a la inhumación de reyes y magnates en Meroe.

Pero en aquella jornada de polvo y hierro hubo algo bien distinto; algo difícil de precisar, pero sobre lo que hablaría unos días después, llena de desazón, y largo y tendido, primero con los sacerdotes de Amón y luego con los dignatarios de la corte meroíta. Porque jamás Senseneb pudo llegar a soñar que unos simples hombres, ni más altos ni más fuertes, mejor armados, eso sí, pero muy inferiores en número a sus enemigos, pudieran convertir, con tanta facilidad y rapidez, a una muchedumbre de guerreros en un pasto de buitres.

Ante la inminencia de un gran combate, su séquito se había despegado ostentosamente de la columna romana, para ir a situarse en un otero cercano. Los arqueros habían alzado el gran estandarte blanco con buitre dorado, y Satmai, el jefe de la guardia, había mandado a dos hombres al encuentro de los nómadas, para informarles de que allí estaba alguien que era sacerdotisa de Isis y enviada de los reyes meroítas, y exigirles respeto a su persona y acompañantes.

Desde aquel cerro, con el río centelleando a sus espaldas, la sacerdotisa velada había presenciado cómo la marea de guerreros avanzaba incontenible contra la línea romana, y cómo los escaramuceros libios les hostigaban con sus hondas. Aquellos que habían vuelto los ojos por un momento hacia el otero, entre el maremágmun de cuerpos y armas, el griterío, el calor, la polvareda, habían podido distinguir allá a lo lejos a los arqueros y sirvientes, apostados en lo alto. Y a la sacerdotisa, como una estatua cubierta de velos blancos bajo el ondear perezoso del gran estandarte del buitre, bordado en oro sobre blanco inmaculado.

Así pudieron verla también en la distancia Emiliano y Tito, mientras observaban desde sus sillas de montar cómo el ejército enemigo se acercaba envuelto en una polvareda, llena de agitación y destellos de armas. Hubo alguna vez en la que uno de los dos sorprendió al otro mirando hacia allí, y entonces ambos apartaban a la vez los ojos, como sorprendidos en algo vergonzoso. Luego, nunca ninguno comentó nada.

Ella, el rostro oculto por los velos, divisó a su vez al grupo de romanos a caballo, que se situaba detrás de la línea de combate, y creyó reconocer al tribuno y al prefecto por sus cascos. Pero luego, la gran masa de guerreros irrumpió impetuosa entre los dos cerros, como una riada, y les perdió de vista entre el polvo. La muchedumbre de nómadas inundó el llano y ella, sintiendo una pena tranquila que le agarraba el alma, encomendó la suerte de sus dos amantes a los dioses.

Muy poco tiempo después, empero, de la gran ola de nómadas y trogloditas no quedaba otra cosa que miles de muertos y moribundos tendidos en las arenas, y una resaca de fugitivos que huían a la desbandada hacia el sur, perseguidos por la caballería romana.

Días después, ya en Nápata, Senseneb habría de confiar sus inquietudes al sacerdote Merythot. La expedición romana, tras aplastar literalmente a sus enemigos, había seguido el curso del río, llevando consigo a unos cientos de prisioneros, para torcer de nuevo hacia el norte y llegar a la antigua capital nubia. Allí les esperaba ya el oficial pretoriano enviado a recorrer el camino de caravanas que unía Kawa y Nápata, que había llegado con sus hombres sin el menor contratiempo.

Sacerdote y sacerdotisa se encontraron por casualidad en el exterior del gran templo situado en la montaña sagrada. Senseneb, movida por un impulso repentino, hizo alejarse a los arqueros de su escolta para hablar en privado con Merythot. Le costó expresarse y acabó sacando lo que tenía dentro con muchas vueltas y vacilaciones, porque al fin y al cabo no tenía otra cosa que contar que temores oscuros y sin forma.

Merythot la escuchó sin impacientarse, con esa expresión entre amable y distante que tan suya era. Por último, fue a sentarse en el pedestal de uno de los grandes carneros que flanqueaban la avenida principal del templo.

–Ay, hija –sonrió con tristeza, las dos manos apoyadas en la vara del cayado–. Lo que tú has visto es eso que vieron los antiguos escribas: a un ejército cuyo número era tan grande como el de las arenas del desierto, y que fue fulminado como por el rayo por un puñado de hombres. Y esa visión te ha llenado de espanto.

–Tú eres más sabio que yo y sabes expresarte mejor –admitió ella–. Eso es exactamente lo que me ha sucedido.

–Todo está escrito. Confiar en la fuerza bruta y en el número es un error. El mismo error que han cometido tantos y tanto enemigos de los romanos. Los ven tan pocos en comparación que acuden como esos nómadas del otro día, dispuestos a barrerlos con su solo empuje, tal y como hacen los golpes de mar con los castillos de arena... ¿Conoces el mar, Senseneb?

–No –ella negó con la cabeza, haciendo destellar el sol en la media luna de plata de su tocado.

–Vete entonces algún día, cuando puedas, hacia el este, hasta llegar a las orillas del mar Eritreo. Nadie debiera morir sin ver antes el mar.

–Así lo haré.

Alto y más flaco que nunca, debido a ese viaje por los desiertos, Merythot era como la imagen del viejo Egipto, antiguo y siempre algo incomprensible. La cabeza rapada, el rostro de edad indefinible, el atuendo de lino inmaculado y el bastón entre las manos. Se quedó en silencio largo rato, sentado en esa avenida flanqueada por carneros de piedra que llevaba al gran templo de Amón, excavado en la ladera pétrea de la montaña sagrada. Senseneb, en pie, en esa postura majestuosa que solía adoptar en público, guardaba un silencio respetuoso, esperando a que el sacerdote se decidiera a continuar.

–Dime, Senseneb –preguntó por fin–. ¿Qué crees tú que hace tan poderosas a las legiones de Roma?

–Sus armas –aventuró ella–. Todos visten armaduras, mientras que los nómadas fueron a la batalla desnudos detrás de sus escudos.

–Las armas son una ventaja, sin duda; pero no son bastante explicación. Los macedonios, con sus poderosas falanges, no pudieron derrotarles en su día, como tampoco ha podido la caballería pesada de los partos.

–¿Qué entonces? ¿Lo sabes tú? Tú eres un sabio e incluso el emperador romano te ha enviado con esta expedición para que sirvas de consejero a sus jefes –pasó una ráfaga de aire caliente, e hizo ondear sus velos blancos–. He de contar a mis amos lo que he visto con mis propios ojos, y quisiera darles una opinión que pueda ayudarles.

–Yo no sé gran cosa de ejércitos, Senseneb. No soy más que un sacerdote ambulante, de bajo rango.

–Eres un sabio, ocupes el puesto que ocupes. Has viajado mucho, has vivido entre romanos, sabes observar, y seguro que has sacado tus propias conclusiones.

–He viajado muy lejos y visto mucho; sí, en eso tienes razón –agitó la cabeza afeitada y en sus ojos, tras los párpados de comisuras tatuadas, apareció por un momento una luz muy extraña–. ¿Crees haber presenciado el otro día una gran batalla? Pues yo las he visto grandes, grandes de verdad, en el norte, muy lejos de aquí. He visto a ejércitos formados por varias legiones enfrentarse a miles y miles de germanos que salían de sus bosques, entre la niebla. Los germanos son hombres gigantescos, Senseneb, de la misma raza que esos tres que protegen al tribuno. Ríen ante la muerte y esgrimen armas terribles. Y les he visto cargar contra los romanos, borrachos de alcohol y de ira, de forma que parecía que ningún poder humano era capaz de detenerles.

Hizo una pausa con el bastón entre las manos, los ojos ahora puestos en los recuerdos de la Germania, fría, húmeda y muy lejana.

–Y su destino fue el mismo que el de esos desgraciados nómadas. He visto a los hombres caer bajo la lluvia de *pila*, a cientos, y estrellarse y morir a miles contra los escudos romanos. He visto claros en mitad de los bosques llenos de cadáveres amontonados. Nadie puede enfrentarse a Roma, nadie. Y eso, Senseneb, es algo que debieras hacer entender a tus amos.

–Los romanos son hombres como los demás; muchos de ellos son más bajos que nuestros guerreros nubios; no son más fuertes que ellos, ni pueden tirar sus lanzas más lejos. ¿Cuál es su secreto?

–No es la fuerza, tú misma lo ha dicho. Los germanos o vuestros guerreros son más fuertes que ellos. Tampoco las armaduras, porque los catafractarios partos están más acorazados. Ni el número, desde luego, porque lo normal es que se enfrente a ejércitos muy superiores.

–¿Son sus generales entonces? Emiliano y Tito saben lo que se hacen, en tanto que los nómadas iban en bandas, y cada jefe mandaba a los suyos.

–Es verdad que la falta de un mando claro contribuyó al desastre. Pero tampoco está ahí la razón del triunfo de Roma. Comandantes poco brillantes, o con poca formación militar, han ganado grandes batallas para Roma.

Se quedó en silencio de nuevo, contemplando distraído la distancia, antes de fijar sus ojos en los de la sacerdotisa.

–El secreto, Senseneb, lo que hace invencible a Roma, es la disciplina de sus legiones: unas formas y unos métodos que han ido depurando a lo largo de generaciones.

–Te respeto, Merythot, pero me cuesta creer que se deba sólo a eso.

–¿Sólo? ¿Te parece poco? –sonrió–. ¿Has visto alguna vez esas máquinas de guerra que usan los romanos? ¿Las catapultas, las balistas, los onagros?

–Sí.

–La próxima vez que veas una, examínala con detenimiento. Te darás cuenta de que no hace falta que sus distintas piezas sean de materiales de gran calidad, o de una artesanía exquisita. Ni tampoco que el artillero que las maneja sea un hombre excepcional. Tan sólo es necesario que las primeras encajen bien, unas con otras, y que el segundo sepa sacar partido a la máquina.

–Ya te entiendo.

–El ejército romano es igual que esas máquinas de guerras. Sus tropas son como las piezas, que encajan unas con otras a la perfección y sus generales son como esos artilleros, que tan sólo necesitan saber cómo funcionan para abatir cuanto se ponga a tiro.

–¿No hay nada que pueda derrotar a los romanos?

–Han perdido batallas, pero nunca una guerra. La lucha de guerrillas les hace más daño que el enfrentamiento directo, como has podido ver con tus propios ojos en este viaje. Plantar batalla a las legiones romanas es abocarse al desastre.

–¿Y qué puedo decir a mis amos? ¿Qué consejo puedo darles?

–Tú cuéntales lo que has visto y que sean ellos los que saquen sus conclusiones. Pero si piden tu opinión, yo en tu lugar les instaría a usar cualquier arma contra Roma, menos la guerra.

–¿Y si esta embajada fuese un tanteo previo a una invasión?

–Eso es sólo una suposición.

–Está en boca de los propios soldados romanos.

–¿Y desde cuándo los soldados saben lo que planean sus reyes?

–Es cierto... –le miró pensativa con sus ojos oscuros, sujetándose los velos para que las ráfagas de aire ardiente no se los alzasen del rostro–. Tú conoces en persona al emperador Nerón.

–Así es. Él mismo me envió a esta expedición.

–No te pido que traiciones ninguna confidencia...

–Puedes estar tranquila. Nerón nunca me confió sus planes.

–Bien. ¿Y tú crees que puede tener pensado invadir nuestro reino?

El sacerdote suspiró y volvió a dejar vagar los ojos por los lejanos arenales, inundados de luz.

–El césar Nerón es un hombre extraño, y no creo que nadie pueda saber qué es lo que tiene exactamente en la cabeza. Es también caprichoso como un dios: hoy piensa una cosa y mañana otra.

Se quedó un momento en silencio, jugueteando con su báculo.

–Hay aquí tres cosas que pueden parar a los romanos: las distancias, el tiempo y algún enemigo que les distraiga.

–¿Qué significa eso?

–Roma se ha detenido en los bosques germanos, no por temor a sus habitantes, sino por la inmensidad de esas selvas. Por la misma razón se retiró de grandes territorios al otro lado del Rhin. Hay dos cosas que pueden contener aquí a los romanos: los desiertos que tendrían que controlar militarmente para asegurarse una posible Nubia romana, y la cuestión judía, si es que eso último significa algo para ti.

–¿Los judíos? ¿Cuáles? ¿Los de Elefantina, los de Alejandría?

–Ni unos ni otros, mujer –sonrió–. Hablo de los judíos de Judea. Hay mucha agitación en esas tierras y sus jefes religiosos, y un montón de profetas, están incitando a las gentes a la rebelión.

–Serán aplastados, si tú tienes razón.

–Cierto. Pero lo que a nosotros nos interesa es que se está hablando de enviar a Judea a una de las legiones estacionadas en el Delta. Si eso llega a suceder, sólo quedará una legión en Egipto, además de los auxiliares, y la posibilidad de que los romanos invadan Nubia se volverá muy remota.

–Es cierto –suspiró, llena de repente de un gran alivio–. ¿A eso te referías al hablar del tiempo?

–Eso es. Quizá convenga, aun en el peor de los casos, esperar.

–Haré saber esto a mis señores, en Meroe.

–Trata de que comprendan que la guerra con los romanos sólo puede conducir al desastre y a la pérdida de independencia de Nubia –golpeó de repente, con fuerza, el suelo con el bastón, y sus ojos, que habían estado vagando perdidos por el desierto, se clavaron con gran intensidad en los de su interlocutora–. No quiero ver cómo el último lugar en el que la religión, las costumbres y las leyes egipcias aún rigen supremas cae ante las legiones romanas. Nubia no es Egipto, pero es cuanto queda ahora de Egipto.

Se quedó en silencio.

–Aconseja con tino a tus reyes.

–Así lo haré.

Y mirando a esos ojos oscuros, tan hondos y tan antiguos, Senseneb, aunque no le debía nada, no pudo evitar hacer una reverencia a ese sacerdote ambulante, antes de marcharse por la avenida de los carneros, rodeada por sus arqueros.

* * *

Nápata había sido durante siglos la capital de los nubios; residencia de sus reyes y de los todopoderosos sacerdotes del dios Amón-Ra. Los segundos aún seguían allí, aunque con su influencia muy mermada, pero los primeros se habían marchado ya hacía muchos años para instalarse en una nueva capital: Meroe.

Unos cien años antes, siendo Augusto emperador de Roma y Petronio el gobernador de Egipto, los nubios, irritados por un protectorado que en la práctica ponía bajo dominio romano sus territorios más septentrionales, se habían lanzado a la guerra. Grandes masas de guerreros napatanos y nómadas, al mando de la mismísima Amanishakhete, la legendaria Candace tuerta, habían invadido el nomo de Elefantina, en un golpe de mano bien calculado, ya que parte de las tropas romanas estaban en esos momentos ausentes, empeñadas en una conquista de Arabia que al final resultó infructuosa.

En un principio, las cohortes de auxiliares habían tenido que ceder ante esa marea de guerreros negros que llegaba del sur y los nubios se apoderaron de Syene, Elefantina y las fortalezas fronterizas. Pero, en cuestión de días, el voluntarioso Petronio se había presentado en el sur de Egipto con sus legiones y éstas, aunque muy inferiores en número, habían aplastado literalmente a ejércitos de decenas de miles de nubios.

Más tarde, los comentaristas romanos habrían de atribuir esas victorias al mal armamento de los nubios, así como al escaso talento militar de sus jefes. Pero, fuese o no ésa la razón, lo cierto es que Petronio pulverizó a sus enemigos y no se conformó con expulsarles de la provincia, sino que se lanzó a una campaña en la que sus legionarios tomaron los caminos del sur, bajo el sol, demoliendo las fortalezas napatanas y derrotando a cuantas fuerzas trataron de cerrarles el paso. Llegaron hasta la propia capital, que tomaron y saquearon, antes de imponer su paz a los reyes nubios y retirarse hacia el norte, dejando algunas guarniciones en la Baja Nubia.

Esa guerra calamitosa supuso el golpe final para una Nápata que ya vivía horas bajas. Los reyes se mudaron definitivamente a la ciudad de Meroe que, situada más al sur y al este, se encontraba por tanto más a salvo de un posible ataque romano. Esa maniobra les alejó también de la influencia de los sacerdotes de la montaña sagrada, cuyo poder pesaba como una losa sobre la corona nubia.

Nápata era ya una sombra de lo que había sido cuando la visitaron los expedicionarios, y se mantenía viva gracias a que era escala obligada en la ruta de caravanas que, bajando de Egipto y los oasis por la margen occidental, cruzaba el río a la altura de Kawa, para volver a pasarlo precisamente en Nápata y, desde allí, atravesar las estepas hasta la ciudad de Meroe. El otro factor que mantenía habitada la vieja capital era el templo de la montaña, consagrado al gran Amón-Ra, y reverenciado tanto por nubios como por egipcios, así como por los nómadas de los desiertos.

La ruta entre Nápata y Meroe discurría por el corazón del reino y, a diferencia de la desolada carretera de la ribera occidental del Nilo, estaba vigilada y mantenida por el estado, de forma que los viajeros encontraban no sólo pozos a cada cierta distancia, sino también puestos de vigilancia e incluso alguna que otra fortaleza. El tránsito por ella debía ser, por tanto, mucho más tranquilo; y lo fue para la mayor parte de los expedicionarios, aunque no así para Agrícola y Demetrio.

Al tercer día de salir de Nápata, de primera mañana, el primero de ellos caminaba junto a la mula que cargaba los efectos de ambos, cambiando algunas palabras a veces con el esclavo encargado de la misma, pues era un bárbaro nacido al norte del Ponto Euxino y Agrícola siempre había estado interesado en el comercio de esa zona. La columna entera marchaba al paso de las bestias de carga, sin fatigar a éstas ni a los hombres que iban a pie, envuelta en el polvo y soportando el castigo del sol y el calor. El paisaje era bastante árido, aunque fértil en comparación con los desiertos libios, y los viajeros avistaban con frecuencia gacelas y avestruces a lo lejos, corriendo entre los matorrales espinosos.

Pero ese viaje sin sobresaltos se trastocó cuando Agrícola vio llegar a Demetrio. Porque el griego venía en sentido contrario al de la marcha, a trancos largos y con una expresión que dio que pensar al romano. No era de mal humor, ni de preocupación, pero sí muy peculiar. Llegó a su altura, se puso a su paso y, sin mediar palabra, comenzó a trastear en los bultos que cargaba la mula.

Agrícola le observó hacer sin despegar los labios, en tanto que el esclavo, vara en mano, le miraba desconcertado, hasta que el griego sacó su escudo redondo y dos jabalinas.

–¿Qué haces, hombre? –le espetó entonces el romano.

Demetrio le miró con ojos mansos durante unos instantes, sin aflojar el paso.

–Hola, Agrícola –le saludó luego, como si sólo entonces se hubiera percatado de su presencia–. Voy a volverme a donde hemos acampado esta noche.

–Que vas a... –le miró estupefacto–. ¿Qué dices, hombre?

–Que voy a volver al campamento.

–¿Pero qué se te ha perdido ahí?

–Ramosis y sus amigos han desaparecido. No están en la caravana.

–¿Y te vas a volver a ver si los encuentras? No seas tonto, Demetrio. Ya conoces a esos chavales: estarán por ahí, jugando o haciendo alguna trastada.

–No. No están en la caravana –y, ya con el escudo embrazado, una jabalina en la zurda y otra en la diestra, se detuvo y quedó atrás.

Agrícola aún anduvo unos cuantos pasos junto a la mula, dando a toda prisa algunas instrucciones al esclavo. Luego cogió su propia espada y la honda, y echó a correr detrás del griego, que ya caminaba hacia la retaguardia de la columna.

–¡Pero tú estás loco, Demetrio!

–Han desaparecido, no están. Algo ha ocurrido y voy a buscarles.

–¡Maldito seas! –rugió el romano, haciendo que los caravaneros mirasen con curiosidad a ese par que iba en sentido contrario al de la marcha, armados y discutiendo–. No podemos abandonar la columna.

–¿Cómo que no? ¿No ves que yo lo estoy haciendo?

–Demetrio, por los dioses. Hay ladrones acechando a la caravana y tú lo sabes perfectamente. Si nos apartamos del grueso de la expedición, van a caer como lobos sobre nosotros para matarnos y robarnos.

–Estamos ya en pleno reino de Meroe. Esto no es el desierto occidental.

–No seas necio. Donde hay caravanas, hay bandidos.

–No me vengas ahora con sentencias, Agrícola.

Llegaron a la altura de las últimas acémilas, y luego de los mercenarios de retaguardia; un puñado de arqueros montados que se les quedaron mirando entre desconcertados y curiosos, aunque ninguno les dijo nada.

Agrícola se detuvo. Demetrio siguió desandando camino con un paso tan rápido como sereno y su compañero, viéndole alejarse, comprendió que había sucumbido a eso que los veteranos llamaban la locura del desierto. Sólo que el griego lo había hecho de una forma tranquila y sin estridencias, acorde a su carácter, y no como otros, que veían visiones, se alejaban alucinados por las dunas o se peleaban a cuchilladas por cualquier minucia.

–¡Demetrio, *memtulam caco!* –gritó, al tiempo que echaba a correr para alcanzarle.

Se puso a su altura, rezongando, pero el otro no le echó ni una mirada. Fueron distanciándose de la caravana y no tardaron en encontrarse solos en ese camino polvoriento que atravesaba las estepas soleadas. Se había hecho el silencio, roto sólo por el canto de los insectos, y Agrícola se encontró echando de menos el fragor que producen los gritos, mugidos, el entrechocar de arreos y las pisadas que acompañan a los grupos humanos y animales en movimiento. Ahora todo eso había desaparecido. Algunos buitres daban vueltas en el cielo, se oía el piar de alguna ave y las culebras se deslizaban con un crepitar áspero por entre las piedras recalentadas por el sol.

El romano se acomodó sobre el hombro izquierdo la espada y la bota de agua, y un par de veces se agachó a coger un canto adecuado para su honda. A cada momento echaba ojeadas recelosas a todos lados y, a pesar del calor y la atmósfera seca, estaba mojado en sudor. Agitó la honda con un respigo al ver aparecer camino adelante a media docena de jinetes; pero un parpadeo más tarde constató con alivio que se trataba de soldados de patrulla.

Los jinetes se llegaron a ellos al trote, con sus mantos, blancos ribeteados de rojo, flotando en el aire, y los cascos de bronce centelleando a cada roce del sol.

–¿Pero adónde vais, hombres? –les espetaron al encontrarse con ellos.

Demetrio se limitó a señalar camino adelante con la jabalina que portaba en la diestra. El jefe de los hispanos se apoyó en el pomo de su silla de montar y se le quedó mirando con gesto pensativo, mientras los demás refrenaban las monturas. Agrícola sí se paró para cambiar unas palabras con ellos.

–Volvemos al lugar en que hemos hecho noche.

–Eso, siendo dos hombres solos y a pie, es una tontería. Vais a ser presa de bandidos.

–Es muy posible. Pero tenemos que volver a ese lugar.

–¿Os ha dado también a vosotros la locura del desierto? –el jinete, enjuto, curtido por el sol, el aire y la arena, se tocó con el índice la sien.

–Es importante.

–Aunque lo sea. ¿Qué ganáis yendo a una muerte casi segura?

Agrícola puso en él una mirada de hastío, antes de pasarse la palma de la mano por las mejillas.

–¿Me harías un favor?

–¿Qué favor?

–¿Podrías encargarte de avisar a Salvio Seleuco o Antonio Quirino, los ayudantes del prefecto, de que Agrícola y Demetrio han tenido que abandonar la caravana y volver al lugar donde estuvo anoche el campamento, a comprobar algo?

–¿Afecta ese algo a la seguridad de la expedición? –el hispano le miraba ahora con otra luz en los ojos.

–De forma indirecta, sí –volvió la mirada a las anchas espaldas de Demetrio, que seguía alejándose imperturbable, la túnica flotando, el escudo y una de las jabalinas en la izquierda, y la otra en la derecha–. ¿Les darás el aviso?

–Estamos cubriendo la retaguardia, hombre. No podemos abandonar nuestra posición así por las buenas.

–Ya lo sé, pero sí puedes enviar a un jinete con el mensaje. Yo mismo me ocuparé de que no te pese.

El hispano, aún apoyado en el pomo de la silla, le contempló con párpados entornados.

–De acuerdo –aceptó luego–. Cuenta con ello.

–Entonces ven a visitarme esta tarde a mi tienda, y ya verás como tú también sales ganando algo de esto.

Echó a correr, sofocado por el aire seco y ardiente, hasta llegar de nuevo a la altura de Demetrio. Y de nuevo se encontraron caminando en solitario por aquel camino de tierra pisoteada, oyendo a los insectos y viendo cómo el calor hacía temblar la atmósfera. Agrícola calculaba que la columna habría recorrido entre cuatro y cinco mil pasos cuando ellos la abandonaron, y comenzó a echar cuentas mentales de cuánto podía tardar en llegar la ayuda que les enviasen, en caso de que alguien se decidiera a hacerlo.

Así caminando, llegaron a la vista del lugar donde estuviera el campamento de marcha: un cuadrilátero visible aún a distancia, pese a que los legionarios habían echado la tierra de los taludes de vuelta a las zanjas. Algo más había que fijarse para poder distinguir los sitios que habían ocupado las pernoctas de la caravana de mercaderes y los nubios. Y, como se había estado temiendo Agrícola durante todo el camino, había algunos individuos rondando por el terreno, rebuscando con la esperanza de encontrar objetos abandonados u olvidados por los viajeros.

Demetrio se detuvo en seco, armas en mano, y se quedó estudiándoles con ojos tranquilos, mientras Agrícola, el gesto torcido, paseaba la mirada entre su compañero y aquellos merodeadores. Éstos no podían tener peor catadura; un puñado de sujetos flacos y sucios, de cabelleras enmarañadas, túnicas harapientas que algún día fueron blancas y pieles de animales.

–Ladrones, Demetrio, ladrones –anunció con voz crispada.

–Puede que no. A lo mejor no son más que lugareños que se han acercado a la busca.

Agrícola se permitió una mueca irónica al tiempo que examinaba de nuevo a aquellos nubios, que se habían vuelto a su vez hacia ellos, con expresiones que iban desde el cálculo frío al recelo. Llevaban demasiadas armas encima –mazas de madera nudosa, hachas, lanzas, arcos– para ser gente pacífica y ahora estaban haciéndoles gestos para que se acercasen, con sonrisas desdentadas que resultaban falsas incluso a aquella distancia.

–¿Así que lugareños, eh? –gruñó, al tiempo que aprestaba con discreción la honda–. Tú eres tonto, Demetrio.

El griego se quedó todavía un instante observando a aquella caterva de harapientos que, desparramados por todo el solar del campamento, les llamaban con aspavientos y voces. Luego sacudió la cabeza como hombre que ahuyenta el sopor. Alzó un poco el escudo, sopesó la jabalina con la diestra y echó una ojeada a su acompañante.

–Me parece que estamos en un buen apuro, Agrícola.

–¿Y ahora te das cuenta? –a pesar de que tenía ya una piedra en la honda, el romano agitó sonriente la mano, tratando de ganar un poco de tiempo–. Nosotros nos lo hemos buscado.

–A ver cómo salimos de ésta.

–Eso. A ver.

–Tú eres el de las ideas. ¿No se te ocurre nada?

–*Pedico te!* –con la garganta seca, contempló como aquellos desarrapados comenzaban a acercarse a ellos, desplegados por el campo, con gran algarabía y demostraciones de falsa amistad–. ¿Eres tú el que nos mete en la boca del lobo y ahora tengo que ser yo el que nos saque de ella?

Demetrio, a pesar del trance en el que se hallaban, aún sonrió ligeramente, y Agrícola inspiró con fuerza, dispuesto ya a voltear la honda –aunque de poco le iba a valer si los nubios usaban sus arcos–, cuando oyeron a sus espaldas el largo mugido de un cuerno.

Los merodeadores se detuvieron en seco y se quedaron mirando con desconfianza más allá de donde estaban los dos compañeros. De nuevo sonó un cuerno y Agrícola, al echar una ojeada muy rápida por encima del hombro, vio que por la carretera, rebasando una de las ondulaciones del terreno, llena de matojos, llegaba un jinete romano al trote, seguido por una decena de libios a paso ligero, armados con escudos y jabalinas. El romano se llevó el cuerno a los labios y por tercera vez oyeron ese mugido largo y bronco, que se quedó reverberando con ecos largos en aquel aire recalentado.

–¿No es ése Flaminio? –inquirió Demetrio que, tras haber echado también un vistazo atrás, tenía puestos los ojos en los nubios que, a pesar de ser más de veinte, vacilaban ante los nuevos llegados.

–Es él, sí –dejó escapar el aire ruidosamente. Aquel casco de modelo antiguo, con la cresta roja y las dos largas plumas blancas que surgían a ambos lados de la misma, era inconfundible.

El *praepositus* azuzó a su caballo y los libios se desplegaron detrás de él, al tiempo que empuñaban las jabalinas como si se dispusieran a lanzar. Eso fue suficiente para aquellos bandidos, que primero recularon mientras se miraban unos a otros, y luego se volvieron y echaron a correr, cada uno por su lado. Demetrio, con el escudo y las jabalinas en las manos, se quedó contemplando cómo huían a campo traviesa, en tanto que Agrícola, que ahora sentía las piernas algo flojas, iba a sentarse en una roca, con un suspiro.

Flaminio, la montura ahora de nuevo al paso, llegó a su altura seguido por los libios, con una expresión mezcla de perplejidad y fastidio en el rostro moreno.

–Más a tiempo no has podido llegar, prepósito –le saludó Agrícola, sentado en la piedra y con la honda en las manos.

–Habéis tenido suerte –se apoyó en el pomo de su silla de montar, en una postura muy parecida a la del jinete hispano con el que se habían cruzado antes–. Si no llego a estar con Seleuco cuando le dieron vuestro mensaje, mis hombres y yo no hubiéramos llegado a tiempo más que de enterraros.

–Ni que lo jures. Creí que no lo contábamos.

Demetrio, tras cercionarse de que los ladrones se habían dado a la fuga de verdad, y no pensaban en otra cosa que en alejarse, les dio la espalda, cogió la bota que llevaba Agrícola al hombro y, luego de echar un trago de agua, se quedó mirando aquellos andurriales resecos, con el pellejo en las manos y haciendo rodar el líquido en la boca, sin tragarlo. Flaminio se le quedó mirando a su vez, lleno de curiosidad, y, al cruzar los ojos con Agrícola, éste hizo una mueca y un gesto con la mano, dándole a entender que era mejor dejarlo correr. El prepósito se encogió de hombros y sacudió la cabeza, haciendo ondear la cresta roja de su casco.

–Bueno, bueno. ¿Se puede saber qué es ese asunto tan importante que os ha hecho abandonar la columna de repente, sin escolta?

–Ramosis y sus amigos han desaparecido –le contestó el griego, hablando por primera vez.

–¿Y ésos quiénes son? –le miró desconcertado.

–Los chavales que nos servían de espías en la caravana.

Agrícola contempló medio de través al legionario, temiendo que su temperamento volcánico estallase al saber que todo aquel embrollo se debía a la desaparición de unos cuantos ratones de caravana. Pero Flaminio lo único que hizo fue asentir con solemnidad, con los ojos oscuros ahora pensativos.

–¿Y qué crees que puede haberles ocurrido?

–Es lo que trato de averiguar; por eso nos hemos vuelto. Ayer mismo por la tarde se acercaron a nuestra tienda y yo mismo les di las sobras de la cena. Y hoy por la mañana ya no estaban en la columna. Así que algo tiene que haberles pasado esta noche.

–Sí. ¿Pero qué?

–Aristóbulo Antipax tiene al menos un cómplice en la caravana, eso lo sabemos desde hace tiempo. Ese cómplice, al menos en una ocasión, salió de noche al desierto para entrevistarse con Aristóbulo o alguno de sus hombres. Ramosis y sus amigos les vieron y nos lo contaron, y les pedimos que estuviesen atentos.

Hizo una pausa.

–Pero también les advertí de que fuesen prudentes, y de que no le siguieran, sino que viniesen a avisarme –se golpeó con la bota en la mano–. ¡Maldita sea!

–¿Crees que les han matado?

–Eso me temo.

–En ese caso, quizá debiéramos empezar a buscarles por ahí –el soldado señaló con cierta desidia a un lugar situado un poco al este de donde la noche anterior estuviera el campamento caravanero.

Agrícola y Demetrio se volvieron en esa dirección, sin ver otra cosa que no fuesen rocas cuarteadas, tierra reseca y matorrales espinosos.

–¿Por qué ahí en concreto? –inquirió el primero.

–Por los buitres –indicó ahora al cielo, a las motas oscuras que daban vueltas en el cielo de la mañana.

Agrícola se quedó mirando con los brazos en jarras a esos heraldos alados de la muerte, en tanto que Demetrio, después de echar una ojeada rápida al cielo, se encaminaba en la dirección indicada. Agrícola echó a andar a buen paso detrás de él y lo mismo hicieron Flaminio, a caballo, y los libios de escudos de pieles, jabalinas de hojas caladas y rostros embozados.

–Vas a tener razón –no tardó en comentar el mercader, pues había advertido varias huellas en la tierra. Pisadas de un par de pies grandes y de otros tres más pequeños, todas revueltas, que se dirigían hacia donde había señalado el prepósito.

Agrícola se arrodilló para estudiarlas, mientras que Flaminio se limitaba a observar desde lo alto del caballo, con el ceño fruncido. El primero, entre el revoltijo de huellas, descubrió una perfecta: la impronta bien perfilada de una sandalia, y memorizó las características de aquella suela, por si algún día se topaba con otra igual.

Demetrio, por su parte, apenas les echó un vistazo, suficiente para saber gracias a ellas por dónde buscar.

Los tres muertos estaban detrás de un afloramiento de rocas, y sus asesinos no se habían molestado siquiera en esconder los cuerpos, ocultos como quedaban por las piedras de la vista del campamento. Una nube de moscas negras zumbaban enloquecidas y se agolpaban sobre las bocas, los párpados y las heridas de puñal.

Demetrio se llegó a los cadáveres, entre el revuelo de moscas. Agrícola le siguió con muy poco entusiasmo, y aún menos mostró Flaminio, que desmontó con dejadez.

–No han tenido una muerte rápida –comentó este último, tras observar meditabundo las heridas, así como el rictus en los rostros yertos.

–No –convino Demetrio, inmóvil entre las moscas y el olor a corrupción que ya comenzaba a estar presente.

–¿Qué es lo que ha pasado?

–Lo que yo me temía. No hay más que ver las huellas. Seguro que vieron cómo alguien salía del campamento y le siguieron. Y lo han pagado –suspiró–. Se lo advertí. Se lo advertí hasta la saciedad.

–Vamos, Demetrio –quiso consolarle Agrícola–. Ya sabes cómo son los chavales.

Pero el otro no pareció ni oírle, así que se apartó un poco, abrumado por el mal olor, el aspecto de los cuerpos y las moscas.

–Los buitres aún no les han metido el pico. Si lo hubiesen hecho, nos hubiera sido de lo más difícil saber qué ha ocurrido aquí –contempló, desde unos pasos de distancia, las heridas, y el ángulo que formaban algunos miembros–. Así en cambio está todo muy claro.

–Los buitres, sí –el prepósito alzó la mirada al cielo–. Menudos gandules, esos pajarracos. No levantan el vuelo hasta que el sol está bien arriba y el día bien caliente.

También él se apartó de los muertos mientras los libios, silentes e inmutables, aguardaban apoyados en sus escudos. Se quedó contemplando cómo las aves pardas giraban y giraban en el azul, arriba, antes de añadir pensativo:

–Claro que que su comida no suele marcharse. Así que no necesitan tener ninguna prisa.

Agrícola, acostumbrado ya a esos golpes de humor negro del *praepositus*, se limitó a hacer una mueca. Demetrio pidió alguna herramienta para cavar una tumba y

Flaminio se fue hasta su caballo y, sin hacer comentario alguno, volvió con un zapapico de los reglamentarios en la legión romana.

Oficial, mercenarios y mercader estuvieron contemplando cómo aquel griego alto y musculado cogía a dos manos el zapapico y comenzaba a cavar casi con rabia, haciendo saltar grandes terrones de tierra seca, entre una nube de polvo.

–Demetrio, hombre, ten cuidado, no te vaya a dar un sofoco –le reclamó Agrícola, preocupado al ver cómo se afanaba así, a pleno sol y sin medirse.

–Es un hombre fuerte –comentó Flaminio–. Aunque, claro, más fuerte es el sol.

–Es que ahora mismo no está del todo en sus cabales.

–Ya me he dado cuenta –soltó una blasfemia–. Éste me rompe el zapapico.

–No diría que no.

–¿Quería mucho a esos chavales?

–Claro. ¿No ves que hasta se molesta en darles sepultura?

–Hombre. ¿Qué querías que hiciese? ¿Que los dejase ahí tirados, para pasto de alimañas?

–No hemos sido nosotros quien les ha hecho eso. Son sus asesinos los que tienen que temer que los espectros de esos tres críos vayan de noche a buscarles.

–¿No ha dicho que hacían de espías vuestros? En cierta forma han muerto trabajando para vosotros y es justo que asumáis esa relación. Os corresponde a vosotros enterrar los cuerpos, para que sus espíritus puedan descansar en paz.

–Ésa es tu opinión.

Demetrio seguía cavando incansable, respirando con fuerza.

–Tu amigo es un hombre bueno –apuntó meditabundo Flaminio.

–Sí que lo es –a Agrícola se le escapó una de esas sonrisas hastiadas suyas–. Lástima que la bondad sea una cualidad tan inútil.

–¿Inútil?

–Digo inútil, por no decir peligrosa. Siendo bondadoso, lo único que consigue uno es meterse en problemas, o que la gentuza te tome por tonto y trate encima de abusar de tu buena fe.

–Eso es cierto. Pero, por otra parte, la bondad es una de esas cosas que distinguen al hombre de las bestias. Y cuando digo bondad me refiero a hacer algo por alguien, algo que suponga un esfuerzo, o un gasto, o una molestia, y sin esperar, de entrada, recompensa alguna por tal gesto.

Agrícola se quedó mirando perplejo a ese legionario alto y moreno, de ojos oscuros y ardientes, y humor famoso por lo tornadizo.

–Una reflexión de lo más curiosa.

–Ésa es una de las ventajas que tiene patrullar por el desierto: que uno tiene tiempo más que de sobra para pensar –volvió los ojos a Demetrio y le dio una voz–. ¡No caves más, hombre! Aunque ahondes y ahondes, los chacales vendrán a escarbar. Mételes, échales la tierra y les ponemos piedras grandes encima. Así las alimañas no podrán desenterrarlos.

El griego se detuvo con el zapapico en la mano, sofocado y cubierto de polvo, y dudó un instante antes de asentir con vigor. Flaminio se incorporó, se puso el casco e hizo una seña a los libios. Se volvió a Agrícola.

–Vamos a arrimar el hombro entre todos. Lo mejor es que hagamos rodar esas piedras de ahí, que son bien grandes. Cubrimos la tumba y nos vamos, que a cada instante que pasa la columna está más lejos y nosotros nos quedamos más rezagados.

CAPÍTULO II

Llegar por fin a la carretera de Meroe, abandonando los caminos sin ley de la ribera líbica del Nilo, sometida sólo de nombre a la autoridad meroíta, supuso un alivio en las obligaciones de oficiales y soldados romanos. Uno de los más beneficiados por tal cambio fue Antonio Quirino, *extraordinarius* de la *vexillatio*, ya que aquel viaje había sido para él, lo mismo que para Seleuco, un continuo atender a tareas y rutinas, así como estar todo el día resolviendo los pequeños problemas cotidianos, sin tiempo para ninguna otra ocupación.

Pero una vez llegados a ese tramo, en el que todo lo más había que temer a bandoleros y no a tribus enteras en armas, Quirino consiguió que el prefecto Tito le encomendase tareas más de su gusto. Porque aquel ayudante, aunque se acomodaba a la contabilidad y la intendencia, no sólo tenía, como muchos oficiales romanos, una formación sólida en ciencias e ingeniería, sino que sentía verdadera pasión por esas materias. Por tal motivo puso esos días sus tareas habituales en manos de Seleuco y se dedicó a hacer escapadas, a caballo y con escolta, para levantar planos de los pozos y poblados que jalonaban la carretera de Meroe. Mapas que, según decía, serían de ayuda a futuros viajeros. Aunque los maliciosos comentaban que más útiles serían a un hipotético ejército invasor que a las caravanas, ya que éstas solían contratar a guías locales.

Fue durante una de esas salidas, que nunca duraban más de media jornada ni le alejaban más que unas pocas *millia* de la columna, cuando Quirino se encontró con el mismísimo Aristóbulo Antipax, aquel misterioso personaje de nombre resonante al que se achacaban todos los percances sufridos a lo largo del viaje, y a quien los soldados habían convertido en una especie de enemigo casi mítico.

El *extraodinarius*, con media docena de hispanos y un guía nubio, había salido a comprobar la existencia y emplazamiento de cierto pozo, situado al parecer un poco al sur de la carretera. Fue un viaje tranquilo, con los caballos al paso y casi en silencio. Los hombres cabalgaban amodorrados por el calor, y el guía correteaba por delante de los romanos, el arco en la mano. Viajaban a través de una estepa polvorienta de hierbajos resecos y matorrales espinosos. Reinaba el silencio, roto cuando alguna ave alzaba ruidosamente el vuelo desde las matas. A lo lejos, antílopes y avestruces huían al verles, entre grandes polvaredas, y a veces un rinoceronte les contemplaba con ojillos desconfiados.

Pero ya a la vista del pozo todo cambió, porque había hombres allí. En un primer momento eso no inquietó lo más mínimo a Quirino, ya que era frecuente encontrar a viajeros, pastores y cazadores en tales lugares, que eran para los nubios, según leyes no escritas e inmemoriales, algo así como santuarios. Allá donde había agua, uno no debía llevar ni guerras tribales ni venganzas de sangre.

Se preocupó ya, empero, al ver que el guía se paraba de golpe, para otear con gesto adusto hacia el pozo. Refrenó su montura y, haciendo visera con la mano sobre la frente, trató de distinguir detalles. Pero Quirino no era, desde luego, el hombre con la vista más aguda en ese destacamento, y poco llegó a discernir, aparte de alguna agitación, sin duda causada por su llegada. Tenían caballos, ahora amarrados a unos matorrales, eso sí llegó al menos a divisarlo.

Llamó a uno de los hispanos, que tenía fama de vista de águila.

–No, nubios no son; eso desde luego –confirmó éste, al tiempo que guiñaba los ojos.

–Ya. ¿Entonces qué son?

–Eso no puedo precisártelo a tanta distancia. Pero, desde luego, van armados hasta los dientes. Mira esos destellos.

Quirino volvió de nuevo la mirada al pozo; sí, en efecto, de vez en cuando había centelleos rápidos aquí y allá, lo que sólo podía indicar que aguardaban con hierros en las manos.

–¿Lanzas?

–Eso creo yo.

Antonio Quirino se quedó mirando unos instantes más en dirección al pozo y aquellos desconocidos que a su vez les observaban, a través de la extensión de terreno soleado y polvoriento. Suspiró.

–Bueno: aún los más pacíficos se ven obligados a viajar bien armados por estas tierras salvajes.

Pero, pese a tal comentario, se quitó el gorro con el que se protegía la cabeza afeitada de los rigores del sol para encasquetarse el yelmo de oficial, con cimera roja. Ese simple gesto fue suficiente para su escolta, sin que hiciera falta darles orden alguna, ya que estaba formada por veteranos de las patrullas fronterizas, más que acostumbrados a encuentros difíciles en el desierto.

Se acercaron con los caballos al paso, los escudos embrazados y las jabalinas dispuestas. Los hombres del pozo se habían apartado unos pasos del agua y observaban, con armas de asta en las manos, la llegada de aquellos jinetes de mantos blancos con ribetes rojos, cascos de bronce y escudos ovalados que lucían soles y leones dorados sobre fondo verde. Los romanos a su vez achicaban los ojos y, cuanto más se aproximaban al pozo, más le pesaba a Antonio Quirino no haberse puesto la cota de malla para aquella expedición.

Porque junto a aquel pozo perdido en las estepas, había cerca de una treintena de hombres –casi uno a tres respecto al destacamento de Quirino– que, tal y como había comentado hacía unos instantes el hispano, parecían cualquier cosa menos gente de paz. Y esa impresión no se debía tanto a que les aguardasen armas en puño, como a su aspecto y actitudes. Ya que ni ex profeso podría haber reunido nadie allí un repertorio tan representativo de los hombres de armas que pululaban por el turbulento sur de Egipto, alquilando sus espadas a terratenientes, magnates y caravanas.

Unos eran con claridad «griegos», en el sentido que se daba a ese término en Egipto: descendientes de los soldados –griegos, macedonios o lo que fuera– llegados al país con los ejércitos del gran Alejandro. Otros egipcios sin duda alguna, a juzgar por sus rasgos y atuendos. Había varios nubios de piel muy oscura, y unos cuantos judíos de Elefantina, hoscos y barbudos, mercenarios por tradición familiar. Y no faltaban para completar ese cuadro algunos individuos indefinibles, a los que por ropajes y facciones uno sólo podía suponer nacidos en saben los dioses qué lugares del imperio romano o sus fronteras.

Los jinetes fueron llegando al pozo, con los ojos puestos en aquella banda armada. Quirino, que no era de los que perdían la compostura así como así, les saludó con la mano en alto, como si se encontrase en lo alto de una atalaya y diese la venia a unos mercaderes que pasasen por el camino con su carretón. Uno de los que estaban allí, un hombre flaco y de cabellos castaños, ataviado con ropas de buena tela, cosa que era visible a pesar del polvo, y que, pese a ser griego egipcio, lucía una hermosa barba, le devolvió la cortesía.

Quirino fijó en él los ojos, suponiendo que debía ser el jefe del grupo, antes de desmontar con calma.

Los hispanos descabalgaron también y el guía nubio sacó agua del pozo para dar a los hombres de beber y a las bestias de abrevar. Se refrescaron sin soltar escudos ni jabalinas, prestos a montar a la menor señal de ataque. Nadie dijo nada y todos aparentaban indiferencia, pero los ojos se cruzaban una y otra vez y, quien más quien menos, debía estar preguntándose si no sería aquella la banda que había estado cabalgando a la par que la *vexillatio*, y de la que tanto habían oído hablar los exploradores.

El *extraordinarius* Quirino tomó un sorbo, se lavó la cara y bebió de nuevo, antes de desplegar sus útiles de geógrafo. Comenzó a anotar con calma la situación del pozo, acompañada de un par de comentarios sobre la profundidad y capacidad estimadas. Con el rabillo del ojo advirtió que aquel griego fibroso de la barba castaña se había apartado de sus hombres y se les acercaba con las manos desnudas.

–¡Saludos, viajeros! –gritó en latín.

Quirino giró la cabeza, la tablilla y el punzón en las manos. El griego no llevaba más que la espada y la daga colgadas del cinto y, al ver cómo el romano le estaba observando, volvió a mostrar las palmas de las manos. Éste le indicó por señas que se acercase y así lo hizo, aunque sólo para quedarse a medio camino entre los dos grupos. Allí se detuvo, risueño, con una sonrisa deslumbrante en el rostro atezado y los brazos en jarras.

Quirino sonrió a su vez con esa sonrisa torcida suya, y se dirigió hacia él con andares calmosos, la túnica blanca ondeando a cada golpe de aire caliente, con la vara de oficial en la mano. Se detuvo a su vez a poco más del alcance del brazo.

–*Ave, principal* –le saludó el griego, tras echar una ojeada a la cimera del casco y a la vara.

–*Khaire* –respondió en griego, con gran cortesía, el oficial romano.

El otro, los brazos aún en jarras, volvió a sonreír, pero optó por continuar hablando en latín.

–*Khaire, principal.* Es toda una sorpresa encontrarse con soldados romanos tan al sur, en estas estepas.

Antonio Quirino se le quedó mirando unos instantes, perplejo por lo culto del latín que hablaba aquel personaje. Ladeó la cabeza.

–¿Una sorpresa, viajero? ¿Por qué dices eso?

–Estamos un poco lejos de Primis y el Dodecasqueno, ¿no?

–A mí me da la impresión de que estamos algo más que *un poco lejos* –sonrió–. Mis hombres y yo pertenecemos a una embajada enviada desde Egipto a Meroe, y el grueso de nuestras fuerzas está ahora mismo en la carretera, a pocas *millia* de aquí.

Su interlocutor agitó la cabeza, con expresión de falsa sorpresa. Quirino jugueteó con su vara.

–¿Y vosotros, viajero? ¿Puedo preguntar a mi vez por quiénes sois y adónde os dirigís? A mí me resulta también una sorpresa el encontrarme a gente como vosotros en estas tierras.

–¿Qué quieres decir con *gente como nosotros?*

–No sé si el sol me hace ver visiones, pero me jugaría media paga a que vosotros venís también de Egipto. ¿O me equivoco?

–No, *principal*, no te equivocas. Pero pronto te darás cuenta de la gran cantidad de griegos y romanos que hay en la ciudad de Meroe.

–Vaya –le miró aún más pensativo–. Así que conoces Meroe.

–Como la palma de mi mano. Y, puesto que me lo preguntas, te diré que de ese lugar son mis patronos.

–¿Tus patronos?

–Sí: los que nos pagan a mí y a mis hombres.

–Por hacer...

–Por velar por sus intereses –de nuevo aquella sonrisa deslumbrante–. En estas regiones, si un hombre tiene lo que tiene que tener y sabe valerse de las armas, nunca anda escaso de trabajo.

–Entiendo. ¿Y puedo preguntar el nombre de esos patronos tuyos?

–Claro que puedes, pero tendrás que comprender que no te lo voy a decir. Me debo, ante todo, a los que me dan de comer.

–«Confía tus negocios al hombre prudente...» –citó con sorna el romano–. ¿Vais también hacia Meroe?

–Hacia allí nos dirigimos.

–¿Y por qué lo hacéis a través de los despoblados, en vez de seguir la carretera?

–Así es mejor.

–¿Mejor? El viaje se hace más lento y es más fácil sufrir un ataque de ladrones.

–No tenemos prisa y, en cuanto a los ladrones, me parece que es más fácil encontrarles en los caminos, que es donde esperan ellos a los viajeros.

Antonio Quirino a punto estuvo de echarse a reír, a pesar de la situación.

–A lo mejor tienes razón. ¿Así que no tenéis prisa en llegar a Meroe?

–Pues no, *principal*. Ya no. Nos hemos ganado un poco de descanso, porque hemos estado más que ocupados con la misión que nos encomendaron nuestros patronos.

–¿Y qué misión es ésa?

–Una ardua y peligrosa, que comenzó en la frontera de Egipto –volvió a sonreír.

–Hablas muy bien el latín, viajero.

–Tuve una buena educación, aunque luego la fortuna me hizo ir dando tumbos por el mundo.

–Ya. Y dime: ¿esa misión que comenzó en Egipto acaba en Meroe?

–Creo que sí, aunque no podría jurarlo. Otros serán los que lo decidan, no yo.

Se quedaron los dos en silencio. Soplaban ráfagas de aire abrasador que arrastraban cortinas de polvo por la estepa y hacían ondear las túnicas de los hombres. El griego ladeó la cabeza.

–¿Y vosotros, *principal?* ¿También acaba vuestro viaje en Meroe?

–El de la caravana sí; pero nuestro destacamento sigue. Vamos mucho más lejos.

–¿Cuánto de lejos, si no es indiscreción?

–Nadie sabe cuánto. Iremos al sur, hasta que lleguemos a la boca del Nilo.

–La Boca... –suspiró, aunque su rostro no mostró expresión de sorpresa alguna–. Ése sí que es, sin duda, un viaje largo y lleno de riesgos.

–Es la misión que se nos ha encomendado.

–Los faraones Ptolomeos enviaron varias expediciones con el mismo objeto, y ninguna consiguió nunca llegar. ¿Lo lograréis vosotros?

–Eso es lo que trataremos de hacer, al menos mientras quede uno solo de nosotros en pie.

–Admiro ese espíritu, *principal.*

–¿Espíritu? –sonrió de forma oblicua–. Yo más bien lo llamaría necesidad. Ha sido el mismísimo césar el que ha ordenado que lleguemos hasta los orígenes del Nilo, así que no podemos regresar sin conseguirlo. Nerón no es un hombre que entienda, ni acepte, los fracasos.

–Comprendo...

–Ahora tengo que dejarte –añadió con amabilidad el oficial romano–. Quizá vosotros seáis libres de decidir cuándo viajar y cuándo descansar, pero te aseguro que en las legiones estamos bastante más sujetos a órdenes y ordenanzas. Y tenemos que regresar ya con la *vexillatio.*

–Claro –agitó la cabeza, dejando ahora colgar los brazos a los costados–. Ha sido un placer conversar contigo en mitad de esta nada.

–Lo mismo digo, viajero. *Vale.*

Se despidió de él con un gesto de la vara de centurión, antes de darle la espalda, de forma aparentemente despreocupada, y se encaminó de vuelta, sin prisas, al pozo. Iba jugando con el bastón, pero sentía un picor entre los omóplatos, ahí donde suele irse a clavar una jabalina cuando se la tiran a uno por la espalda. Iba atento a los ojos de sus hombres, que los tenían puestos en la banda del griego, por si cambiaban de expresión.

–*Principal!* –el griego le dio de repente una voz.

Se volvió.

–Dime, viajero.

–Quiero que sepas que os deseo suerte en esa búsqueda de las fuentes del Nilo. Y que haré algún sacrificio a los dioses, para que os den éxito.

Quirino le miró sorprendido, porque no había rastro de burla en la voz o la expresión de su interlocutor. De hecho, parecía por primera vez titubear, como un poco azorado.

–Gracias.

–Yo os envidio, *principal.* Os envidio, créeme.

El *extraordinarius* se quedó ahora mirando en los ojos oscuros del griego, preguntándose quién sería en realidad, y cuál sería su historia, para por último asentir.

–Gracias de nuevo. Buen viaje.

Mientras la patrulla se alejaba del pozo, cabalgando en diagonal y sin quitar ojo de aquel grupo de tipos dudosos, que seguían junto a sus caballos y que parecían hablar poco entre ellos, uno de los hispanos se animó a preguntar a Antonio Quirino, aprovechando que no era de esos oficiales que se enojaban cuando un *miles* les dirigía la palabra sin permiso.

–¿Son ellos?

Antonio Quirino le miró un momento y luego atrás, sabiendo muy bien a quién se refería al decir *ellos*.

–Es muy posible.

–¿Y ése era Aristóbulo? –inquirió después de un momento de duda, mientras el resto de jinetes aguzaban el oído.

–Bien pudiera ser.

–¿He oído bien? ¿Ha dicho que nos envidia?

–Sí.

–¿Y por qué ha dicho eso?

Quirino se despojó del casco, lo colgó de la silla y volvió a cubrirse con el gorro. Azuzó con las rodillas a su montura.

–¿Por qué te alistaste en el ejército?

–Por la paga.

–¿Y la ciudadanía?

–No –negó el otro con orgullo–. Soy ciudadano romano.

–Bien. ¿Sólo por la paga?

–No te entiendo, *extraordinarius*.

–¿No podías haber encontrado otro trabajo más tranquilo, en tu tierra?

–Puede –sonrió–. Pero siempre he sido un alma inquieta.

–Tú, y yo, y la mayoría de los que estamos aquí, en mayor o menor medida. Cada hombre tiene un demonio dentro y a veces ése no se contenta sólo con dinero, o mujeres. O quizás es que todos deseamos lo que no tenemos...

Contempló con los ojos algo cansados las llanuras, áridas y soleadas, por las que cabalgaban.

–A nosotros ahora mismo nos gustaría estar en nuestros cuarteles de Egipto, y puede que él en cambio quisiera estar en nuestro pellejo, viajando rumbo al sur, hacia donde nadie ha llegado jamás.

CAPÍTULO III

El día antes de llegar a Meroe, Senseneb fue a visitar a Tito Fabio en su tienda. Fue la primera vez en todo el viaje que la sacerdotisa pisó la carpa del prefecto y, una vez que todos los que estaban dentro con él se hubieron marchado, y ella pudo quitarse la toca de velos, no pudo evitar una larga mirada, entre curiosa y crítica, al interior.

Aquel *praefectus castrorum* viajaba con notable austeridad, al menos si se le comparaba con el tribuno, y su alojamiento no contenía otra cosa que un catre y una mesa de campaña –atestada ésta de documentos–, sillas de cuero y madera, y arcones con sus pertenencias. Poco adorno había allí dentro, a no ser que se considerase como tales a las armas, las lámparas de arcilla o las ánforas de cerámica.

–La verdad es que tu tienda no puede ni compararse con la de Claudio Emiliano –le dijo ella sonriendo–. Él sí que sabe viajar. Ésta, en comparación con la suya, parece la tienda de un pobretón.

–Es justo que así sea; porque yo soy pobre si se me compara con Emiliano –replicó el prefecto sin inmutarse, acostumbrado como estaba a las puyas repentinas de la nubia. Tanto como a ese derecho que se había tomado de decidir con quién de los dos, si el tribuno o él, dormía cada noche.

Hasta que un arquero de su escolta no acudía a su alojamiento o al de Emiliano, a comunicar que la sacerdotisa le rogaba que le visitase en su carpa, para discutir en privado ciertos asuntos, ninguno de los dos sabía quién era el elegido. Así que al final, por mucho que fueran conscientes del juego que seguía Senseneb, se había establecido una especie de ritual. Una rutina que consistía en que, al caer la noche, ambos se encerraban en sus respectivas tiendas, en teoría a despachar asuntos, y en realidad a esperar al mensajero de la sacerdotisa de Isis. Aunque algunas veces el primero, empujado por el malhumor o las obligaciones de su cargo, abandonaba a esas horas su alojamiento para inspeccionar los puestos de guardia.

Aquella noche, Tito estaba de humor algo abstraído, aunque no por eso dejaba de lado su sempiterna costumbre –tan criticada por algunos– de beber vino sin aguar. Senseneb se le había quedando contemplando, ahí sentado, ante su gran mesa abarrotada de tablillas y documentos, alto y huesudo, con el rostro, los brazos y las piernas aún más oscuros por contraste con la túnica blanca de legionario.

–Es incomprensible –manifestó, al tiempo que dejaba la toca en una esquina de la mesa.

–¿Qué es incomprensible?

–Esto –abarcó con una mano llena de anillos lo que allí había–. Tú eres un hombre importante; el segundo en el mando aquí.

–¿Y qué?

–Que no entiendo cómo no vives en forma más acorde con tu posición. La tienda de ese mercader, Quinto Crisanto, es tres veces más grande y está veinte veces mejor provista que la tuya.

–Mi cargo en la expedición no tiene nada que ver con esto –afirmó huraño–. Cada cual vive y viaja de acuerdo con sus posibilidades, no su posición. No soy más que un oficial de carrera de las legiones y lo que aquí dentro ves –a su vez abarcó con la mano lo que contenía su tienda– es lo que me da de sí la paga. No soy un niño bien como Claudio Emiliano, ni un ricachón como Crisanto, sino un simple *eques* de provincias.

–Ya, ya –se paseó voluble por la tienda, haciendo susurrar las gasas de su atuendo en la penumbra, al tiempo que lo examinaba todo con ojos críticos. Rozó con la yema de los dedos las armas que colgaban del poste central–. Anda, sírveme un poco de vino. ¿Ves lo que te digo que vives como un pobre? Pero si no tienes ni un esclavo que te escancie la bebida.

Ahora Tito se echó a reír y, cambiando de humor, echó mano del ánfora, de una jarra de agua y de una copa de cerámica ocre.

–¿Mitad y mitad? –los líquidos cayeron gorgoteando en el interior de la copa–. No necesito para nada que nadie me sirva el vino, ni que me ayude a vestirme.

–Emiliano tiene una docena de esclavos. Tiene incluso un peluquero que les riza el pelo a él y a los suyos.

–Allá ellos –le entregó la copa.

–¿No lo apruebas?

–Ni lo apruebo ni lo desapruebo; es tan sólo que no es mi estilo. Pero puedes jurar que si esos pretorianos estuviesen bajo mi mando no les iba a consentir ciertas cosas. Yo tengo dos esclavos y se ocupan de tareas útiles –dio un trago a su copa–. Del primer legado con el que serví como centurión, allá en Siria, en la IV Escítica, aprendí que no debe haber personal superfluo en una legión.

–¿Superfluo? ¿Te refieres a los esclavos?

–Esclavos peluqueros, de manicura, y demás, sí. Y en general a todos aquellos que están sin hacer nada de provecho –gruñó–. Hay legiones que están llenas de clientes de los oficiales superiores; parásitos con rango de *extrordinari*, que cobran por no hacer otra cosa que no sea estorbar. Palabra que si algún día llego a *praefectus castrorum* de una legión, eso no va a suceder en la parte que a mí me toque.

–Te creo –respondió ella con total sinceridad, viéndole sentado en la penumbra de su tienda, dándose a la bebida y rumiando viejas amarguras, y sin embargo con ese manto como de energía pura que parecía aureolarle con tanta frecuencia.

Hubo un largo silencio y luego Senseneb fue a sentarse en la mesa, muy cerca de él, y se quedó mirándole con esos ojos tan oscuros y brillantes suyos.

–¿Sabes, Tito? Hay cosas que nunca me entrarán en la cabeza.

–¿Qué cosas? –alzó la cabeza y aspiró el perfume que la envolvía.

–Costumbres vuestras, de los romanos. No puedo entender que un hombre de rango inferior al tuyo, como Crisanto, tenga mucho más que tú. Entre mi gente, cada cual tiene de acuerdo a lo que es. Los reyes viven en palacios, entre oro, telas y marfil, atendidos por sus esclavos, y se les entierra rodeados de criados para que estén servidos en el más allá, y los campesinos viven en sus chozas. Es así de sencillo.

Tito Fabio volvió a olisquear el perfume de la sacerdotisa y se la quedó contemplando perplejo, porque nunca se le había pasado por la cabeza una cuestión así. Por último se encogió de hombros.

–Bueno, las cosas no funcionan así en Roma. Es posible encontrar *equites* y *curiales* mucho más pobres que libertos, desde luego. La riqueza y el estatus social son dos cosas distintas y no tienen por qué ir parejas. Por eso Crisanto no sólo es más rico que yo, por supuesto, sino también que Emiliano, que es de familia senatorial y antigua.

–Pues eso es lo que no puedo entender.

–No hay nada que entender: las cosas son así. Es más: por si no lo sabes te diré que para mantener el estatus senatorial es obligatorio disponer de una fortuna considerable; si se baja del nivel requerido, se pierde la categoría.

–En Meroe un noble no tiene que preocuparse de cosas tan tontas: su rango le asegura un nivel de vida acorde a su posición.

–En Roma no y a mí, personalmente, no me parece tan mal, puesto que hace más flexible el mundo en el que vivimos. Un común puede convertirse en caballero mediante el servicio de armas, y un caballero entrar en el orden senatorial si cuenta con la fortuna necesaria.

–Es una aberración.

–Eso es lo que tú opinas –bebió pensativo–. De todas formas, tampoco te equivoques. En Roma el dinero puede comprar muchas cosas, pero no todo, y la sangre sigue contando. Alguien como Quinto Crisanto, hijo de libertos, puede ser muy rico y, andando el tiempo, si las circunstancias le son favorables, puede llegar a obtener asiento en el senado. Pero los senadores antiguos, esos cuyas familias han ocupado asiento en el Senado durante generaciones, desde la época de la república, nunca le tratarán como a un igual.

La sacerdotisa le miró pensativa, como si hubiera recordado algo de repente.

–Ya que hablamos de Crisanto, ¿seguirá con vosotros hacia el sur?

–No –se sonrió ante tal idea–. La caravana va a Meroe, donde venderá y comprará, antes de volverse a Egipto. Quinto Crisanto la dirige a la ida y la dirigirá a la vuelta. A ése le tiene sin cuidado donde nazca o deje de nacer el Nilo. Quien sí que es muy posible que continúe con nosotros es Valerio Félix, que está escribiendo por su cuenta una crónica de esta expedición.

–¿Vais a llevaros todas las tropas al sur?

–La última palabra en eso la tiene Emiliano, pero los dos opinamos que es lo mejor. Aunque lo que hagamos depende en parte de vosotros.

–¿Nosotros? –sentada en el borde de la mesa, con la copa en la mano, le miró un tanto desconcertada.

–Vosotros los meroítas. Vamos a necesitar guías, intérpretes, barcos, provisiones... –suspiró–. Cuando lleguemos a vuestra capital voy a estar de lo más ocupado y no creo que podamos conseguir todo lo que necesitamos sin la ayuda de vuestros reyes.

–Cuenta con el permiso de nuestros amos para cruzar las provincias del sur, y con las mejores bendiciones para vuestra empresa, por descontado.

–Vamos a necesitar algo más que eso.

Ella se levantó, toqueteó de nuevo la cota de mallas colgada del poste.

–Ya te he entendido –se volvió hacia él–. ¿Y por qué tendríamos que hacer un gasto en una empresa que no es nuestra, sino una decisión de vuestro emperador?

–El césar tiene un gran interés en que esta expedición alcance su objetivo final. Triunfe o fracase, no te quepa duda que en Roma tendrán muy en cuenta los obstáculos y las ayudas con las que nos hayamos encontrado a lo largo de nuestro viaje.

Se miraron unos instantes, él sentado en la silla y ella junto al poste central.

–Haré lo que pueda.

–Me harás un gran favor, o más que eso, Senseneb, si consigues que la corte nos ayude. Me esperan unos días de mucho trabajo –apartó la mirada de sus ojos para ponerla en el fondo de la copa–, al revés que para la mayoría, que va a poder descansar.

Hubo otro silencio. Tito se quedó contemplando adusto dentro de su copa y ella, con movimientos desenvueltos, se levantó de la mesa para dar un par de pasos por el interior de la tienda. El romano levantó entonces los ojos y contempló a aquella sacerdotisa de piel muy negra y linos tan blancos, que acariciaba distraída las armas colgadas del poste.

–¿Y tú, Senseneb, qué harás? –dijo de repente.

–¿A qué te refieres? –paseaba una y otra vez los dedos sobre las escamas de la cota, apreciando el trabajo de los herreros, y ese tacto frío del metal.

–¿Te quedarás en Meroe o nos vas a acompañar, al menos hasta la frontera sur del reino?

Ella volvió su cabeza afeitada y, por la expresión que asomaba ahora a esos ojos brillantes, Tito comprendió que aquella pregunta la había cogido por sorpresa.

–No lo sé. Eso depende de lo que decidan mis amos.

–Claro... –asintió y volvió a perder la mirada en la copa.

–¿Te gustaría que siguiese?

Ahora él, un poco sorprendido, levantó con viveza la vista.

–Tú sabes que sí –sonrió de golpe, con una de esas sonrisas deslumbrantes que, a veces y siempre de improviso, le cruzaban el rostro renegrido, y que tan atractivo le hacían de repente.

–Sí que lo sé. Por supuesto –sonrió ella como una niña a su vez.

Se aproximó a él, entre el revuelo de gasas blancas, mientras Tito la miraba desde su asiento, preguntándose cómo alguien podía convertirse en un suspiro en una persona tan distinta, simplemente cambiando un poco de gesto, y pasar, entre dos inspiraciones, de la sacerdotisa hierática a fuego. Ella le acarició con sus dedos ágiles el rostro, con esa ternura tan especial que sólo suele encontrarse entre los que son amantes ya de antiguo y han pasado juntos por mucho.

–En todo caso –le susurró algo ronca ahora–, aprovechemos, por si no fuese así.

Él atrapó su muñeca, haciendo tintinear las ajorcas de metal brillante y piedras, y la hizo sentarse en sus rodillas. Pero ella se escapó riendo a sus labios y le arrebató la copa, que aún estaba mediada de vino puro.

–Pero que sepas que yo haré todo lo posible, todo, para ir con vosotros al sur –se rió con ojos burlones, antes de llevarse la copa a los labios.

CAPÍTULO IV

La llamada isla de Meroe es un territorio de extensión considerable; un triángulo situado entre el Nilo por el oeste, que forma la base del mismo, el río Astaboras al norte y el Astasobas –que, de los dos grandes afluentes que formaban el Nilo, era el más oriental– al este. Estos dos últimos ríos, aunque luego se van distanciando, nacen relativamente cerca en una misma área montañosa, que formaba el vértice del triángulo. Se trata de una tierra más fértil que las circundantes, en la que abunda la vegetación y toda clase de animales salvajes, relativamente más protegida de las incursiones de los nómadas gracias a la barrera que suponían los tres ríos. La ciudad más importante de todo ese país es, claro, Meroe, capital de todo el reino nubio.

Y Agrícola, que tantas tierras visitó, y visitaría, a lo largo de su vida, aún diría muchos años más tarde que pocas ciudades debían haber en el mundo comparables a Meroe. No por la cantidad y lo grandioso de los monumentos, ni por la cantidad de habitantes, sino por lo heterogéneo de estos últimos. Porque aunque había urbes en las que la mezcolanza de razas era mucho mayor –baste citar a Roma como ejemplo–, pocos viajeros podían hablar de haber visto una metrópolis en la que sus gentes fueran de orígenes tan distintos y se mezclasen tan poco entre ellos.

La capital nubia tiene como núcleo la Ciudad Real, una ciudadela rectangular, de unos trescientos pasos de largo por ciento cincuenta de ancho, que contiene el palacio, templos y edificios públicos, y cuya muralla está adjunta, por el este, al gran templo de Amón. Extramuros a la misma es donde uno encontraba los distintos barrios, que habían crecido sin plan establecido, como frutos del árbol, y que parecían casi ciudades en miniatura más que ninguna otra cosa.

El más grande y populoso era el barrio nubio, por descontado, y había otro muy grande de egipcios, asentados allí desde tiempos muy remotos. Luego estaban las barriadas de las gentes de razas sureñas, muy negros de piel y sólidos de osamenta, cuyos antepasados habían llegado a Meroe como mercenarios o esclavos. Había también una gran colonia de griegos y romanos, que controlaban el comercio con Egipto, y una bastante más pequeña de judíos, muy relacionada con la de Elefantina. Y mucho más, porque Agrícola llegó incluso a conocer a un grupo de mercaderes de un lugar tan lejano como la India, morenos y exóticos, que se ocupaban del tráfico de mercancías entre Meroe y su país.

Y, entre toda aquella babel de gentes, se alzaban los templos y monumentos meroítas, sin orden ni concierto, surgiendo como islas de piedras ciclópeas en un mar caótico de casas de adobes y cañizos.

Aquella urbe, que vivía por y para el comercio, trepidaba de vida y actividad y, sin embargo, flotaba sobre ella un aura de decadencia –como no dejaría de comentarle en su momento Agrícola a su anfitrión Africano–; una atmósfera casi palpable que trasmitía la sensación de que Meroe, pese a que no hacía un siglo que se había convertido en la capital absoluta de Nubia, había conocido tiempos mejores. No era fácil atribuir eso a una causa determinada –no con los almacenes llenos de mercancías y los mercados de gente, y las caravanas entrando y saliendo desde los cuatro puntos cardinales–, y sí a ciertas señales aquí y allá, que iban desde el descuido en la conservación de ciertos monumentos a la existencia de no pocas casas vacías, ruinas de techumbres hundidas y muros de barro que se deshacían lentamente en polvo pardusco.

Quizá contribuía a trasmitir esa sensación de decadencia el hecho de que esa capital hervía de intrigas y conjuras, frutos del rencor entre raza y las pugnas comerciales. Era un dicho popular que era fácil cruzarse con la Muerte en las calles de Meroe, y los viajeros romanos pudieron comprobar que el asesinato y la magia negra eran moneda corriente allí. Esa metrópolis sureña se cocía al sol entre odios antiguos, secretos y conspiraciones a las que nadie, desde los nobles de la ciudadela al último de los aguadores, parecía ser capaz de sustraerse. Ni siquiera el trono estaba a salvo de ese mal intestino, ya que en la época de la llegada de la expedición romana lo ocupaban dos gobernantes: el rey Amanitmemide y la candace Amanikhatashan, consortes y rivales, cada uno apoyado por sendas facciones palaciegas, que luchaban en las sombras por colocar a los suyos en los puestos de poder.

La llegada de la embajada parecía haber revuelto aún más las aguas, y los romanos se sentían vigilados en todo momento. Aunque los meroítas les habían dado libertad para instalarse donde quisieran, Emiliano había aceptado la sugerencia de Tito de acampar lejos de la ciudad. El *praefectus castrorum* le había dado dos razones incontestables. Una era una cuestión de orden; pues si los soldados tenían demasiado fácil acercarse a la urbe, iba a relajarse la disciplina y a producirse altercados con los indígenas. Lo segundo, que la llegada de ese pequeño ejército, que había derrotado a uno mucho más grande de nómadas, no podía sino despertar temores entre los meroítas, y que era mejor no avivarlos situándose demasiado cerca.

Y en efecto, algo debían recelar los nubios porque, por boca de romanos y griegos instalados en Meroe, supieron que había más tropas que de ordinario en la ciudad, más puestos de vigilancia en el campo y que habían doblado la guardia a las puertas de la Ciudad Real. Como bien había apuntado en voz alta el geógrafo Basílides, ése era un motivo más de hostilidad por parte de la colonia grecorromana contra la embajada. Porque, si las legiones invadían el reino, podía producirse una matanza de ciudadanos romanos en la capital, a manos del populacho o por orden real, y no era de extrañar que los afectados estuvieran llenos de incertidumbre.

Tales ciudadanos romanos, empero, se cuidaron mucho de demostrar el más mínimo desagrado hacia los enviados imperiales y, de hecho, como comerciantes que eran, les recibieron con los brazos abiertos. Además Quinto Crisanto, por su parte, no perdió un instante en comenzar a comprar y vender, y en entablar toda clase de negociaciones con los mercaderes locales.

–Acabamos de llegar y ya se han asociado... –comentaba atónito Basílides–. ¿Nos habremos equivocado al pensar que eran ellos los que estaban detrás de Aristóbulo Antipax?

–No, qué va –se sonreía a su manera cínica y cansada Agrícola–. Pero ya sabes cómo somos los comerciantes: hay que aceptar lo inevitable, poner al mal tiempo buena cara y de lo perdido sacar lo que se pueda. Han hecho todo lo posible, si no para impedir, si para dificultar nuestra llegada a Meroe. Pero, puesto que ya estamos aquí, todos tratan de pactar con Crisanto, para quedar en la mejor situación posible. Ésas son las reglas del juego.

–Muy racional lo pintas todo.

–Es parte del negocio: si las cosas se ponen feas, aceptas perder una parte para salvar el resto.

–¿Y la soberbia humana? Ellos consideran que el comercio entre Meroe y Egipto es un coto privado suyo, y me cuesta creer que vayan a rendirse con tanta facilidad.

–No. Si la situación vuelve a cambiar, tratarán de recuperar lo que creen que es suyo; eso por descontado. En cuanto a la soberbia, eso es para los reyes, Basílides, que sólo tienen que llamar a sus funcionarios para que consigan más hombres y dinero para nuevas guerras. Los mercaderes, como juegan con su propia fortuna, nunca la malgastan en vano. Si los comerciantes mandasen, habría muchas menos guerras.

–Puede ser, pero no creo que por eso el mundo fuera mucho mejor.

–Puedes jurar que no –de nuevo aquella sonrisa de hastío–. Pero sí al menos más pacífico.

* * *

Uno de los barrios menos inseguros para un transeúnte era, sin lugar a dudas, el que ocupaban los griegos y romanos, y a Agrícola le gustaba pasear por el mismo. Había allí una parte más antigua, la de las grandes casas de los griegos instalados en Meroe desde hacía siglos, y otra más nueva con las viviendas de los que habían llegado tras la conquista romana de Egipto. Unas y otras estaban construidas con ladrillos y adobes y, aunque se basaban en diseños indígenas, había siempre multitud de detalles en ellas que recordaban quiénes eran sus moradores, como no podía ser menos en dos razas como la romana y la griega, que con tanta tenacidad se aferraban a sus señas de identidad.

Esa bastardía arquitectónica había fascinado a Agrícola, que había ya visitado varias veces el barrio, sólo para estudiar las fachadas. Esa fue la razón también que le llevó a dar un paseo por ahí una tarde tranquila, en compañía de Valerio Félix y el *praepositus* Flaminio. El mercader fue mostrando al primero los detalles en las casas y el otro asentía, al tiempo que se manoseaba la barba de filósofo y trataba de recordar para después cuanto veía y oía. El legionario, por su parte, había escuchado al principio en un silencio entre respetuoso y reservado, para acabar por entusiasmarse con ese juego, de forma que él también señalaba de vez en cuando a las fachadas con su vara de centurión, y comentaba con Agrícola haber visto elementos parecidos en las casas de los griegos egipcios, en la frontera.

–Los hombres se agarran más a sus raíces cuanto más lejos están de su tierra natal –afirmaba sentencioso.

–Pero griego, en Egipto, es un término de lo más ambiguo –protestó Valerio–. Los egipcios llamaban así a toda esa gente que vino con Alejandro y muchos de ellos no eran griegos, empezando por Alejandro y los suyos, que eran macedonios.

–¿Y qué? Eran extranjeros en territorio conquistado, cogieron el nombre que les daban y lo hicieron suyo, no importa lo que ese nombre significase en otro tiempo y lugar.

–Sí, es cierto.

La tarde estaba ya entrada y el sol comenzaba su declinar, aunque el calor no parecía remitir. Ellos caminaban por las sombras, ya largas, de las tapias y las casas. Las calles estaban desiertas y en silencio, bañadas de luz deslumbrante y entreveladas por el polvo suspendido en la atmósfera inmóvil. Mientras deambulaban ociosos, un portillo en una tapia de barro –el muro de una casa que, a juzgar por los detalles, debía ser de romanos–, se abrió para dar paso a un individuo gigantesco; un soldado de túnica verde, con espada y daga al cinto, la piel oscurecida y largas trenzas rubias que los soles etíopes habían vuelto casi blancas.

Aquel hombre, un auxiliar romano, se quedó de piedra por un momento al verles. Agrícola le reconoció como uno de los tres guardaespaldas germanos del tribuno; pero lo que le llamó la atención fue la expresión de su rostro, porque durante un instante fue de azoramiento. Los ojos azules del bárbaro se fijaron un poco confundidos en los oscuros del *praepositus*, que le devolvió una mirada imperturbable, antes de saludarle de manera informal, con un floreo de bastón. El germano devolvió la cortesía, esbozando el gesto de la mano en alto; luego, al ver que el oficial no le decía nada ni le reclamaba, se dio la vuelta y se alejó, para perderse por una calle lateral.

–¿No era ése uno de los guardaespaldas de Emiliano? –preguntó sorprendido Valerio Félix.

–Sí. Lo era –Flaminio reanudó el paseo, azotando el aire polvoriento de la tarde con su bastón.

–¿Está entonces el tribuno en esa casa?

–Lo dudo. Incluso los guardaespaldas tienen días libres –sonrió–, y ése estaba ahí por un asunto privado, seguro.

–Pues, sea el que sea, no parece que le haya hecho mucha gracia encontrarse con nosotros –apuntó pensativo Agrícola.

–Se ha llevado una sorpresa al salir y vernos, sin duda.

–¿Pues qué es esa casa? –Valerio, intrigado por esas observaciones, se pasó la mano por la barba, al tiempo que buscaba con los ojos algún signo que delatase la ocupación de la vivienda–. ¿Un burdel?

–¿Desde cuándo un soldado se avergüenza de que le sorprendan yendo de putas? –el prepósito volvió a sonreír.

–¿Entonces? ¿Estará ese germano metido en algún asunto turbio?

–No, yo no diría tanto –la sonrisa del oficial se volvió ahora un tanto torva–. Ésa es una de esas casas en las que la gente se reúne, pero a escondidas; entran y salen de uno en uno, y espaciados en el tiempo.

Sus compañeros de paseo se le quedaron mirando, Agrícola intrigado y Valerio aturdido. Pero el primero no tardó en darse una palmada teatral en la frente.

–¡Por Serapis! ¡No me digas! –se carcajeó con franqueza–. ¡No me digas que ese gigantón es cristiano!

El otro asintió con sonrisa torcida, en tanto que Valerio Félix miraba de uno a otro.

–¿Cristiano? ¿Cristiano ese germano?

–Tanto él como sus compañeros lo son –Flaminio se golpeó en la palma de la mano con el bastón, con sonido resonante, al tiempo que seguían su paseo–. Y ésa es una casa de cristianos, donde se reúnen para sus ceremonias secretas.

–¿Quién hubiera dicho que esos tres bárbaros...? –comentó asombrado Valerio.

–Pues es justo entre los bárbaros del ejército donde los cristianos, los mitraicos y demás plagas consiguen muchos de sus adeptos. La gran baza de esas sectas orientales es que cualquiera de sus miembros, allá a donde vaya, es recibido con los brazos abiertos por sus correligionarios. Los soldados son hombres que están lejos de sus casas y, si son bárbaros, perdidos entre gentes de idioma y costumbres distintas. No es de extrañar que caigan en las redes de esa gente.

Anduvieron unos pasos antes de que Valerio le preguntase, curioso:

–¿Y qué vas a hacer al respecto?

–Nada. Ya sabíamos que son cristianos. Y no son los únicos, ni mucho menos, en esta *vexillatio.* Pero Tito tiene cierto criterio al que yo me adhiero: mientras no nos lleguen órdenes directas, los soldados pueden adorar a los dioses que les dé la gana, siempre que cumplan con sus obligaciones.

–Sois hombres tolerantes –observó Agrícola.

–No. O yo al menos no lo soy. Yo me ocupo de lo mío, eso es todo. A mí, personalmente, todas estas sectas mistéricas me parecen basura; pero allá cada cual.

–Por eso decía lo de tolerante –el mercader meneó sonriente la cabeza–, porque ya veo que no sientes aprecio por los cristianos.

–¿Aprecio? ¿Qué hombre de bien podría sentirlo? –se golpeó de nuevo en la palma con la vara, ahora con algo parecido a la indignación.

Valerio carraspeó, como si quisiera manifestar de esa forma disconformidad. Flaminio le miró casi receloso.

–¿No estás de acuerdo conmigo?

–Creo que exageras, *praepositus* –se paseó la mano por la larga barba castaña–. Después de todo, los cristianos predican una serie de valores, una ética...

Su voz se apagó, viendo cómo le miraba el legionario. Este último hizo girar la vara en el aire, en lo que no era más que un floreo; aunque alguien que mirase desde el fondo de la calle bien pudiera llegar a pensar que iba a descargarla sobre el cráneo de su interlocutor.

Agrícola sonrió para sus adentros, notando la turbación del filósofo, que sin duda tenía que conocer a cristianos de familia acomodada, ya que la clase alta de Roma prestaba muchos oídos a toda clase de cultos extranjeros. El mismo Valerio Félix, dado su carácter, tenía que haber coqueteado con las religiones orientales, antes de partir hacia Grecia a estudiar filosofía.

–Yo en lo que prediquen no entro. Ni tampoco en cómo puedan comportarse algunos –gruñó Flaminio–.

¿No dicen que no es justo condenar a muchos inocentes por unos pocos culpables? Pues tampoco debe serlo salvar a muchos culpables por unos pocos inocentes. A mí, todos esos me parecen poco más que delincuencia organizada.

–¿No es eso excesivo?

–No. Forman grupos muy cerrados, se relacionan entre ellos, se protegen y apoyan los unos a los otros. Allá donde llegan, tratan de monopolizar ciertas profesiones mediante prácticas que, para decirlo de forma suave, son de lo más sucias. Y lo peor de todo es que, en el fondo, no se consideran súbditos romanos y no sienten la menor lealtad por Roma.

–En eso puedes tener razón... –el filósofo se manoseó la barba.

–Debieran impedir que gentes así, que no admiten deber nada a nadie que no sea de los suyos, y que no sienten el menor respeto por las creencias ajenas, acumulasen demasiado poder.

–Tengo que darte la razón en una cosa: son gente sumamente intolerante. Discutir de religión con ellos es como hablar con un sordo. Su única obsesión es convencerte de su verdad.

–Yo nunca discuto de religión –el *praepositus* volvió a voltear la vara en el aire y sonrió–; ni con cristianos, ni con mitraicos, ni con isíacos, ni con nadie. Tengo cosas mejores en las que perder el tiempo.

Agrícola soltó una carcajada ante ese cambio de humor tan brusco.

–Pues entonces no discutamos de religión con los cristianos de Meroe. Esto está lleno.

–Lo sé –Flaminio se encogió, ahora fatalista, de hombros–. Ya sabes que allí donde llegan diez cristianos acaban echando a todos los que no lo son.

–¡Exagerado! –Agrícola le dedicó una sonrisa socarrona–. Yo diría que más bien puede deberse a que Meroe no pertenece al imperio y, por tanto, los cristianos pueden medrar con mayor libertad.

–Cierto –convino Valerio–. Tampoco hay por qué buscar conjuras, ni razones tenebrosas, a algo que puede explicarse con facilidad.

–Entonces, peor para los meroítas.

–Los comerciantes griegos y romanos de aquí son los únicos que pueden suministrarnos todo lo necesario para seguir hacia el sur y llegar a las fuentes del Nilo. Y la mitad son cristianos, así que no nos queda otro remedio que tratar con ellos.

–Uf. Peor entonces para nosotros –zanjó con mueca estoica el prepósito, haciendo menear la cabeza al filósofo, y reír al mercader.

* * *

Un jefe tribal del sur o un nómada, de visita en la corte, hubiera quedado tal vez deslumbrado por la riqueza palaciega, la rigidez del protocolo egipcio o los modales pomposos de los cortesanos, y no hubiese visto más allá. Y puede que a un viajero de tierras lejanas le cegase el colorido, puesto que la Ciudad Real era un hormiguero de aristócratas locales, eunucos, sacerdotes de cabezas rapadas, sacerdotisas veladas y aventureros de la más diversa procedencia.

Pero Senseneb no era ni una cosa ni otra.

Cuando deambulaba por palacio, casi podía oler la ambición y los miedos, que se pegaban como camisas sudadas a la piel de los cortesanos. Casi podía ver la trama de las alianzas, tan cambiantes como las mareas de esos mares azules que sólo conocía de oídas. Flujos y reflujos de poder que arrastraban como maderos a la deriva a cuantos frecuentaban la Ciudad Real, lo quisieran ellos o no, y cuyos reflujos dejaban con frecuencia una muerte no aclarada, una ejecución pública o un destino en puestos fronterizos y remotos.

En la penumbra de las salas interiores, cubiertas de frescos, los rituales palaciegos, las posturas hieráticas de los reyes y las actitudes solemnes de los funcionarios eran como máscaras brillantes y calmas que lo ocultaban todo. Pero Senseneb, arrodillada ante los dos tronos, casi podía palpar las intrigas que espesaban la misma atmósfera del palacio real, ya de por sí cálida y estancada.

No había escribas que rasguñasen con sus cañas sobre los papiros, de forma que, aparte de las voces, sólo se oía en aquel interior los tintineos de los adornos, al cambiar alguno de postura, además del vuelo de las moscas. Estaban presentes no pocos cortesanos, unos adictos del rey y otros de la candace, pero nunca quedaría constancia por escrito de lo que allí se hablaba, y unas palabras mal elegidas por parte de alguien podían traerle malas consecuencias.

Senseneb había estado explicando los pormenores del viaje Nilo arriba en compañía de los romanos, sin que los dos reyes, sentados en sus respectivos tronos a la egipcia, mudasen en momento alguno de postura o expresión. Amanitmemide y Amanikhastashan, padre e hija, consortes según las costumbres egipcias de la realeza meroíta, y también enemigos mortales.

Amanitmemide, avejentado por la enfermedad, había escuchado impasible el relato, aunque a sus ojos asomaba a veces un fuego salvaje, porque había nacido en los desiertos y no en Meroe, y se había criado entre arqueros, aunque con los años había aprendido a adoptar una postura tan estatuaria como la de un faraón. Y Amanikhatashan, amamantada en las intrigas cortesanas, joven, hermosa en esa manera rotunda tan común entre las nubias, de poder creciente en la corte, a costa del de su moribundo progenitor y esposo.

Una vez que Senseneb hubo concluido su relato, se quedó prosternada ante los reyes, la cabeza gacha. Pero hubo de transcurrir largo rato antes de que nadie despegase los labios. Según la etiqueta de la corte meroíta, los reyes no hablaban en las audiencias, dejando las preguntas, opiniones y discusión a sus cortesanos de confianza, que se alineaban al lado de los respectivos tronos. Por fin, un eunuco situado muy cerca de Amanitmemide –que tenía el arco sobre las rodillas, sujeto a dos manos, puesto que ése era su atributo real preferido– fue el primero en hacer una reverencia, pidiendo así la palabra. Y el sacerdote de Amón, muy alto y de piel muy negra, cubierto de linos muy blancos, invitó con un gesto de su báculo a Senseneb a levantarse, puesto que ya no iba a hablar con dioses, sino con hombres. Luego, de nuevo con su vara, dio la palabra al eunuco.

–Sacerdotisa. ¿Qué intenciones tienen los romanos?

–Dudo mucho que ellos sepan qué pretende exactamente su emperador –contestó ella sin comprometerse, como era costumbre en la corte.

–No han venido desde tan lejos por el simple gusto de viajar.

–No, desde luego. Se les han encomendado dos misiones, en apariencia. La primera es llegar aquí en calidad de embajadores de su césar. La segunda es seguir hacia el sur, hasta encontrar el lugar en el que nace el Nilo.

–¿Y tenemos que creernos eso? –dijo burlón un segundo eunuco, éste alineado en las filas de la candace.

–Yo estoy convencida de que ambas misiones son verdaderas, y no simples excusas. Otra cosa es que luego haya algo más oculto detrás.

–Ese Emiliano... –apuntó un sacerdote, también situado al lado de la candace.

–Es un noble romano, de familia influyente. Es miembro de la guardia del emperador, aunque se rumorea que ha caído en desgracia ante éste.

–¿En desgracia? ¿Y a un hombre así nos mandan los romanos como embajador?

–Sólo es un rumor. Y es posible que le den así la oportunidad de redimirse –replicó con prudencia Senseneb–. No trae tratados, sino regalos y saludos. Su misión es de cortesía, quizá para allanar el camino a otros embajadores.

–¿Y esos embajadores vendrían ya con tratados? –inquirió un guerrero de pelo ya entrecano, de la facción del rey.

–Es posible.

–¿Tratados sobre qué?

–Eso no he conseguido averiguarlo. Es todo una suposición. Pero insisto en que ese tribuno está más que curtido en la política de Roma, y sabe guardarse lo que le interesa.

–¿Tenemos que creernos que Nerón ha mandado a tantos soldados, a un viaje tan largo y lleno de riesgos, sólo por saber donde nace el Nilo? –apuntó sarcástico el segundo eunuco de antes.

–Los romanos no son como nosotros. Los reyes Ptolomeos construyeron el Museo y la Biblioteca, y gastaron oro a manos llenas, sólo por atesorar todo el saber posible. Los romanos parecen tener esos mismos gustos y, además, Nerón es un dios caprichoso. Pretende ser el primer romano en llegar a las fuentes del Nilo y por eso ha mandado su propia efigie, fundida en oro y escoltada por pretorianos, que son los que guardan al emperador cuando éste sale de Roma.

Hubo un silencio. Luego, un sacerdote de la facción del rey Amanitmemide hizo a su vez una reverencia, y el maestro de ceremonias le dio la venia.

–Dices que, aunque esas dos misiones sean verdaderas, puede haber otros motivos ocultos.

–Puede, en efecto. No digo que los haya seguro. Pero los romanos se han mostrado de lo más interesados en averiguar cuanto han podido sobre nuestro reino.

Otro cortesano, situado prácticamente al lado del trono de la candace Amanikhastashan, se inclinó.

–Son espías –dijo con pasión, dentro de lo que permitía el ritual de toma de palabra.

–Tratan de conocer las fuerzas de nuestro reino –respondió sin comprometerse Senseneb.

El cortesano la observó con intensidad, por un instante, y ella le devolvió la mirada. Aquél era Dakka, la estrella del momento. Un hombre joven y apuesto, de hombros macizos y piel clara, pues era hijo de un noble local y una esclava árabe. Un personaje turbulento y arribista, del tipo en que solía apoyarse la Candace para ganar ascendencia entre los soldados meroítas.

–Te pido tu opinión. ¿Crees que están planteándose la posibilidad de invadir nuestro reino, madre? –le dio el tratamiento de cortesía, ya que era sacerdotisa de Isis.

–O tal vez teman que nuestro reino invada Egipto, tal y como sucedió en tiempos de la candace Amanishakhete.

–No respondes de forma clara, madre –repuso el otro con suavidad.

–Sí lo hago. Pero el centinela debe vigilar, no juzgar. Es al timonel de la nave sagrada al que le corresponde decidir hacia qué lado gobernar –se zafó ella con una cita.

Hubo un largo silencio. Luego, el propio sacerdote de Amón que hacía las veces de maestro de ceremonias, viendo que nadie hablaba, tomó la palabra.

–Bien dicho –aprobó–. Pero los vigías son los ojos de la nave. ¿No tienes tu propia opinión?

–Creo que las aguas son turbulentas y que lo mejor es situar la nave en medio del río. Llevarla demasiado cerca de una orilla, sea la que sea, es ponerla en peligro de hundirse o embarrancar –hizo una pausa para medir sus palabras, antes de proseguir–. Egipto no es una provincia más del imperio. Es el granero de Roma y sus emperadores le dan tanta importancia que son ellos, en persona, los que nombran a sus gobernadores, y no permiten que los jefes de sus legiones sean miembros de la alta nobleza.

–Eso ya lo sabemos –apuntó con ligero tono de aburrimiento el segundo de los eunucos, el del bando de la candace.

Senseneb, de pie ante los dos tronos, con los cortesanos a derecha e izquierda, se permitió un gesto muy leve, capaz de trasmitir su desprecio por ese interlocutor sin violar el protocolo. Luego, con la cabeza descubierta, aunque tocada con una gran peluca a la egipcia, sacó su jugada maestra.

–Pero hay algo que no sabes, hombre impaciente. La situación en la provincia de Judea se envenena cada vez más; se habla de levantamientos y corre un rumor según el cual los romanos pueden retirar parte de sus legiones de Egipto, para reforzar a las de esa zona. Si tal cosa sucede...

Eso sí que produjo una agitación visible entre los cortesanos. El sacerdote de Amón, más que ducho en intrigas, se le quedó mirando con una luz de aprobación en los ojos oscuros. Habló de nuevo Dakka, otra vez con pasión en la voz.

–Eso dejaría las puertas de Egipto abiertas a nuestros soldados –sus ojos centelleaban en la penumbra de la sala.

–No lo sé –disintió con prudencia la sacerdotisa–. Pero por lo menos alejaría de nosotros la posibilidad de una invasión.

–Confórmate con que no nos ataquen ellos a nosotros y deja de soñar –le recriminó áspero el capitán del pelo entrecano que, como muchos, no podía sufrir a Dakka.

Éste quiso replicar, pero el sacerdote de Amón no le dio la palabra, aunque se inclinó por dos veces. A la tercera reverencia, el sacerdote giró hacia él la cabeza calva y le contempló como un dios a un insecto. Y Dakka no se atrevió a insistir. Entonces aquel maestro de ceremonias puso sus ojos de nuevo en Senseneb.

–¿Tiene algún consejo el vigía para los timoneles de la barca sagrada?

–Aunque el vigía no tiene ni la sabiduría ni la experiencia de los timoneles, recomendaría recibir con los brazos abiertos a los romanos y esperar acontecimientos. No decir a nada ni que sí ni que no, y ayudarles en todo lo posible en su expedición en busca de las fuentes del Nilo, con provisiones e incluso hombres si fuera necesario. Es mejor que se alejen de nuestro reino cuanto antes, para que no puedan establecer contactos ni buscar apoyos o agentes.

Se quedó en silencio un momento, pero el sacerdote de Amón, adivinando que tenía algo en la punta de la lengua, la instó a seguir con un gesto del bastón.

–Además –concluyó entonces–, el césar no nos podrá culpar a nosotros si fracasan en su misión.

CAPÍTULO V

La diplomacia, unida a la prudencia militar, había hecho que Tito y Emiliano acantonasen a su pequeño ejército a varias *millia* de la ciudad de Meroe; pero no tardaron en tener otros motivos para alegrarse de tal decisión. Aquella urbe era harto peligrosa para los extranjeros y, luego de unos cuantos incidentes sangrientos, el prefecto tuvo que tomar cartas en el asunto. Los *ordinarii* tenían orden de tener ocupados a los soldados y, bajo mano, casi se alentaba la presencia de prostitutas cerca del campamento, ya que eso mantenía alejadas a las tropas de la ciudad. Se necesitaba un permiso para ir a la misma y, en caso de obtenerlo, tenían que hacerlo armados y en grupos de no menos de tres. Al final, Tito acabó por prohibir la visita a ciertos barrios.

Eso no evitó muertes y desapariciones. No se podía esperar que los más inquietos, tras un viaje tan largo y árido, no tratasen de escaparse a una ciudad tan grande y tentadora, y las patrullas no conseguían interceptarlos a todos. Tito echaba espuma ante esas faltas de disciplina, pero sus oficiales inmediatos procuraban que los castigos no fuesen duros en exceso. Ni tampoco muy suaves, porque Meroe era de veras peligrosa. El mismo Agrícola, que no estaba sometido a la disciplina militar, acabó por comprobar en carne propia cuán inseguro podía resultar un paseo por esa urbe populosa.

Se había acercado una mañana a un mercado que se celebraba casi a los pies de la muralla de ladrillo de la Ciudad Real. Lo hizo solo y, durante largo rato, se entretuvo en deambular a pleno sol por entre la multitud, perdido por placer entre la mezcolanza de razas, en la babel de lenguas con la que comerciaban compradores, vendedores y esportilleros. Observaba también, con ojo profesional, los productos expuestos, desde los marfiles a las frutas, de las carnes a las maderas. A veces se detenía y palpaba la calidad de las telas en venta. El aire estaba lleno de gritos, todos regateaban con voces y aspavientos, y olía a muchedumbre, a frutas, a especias.

Mientras iba a la deriva por entre el gentío, fue abordado por una chica de mejillas tatuadas que se envolvía en un manto ocre, con los cabellos untados en grasa animal, y un sinnúmero de joyas de dorado y piedras en garganta, muñecas y tobillos. Comentándolo más tarde con Demetrio, Agrícola no supo decir qué le había hecho prestar atención a la que no era otra cosa que una más entre el sinnúmero de prostitutas que pululaban por Meroe, esquilmando a nómadas y caravaneros.

Quizá fue porque era muy joven y bien formada, o por sus dientes tan blancos al sonreír, o por el olor a mujer, algo extraño, que asaltó sus narices cuando ella se colgó de su brazo, riendo y parloteando en una lengua desconocida para el romano. Lo cierto es que éste no se deshizo de ella con gesto brusco y dejó incluso que le detuviese. Negociaron entre la multitud por señas, ella todo risas y zalemas, él más parco, meneando la cabeza, a veces con esa sonrisa cansada suya.

Ella le señaló con insistencia una de las calles que nacían de la explanada, si es que uno podía llamar calles a eso. Agrícola compuso una expresión interrogativa, queriendo saber si había que ir lejos, pero ella se echó a reír de nuevo, y negó con la cabeza, entre parloteos incomprensibles. El romano cedió, y se dejó llevar fuera del mercado.

La chica no había mentido y no tuvieron que andar largo trecho; de haber sido así, quizás Agrícola se lo hubiera pensado mejor. Pero no recorrieron más de doscientos pasos. Ella iba colgada de su brazo, hablando al tiempo que procuraba apretarse contra él. El mercader, que sentía el roce de la carne bajo la tela, respondía a aquella forma tan sencilla pero eficaz de encender el deseo, y se dejaba hacer.

Se detuvieron ante una casucha de paredes de barro, con símbolos bárbaros tallados en los muros, a ambos lados de la puerta, sin duda trazados con los dedos cuando la tierra estaba aún húmeda. Ella luchó un instante con el cordón de cuero que servía de cerrojo, mientras Agrícola echaba una mirada alrededor. La vecindad resultaba extrañamente vacía y silente, luego del bullicio del mercado, como abandonada al calor, el polvo y las moscas. Algunos hombres se acuclillaban ante sus casas, unos trabajando y otros ociosos. Pasaba una mujer, con un cántaro a la cabeza, vestida con sólo una falda azul.

La prostituta abrió la puerta y tiró de él. Agrícola se encontró en una estancia oscura, de suelo de tierra y paredes de barro, con un ventanuco alto y estrecho que servía de lumbrera y respiradero. Mientras él miraba, ella se quitó el manto ocre para mostrarse de repente desnuda, con sus cabellos largos y engrasados, y esa multitud de alhajas doradas sobre la piel negra. Agrícola, cogido casi por sorpresa, sintió una erección incontenible. La empujó contra una de las paredes, y con una mano le separó las piernas para introducirle dos dedos. La notó húmeda, pero ella se zafó riendo; le obligó a despojarse de la túnica y le llevó a una estera multicolor, en una esquina. Le arrastró al suelo y sus ajorcas metálicas tintinearon al recibir encima el peso del mercader.

Agrícola nunca tuvo muy claro qué fue lo que pasó de verdad aquel día. Si todo fue una celada para asesinarle, con la prostituta de gancho, urdida quizá por los mercaderes grecorromanos de la ciudad, que sabían de su relación con sus rivales alejandrinos. O si todo fue un golpe improvisado por unos granujas, que trataron de aprovechar la oportunidad de matar y robar a un forastero demasiado confiado.

Lo cierto es que acababa de penetrar a la pequeña prostituta nubia, que se había agarrado a él con los ojos entrecerrados, cuando la puerta de la casa se abrió a espaldas suyas, con gran estruendo, y dos hombres entraron en tromba.

Si hubieran esperado un poco más, puede que le hubieran sorprendido demasiado aturdido por el sexo, sin posibilidad de reacción. Pero, tal como sucedió, Agrícola –viajero veterano de tierras peligrosas–, apenas sentir la puerta echó mano al puñal, que estaba junto al cinturón y la túnica, antes de que la nubia pudiera sujetarle.

Uno de los ladrones se le echaba ya encima con las manos tendidas en busca de su cuello. Sin duda habían planeado cogerle desprevenido y estrangularle, para no derramar sangre. Pero ahora, al advertir el brillo apagado del acero en la penumbra, el asesino quiso recular y fue a chocar contra su compañero, que venía detrás. Agrícola le abrió la garganta de un tajo y, mientras éste se derrumbaba como un saco, con un gorgoteo y regándolo todo de sangre caliente, le tiró una puñalada al otro al pecho, y le dejó también malherido.

Todo fue en un suspiro, y de repente allá adentro ya no olía a sexo, sino a muerte y a sangre roja derramada. La putilla meroíta quiso huir chillando, pero el romano, seguro de que ella era el cebo de la trampa, logró asestarle una puñalada en la espalda cuando ya se escabullía por la puerta abierta. La nubia lanzó un alarido al sentir el beso del acero, pero consiguió escapar por la abertura.

Agrícola recogió túnica y cinturón, y salió a su vez, desnudo y salpicado por la sangre del hombre al que acababa de degollar. Los ojos se le llenaron de lágrimas, cegados por la luz del día. La nubia corría por la calle polvorienta, también desnuda, gritando como loca y con la sangre corriéndole roja por la espalda negra. Los vecinos miraban el espectáculo boquiabiertos pero, en cuanto vieron aparecer a ese extranjero desnudo, ensangrentado y con un puñal enrojecido en la mano, se pusieron en pie, gritando furiosos.

Puede que al verle de esa guisa creyeran que era él el ladrón y asesino, o tal vez fueran de esas gentes bárbaras en cuyo idioma extranjero y enemigo son una misma palabra. ¿Quién sabe? En todo caso, Agrícola no se quedó a razonar con ellos, sino que se dio la vuelta y echó a correr con las ropas en una mano y el puñal en la otra. Se desvió en la primera bocacalle, y así siguió, torciendo una y otra vez. Corrió sin mirar atrás, sin saber ya dónde estaba, preocupado sólo de huir de esa turba de perseguidores cuyo número, a juzgar por el griterío a sus espaldas, no hacía otra cosa que crecer.

Giró una vez más y, buscando escapatoria como rata acosada, llegó ante un gran edificio de aspecto abandonado, de muros de adobe y de estilo muy distinto al meroíta. Todo un palacio de muros de barro, semejante a las mansiones grecoegipcias de la época de los Ptolomeos. Había unas grandes puertas en la fachada principal, y hacía mucho tiempo que habían arrancado los portones de madera, así que él, sin detenerse siquiera a pensar, se lanzó por el vano.

Atravesó a la carrera el patio abandonado, con sus columnas pintadas, los frescos descoloridos y desconchados, las plantas secas y los estanques vacíos, y se zambulló en el interior del palacio abandonado, mientras sus perseguidores irrumpían en tromba, vociferando y blandiendo garrotes, por el hueco de la puerta principal.

Huyó de ellos a través de un laberinto de salas desnudas y oscuras, acuciado por los gritos de la turba, que reverberaban a lo largo de aquellos pasillos desiertos. Emergió por último a una estancia que daba salida al exterior, a través de otro dintel sin puerta. Aquella habitación era amplia, polvorienta y, como el resto del edificio, había sido desvalijada hacía tiempo. Los saqueadores sólo habían dejado una gran estatua de estilo griego; la efigie de un hombre grande y musculoso, de barba ensortijada, que se recostaba en un lecho sobre un codo, todo ello cincelado en mármol.

El fugitivo, sudado y jadeante, recurrió entonces a una estratagema antigua y sencilla, en vez de huir de nuevo al exterior. Sin pararse casi a pensar, sabiendo que le iban a alcanzar tarde o temprano, y que entonces su muerte sería horrible, se descalzó una sandalia y la arrojó al zaguán. Luego se lanzó detrás de la estatua y allí se quedó acurrucado, el puñal en la mano y muy quieto, tratando de sosegar el resuello y casi temiendo que el golpeteo agitado del corazón le delatase.

El ardid dio resultado. Los perseguidores entraron en tromba en la estancia y, en cuanto alguien reparó en la sandalia caída, aparentemente perdida al cruzar el fugitivo el umbral, se lanzaron en masa al exterior, como un torrente humano, entre gran algarabía. En pocos momentos, la sala volvió al silencio de antes.

Agrícola permaneció escondido largo rato detrás de la estatua, hasta que incluso los gritos en la calle se extinguieron. Luego se incorporó con cautela, el puñal siempre dispuesto. Pero todo estaba en calma y el polvo de años, agitado por la invasión de gente, danzaba con pereza en la penumbra. El romano se embutió en la túnica, ciñó el cinturón y arriesgó una ojeada cautelosa desde el zaguán. La calle estaba totalmente desierta.

Se volvió entonces y paseó la mirada, distraído, por los frescos que adornaban las paredes de la cámara. Sus ojos fueron a posarse en la gran estatua que tan buen servicio le había prestado. Los apartó tras un vistazo, porque tenía la cabeza puesta en cómo escapar de allí; pero al cabo de unos instantes los devolvió a esa efigie, como atraído por una piedra imán, para observarla ahora con mayor atención.

Se acercó poco a poco y se quedó contemplando largo rato, fascinado. Porque aquella estatua de un hombre grande y musculado, de proporciones clásicas y barba ensortijada, con cierto parecido a Poseidón, que se recostaba sobre un codo, en un lecho de mármol, era sin lugar a dudas una personificación del Nilo, convertido en un dios por los griegos de Egipto.

Agrícola era hombre supersticioso, como buen romano, y el darse cuenta de repente, en ese momento, en la penumbra de un antiguo palacio abandonado, que había sido precisamente una estatua del dios Nilo la que tan providencialmente le había ocultado de sus perseguidores, le tocó hasta lo más hondo. Aún en esa situación tan apurada, perdió unos instantes ante esa estatua. Como no veía mejor forma de mostrarle respeto, se cubrió la cabeza con un pliegue de la túnica, e hizo votos al Nilo de ofrecerle sacrificios si salía con bien de ese apuro. Luego se destocó y, tras girarse, corrió a ocultarse en algún recoveco del palacio.

Se quedó allí oculto hasta bien entrada la noche, y sólo entonces se atrevió a abandonar su escondrijo y probar fortuna por las calles, tratando de llegar a la Ciudad Real. Ya cerca de la explanada del mercado, fue donde le encontraron Demetrio y un optio de la legión que, escoltados por diez arqueros nubios, andaban buscándole. Porque el griego, alarmado por su desaparición, había recurrido a Tito y éste había conseguido que los meroítas mandasen una patrulla.

Los buscadores se llevaron no poca sorpresa cuando le vieron salir de repente, al resplandor de la oscuridad, manchado de sangre y con una sola sandalia. Pero mucho más asombrados quedaron cuando les contó la historia de la estatua del dios Nilo. Y el relato luego acabó corriendo de boca en boca, no sólo por el campo romano, sino también por la corte meroíta.

Los legionarios, la gente más supersticiosa del mundo, comenzaron a decir que el propio Nilo daba su favor a Agrícola y por tanto a la expedición. Rumores que por una vez Tito se ocupó cuanto pudo de alentar, por supuesto. Los reyes de Meroe mandaron buscar ese palacio abandonado y sus oficiales no tardaron en encontrarlo, así como a la estatua, que fue llevada con gran boato a la Ciudad Real.

En cuanto a Agrícola, habló muy pocas veces de todo ese asunto, pero no se olvidó del voto hecho al Nilo. Por eso, aún muchos años después, gentes de tierras lejanas se asombraban cuando aquel mercader errabundo se rascaba la bolsa, a veces más que magra, para pagar sacrificios a un dios que era un río y que estaba muy lejos, por lo que de poco podía ayudarle.

* * *

Para impresionarles, o puede que para tantear sus fuerzas, los meroítas organizaron una gran parada en honor a sus visitantes. Y empujados tal vez por iguales motivos a los de sus anfitriones, los romanos acogieron con entusiasmo ese desafío incruento, de forma que ambos bandos estuvieron de acuerdo en realizarla a medio camino del campamento y la urbe, en una llanura amplia y dotada de agua, pastizales y arboledas.

Romanos y nubios llegaron el día antes del evento para acampar frente a frente y a cierta distancia, como ejércitos enemigos antes de la batalla. Los meroítas montaron unos fastuosos reales de toldos, carpas y baldaquines, mientras que los romanos agruparon sus tiendas dentro de un palenque de estacas afiladas, en todo semejante a uno de sus campamentos de marcha, sólo que en miniatura.

El alarde tuvo lugar a la mañana siguiente, antes de que el calor fuese demasiado fuerte, y estuvo precedido de saludos e intercambio de regalos. Resultó un espectáculo brillante, en el que ambos bandos trataron de impresionarse mutuamente, y en el que los oficiales de unos y otros procuraron no perder detalle de cuanto veían. Empero, quizá tenía mucha razón Pomponio Crescens, *praepositus* de un *numerus* libio, al decir que aunque había allí muchos mirando, pocos llegaron a ver nada.

Los meroítas desplegaron lo que sin duda eran sus mejores tropas. Nubios altos y bien plantados, con arcos de madera endurecida al fuego, y guerreros del sur, más negros de piel y más fornidos, armados con escudos en forma de huso y lanzas de hoja ancha. Se veían pocas cotas de malla y sí lienzos anudados a las caderas, colas de león y pinturas guerreras. Evolucionaban en grandes masas por la llanura, cantando y bailando, de forma que a ojos de los espectadores eran como una marea humana, incontenible y poderosa, que se agitaba sin cesar.

Los romanos se quedaron con las ganas de ver a los

mercenarios griegos que tan buenos servicios prestaban a los meroítas. El chasco fue sobre todo para Tito, que esperaba constatar ciertos rumores. Pues si bien algunos informadores le habían dicho que esos griegos egipcios no eran más que unas docenas de hombres, en funciones sobre todo de guardias de corps y asesores militares, otros le habían asegurado que había contingentes enteros de ellos en Meroe, armados a la macedonia.

A los que sí pudieron ver fue a los famosos elefantes de guerra nubios. Claudio Emiliano ya había visto paquidermos en Roma, puesto que se usaban con frecuencia en el circo. Pero estos elefantes nubios, al igual que aquel otro de parada empleado por Senseneb, eran de raza africana, mucho más grandes y fieros que los de la India, con enormes orejotas y largos colmillos. Sus anfitriones llevaron una veintena de ellos a esa llanura, engalanados con telas magníficas y defensas lustrosas, con barquillas en lo alto llenas de arqueros, y les hicieron maniobrar entre barritos y polvaredas, mientras los nubios les aclamaban.

Esos elefantes eran el orgullo de Nubia y los propios Ptolomeos de Egipto los habían empleado con frecuencia en sus guerras. En la teoría, no impresionaban gran cosa a los oficiales romanos, ya que todos conocían cómo la movilidad de las legiones había derrotado a los elefantes de Aníbal en las guerras púnicas. Pero otra cosa era verlos con los propios ojos y sentir lo que se sentía en las entrañas al ver a aquellas montañas de piel grisácea y ojillos iracundos mientras se desplazaban entre nubes de polvo, con gran estruendo, aplastándolo todo a su paso y trompeteando. Nadie, en su sano juicio, se hubiera puesto por propia voluntad enfrente de aquellas moles de largos colmillos de marfil, coronadas de arqueros cuya puntería era legendaria.

La parada de los romanos fue menos masiva, pero igual de vistosa a la de sus anfitriones. Primero salió una centuria pretoriana, con sus ropajes rojos, armaduras metálicas y escudos de motivos dorados sobre campo escarlata, tratando de impresionar a los espectadores con la precisión de sus movimientos. Y a ésa le siguió otra de legionarios y luego de auxiliares, aquéllos de blanco y con escudos cuadrados, y éstos de verde y escudos oblongos. Maniobraron adelante y atrás, se cubrieron con los escudos, formaron testudos, y por último saludaron al unísono al rey Amanitmemide, que les observaba atento, con un grito que resonó a lo largo de toda la llanura.

El plato fuerte de los romanos fue sin duda alguna la exhibición de caballería, y los nubios se quedaron ante ésta igual de maravillados que sus visitantes con los elefantes. Los jinetes hispanos se dedicaron a justar unos contra otros, cubiertos con cascos muy trabajados y máscaras de metal, que les protegían de lanzadas accidentales en el rostro. Los sencillos guerreros meroítas, que eran de sangre ardiente, se quedaron prendados de aquel espectáculo tan vistoso y no tardó aquella muchedumbre en aclamar rugiendo los mejores lances de varas.

Para el final habían dejado las competiciones. Hubo lanzamiento de jabalinas, y los lanceros del sur se midieron contra romanos e incluso algunos libios, elegidos por ser los mejores tiradores de toda la *vexillatio.* Y por último los arqueros nubios compitieron con los sirios, que llamaban la atención por sus largas faldas verdes y los cascos ojivales de bronce brillante.

Fue todo un espectáculo, en el que cada bando creyó aprender algo sobre el contrario. Pero Agrícola tendía a dar la razón a Crescens, cuando éste decía que allí nadie se había enterado de nada. Y sin duda, si alguien podía hablar con propiedad, era aquel veterano que había pasado muchos años como oficial de *numeri* de bárbaros, así como de *extraordinarius* asignado a labores de información.

Crescens, que tenía el pelo casi blanco, más por culpa del sol y las privaciones sufridas durante sus aventuras en el desierto que por la edad, era de ésos que opinan que pocos hombres son capaces de superar sus propios prejuicios. Afirmaba que los *principales* romanos, con alguna excepción, no habían visto en los nubios otra cosa que bárbaros pintorescos, a los que, todo lo más, concedían un mínimo de disciplina luego de milenios de contacto con el Egipto faraónico y ptolemaico.

Éstos, a su vez –y aquí al prepósito se le escapaba una sonrisa aviesa–, consideraban que las victorias romanas se debían a su armamento superior y, sin duda, esa precisión de maquinaria que habían mostrado las centurias no era para ellos más que algo curioso, una exhibición vistosa sin valor real.

Tras la parada, los meroítas ofrecieron un banquete fastuoso, digno de los de un déspota oriental. Colocaron a un lado a los guerreros meroítas, al otro a los romanos y, en el centro, grandes mesas bajo palio para el rey arquero, el tribuno y sus respectivos oficiales.

No faltó de nada en la mesa real, ni siquiera el vino de Egipto, que en esos lares era sumamente caro. Sin embargo, junto a la profusión de carnes, volátiles, pescados, frutas, miel, los romanos se encontraron con que les servían en fuente de oro manjares tales como lagarto o culebra, así como grandes insectos tostados al fuego. Esto último, según luego les dirían algunos residentes grecorromanos, no podía ser casual, ya que en la corte meroíta conocían de sobra las costumbres culinarias del norte, y el gesto suponía casi una ruptura de la etiqueta.

Pero tampoco cabía considerarlo como un insulto deliberado. Más bien debió ser una broma del rey Amanitmemide, que tenía un sentido del humor peculiar, o a una forma de los meroítas de comprobar el temple de sus visitantes.

Si era eso último, los embajadores supieron dar la talla. Mientras Emiliano miraba impasible las extrañas viandas que les ofrecían, Tito, como el que no se da cuenta siquiera porque tiene la cabeza puesta en otras cosas, cogió una gran langosta chamuscada y le dio un gran bocado, haciendo crujir el caparazón entre sus dientes. Claudio Emiliano a su vez, rechazando los insectos, hizo que le sirvieran serpiente, de la que después diría que estaba muy buena. Los *principales* que les acompañaban atacaron entonces aquellos platos de reptiles e insectos, mirándose entre ellos a hurtadillas, para más tarde poder reírse de las expresiones que tenían los demás.

Amanitmemide había sonreído de oreja a oreja, enseñando los dientes que le quedaban, como complacido por la reacción de sus invitados. Se llenó luego la boca de saltamontes y comenzó a masticar ruidosamente. Porque el rey arquero, cuando se libraba de los atributos y el protocolo egipcio, se volvía un personaje bien distinto. El faraón nubio daba paso al hombre del sur que fuera en tiempos guerrero y pastor. Reía a carcajadas, bromeaba, vociferaba en su dialecto natal, comía a dos carrillos, bebía sin medida. Ya antes, incluso, para celebrar el tiro de uno de sus arqueros, que había superado a uno anterior y excelente de un sirio, se había arrancado a bailar con sus hombres, olvidando la edad y los achaques.

Todos comieron y bebieron hasta hartarse, charlando unos con otros por medio de intérpretes. Y, quizá para aprovechar la situación distendida, ése fue el momento elegido por Claudio Emiliano para tantear al rey arquero de modo informal.

Años después, cuando Agrícola comentase la proposición del tribuno, tendría que explicar cómo era el reino nubio, y lo hacía siempre de igual manera:

Meroe, solía decir, era un reino inmenso, cuyos dominios iban de la primera catarata del Nilo por el norte, hasta la unión de los dos grandes afluentes del mismo, el Astapus y el Astasobas, por el sur, y su influencia llegaba por el este hasta el mar Eritreo. Un imperio gigantesco, pero cuyo territorio estaba ocupado en buena parte por desiertos y cuya población era escasa y desigual.

El corazón del reino estaba en la llamada isla de Meroe. A meridión de la misma estaban las provincias sureñas, que eran territorios tribales, y a levante las orientales, que tenían por eje el Astasobas y estaban pobladas por unas gentes que presumían de descender de egipcios, desertores del ejército del gran Cambises. En cuanto a los territorios del norte, iban de la tercera catarata a la frontera egipcia y eran sin duda los más extensos.

Ese país era la parte más antigua del reino, la Nubia clásica, en cuyas arenas dormitaban las antiguas capitales del reino, y sin embargo estaban desatendidas por la burocracia meroíta. Lo grande del territorio, lo escaso de sus habitantes y lo abierto que estaba a los desiertos hacía que el control real de Meroe llegase sólo hasta la ciudad de Kawa, que tenía un gobernador designado. El resto estaba abandonado en la práctica a su suerte.

La parte contigua a la frontera egipcia, sin embargo, era el territorio del Dodecasqueno que, siendo parte del reino meroíta, estaba bajo tutela militar romana, quienes mantenían guarniciones y custodiaban los caminos, asegurando así las cabeceras de las rutas de caravanas que iban de Egipto al sur. Y lo que el tribuno le propuso al rey nubio fue, en esencia, la posibilidad de que las legiones extendiesen toda esa tutela a la baja Nubia, hasta la tercera catarata.

Amanitmemide, aunque nacido entre pastores trashumantes, había pasado décadas en la corte, de forma que no mudó de color ni gesto, y nadie pudo saber, por su rostro, qué pensaba de tal ofrecimiento. Se limitó a llenarse la boca de más langostas y, con un gesto, invitó a su visitante a explicarse. Éste lo hizo en forma tal que todos, incluido Tito, no tuvieron otro remedio que aprobar.

El tribuno puso sobre la mesa la inseguridad a la que se veían sometidos esos territorios, y que achacó a la escasez de población. Había dos rutas de caravanas que partían del Dodescasqueno rumbo a Meroe. Una cruzaba los desiertos orientales hasta llegar a la propia urbe, bordeando en su último tramo la ribera oriental del Nilo, más allá de las cuartas cataratas. La otra era la que había seguido la *vexillatio* buena parte del camino; bordeaba la margen occidental hasta llegar enfrente de Kawa, momento en el que cruzaba y entraba en tierras controladas efectivamente por los meroítas.

Primero, Emiliano enumeró los males que provocaba la situación, porque las caravanas tenían que pagar tributos a los bandidos y se veían expuestas a ataques, con lo que de riesgo, escasez y encarecimiento de los productos tenía tal situación. Acto seguido, se lanzó a describir las ventajas de asegurar la segunda de las rutas mediante guarniciones y patrullas. Aunque más larga, era más fácil y surtida de agua, lo que permitiría el paso de caravanas más grandes y con mayor frecuencia, lo que sólo podía beneficiar a Meroe, que vivía del comercio. Además, el aumento del caravaneo y la seguridad, haría sin duda crecer la población nubia en esa área ahora tan castigada por la inseguridad.

Amanitmemide le escuchó con suma atención, antes de pedir más vino y manifestar solemne que agradecía al tribuno su oferta, y que él y sus consejeros analizarían el tema, para tal vez mandar soldados a guarnecer esa parte del territorio y quizá reocupar las viejas fortalezas, abandonadas –aunque esto último lo obvió– desde el desastre infligido por Petronio a los nubios.

A continuación instó al tribuno a ser más explícito en cuanto a las tropas y acantonamientos en los que pudieran haber pensado los romanos. Pero Claudio Emiliano escurrió el bulto alegando que no conocía detalles y que él simplemente le exponía una idea. De ser receptivos los reyes meroítas, Roma enviaría embajadores para negociar cláusulas y pormenores de un posible tratado.

Amanitmemide sonrió, dijo que lo pensaría y la conversación tomó por otros derroteros. Era fácil ver que, por un lado, las ventajas pintadas habían encendido su codicia, ya que Meroe se sostenía sobre los impuestos a las caravanas. Pero, por otra parte, no podía desear tener tropas romanas casi a la vista de Kawa, que era la puerta de la ruta que llevaba a la mismísima Meroe.

Emiliano no insistió más, ni sacó el tema en audiencias posteriores. La propuesta, eso sí, dio mucho de que hablar entre los expedicionarios y, sin duda, entre los cortesanos nubios, ya que parecía dar alas a la teoría de que el césar quería, cuanto menos, aumentar su influencia al sur de Elefantina. Pero algunos no estaban tan seguros de ese último extremo y achacaban la maniobra al gobernador de Egipto, porque Nerón no era de esos gobernantes que se preocupaban por la administración o el comercio, como bien demostraban las arcas imperiales.

Fuera lo que fuese, todo se quedó ahí y, si hubo alguna respuesta, o posteriores negociaciones, eso fue algo que nunca llegó a conocimiento de Agrícola.

CAPÍTULO VI

Uno entre los mil detalles sorprendentes de Meroe era la existencia de unas termas a la usanza romana, edificadas dentro de la propia Ciudad Real. Unos baños públicos, cómodos y espaciosos, construidos por iniciativa de la colonia grecorromana, que no tenían nada que envidiar a los mejores de Alejandría y a los que no habían tardado en hacerse asiduos no pocos cortesanos nubios.

Más de un expedicionario había cogido la costumbre también de visitarlos, contento de volver a disfrutar de comodidades tan familiares. Uno de ellos era Agrícola, que era de esos hombres que por un lado están siempre en el camino, tanto por gusto como por necesidad, y que por el otro procuran no privarse de nada. Y, como buen romano, gustaba de abandonarse en mano del barbero, el peluquero y los masajistas, de disfrutar de los baños de vapor, y las aguas calientes y frías.

Iba, si lo hacía, a solas y justo en las horas que siguen al mediodía, porque entonces la urbe se rendía al calor y todos se retiraban a dormitar, de forma que las calles quedaban desiertas y Meroe adquiría casi el aspecto de una ciudad fantasma. A esa hora las termas estaban también casi vacías, que era lo que él buscaba, dispuesto a sacrificar la charla y los chismorreos, a cambio de un poco de soledad.

Tan poco público había a la hora sexta que, de hecho, no era raro que incluso los esclavos abandonasen sus puestos para buscarse algún rincón umbrío y fresco en el que sestear, y había veces que era casi imposible encontrar a un empleado. Agrícola, como viajero curtido, se tomaba esa circunstancia con resignación, y procuraba apañárselas por sí mismo. Fue así como, poco después de su aventura en el mercado, harto de esperar a algún encargado, se fue por su cuenta por los pasillos, descalzo y con sólo una toalla, en busca de un baño de aguas calientes.

Hubiera podido batir palmas, dar voces, pero ya se conocía *grosso modo* las termas, así que lo que hizo fue acercarse al recinto de los baños calientes. Ya muy cerca de los mismos, oyó voces dentro y se detuvo, más disgustado que curioso, porque había esperado disfrutar de un baño en solitario. Pero luego le pareció que conocía esas voces, que hablaban en latín, y la molestia se trocó en intriga, por lo que se acercó sin hacer ruido con los pies descalzos y echó una ojeada por el vano.

La estancia estaba poco alumbrada, mediante lámparas de aceite, llena de mosaicos al gusto romano y contenía una piscina de aguas cálidas. El aire estaba cargado de los vapores que desprendía la piscina y, a través de esa calima, Agrícola pudo constatar que su oído no le había engañado. Allí dentro se encontraban los dos ayudantes del prefecto Tito, Seleuco y Quirino, en compañía de aquel esbirro de Nerón, Paulo. Una compañía más que curiosa.

Estaban metidos en la piscina, tratando al parecer de algún asunto, y Agrícola ni entró ni se fue, sino que se quedó allí, oculto detrás de la jamba y preguntándose qué podían estar tramando aquellos tres.

A través del velo de vapor caliente, el mercader pudo ver que la expresión de Paulo era tan ruin como de costumbre. Quirino mostraba cierta reserva en el rostro, en tanto que el gran Seleuco, de espaldas a la puerta, parecía de lo más a gusto y se recostaba contra el borde de la piscina, con los brazos apoyados en el borde. Pero era el primero el que estaba hablando, con su voz algo chillona.

–Claudio Emiliano es un ricachón, un republicano –decía con tono venenoso–. La Guardia Pretoriana está por desgracia llena de gentuza así. Parásitos que sólo saben presumir de tierras y de la antigüedad de su linaje, aunque ellos por sí mismos no valgan gran cosa. Sueñan con devolver el poder al Senado, eso lo sabéis, y se creen mejores que los demás romanos. Son enemigos del césar y el imperio, aunque se supone que han de defenderlos. Y este Emiliano, encima, es un maldito sedicioso...

–*Sedicioso* es un adjetivo muy fuerte, Paulo –le interrumpió con cierta prevención Antonio Quirino.

–Es el que se merece –bufó el liberto–. Lo ha demostrado con creces, y los hombres que han venido con él son gentuza de su misma ralea.

–¿Por qué están entonces libres, y conservan sus empleos y rangos? –le preguntó con tranquilidad Seleuco.

–Una cosa es que se sepa, y otra muy distinta poder demostrarlo. Además, están las consideraciones políticas, porque unos cuantos son de familias muy influyentes. Y ni siquiera el césar puede actuar a la ligera cuando se trata de pretorianos. La Guardia Pretoriana es muy, muy poderosa, y es la que tiene a la mismísima Roma bajo su custodia.

–Ya –entre el arremolinar de vapores, el *extraordinarius* meneó la cabeza.

–Hay muchas formas de sedición: hay traidores activos, que conspiran para acabar con el emperador, y los hay pasivos, que con su desidia minan su poder –siseó Paulo–. Pero, de igual forma, también hay muchas formas de ajustarles las cuentas. No podemos acusar de nada abiertamente a Emiliano; pero, si fracasa en la misión encomendada, caerá en desgracia.

–Un momento, Paulo –Quirino se agitó, provocando un débil oleaje en la piscina–. El fracaso del tribuno en esta empresa sería también el nuestro.

–No necesariamente, amigo mío. El césar espera que lleguemos a las fuentes del Nilo, y es menester cumplir sus deseos.

–¿Entonces?

–Esta expedición puede alcanzar su meta, y vuestra *vexillatio* cumplir con dignidad. Sin embargo, al mismo tiempo, el tribuno al mando puede quedar en tal mal lugar que acabe siendo sometido a juicio a la vuelta a Roma.

–¿Juicio y...? –le animó a seguir Quirino.

–Y licenciamiento con deshonor. No creo que se le pueda ejecutar, porque ya os he dicho que hay que andarse con pies de plomo cuando se trata de pretorianos. Pero da igual –la forma de hablar de Paulo era la de uno que se relamiese los labios–; la humillación de la licencia será de todas formas un buen golpe y, desde luego, acabará con su carrera política. Un enemigo menos para el césar.

Se quedó mirando a sus dos interlocutores.

–Ya –dijo luego, simplemente, Seleuco.

–Es algo que el césar no puede menos que aprobar.

–Ya.

Se produjo un largo silencio, roto sólo por los sonidos del agua, mientras el liberto y los legionarios se miraban en la penumbra de la sala. Por último, habló Quirino, con esa expresión de cautela en el rostro.

–¿Esperas que nosotros saboteemos las órdenes del tribuno para que parezcan desacertadas y poder acusarle de incompetencia?

Paulo sonrió con maldad.

–Amigo mío: cuando Nerón quiere algo, nadie puede mantenerse neutral. Aquel que no pone los medios para satisfacerle, se convierte de facto en enemigo suyo y es tratado en consecuencia.

Miró casi con furia a sus interlocutores, que esta vez no dijeron palabra. Seleuco seguía recostado contra el borde –Agrícola podía ver sus anchas espaldas–, en tanto que Quirino le contemplaba un poco de medio lado. Prosiguió.

–Voy a ocuparme del tribuno, porque eso será grato al césar y porque me ha humillado en público. Y yo en eso soy como Nerón, amigos míos: el que no me ayuda, es mi enemigo, y le trato como tal. Soy los ojos y los oídos del césar en esta expedición, y me ocuparé de que sepa quién me ha ayudado y quién no. Y aquellos que me pongan obstáculos, que no esperen ser tratados con tantas contemplaciones como los pretorianos.

Hizo una pausa.

–El emperador habla por mi boca, confía en mis informes, y nadie estará a salvo del castigo.

Miró como una serpiente a los otros dos.

–¿Me explico con suficiente claridad?

Hubo aún un momento de silencio, antes de que Seleuco respondiese.

–Con mucha claridad, Paulo.

–Bien –sonrió–. En cambio, los que me ayuden no lo harán por nada, desde luego. Es más fácil promocionarse cuando uno tiene ciertos amigos influyentes.

–La segunda parte ya me gusta más –Seleuco se echó a reír estruendosamente–. Yo soy de esos hombres que se motivan mejor con la promesa de ganancia que con las amenazas.

–Pues, amigo –Paulo le golpeteó el hombro, sonriente–, conmigo tienes mucho que ganar, sobre todo si no olvidas lo mucho que tienes que perder contra mí.

Seleuco soltó otra carcajada. Paulo se medio giró, también riendo, hacia Quirino, a ver qué tenía éste que decir. Seleuco lanzó entonces su gran puño contra el rostro del liberto. El golpe le dio en la sien y debió dejarle casi inconsciente, porque se desplomó con los ojos en blanco.

El *extraordinarius* le echó sus grandes manos al cuello y, en un instante, acudió su amigo Quirino a ayudarle. Entre los dos le hundieron bajo las aguas calientes hasta ahogarle y, desde donde estaba, Agrícola no pudo ver si su víctima llegó siquiera a debatirse. Aunque, si lo hizo, no pudo ser mucho, porque no se oyeron muchos sonidos de chapoteo.

Mantuvieron sumergido un buen rato a Paulo, antes de soltar el cuerpo inerte y salir con calma de la piscina. Se pararon, desnudos y goteantes, a la penumbra de las lámparas, en la atmósfera empañada de la sala, y se miraron el uno al otro. Luego, fueron a lavarse las manos, con la mayor de las parsimonias, bajo un chorro de agua fría que caía a una pileta desde la boca abierta de un rostro de piedra, encastrado en la pared. El cuerpo del liberto flotaba boca abajo en el oleaje tenue de la piscina.

Tal vez el lavatorio de manos fuese un acto ritual para limpiarse de ese asesinato, o quizá sólo algo tan prosaico como un intento de eliminar cualquier rastro de esa muerte en las uñas. Eso nunca lo supo Agrícola, ni tampoco nada de lo que pudo ocurrir luego porque, sabiéndose en peligro si le descubrían, se escabulló con el mismo sigilo con el que había llegado, descalzo por el pasillo desierto.

Dada la hora, pasó bastante tiempo antes de que nadie descubriese el cadáver, aunque los gritos y las carreras sorprendieron a Agrícola aún en las termas, tumbado en una losa de mármol, en manos del masajista. Se alzó, aparentando sorpresa, al oír el revuelo, y por supuesto que se mostró tan consternado como el resto de clientes cuando le informaron de que el liberto Paulo, confidente del propio Nerón, se había ahogado en la piscina de agua caliente.

* * *

Cosa curiosa, la muerte de Paulo no pareció interesar mucho a nadie, y no se hicieron demasiadas averiguaciones. No había una sola persona en esa expedición que le apreciase –y sus esclavos los que menos–, y sí muchas que le temían y le odiaban, de forma que su muerte fue acogida casi con alivio por muchos, y hubo no pocos chistes negros al respecto. Circularon unos cuantos rumores, claro, pero era habitual y nadie puso en duda que había sufrido un síncope y se había ahogado en la piscina. Esas cosas ocurrían. Agrícola jamás le contó a nadie lo que había visto, y tampoco lo hizo años después, al hablarle a Africano de la expedición.

Se le hizo un funeral modesto, que Tito pagó muy a disgusto, a costa de la caja del destacamento, y fue olvidado con gran rapidez.

A la rapidez con que despachó todo aquel turbio asunto contribuyó no poco que la *vexillatio* estuviese ya en plena actividad, puesto que se disponían a seguir su viaje hacia el sur, y quien más quien menos estaba ocupado. Además, había motivos de disensión más serios entre el tribuno y el prefecto que si pagar o no el funeral, y a qué capítulo cargarlo.

Sonada fue la disputa entre esos dos a cuenta del nombramiento de un nuevo tribuno menor. Habían asumido ya que la pequeña expedición del tribuno Centenio Félix y el *praepositus* Crepecio Fadio, que se había desgajado a la altura de las segundas cataratas para atravesar el desierto, nunca iba a llegar a Meroe. No había noticia alguna y cabía ya darles por perdidos a ellos y al centenar de mercenarios libios que les acompañaban. En consecuencia, había que nombrar a alguien para el puesto del primero.

Los hubo que consideraron la disputa por el nombramiento un sinsentido más, fruto de la rivalidad entre

Emiliano y Tito; pero otros vieron en ella algo más que la simple antipatía mutua.

Cuando Emiliano fue nombrado tribuno de la *vexillatio*, y le enviaron a Egipto con sus pretorianos, se encontró con que las autoridades provinciales habían dado ya a Tito Fabio el cargo de *praefectus castrorum*. Esa maniobra dejaba ya al tribuno en desventaja, porque Tito era un personaje cercano a las tropas locales, había salido de las filas, y conocía y controlaba todos los resortes, lo que en la práctica le hacía el hombre fuerte de la *vexillatio*.

Por tanto, en su momento, Claudio Emiliano tuvo que pelear con mucha dureza en el asunto del nombramiento de los demás tribunos.

Una *vexillatio* reproducía, a pequeña escala, la estructura de una legión y, en consecuencia, las tareas administrativas recaían sobre los tribunos menores. Si las autoridades provinciales se oponían a que Emiliano pusiera pretorianos en esos cargos, él a su vez no podía permitir que fuesen gente próxima al gobernador de Egipto, porque entonces su autoridad sería simplemente nominal. Tras largo tira y afloja, se llegó al compromiso de que esos puestos los ocupasen dos jóvenes caballeros, Centenio Félix y Gagilio Januario, que podían considerarse *neutrales*.

Puesto que el primero había desaparecido, Emiliano cubrió la vacante con un pretoriano, Ennio Fausto. El prefecto no dijo esta boca es mía. Pero luego Emiliano trató de que se considerase a Fausto como el tribuno más antiguo de los dos, pretextando el mayor tiempo de servicio en armas. Y Tito, al saberlo, se llevó las manos a la cabeza.

¿Por qué aquella maniobra? Los más avisados lo achacaron a que Januario se había acercado demasiado a Tito, ya que, dada su inexperiencia en administración militar, había estado apoyándose en los ayudantes del mismo, Quirino y Seleuco, con los que mantenía muy buenas relaciones, y a los que escuchaba en todo. Pero no faltaron los que afirmaban que, simplemente, el tribuno mayor quería prebendar a uno de sus hombres.

Tito Fabio se opuso a esa medida con gran vehemencia, y amenazó incluso con presentar el asunto ante el gobernador, a la vuelta a Egipto. Emiliano, que sabía de sobra que estaba cometiendo una irregularidad, acabó dando su brazo a torcer. Por fortuna, la gran cantidad de cuestiones pendientes acabó por diluir enseguida el tema, como lo había hecho con la muerte de Paulo, y ayudó a suavizar la tensión.

Día y noche había reuniones en las tiendas de los jefes, y los *principales* iban y venían sin cesar, desbordados por tanta tarea. Había que aprestar toda una flota con la que remontar el Nilo hasta sus fuentes. Reunir provisiones e informaciones fidedignas sobre las tierras meridionales. Buscar entre los esclavos de Meroe indígenas sureños que estuviesen dispuestos a hacer de guías e intérpretes para los romanos, siempre que sus amos quisieran desprenderse de ellos, claro.

Había además un problema añadido, porque los contingentes libios se habían deshecho como nieve al sol durante la estancia en Meroe. Muchos debieron desertar, y puede que no pocos hubieran sido asesinados en sus escapadas a la ciudad en busca de juerga. O eso se suponía; porque lo cierto es que los oficiales romanos se encontraron con que, de repente, contaban con poco más de un centenar de mercenarios, de los cerca de trescientos que habían llegado a Meroe.

Esta vez sin discusión, acordaron reagrupar a los libios en un solo *numerus* y alistar a un centenar de nubios para formar otro. Quedaba por tanto un *praepositus* sin mando, y ése se decidió que fuera Flaminio, que pasó a *extraordinarius* encargado de tareas de exploración, que era lo que de verdad a él le gustaba.

Agrícola, que iba a seguir con la expedición, al igual que Demetrio, para estudiar las posibilidades comerciales del lejano sur, prestó grandes servicios a la hora de conseguir abastos y dinero para la expedición, a costa de algunos mercaderes de Meroe. No sacó recompensa alguna por ello, pero no le pesó. Era hombre al que la inactividad aburría y, además, sabía que es bueno tener amigos agradecidos, ya que eso vale más que el dinero contante y sonante. También de mucha ayuda resultó el egipcio Merythot, que había decidido seguir con la expedición hasta el descubrimiento de las fuentes del Nilo, y que en su condición de sacerdote allanó durante esos días no pocas dificultades con los meroítas.

Lo cierto es que la orden de marcha cogió a casi todo el mundo por sorpresa, ultimando detalles, como suele ocurrir en esos casos. La noticia de la partida se corrió de boca en boca una noche y, al día siguiente, los *cornicines* hicieron sonar sus instrumentos de bronce casi antes de clarear. Los soldados desmontaron el campamento, como habían hecho tantas veces; el tribuno pronunció un breve discurso y la columna se puso en marcha, dejando ya atrás a la ciudad de Meroe, rumbo al sur.

CAPÍTULO VII

La columna romana no abandonó los aledaños de la capital por la puerta de atrás precisamente, ya que la corte meroíta se había decidido, por fin, a demostrar de forma abierta su amistad hacia Roma, y enviaron incluso a parte de su ejército a acompañarles. Elefantes de guerra, dignatarios en palanquín, lanceros de escudos pintados, arqueros, marchaban a la par que la *vexillatio,* y los labriegos y pastores subían a los cerros para contemplar llenos de asombro, apoyados en sus lanzas, aquel despliegue de colorido.

Así recorrieron las provincias del sur, casi en triunfo, a lo largo de la margen oriental del Nilo, hasta llegar a las cataratas, las sextas, donde les esperaban ya barcos en los que embarcar. Una flota heterogénea, compuesta de naves de poco calado, con velas triangulares y, en muchos casos, el casco de papiros. Algunas eran regalo de los meroítas, pero la mayoría habían sido costeadas por los comerciantes grecorromanos asentados en Meroe.

El *extraordinarius* Salvio Seleuco, en compañía de Agrícola, había estado visitando a esos mercaderes y, con medias palabras educadas, les había convencido de la conveniencia de demostrar su lealtad a Roma y al césar ayudando a la expedición. Uno tras otro, habían abierto las bolsas para pagar provisiones, naves, salarios del nuevo *numerus* de libios. El razonamiento de Tito, que era el que había enviado a su ayudante y al mercader a esa misión, era que los comerciantes tenían por costumbre jugar a todas las bandas, y que, como no sabían si un día iban a despertarse para descubrir que Nubia era provincia romana, tratarían de asegurarse el beneplácito de los expedicionarios. Y había funcionado.

La *vexillatio* se demoró junto a las cataratas un par de días, ya que Tito, tan puntilloso como de costumbre, quiso que los carpinteros revisasen a fondo las naves. Su escolta nubia se despidió de ellos allí, con excepción de la sacerdotisa Senseneb, a la que sus reyes habían encomendado la misión de seguir acompañándoles y facilitar su viaje.

Con los nubios se volvió también a Meroe la caballería romana, llevándose con ellos las mulas de carga. A disgusto se marcharon los jinetes y a disgusto les despacharon el tribuno y el prefecto. Les dolía desprenderse de una unidad tan valiosa, pero las informaciones sobre el lejano sur así lo aconsejaban. Les esperaban pantanos y fiebres, y las caballerías no iban a sobrevivir a lugares tan malsanos, así que lo mejor era dejarles atrás en retén, para emplearles en la larga vuelta a Egipto.

Sólo cuando hasta la última nave estuvo revisada, y el inventario hecho, informó el prefecto al tribuno de que todo estaba dispuesto para la marcha. Estaban a las puertas de una nueva etapa: iban a comenzar un viaje por tierras totalmente desconocidas, que había de durar nadie sabía cuánto tiempo, y hasta el último expedicionario era sensible a ello.

El día de la partida, hicieron formar a las tropas en la orilla. Tuvieron lugar ceremonias religiosas y los augures del ejército otearon los cielos en busca de pájaros. Anunciaron que los presagios eran favorables, cosa que se encargaron de proclamar a voces los heraldos. Luego, el tribuno Emiliano se subió de nuevo a los escudos, para dar un discurso a los soldados.

Tenía voz cultivada y había estudiado oratoria, como corresponde a un hombre que tal vez un día pronunciase alocuciones en el Senado. Había preparado meticulosamente su arenga, que esta vez fue más larga y brillante que aquella previa a la batalla contra los nómadas; aunque, eso sí, en un latín demasiado culto, que muchos auxiliares y no pocos legionarios sólo pudieron entender a medias. Habló de las *terrea incognitae* que les aguardaban, del reto del viaje y de sus peligros, de las dificultades que habían ya vencido, y de la fama y las recompensas que les esperaban de regreso a Egipto.

Puede decirse que fue un buen discurso, si se mide por lo contentos que quedaron los soldados del mismo. Además el prefecto Tito, perro viejo él, había situado a algunos hombres en lugares estratégicos, con instrucciones de aclamar en los momentos cumbres de la alocución. El truco funcionó, siempre lo hace, y el tribuno finalizó la perorata entre vítores y aplausos. Al prefecto le daba absolutamente lo mismo, claro, que el tribuno acabase entre aclamaciones o abucheos, pero sabía de sobra el efecto que las arengas podían tener sobre la moral de los soldados y obró en consecuencia. Como solía decir Agrícola, Tito era de esos hombres que ponían casi siempre el trabajo por delante de los asuntos personales. Casi siempre.

CAPUT NILI

Por cierto que yo, a dos centuriones que el César Nerón –muy amante de otras muchas virtudes, pero especialmente de la verdad– había enviado para descubrir el nacimiento del Nilo, les oí contar que habían recorrido un largo camino; se habían internado en las zonas del interior, contando con la ayuda del rey de Etiopía y la recomendación a los reyes vecinos. «Llegamos», decían ellos, «por fin a unos pantanos inmensos, cuya salida no conocían los indígenas ni nadie puede confiar en conocer, tan entremezcladas están las hierbas a las aguas: aguas impracticables a peatones y naves. Estas últimas no las tolera el pantano fangoso y enmarañado, a no ser que sean pequeñas y con capacidad para uno solo. Allí, dice, vimos dos rocas de las que manaba un río de caudal inmenso».

Séneca, *Cuestiones naturales*, VI, 8, 3-4

CAPÍTULO I

Siguieron unos días tranquilos, durante los cuales la flotilla fue navegando aguas arriba empujada por el viento, con las velas triangulares desplegadas, y las cubiertas abarrotadas de hombres, animales y bagajes. El reino de Meroe acababa, por el sur, justo en la confluencia de los ríos Astasobas y Astapus, el segundo de los cuales no es otro que el propio Nilo con distinto nombre. Sin embargo, al principio la influencia meroíta era notoria, tanto en las costumbres como en la política de las tribus ribereñas, de forma que los romanos, acompañados como iban por Senseneb, eran bien recibidos en esas orillas. Más a meridión, la influencia nubia se difuminaba y tuvieron que volver a sus viejas costumbres de destacamento militar en marcha por territorios potencialmente hostiles: desembarcar menos, destacar naves y patrullas de exploración, montar campamentos de pernocta en lugares de fácil defensa, mirar con recelo a los lugareños.

Senseneb a su vez recuperó aquella vieja costumbre de recibir arbitrariamente, según le dictase el capricho, al tribuno o al prefecto en su tienda. Eso acabó por convertirse en fuente de entretenimiento para los expedicionarios, y no sólo por los chismorreos. No pocos soldados, cada anochecer, se jugaban algo de dinero en apuestas sobre quién de los dos, Emiliano o Tito, sería el llamado. Ni Agrícola ni Demetrio pudieron sustraerse a apostar alguna moneda en ese juego extraño. Aunque los organizadores lo llevaban con discreción, el *extraordinarius* Seleuco acabó por pillar a unos cuantos *gregarii* enfrascados en las apuestas. Pero, cuando supo la naturaleza del entretenimiento, en vez de aplicar castigos ejemplares, se estuvo riendo a mandíbula batiente e incluso acabó por jugar a su vez.

Por lo demás, esa parte del viaje fue muy tranquila, sin otros incidentes que la pesca de algún pez de tamaño extraordinario en las aguas del Nilo. Y, andando el tiempo, tal y como es frecuente que ocurra con las épocas de paz, a Agrícola le costaba recordar esos primeros días tranquilos que sucedieron a su estancia en Meroe.

CAPÍTULO II

Rumbo al sur, la flotilla romana llegó a un lugar en el que el Nilo, cuyas aguas venían ahora del oeste, recibía a un gran afluente nacido en oriente. Ya les habían hablado de ese segundo río, aunque años después Agrícola, al hablar sobre la expedición, no lograría recordar su nombre, ni tampoco el de otros ríos, relieves y poblaciones por los que pasaron. Pero de lo que sí se acordaba perfectamente era que, más o menos a la altura de esa confluencia, el desierto desaparecía por fin.

Se esfumaron la sequedad, la aridez, los paisajes pétreos y las arenas; el aire se hizo más húmedo y los exploradores lo respiraban con gozo. En muy breve espacio de tiempo, mientras navegaban a occidente empujados por sus velas triangulares, las riberas se cubrieron de verdor. Bandadas de aves llenaban los aires y, en los remansos, veían abrevar a antílopes, búfalos de mirada torva, jirafas moteadas, rinocerontes, elefantes y otros muchos animales, algunos de ellos tan extraños que les dejaban boquiabiertos y con ganas de detenerse a cazarlos, para llevarse testas y pieles como prueba de su existencia.

Encontraron poblados a lo largo de esas orillas, habitados por gentes que no eran hostiles y que estaban acostumbradas a tratar con los comerciantes nubios, e incluso con algunos griegos. Aun así, los lugareños salían a la orilla a contemplar asombrados el paso de la flota y esos exóticos viajeros. En alguna ocasión, alguna nave se detuvo a trocar provisiones por pequeños útiles de hierro o bronce, tal y como les habían aconsejado en Meroe que hiciesen.

La flotilla remontó el Nilo durante varias jornadas con unas naves a la vista de otras, fondeando por las noches y sin sufrir más contratiempo que un choque armado con una de las tribus ribereñas. Fue un incidente súbito y, más tarde, la opinión generalizada lo achacó a la mala suerte, como una de esas chispas que provocan un gran incendio. Aunque no faltaron agoreros que quisieron ver en ese suceso la mano del famoso Aristóbulo Antipax que, según los soldados, aún seguía como un chacal a la expedición, buscando la forma de morder en ella.

El hecho cierto fue que una partida de caza, que había tomado tierra en la ribera meridional para buscar algo de carne, se vio atacada por sorpresa por una banda de guerreros que entonaban sonoros cánticos y blandían largas lanzas. Hubo un intercambio de proyectiles y los cazadores tuvieron que huir a toda prisa. Pero es verdad que los negros no eran muchos, que iban solamente armados con lanzas y mazas, muchos de ellos sin escudos, y que ninguno lucía pinturas de guerra. Así que es muy posible que todo se debiera a que los romanos, sin querer, se habían acercado demasiado a un poblado, y que los lugareños lo único que hubiesen hecho fuese tomar las armas para defender sus hogares y ganado.

Los romanos escaparon hacia la orilla mientras el número de sus enemigos crecía sin cesar, porque llegaban más y más guerreros, estos últimos ya con grandes escudos pintados. Los cazadores se hicieron fuertes entre los árboles de la ribera, sin atreverse a reembarcar en los botes, por temor a que los lanceasen por la espalda antes de poder ganar el centro del río.

De entre las naves que vieron el apuro en el que se encontraban sus cazadores, la más cercana fue la de Tito Fabio. El prefecto, que había estado sentado en cubierta, mirando en silencio el centelleo de las aguas y el vuelo de las aves, se puso en pie de un salto y comenzó a dar voces. Sus hombres hicieron sonar las trompas y los timoneles se lanzaron sobre la barra. La embarcación viró para varar en los arenales entre espuma, y el prefecto y sus legionarios saltaron a tierra chapoteando, sin armaduras, con los escudos en alto, gritando y soplando los cuernos.

Desde las otras naves, los hombres oyeron aquellos toques que resonaban a lo largo de las orillas, haciendo levantar el vuelo a las aves. Al volverse alarmados, vieron cómo el prefecto y los suyos subían a enfrentarse con una multitud de negros, erizada de lanzas, que surgía de la selva, y cómo el *vexillifer* con la piel de leopardo agitaba el estandarte con la imagen de la Fortuna. Un gran clamor estalló en la flotilla, mientras las distintas naves iban dándose cuenta de qué pasaba.

Los legionarios de Tito habían formado una pared de escudos para proteger a los cazadores, que carecían de armas defensivas. Llegaban más y más enemigos, negros desnudos tras escudos pintados, entre agitar de lanzas y cánticos guerreros. Los romanos seguían tocando los cuernos y las aves salían asustadas en bandadas inmensas, llenando el aire con sus aleteos. Aquello era ya una batalla en toda regla y, en el río, los soldados gritaban al ver el *vexillum* en peligro, y las naves trataban como podían de virar para acudir en auxilio de los que estaban en tierra.

La flotilla se convirtió en un caos. Los oficiales se gritaban de unas embarcaciones a otras; algunas estuvieron incluso a punto de chocar y el tribuno Emiliano quedó, en esa ocasión, bastante en entredicho. Su nave estaba cerca y en posición favorable para ayudar al prefecto y los cazadores; pero, durante los primeros momentos, los de más apuro, pareció seguir río arriba, la vela triangular desplegada y sin que una sola guiñada de la proa indicase que tenía intención de ganar la orilla. Desde los otros buques vieron cómo los pretorianos de ropas rojas habían empuñado los *pila*, y cómo algunos se asomaban a las bordas. Pero el tribuno estaba parado en cubierta, observando inmóvil, con su túnica roja ondeando en la brisa, y los timoneles no hacían amago de meter caña a estribor.

Luego se dieron razones para tal actitud; explicaciones que no convencieron a unos y dejaron dudando a otros. La que no pareció titubear ante esa tesitura fue la nave de los nubios. En cuanto vio que el prefecto en persona estaba en tierra, midiéndose en desventaja con una muchedumbre enemiga que no dejaba de crecer, Senseneb abandonó su compostura hierática, se incorporó de un brinco y comenzó a chillar a sus hombres, que se alzaron con un clamor, aprestando los arcos, de forma que la nave se balanceó con violencia por el cambio brusco de pesos.

Los legionarios de algunas naves, que se asomaban ansiosos a la borda y apremiaban maldiciendo a los timoneles, dieron fe luego de que la sacerdotisa se arrancó el tocado de la media luna de plata, y los velos que la estorbaban, antes de empuñar ella misma un arco. Ahí fue cuando todos pudieron ver por primera y única vez su rostro, y que llevaba la cabeza afeitada a la manera egipcia. El barco nubio, inconfundible gracias al buitre sagrado, innegablemente egipcio, bordado en dorado sobre la vela blanca, hundió la proa en la arena ribereña, y los meroítas bajaron entre aullidos bárbaros, en socorro de los romanos o, como diría luego algún malicioso, quizá sólo en el de Tito Fabio. Senseneb misma no se conformó con tirar algunas flechas desde su nave, sino que saltó también a tierra, con dedal y brazal de arquero, y comenzó a disparar con rapidez contra los negros, que a su vez se agolpaban tras sus escudos, arrojando lanzas a los recién llegados.

Las naves maniobraban de forma caótica en el río, unas queriendo virar y otras acercarse a la orilla sur, y los tripulantes de algunas no sabían muy bien qué estaba pasando, por lo que los hombres se gritaban de borda a borda, entre el estruendo de los cuernos y el tremolar de banderas. En la orilla, volaban lanzas, *pila,* jabalinas, piedras, en medio de una escandalera tremenda. Alguna vez llegaron al cuerpo a cuerpo entre los árboles, pero ahí los legionarios, con sus escudos rectangulares y sus gladios, se impusieron con facilidad a sus impetuosos enemigos.

Desplegados a lo largo de la orilla, los nubios arrojaban oleadas de flechas contra los negros y, en medio de todo aquel caos, algunos romanos no pudieron evitar detener los ojos, pasmados, en la sacerdotisa que, ahora destocada y medio desnuda, disparaba una saeta tras otra contra sus enemigos. Uno de sus arqueros se había hecho con un gran escudo y lo empuñaba a dos manos, a su derecha, para protegerla de las lanzas que llegaban volando. Pero esa escena sólo sorprendió a los que no sabían que, entre los nubios, las mujeres aprenden a manejar el arco y toman parte en la batalla en caso de apuro, o puede que por gusto e inclinaciones, como ocurría con aquella legendaria Candace tuerta, Amanishakhete, que había invadido Egipto en tiempos del césar Augusto.

Sólo cuando vio a Senseneb en la orilla, arco en mano y expuesta a las lanzas negras, Emiliano reaccionó, y fue como si saliese de un sueño. Se quitó el pliegue del manto rojo de la cabeza –con el que se cubría del sol y que impidió que los tripulantes de las naves más próximas pudieran ver, o siquiera intuir, su expresión– y ordenó a voz en cuello varar. Su nave tocó las arenas casi al mismo tiempo que otra en la que iban cuarenta auxiliares de escudos oblongos, dorados y verdes.

Los pretorianos desembarcaron llevando con ellos la *imago* con la efigie de Nerón. Los negros comenzaron a verse en inferioridad numérica, y abrumados por el frente de escudos romanos, y por las flechas nubias que les castigaban desde el flanco, cedieron. Se retiraron en la forma en que suelen hacerlo los bárbaros; puesto que, si en un momento dado atacaban impetuosos entre cánticos de guerra, casi en el siguiente huían en desbandada, cada uno por su lado. Muchos, con las prisas, abandonaron escudos, e incluso las lanzas.

Tito contuvo a sus soldados y luego se adelantó, el escudo en una mano y la espada en la otra, para gritar a los nubios que no persiguiesen a los fugitivos. Salvio Seleuco corrió al borde del agua y, agitando los brazos, instó a las demás naves a no acercarse, a volver al centro del río. Todos regresaron a la orilla y, arrimando el hombro, arrancaron las proas a la arena. Pusieron los barcos a flote mientras los cazadores, haciendo las veces de retaguardia, vigilaban entre los árboles, no fuese que volvieran los enemigos.

Allí donde estaban, las aguas se remansaban tranquilas y la playa era una franja ancha de arenas amarillas y ardientes, con el follaje verde de la selva más allá. El *vexillifer* salió a abierto y se acercó a pie de agua, para mostrar el *vexillum* a la flotilla, que se mantenía a esa altura a fuerza de remos. A la vista de aquel legionario de piel de leopardo sobre la cota de malla, que agitaba el estandarte rojo con la Fortuna bordada, un gran clamor se alzó desde todas las naves.

Luego fue Tito Fabio el que se adelantó por las arenas y, dejándose llevar por su carácter teatral, mezcla extraña de impulsivo y calculador, saludó a los expedicionarios con el brazo derecho en alto y la palma abierta. El griterío creció: los soldados respondían al saludo con voces, entrechocar de espadas y *pila* contra escudos, o aporreaban los costados de las embarcaciones, haciéndolos retumbar como tambores.

Tito se quedó allí unos instantes, a la luz cegadora del trópico, el brazo en alto, antes de darse la vuelta y gritar órdenes. Los *cornicemi* hicieron sonar las trompas, los soldados reembarcaron, los cazadores volvieron a toda prisa y las naves que habían participado en la escaramuza abandonaron, a golpe de remo, aquella orilla.

La flotilla se reorganizó con rapidez. Las naves que habían virado se dejaron llevar por la corriente para rebasar al resto, antes de virar otra vez y, a velas desplegadas, recuperar cada una su lugar. Las trompas y las banderas pasaron señales y, por último, la expedición reanudó su singladura rumbo al oeste, manteniéndose tan en el centro del río como podía. El choque había costado algunos muertos y bastantes heridos, así que el prefecto mandó a su timonel que acercase su barco al del tribuno, y ambos estuvieron discutiendo el asunto de borda a borda. Por último, Emiliano pareció dar la razón a Tito y esa misma tarde, aún pronto, arribaron a la orilla norte para montar un campamento para varios días.

No se trataba sólo de atender a los heridos, sino de que los guías indígenas, reclutados en Meroe de entre esclavos nacidos en esas tierras, les habían avisado que estaban ya cerca de donde tendrían que abandonar el aparente curso principal del río, que en realidad era un afluente que nacía en el oeste. Si querían llegar a las verdaderas fuentes del Nilo, tenían que virar al sur, meter las naves en los inmensos pantanos de papiros y abrirse paso durante días y días por un laberinto de agua y vegetación. Lo que hubiera más allá, no lo sabía nadie.

Una nave ligera, de las que bogaban por delante a modo de avanzadilla, avisando de los escollos y bancos de arena del río, encontró un buen emplazamiento en la orilla septentrional, tal y como se les había encargado expresamente: una llanada amplia y herbosa, razonablemente despejada, y con un suelo firme y sin encharcar. Claudio Emiliano y sus pretorianos fueron los primeros romanos que bajaron, llevando con ellos la *imago;* aunque antes habían desembarcado algunos mercenarios libios y nubios de armamento ligero, para batir el terreno circundante y prevenir sorpresas desagradables.

Los barcos fueron arribando y, según varaban en la orilla, entre chapoteos del agua, crujir de maderamen y susurro de arenas, los hombres bajaban con su equipo a cuestas. Los cazadores, con jabalinas, se apostaron en los arenales para prevenir ataques de cocodrilos e hipopótamos. En cuanto al resto, casi la mitad de las tropas –entre ellos los arqueros y los *numeri* al completo– se adelantaron para formar una línea de combate, protegiendo a la otra mitad mientras cavaban el foso del campamento, igual que si tuvieran enemigo a la vista.

La alegría causada por el cambio de aires había desaparecido con la novedad, y no pocos echaban ya de menos la sequedad de los desiertos. Hacía mucho calor también, pero era ahora húmedo y pegajoso, la luz hacía daño a los ojos, el sol quemaba y la atmósfera estaba cargada de extraños olores. Los hombres trabajaban casi desnudos, chorreando sudor, entre enjambres de insectos y, en aquel clima, cualquier roce contra tela o cuero provocaba en la carne ronchas de carne inflamada y enrojecida, como ya habían descubierto en días previos.

Apenas abierto el foso frontal, el más alejado del río, las fuerzas de defensa se replegaron para ayudar en el trabajo, dejando detrás algunas patrullas. Seleuco y Quirino, que iban recorriendo el perímetro, tenían un ojo puesto en las obras y otro en esas patrullas. La llanura estaba cubierta de hierbas altas y jugosas que ondulaban a golpes de una brisa húmeda, y veían cómo los hombres se abrían paso por aquel océano de verdor que, en muchos casos, les llegaba al pecho. Había algunos árboles aislados, altos y copudos, de especies desconocidas para los romanos. A algo más de quinientos pasos, las hierbas daban paso a una selva de grandes árboles. Rumiantes y leones habían huido ante los humanos, pero no así las aves, que revoloteaban por el campo, lanzando extraños graznidos.

–Casi prefiero el desierto –dijo con suavidad Salvio Seleuco, los ojos puestos en las evoluciones de una de esas aves de plumaje extraño y colorido.

Quirino asintió en silencio, aunque sin perder su sonrisa burlona.

* * *

Cosa curiosa, en esa ocasión Senseneb pasó la noche con el tribuno, lo que hizo perder un poco de dinero a muchos apostadores, y ganar mucho a unos pocos, ya que casi todos los que se dedicaban a ese juego tan peculiar de adivinar quién sería cada noche el afortunado, lo habían hecho por el prefecto.

Qué era lo que hacía que ésta optase por uno u otro cada noche era motivo de muchas especulaciones y, si unos lo atribuían al capricho, otros eran de la opinión de que la sacerdotisa de Isis jugaba con ambos, atizando los celos y la rivalidad entre esos dos. Pero lo cierto es que, después de la escaramuza de esa mañana, en la que ella había sido la primera en acudir en auxilio del prefecto, jugándose la vida mientras el tribuno no movía un dedo, casi todos esperaban que fuese el primero y no el segundo quien compartiese su techo. Pero fue exactamente al revés.

El tribuno salió de su tienda ya de noche y solo, envuelto en un manto negro. Los arqueros que guardaban a la sacerdotisa le dejaron pasar con reverencias y él se encontró con que ella ya lo estaba esperando, puesto que había hecho salir a todos y sólo tenía a su lado a sus dos esclavas. Algunas lámparas creaban una penumbra tibia, y un pebetero, en un rincón, dejaba escapar hilos de humo azulado. Olía allí dentro a incienso, a aceites y perfumes. Senseneb, vestida a la manera tradicional egipcia, con sólo un cinturón y un delantal, le salió al encuentro con una sonrisa, aunque sus ojos oscuros miraban intrigados en los azules del romano. Éste se quitó el manto negro. Traía el pelo rubio alborotado y una expresión tormentosa, y vestía la túnica blanca con franja púrpura de tribuno, en vez de la roja de pretoriano. Parecía abatido a la vez que algo agitado, y sus ojos cambiaban una y otra vez de tono, como sacudidos por estados de ánimo diversos.

Ella se acercó a él y, al verle ahí de pie, casi como desorientado, le cogió de la mano y le llevó hasta un asiento, como a un niño. Ella misma le desciñó la espada y, mientras le acariciaba el pelo rubio, ése que tanto le había llamado de siempre la atención, ordenó a sus esclavas que preparasen un bebedizo.

–¿Una infusión? –protestó el romano–. No. No la quiero.

–Pareces muy cansado. Te hará bien.

–Bah...

Pero su anfitriona le tapó la boca con la mano, en broma, y él se dejó hacer. Preguntó de qué estaba hecha esa cocción, pero ella no quiso entrar en detalles, y sólo le reveló que era un remedio secreto de su gente, al tiempo que le preguntaba riendo si es que temía que le envenenase. Lo más que le dijo fue que servía para asentar el humor y ahuyentar a los malos espíritus, ésos que siempre están al acecho, listos para entrar por la boca y las narices de quienes sufren de preocupación, y devorarles poco a poco el alma.

La propia Senseneb le tendió un cuenco humeante y, con risa maliciosa, probó el contenido, como un copero real. El tribuno de túnica blanca y púrpura le correspondió, esta vez sí, con una sonrisa, aunque bastante desganada; cogió el cuenco entre sus manos, miró a esos ojos brillantes y se bebió a sorbos el líquido amargo y ardiente, que casi le quemaba los labios. En días posteriores habría de preguntarse de qué estaría hecho. Como romano y supersticioso temía de forma terrible a las brujas y las brujerías, en tanto que como hombre de mundo tendía a descartar todo eso como superchería. No podía ser más que una infusión con ciertas virtudes y adornada de mucho misterio; y sin embargo...

La cocción tuvo la virtud de sosegarle el ánimo, aunque no de levantárselo. Se quedó sentado, los antebrazos reposando sobre los muslos y sintiéndose ahora más cansado que cualquier otra cosa. Senseneb se situó a su espalda y comenzó a amasarle los hombros. Él suspiró al contacto de sus dedos y fue como si el correteo de las yemas, y los pellizcos que daba a sus músculos cargados, le quitasen un peso enorme de encima, que hasta entonces no había sabido que llevaba.

Dejó vagabundear los ojos por la tienda nubia. Las luces de las lámparas titilaban y las sombras se movían. Heti y Shepenupet se habían retirado a una de las esquinas, como otras veces. Mientras su ama masajeaba los hombros del romano, la segunda de ellas comenzó a tañer un arpa y las dos empezaron a cantar una tonada lenta y melodiosa, muy antigua y tan suave que al tribuno le causó la ilusión del flujo calmo del Nilo, en los tramos anchos. Observó, en la penumbra, el revuelo lento de los dedos de la negra sobre las cuerdas, los ojos cerrados de las dos al cantar.

Luego sus ojos, al ir un poco más allá, fueron a posarse sobre un arco nubio; un arma imponente, larga y de madera endurecida al fuego, que ya otras veces había visto en esa tienda. Hasta esa misma mañana, empero, sólo lo había tenido por un adorno más.

–¿Es tuyo ese arco?

–Es *mi* arco. Mi tío me lo regaló el día en que cumplí once años.

–¿Tu tío?

–El hermano mayor de mi madre. Él me crió.

–Tiras muy bien.

–He crecido entre arqueros y solía ir de caza con los hombres, antes de que mi tribu me enviase al templo, para ser iniciada en los misterios de Isis.

El tribuno meneó admirado la cabeza.

–Se necesitan años para llegar a ser un buen arquero, y es fácil perder la puntería, si uno no se entrena con regularidad.

–Soy nubia –manifestó ella con orgullo. Sus pulgares se clavaron en los hombros del tribuno, ejerciendo una presión que fue primero dolorosa y luego relajante–. Llevo el arco en la sangre.

–Ya lo he visto. Me han dicho que esta mañana has matado a dos hombres.

Ella se echó a reír de nuevo, ahora con el alborozo de una niña.

–No dos, sino tres. Tres enemigos muertos por mis flechas. Mis hombres lo vieron; vieron las flechas con mis colores clavadas en sus cuerpos... –de repente cambió de humor–. Ahora mismo tendría que haber tres manos derechas recién cortadas, colgando a las puertas de mi tienda. Pero Tito no permitió que mis hombres cortasen los trofeos.

–Hizo bien.

–¿Por qué? –le apretó otra vez los hombros–. ¿No les matamos en combate? Teníamos derecho a ello.

–No lo discuto –el tribuno enlazó los dedos, los codos aún reposando en los muslos–. Pero Tito opina que lo que ha ocurrido esta mañana se ha debido a un encuentro fortuito, y no ha querido que se mutilase a los cadáveres para no indisponernos más con los pueblos de la ribera.

–¿Qué nos importan a nosotros esos miserables? No son más que unos bárbaros: barro en las sandalias del pueblo sagrado.

Emiliano a punto estuvo de reírse. Como hablaban en griego, ella había usado esa palabra, bárbaros, con la que los griegos designaban a todos aquellos pueblos que no eran ellos mismos. Y había dado a los nubios el mismo apelativo que Merythot daba a los egipcios, aunque él se negaba a incluir bajo ese término, por cierto, a los propios nubios.

–Estamos lejos de Meroe, Senseneb, y tus reyes no gobiernan, ni tienen ya influencia sobre estas gentes. Es mejor estar a buenas con ellas.

–Tito podía, por lo menos, haber permitido que mis hombres cortasen las tres manos a las que tengo derecho. Estoy enfadada con él.

Emiliano no replicó nada y hubo un silencio entre ambos. Heti y Shepunepet seguían cantando, las luces chisporroteaban, hacía calor allí dentro y el humo del incienso se remansaba en capas azuladas a media altura.

–Tito es un intransigente –añadió luego ella, enfurruñada.

–Es un buen *praefectus castrorum*, y eso no puede negarlo nadie –contestó Emiliano, preguntándose qué hacía él defendiendo a Tito Fabio ante la sacerdotisa–. Es verdad que es un hombre duro, demasiado dado a soluciones drásticas; pero hoy ha hecho lo que debía y tiene toda mi aprobación. Y la última palabra es la mía, porque por algo estoy al mando de esta expedición.

Guardó silencio un largo instante, como rumiando un pensamiento, antes de añadir sombrío.

–Aunque puede que hoy muchos pongan tal cosa en duda.

–¿Por qué dices eso?

–No hace falta ser muy listo para imaginarse qué es lo que hoy se debe comentar de mí –meneó desalentado la cabeza.

Senseneb siguió amasándole los hombros con parsimonia, y no dijo nada hasta que estuvo segura de que él no iba a proseguir. Le acarició el pelo rubio, antes de preguntar con cautela:

–¿Qué es lo que te ha pasado hoy en la batalla? ¿Por qué te has demorado?

Emiliano se pasó la mano por el rostro, con un suspiro.

–Desde mi barco no se veía muy bien lo que estaba pasando. Lo único que yo veía era que un grupo de hombres nuestros estaba luchando en la orilla. La vegetación, los árboles, nos entorpecían la vista, y no podía saber si los atacantes eran cien o cien mil. Según las leyes de la guerra, uno no debe enviar a sus hombres a luchar a ciegas, sin saber cuál es la situación –levantó un poco la cabeza, más dolido que irritado–. La lógica militar exige esperar a saber qué ocurre, ya que es preferible perder unos pocos hombres que perderlos a todos por culpa de una imprudencia.

–Eran romanos, guerreros a tu mando. Y otros no dudaron en acudir a ayudarles.

Emiliano suspiró.

–Dicen que los nobles sentimientos y la generosidad son estorbos en la guerra, y que sólo sirven para perder hombres y batallas. ¿Qué pasa si detrás de los árboles hubiera habido todo un ejército? Nuestros soldados habrían ido desembarcando en desorden, para ser aniquilados según pisasen tierra.

–Entonces no tienes nada que reprocharte. No debieras estar en semejante estado, que parece propio de un alma falta de peso a la hora del Juicio.

–Porque todo lo que te he dicho no son más que palabras. Lo que importa es que el *vexillum* estaba allí. ¡El *vexillum!*

–No lo entiendo –admitió ella con voz suave–. ¿Qué pasa con vuestro estandarte?

–El *vexillum* es nuestra enseña, Senseneb: el alma de la expedición. Según nuestras tradiciones y nuestra religión, es en el *vexillum* donde reside el espíritu tutelar del destacamento.

–¿Es una bandera sagrada?

–Es mucho más que eso. El *genius* protector de la *vexillatio* reside en él.

–¡Ah! –le oprimió los hombros, ahora pensativa–. Entonces no es la insignia de algo sagrado, sino que ese *vexillum* es un dios.

–Podría decirse así. Es algo así como el dios de las tropas; un dios menor, pero dios a fin de cuentas. Y es una desgracia, a la vez que una gran deshonra, perder las enseñas.

La sacerdotisa se sentó a sus espaldas, apoyó la barbilla en su hombro y en voz baja, hablándole casi al oído, le preguntó:

–¿Te viste en la duda y no supiste a qué atender, si a salvar el *vexillum* o a velar por las tropas? ¿Es eso lo que pasó?

Hubo un silencio muy largo.

–No –suspiró él–. Mentiría si dijese que fue eso lo que ocurrió.

–¿Entonces qué?

–No lo sé, no lo sé bien.

Movió la cabeza, muy despacio, antes de hablar de nuevo con lentitud, como si tratase de ordenar los pensamientos.

–No es que tuviese miedo; no pienses eso de mí. Pero me quedé paralizado, sin saber qué hacer. No era miedo, sino que no podía decidir qué hacer. Ni siquiera podía pensar. Todo fue tan rápido. De repente, en la orilla estaban luchando, mis propios hombres gritaban a mi alrededor. Todo ocurrió de golpe, en un momento, y sin embargo se me hizo tan largo...

–¿Te demoraste porque era el prefecto el que estaba en peligro en la orilla?

–¡No! ¿Cómo puedes preguntarme eso? –se giró a medias, indignado, aunque un ligero temblor en la voz daba a entender que quizás él mismo tenía esa duda–. Yo no sería capaz de algo así.

–Claro –ella le acarició el cabello y la mejilla, y a él se le hundieron de nuevo los hombros.

Abatió la cabeza.

–Es lo que van a pensar muchos de mí. ¿Crees que no lo sé? Van a decir que no me acerqué a la orilla con la esperanza de librarme del prefecto.

–Tú sabes que eso no es así.

–¿Y qué más da? Lo que importa es lo que los soldados crean.

Ella se echó a reír de repente, y se apretó aún más contra su espalda.

–Emiliano, Emiliano. Das demasiada importancia a lo que puedan pensar tus hombres. No ha sido más que un incidente y dentro de unos días estará olvidado.

–¿Cómo se van a olvidar de una cosa así?

–De la misma forma que se olvida todo, amado. Este viaje es largo y lleno de azares, y todavía nos queda mucho por recorrer. Problemas no nos van a faltar y, dentro de poco, los hombres tendrán la cabeza ocupada con otras cosas.

Los ojos azules del tribuno se iluminaron un tanto; tal vez gracias a los argumentos de la nubia, o quizás al oír de sus labios la palabra «amado». Ella no lo vio, porque estaba detrás de él, aunque sí sintió un cambio en su postura.

–Tú estas en paz contigo mismo, y los dioses no tienen nada que reprocharte. Deja que los demás, que valen menos que tú, piensen lo que quieran de ti.

–Eso no es tan fácil, Senseneb. Soy romano y no egipcio, y estoy aquí porque me ha nombrado el césar, no por voluntad divina. Soy el tribuno, el jefe de las tropas, y no puedo permitirme que mis hombres duden de mí.

–Tampoco puedes permitirte que te vean demasiado pendiente de su opinión. Eso puede hacer que te pierdan el respeto.

–En eso tienes razón... –admitió, de repente inseguro.

–Claro que la tengo. Tú mismo lo has dicho: eres el jefe de esta expedición. Así que compórtate como tal: mantén tu dignidad y que tus hombres te vean fuerte y seguro, siempre resuelto. Que nunca sospechen que hoy fuiste indeciso. Es mejor que crean que estabas dispuesto a sacrificar a Tito por enemistad. Es mejor que te consideren malvado que irresoluto. Si llegan a creer que dudaste, te tendrán por débil, y nadie sigue ni respeta a un jefe débil.

El tribuno asintió, pensativo, sintiendo el calor de la sacerdotisa contra su espalda.

–Senseneb, podrías dar lecciones a un cínico griego, y lo peor de todo es que estás en lo cierto.

Sonrió. Se le veía ahora menos decaído, como si la conversación hubiera tenido la virtud de apaciguar sus dudas y le hubiese devuelto el coraje. Se había relajado con el masaje de hombros, y con el olor del incienso, y ahora comenzaba a responder de forma distinta al roce del cuerpo de Senseneb. El deseo iba despertándose en él poco a poco, pero con gran fuerza.

Ella lo notó. Lo sentía en los dedos, con la piel, y se dio cuenta de que a ella misma se le encendía la sangre y se le endurecían los pezones, excitada por ese poder que intuía que tenía sobre el romano. Un poder, un ascendiente que había ido ganándose muy despacio a lo largo del viaje, hasta conseguir influir en sus opiniones e incluso en sus estados de ánimo.

Abrazada a su espalda, le mordisqueó la oreja, para avivar ese fuego que acababa de encender. Luego se apartó. El tribuno se puso en pie y ella le ayudó con dedos ágiles a librarse de la túnica blanca y púrpura. Emiliano le agarró los pechos grandes y pesados, sintiendo el tacto untuoso de la piel; porque, justo antes de su llegada, las esclavas habían estado ungiendo el cuerpo de su ama con aceites.

Él pasó su pierna entre las de ella y la sintió mojada. No hubo preliminares ni tampoco ninguno de esos juegos a los que a veces gustaba de abandonarse la sacerdotisa de Isis. Mientras las dos esclavas seguían tañendo y cantando, y las volutas de humo giraban perezosas entre las penumbras y las sombras de la tienda, ella le cogió por el miembro, algo titubeante aún, y lo agitó, y ella misma se sintió encandilar al notar cómo aumentaba y se endurecía entre sus dedos.

Le puso dos rápidos besos entre los labios, y luego las bocas de ambos se encontraron con tanta fuerza que los dientes entrechocaron. Le arrastró a la cama, encima de ella, se introdujo el miembro, lo atrapó entre sus muslos de músculos fuertes.

Esa noche fue todo apresurado, como si anduviesen escasos de tiempo. Emiliano embestía con furia y ella se entregó a ese frenesí de bacante que la poseía a menudo. Se agitaba con los párpados muy cerrados, y resollaba como una pitonisa en trance, mientras sacudía las caderas tratando de hundir al romano aún más dentro de ella. Le estrechaba con tanta fuerza que sus uñas hicieron saltar la sangre, y no precisamente unas pocas gotas. En el calor húmedo de los trópicos, se retorcían como en un combate de culebras, empapados en sudor. Ella se arqueaba rugiendo al final, y él tenía que agarrarse a su cuerpo resbaladizo como un náufrago al madero.

Todo llegó en un estallido y, como en un estallido, todo pasó también muy rápido. Emiliano se quedó tendido encima de Senseneb, dentro aún, jadeante, mientras ella, con los ojos cerrados, la piel reluciente de aceite y sudor, le acariciaba con dedos distraídos el cabello mojado. Luego la meroíta se apartó, y él se quedó tumbado en la penumbra de la tienda, con los párpados entornados y adormecido. Las sombras danzaban al compás del parpadeo de las velas y las esclavas todavía seguían cantando. El tribuno se abandonó a esa tristeza que sigue tantas veces al acto.

Senseneb se levantó y, de pasada, recogió la túnica del tribuno, que había quedado en el suelo, tirada de cualquier manera. Hizo un gesto a las esclavas y la canción murió. Heti se apresuró a llenar dos copas de esa cerveza espesa, tan cara a los egipcios y los nubios. Su ama acariciaba la túnica, palpando la calidad del tejido.

–Dime una cosa, que no acabo de entender –preguntó al desgaire, al tiempo que pasaba los dedos por la banda púrpura estrecha–. ¿Tito hizo bien o hizo mal esta mañana?

–¿A qué te refieres? –preguntó él a su vez, con desgana.

–Tito saltó a tierra, en ayuda de los cazadores, sin pensárselo dos veces, y puso por tanto vuestro estandarte sagrado en peligro. El estandarte que tenéis que defender por encima de todas las cosas.

Claudio Emiliano abrió los ojos con un suspiro, incómodo como cada vez que ella sacaba a colación al tribuno.

–Los cazadores estaban en peligro.

–¿Es que importan más ellos que el dios de las tropas?

–No. Pero Tito es un hombre impulsivo: vio en peligro a los hombres y se lanzó al combate sin pararse a pensar en nada más. Es impetuoso y a los soldados siempre les han gustado los valientes, y los gestos temerarios.

–¿Tú hubieras hecho lo mismo de estar en su lugar?

–Yo no soy Tito. Pero, en todo caso, el éxito justifica cualquier acción. Además, Tito Fabio sabe de la guerra más que yo.

–¿Cómo dices? –ella se volvió estupefacta, sin poder creer que el tribuno reconociese ser inferior en algo al prefecto.

–No me mires así. Tito es un legionario de carrera; empezó de *miles*, se ganó el anillo de oro de caballero por llegar a ser centurión *primus pilus*, y ha subido hasta *praefectus castrorum* por méritos propios. Yo, en cambio, estoy en el ejército de paso.

Ella, con la túnica de tribuno aún en las manos, guardó silencio; uno que era una invitación a proseguir. Emiliano dejó caer los párpados de nuevo, fatigado. A la meroíta le gustaba hacer siempre más preguntas, y él no sabía si eso se debía a una curiosidad genuina, o al deseo de obtener cuanta información pudiera.

–Yo soy de familia senatorial, Senseneb, no hijo de labriegos, como Tito. Mi futuro está en la política, no en el ejército. Para eso me han educado.

–¿Y?

–Para hacer una carrera política hay que ir pasando por una serie de cargos, como peldaños. Eso es lo que en Roma llamamos el *cursus honorum*. Antes la carrera más rápida se hacía en el Senado, pero ahora los tiempos han cambiado. Por eso usé una triquiñuela: mi padre me asignó menos dinero del mínimo que ha de poseer un senador y, por tanto, quedé convertido automáticamente en caballero. Así pude alistarme en los pretorianos por unos cuantos años, de paso para otros cargos, no necesariamente militares. Yo empecé de *praefectus cohortis* y, desde luego, no voy a estar veinticinco años en el ejército, como los legionarios de carrera.

–¿Prefecto de una cohorte? Entonces, el mando de esta misión es una promoción que te ha concedido tu césar.

Hubo un silencio.

–Bueno, podría llamarse así –sonrió luego él, los ojos aún cerrados.

–Me he fijado en que no te pones casi nunca la ropa propia de tu rango...

–Es cierto. Sé que debiera, pero la túnica roja hace que mis pretorianos sigan viéndome como uno de los suyos. Además, a mí me parece más bonita.

–Los otros tribunos usan sus túnicas.

–No es lo mismo.

–¿No?

Él, sin abrir los ojos, sintió su curiosidad.

–Te voy a contar algo. En nuestras legiones hay seis tribunos militares: cinco angusticlavios de clase ecuestre, y uno laticlavio de clase senatorial.

–Un noble.

–Todos son nobles, para usar tus palabras. Los tribunos no son legionarios de carrera, sino políticos haciendo el cursus honorum. Por eso, hay además un *praefectus castrorum*. Ése sí es un oficial veterano, salido de las filas.

–Sí.

–Pero, por leyes promulgadas en tiempos del césar Augusto, en Egipto no pueden pisar senadores, y no hay por tanto legados ni tribunos laticlavios. El césar me hizo tribuno de la *vexillatio*, a pesar de ser sólo caballero, y el gobernador de Egipto designó a Tito como *praefectus castrorum*. Yo tengo el mando, pero él tiene ese conocimiento de los detalles que sólo la experiencia da.

Hizo una pausa y sonrió con dejadez.

–Supongo que cada uno de nosotros siempre se ha sentido molesto por lo que el otro tiene.

–¿Por qué los senadores, que son los más nobles de los romanos, después de la familia imperial, no pueden pisar en Egipto?

–Es cuestión de tradición, y también de protocolo –mintió Emiliano. Si Senseneb no sabía hasta qué punto dependía Roma del trigo egipcio, cosa que había hecho que los emperadores se reservasen el gobierno de la provincia, sabedores de que quien la controlase tenía ganada la mitad de una guerra civil, no iba a ser él quien le abriese los ojos–. El césar y el Senado son los dos grandes poderes en Roma. Yo, aunque de familia senatorial, soy caballero gracias a la argucia que te comenté, y por eso pudieron enviarme a esta expedición.

–¿Y por qué tú?

–Quizás el césar quiso honrar a vuestros reyes mandando a alguien que por sangre es de la clase más alta, ya que no podía enviar a nadie de su propia familia –volvió a mentir con soltura.

–Ya –y por ese *ya* el romano no pudo saber hasta qué punto ella le había creído–. ¿Y no tienes derecho a una túnica de banda púrpura ancha?

–No, no. Sólo siendo senador podría usarla, y en ese caso no estaría aquí. Llevo una túnica angusticlavia, y aparte una cinta púrpura y un bastón, para distinguirme como jefe de la *vexillatio.*

–Debieras usar todos esos símbolos más a menudo –le recomendó pensativa la meroíta–. Así tus soldados tendrían siempre bien presente quién es el que manda.

–Si tú lo dices. ¿Pero de qué sirve todo eso a un comandante que en un momento de apuro se pone en evidencia delante de todos?

–¿Otra vez con eso? –la sacerdotisa se volvió de repente hacia él, con gesto de aburrimiento–. Déjalo ya.

Emiliano no pudo dejar de advertir una chispa de desdén en sus ojos oscuros, aunque se apagó muy rápido. Dejó escapar una sonrisa desangelada, cerró de nuevo los párpados y se quedó tumbado e inmóvil. Senseneb, con un suspiro, me metió de nuevo en la cama y se apretó contra su cuerpo. Pero él, a pesar de que se relajó un poco, no abrió los ojos y siguió allí tendido, quieto, perdido en sus pensamientos, o puede que en los recuerdos de la lejana Roma.

CAPÍTULO III

La expedición se demoró en aquel lugar varios días; tiempo que el prefecto aprovechó para hacer revisar las naves y los equipos, y ponerlo todo a punto antes de internarse en los inmensos y, a tenor de las informaciones, temibles pantanos del sur. No hubo descanso para nadie: se estableció una rutina y, al alba, las patrullas salían a la selva, en tanto que los centuriones, los *praepositi* y los optios llevaban a los soldados a los pastizales, para que se ejercitasen y desentumecieran los músculos después de tantos días en barco.

Los cazadores se internaban en las frondas en busca de carne fresca, y los exploradores iban aún más lejos en misiones de reconocimiento. Unos y otros volvían con animales extraños, e historias sobre bestias aún más raras columbradas a través del follaje, así como sobre encuentros con hombres negros de los bosques, que eran a un tiempo curiosos y desconfiados. Una de las naves de exploración, enviada río arriba, regresó con noticias sobre una población muy grande, situada en la margen norte y a no mucha distancia, habitada por gentes comerciantes, y en la que vivía un griego; un extremo este último que fue confirmado por un optio pretoriano, enviado al día siguiente con una segunda nave.

El prefecto mandó entonces a Salvio Seleuco con un puñado de soldados y un par de intérpretes, con el encargo de descubrir si allí había algo que pudiera serles de utilidad, bien fueran abastos o información, o incluso guías. Al grupo se unieron Agrícola y Valerio Félix, este último con sus bártulos de amanuense.

Partieron en una de las naves ligeras, no bien el sol naciente disipó los bancos de niebla que flotaban sobre el río, y que tan peligrosa hacían la navegación fluvial a primera hora. Y en efecto, aguas arriba, llegaron a un poblado grande; tanto que Basílides lo ubicó más tarde en su mapa con el título de ciudad. Ya antes de avistarlo se cruzaron con esquifes de pescadores, tripulados por hombres bajos y recios que pescaban mediante redes. Echaban mano a los remos al verlos y se les acercaban, dando voces y riendo, sin mostrar ningún temor, bien fuese porque eran una raza valiente o porque la llegada en paz de dos embarcaciones parecidas les había dado confianza.

La ciudad, cuyo nombre tanto Basílides como Valerio consignaron como Ambanza, ocupaba un lugar soleado y salubre de la orilla norte. Estaba protegida por empalizadas y, desde el río, se veía gran número de viviendas con paredes y techos de paja. Había muchas piraguas varadas en la arena, ante la ciudad, y Seleuco mandó poner su nave al pairo, tanto para evaluar la situación como para no sobresaltar a los habitantes con una arribada súbita, no fuese que empuñasen las armas creyéndose atacados. Pero no tardó en congregarse una multitud en el arenal que les llamaba con gritos y gestos, y señalaba embelesada a la gran vela triangular.

Luego, vieron como entre el gentío se abría paso un hombre de cabellos y barba abundantes, totalmente blancos, y andares reposados. Vestía una túnica colorida y empuñaba un báculo en la diestra, y en el acto comprendieron que aquél era el griego del que les habían hablado. Sólo entonces mandó Seleuco varar en el arenal.

Les recibieron unos cuantos personajes que debían ser notables o ancianos del lugar, con gestos de amistad. Seleuco bajó el primero, mostrando las manos desnudas. Las gentes del lugar les rodearon, curiosas como niños. Les palpaban, tiraban de sus ropas, les tocaban los equipos, les miraban asombrados, sobre todo a los rubios y a los de ojos azules o verdes, y les decían cosas que ellos, claro, no lograban entender.

Los romanos les contemplaban a ellos con no menos interés. Eran un pueblo de corta estatura y gran fortaleza, de un color muy negro, y si bien los pescadores del río iban desnudos, los que salieron a recibirles vestían telas de tacto fino y colores llamativos, de forma que les parecía estar rodeados por un océano de colores. El cobre y el marfil brillaban y tintineaban en muñecas y tobillos. Por eso y por el detalle de que pocos portaban armas, Agrícola llegó a la conclusión de que eran una nación opulenta y avanzada, con leyes y autoridad suficiente para proteger a sus súbditos y permitir que éstos pudiesen circular desarmados, al menos dentro del recinto de la ciudad.

Luego llegó a ellos el griego, que dijo llamarse Hesioco y al que el sol había vuelto muy blanca la barba, a la par que le había dado un color de piel casi tan negro como el de sus anfitriones. Les recibió con sonrisa amistosa y, por lo bárbaro de su acento, coligieron que debía llevar en aquellas tierras muchos, muchos años. Luego cambió unas pocas palabras con los notables y ellos mismos abrieron paso, con gran alharaca, entre la multitud de curiosos.

Los soldados se quedaron guardando la embarcación, y Hesioco se llevó al *extraordinarius*, a Agrícola y a Valerio a su propia casa, dando un paseo por la ciudad y seguidos en todo momento por una estela de ociosos. Aquel griego vivía como cualquier otro habitante de Ambanza, en una casa de paredes de paja trenzada, aunque su buena posición quedaba de manifiesto por lo grande de la misma, y la amplitud de su patio, cercado por un seto y con una higuera copuda en su centro mismo. Les invitó a sentarse allí debajo, al aire libre y a la sombra, en esterillas de paja.

Sus mujeres les sirvieron algún tipo de licor local al que él, por darle un nombre o por nostalgia, llamaba vino. Estuvieron conversando largo rato, entre el calor y las moscas, a pesar de lo incómodo que resultaba para los romanos estar sentados en el suelo. Pero aquel Hesioco era buen conversador y charlaba por los codos, como hombre que tiene mucho que contar y pocas oportunidades de hacerlo.

Respondió con gusto a todas las preguntas que Valerio le hizo sobre la geografía, los habitantes, las bestias, la política de aquellas tierras. Años después, al pensar en él, Agrícola no le recordaría de otra forma que no fuese así, sentado bajo su gran higuera, una taza de licor en la mano, la barba tan blanca y la piel tan oscura, con una túnica de vistosos estampados y una cantidad increíble de arrugas que se le formaban en los pliegues de los ojos al reírse.

Les habló de pueblos prósperos y pacíficos asentados a lo largo del río, donde el comercio era intenso y las piraguas iban de poblado en poblado cargadas de mercancías. Esas gentes practicaban la metalurgia, la talla de maderas, la cerámica. Tejían telas finas a partir de fibras locales, como la palma. No conocían la escritura, pero tenían poetas que transmitían las tradiciones, así como leyes orales que castigaban el crimen y el sacrilegio, y había jefes y ancianos que juzgaban y gobernaban, y establecían alianzas con los vecinos, para mantener la paz y asegurar el comercio.

Tierra adentro, empero, la situación era bien distinta y los hombres solían ser mucho más primitivos y hostiles. Había agricultores seminómadas que quemaban porciones de bosque y las cultivaban hasta que la tierra se agotaba; entonces partían en busca de otro emplazamiento y abandonaban ese campo a la selva. Ganaderos belicosos que vivían de la carne, la leche y la guerra. Pueblos errantes que sólo conocían la caza y la recolección de frutos, y que nunca salían de la sombra de los bosques.

Luego, animado por más tazas, habló acerca de gentes más remotas y de costumbres más exóticas. Comedores de reptiles venenosos, de insectos vivos, de carroña. Pueblos antropófagos que devoraban a sus enemigos o a sus propios muertos, o incluso que cazaban hombres para comérselos.

Les dio noticia sobre los pigmeos que vivían en las profundidades de la selva, y de gigantes pastores que apacentaban sus rebaños en grandes llanuras, muy lejos. De amazonas, de hombres con cabeza de perro y otros de piel roja, de hermafroditas albinos y cíclopes de piel negra. De serpientes gigantescas que se ocultaban en las honduras del bosque, y de víboras que escupían su veneno a veinte pasos. Lagos inmensos que eran como mares de aguas dulces, montañas humeantes y océanos de arenas barridas por vientos ardientes sobre los que hablaban de oídas los viajeros.

Todo cuanto dijo lo anotó Valerio, sin cansarse en ningún momento de preguntar. De vuelta al campamento, Agrícola le comentó todo aquello a Basílides, pero el geógrafo sufría uno de esos ataques que le volvían melancólico y amargo, y se había echado a reír con desprecio.

–¡Qué típico es todo eso! A la gente le gusta repetir lo que escucha de labios del primer vagabundo que pasa por su puerta, si es que no se lo inventan directamente, para llamar la atención. Y nunca han faltado incautos que les prestan oídos y lo ponen por escrito, sin contrastar nada, de forma que lo falso y lo incierto se convierten en real.

–¿Es que no crees...? –quiso preguntar el romano. Pero el otro le cortó con dureza.

–He leído periplos y relatos de viajes. He leído cientos. A veces me parece que no he hecho otra cosa en mi vida. He sabido por ellos acerca de monstruos, maravillas y reinos fabulosos de oro y miel. Y sin embargo, aunque he visto pieles de cebra, colmillos de elefante y plumas de avestruz, jamás nadie me ha podido mostrar nunca uno de esos diamantes, grandes como calabazas, que dicen que nacen de los árboles en las islas árabes, o la cabeza de un cíclope unicornio.

–Yo mismo he visto en Sicilia como unos campesinos, al arar, desenterraban huesos de gigantes.

–¿Y qué? Ya sé que los prodigios existen. ¿Pero cómo pueden algunos aceptar sin más las palabras de vagabundos y mercaderes que, a su vez, hablan de oídas? Las mentiras, las fábulas y las exageraciones vencen a las verdades por cien a uno. No se debe registrar como algo cierto lo que no se puede comprobar –se dio la vuelta sin más, y se marchó a su tienda, sin duda para regodearse en esa extraña melancolía que le acometía de tanto en cuanto.

Él mismo, empero, partió al día siguiente con rumbo a Ambanza y, según le dijeron después los tripulantes de su nave a Agrícola, estuvo reunido largo tiempo con Hesioco. Así que, sin duda, pese a la violencia con que había refutado sus historias, debía pensar que sí merecía la pena conversar con aquel exiliado, aunque sólo fuese para separar el grano de la paja. O quizás había preguntas que quería hacerle sin que nadie estuviese presente, y repuestas que deseaba guardarse para él solo. Porque, en ocasiones, Agrícola tenía la sensación de que el geógrafo era un resentido, uno de ésos que se ha amargado con la idea, real o falsa, de que no se le han reconocido sus verdaderos méritos.

Cuando Hesioco se hartó de contar maravillas a Valerio Félix, fue el turno de Seleuco y Agrícola; y no bien el griego constató que los intereses de esa pareja eran bien distintos de los de su compañero, cambió de actitud y se dejó de relatos fabulosos. Tras apurar la taza de licor, se puso en pie e invitó a sus visitantes a salir con él del patio, hasta una construcción enorme, situada cerca de su casa. Una cabaña gigantesca, de paredes de madera y paja, adornada con fetiches y custodiada por guerreros de túnicas coloridas y armados hasta los dientes.

Precisamente de eso habría de hablar, días después, Basílides con Agrícola.

–Había guardias en ese almacén –comentó el geógrafo–, lo que indica que esas gentes están lo bastante civilizadas como para conocer el robo.

–Ladrones los hay en todas partes.

–Te equivocas. El robo es algo raro entre los pueblos sin civilizar. El bandidaje y el saqueo, ejercido contra otros pueblos, no; pero el apoderarse a escondidas de un objeto que pertenece a otra persona es patrimonio, sobre todo, de los pueblos civilizados. He leído numerosas observaciones al respecto y la deducción es clara. Sólo cuando se relajan los vínculos de sangre entre los miembros de una tribu, aparece el latrocinio.

En todo caso, aquellos centinelas tenían mucho que guardar. Dentro del almacén, que disponía de troneras altas para dejar pasar la luz, se acumulaban colmillos de elefante, pieles de fieras, eslabones y lingotes de cobre y hierro, grandes fajos de hierbas aromáticas y medicinales, plumas, huevos de avestruz, telas, canastas, cerámicas. Hesioco se lo mostró todo, y respondió con sumo gusto a las preguntas.

Así fue como Agrícola se enteró de que el comercio con el norte se hacía sobre todo de pueblo en pueblo, intercambiando productos. Ni las caravanas ni las flotas meroítas llegaban tan al sur, de forma que ese imperio era una leyenda lejana, al que la sabiduría popular y las historias de los vagabundos situaban a muchas jornadas de viaje, hacia septentrión. Hesioco no era agente de ningún mercader asentado en Meroe, como había supuesto Agrícola, sino que había llegado a esas tierras hacía décadas, y allí se había establecido y vivía del comercio, respetado por los lugareños y convertido en consejero de su rey.

El griego, empero, se mostró de lo más remiso a precisar su lugar exacto de origen, y cómo y por qué había llegado a ese país remoto, así como la razón que le había hecho instalarse allí, de lo que Agrícola coligió que debía ser un fugitivo o exiliado.

A Seleuco lo que le interesaba era, ante todo, lo que pudiera contar sobre los grandes pantanos del sur, y de lo que pudiera haber más allá de los mismos. Y, por supuesto, los abastos que pudiera venderles. Los tres se lanzaron a mirar, discutir y regatear, mientras Valerio deambulaba por la penumbra dorada del almacén. La luz se colaba por los resquicios de la paja y el romano se detenía de vez en cuando a admirar las telas y las tallas, sobándose la barba y dejando correr en ocasiones, soñador, los dedos sobre los colmillos de elefante.

Al final llegaron a un acuerdo sobre provisiones, y sobre telas que podían servirles para intercambiar con los pueblos que pudieran vivir al sur de los grandes pantanos. El griego les instó hasta lo indecible a que comprasen unas pipas de arcilla que almacenaban en gran número, así como ciertas hierbas secas. Según dijo, los indígenas tenían la costumbre de quemar esas hierbas en esas pipas, ya que su humo espantaba a los mosquitos que surgían en nubes espesas de las márgenes del río. Agrícola ya había visto aquellas pipas en las bocas de los ribereños, a lo largo del viaje, y más de una vez se había preguntado para qué podían servir.

Seleuco dudaba y Hesioco insistía, hablando de la gran cantidad de insectos que poblaban el río, de la tortura insoportable que suponían y de que eran sus picaduras las que trasmitían enfermedades terribles, propias de la región. Esa idea de que eran los aguijones de los insectos y no los miasmas vaporosos la fuente de las fiebres hizo reír a carcajadas a Basílides, cuando Agrícola se lo contó. En cambio anotó cuidadosamente otra información, según la cual había más mosquitos en esa época, que era la del final de la de las lluvias; porque en esas tierras no tenían cuatro estaciones, como en el norte, sino sólo dos: lluviosa y seca.

A Agrícola, que algo sabía de mercadeo y hombres, le pareció que el interés del griego era sincero, y que se preocupaba por la salud de sus visitantes, y no de endosarles un producto, y consiguió convencer de ello al *extraordinarius.* Convinieron en ir a recogerlo todo en un par de días y, con eso, los visitantes se marcharon, entre la algarabía de los lugareños en la orilla.

Mientras dejaban atrás el arenal, dando bordadas entre las piraguas que surcaban el río, Salvio Seleuco miró unos momentos atrás, y vio por última vez a aquel griego de manto estampado, barbas blancas y báculo, que les observaba alejarse cerca del agua entre una multitud de negros de túnicas verdes, amarillas y rojas.

–Me pregunto quién es ese hombre.

–Probablemente nos ha dicho la verdad –Agrícola también volvió la vista–. Un vagabundo que llegó aquí hace mucho y que ha logrado hacerse una posición. Los griegos son una raza emprendedora y comerciante, eso no lo puede negar nadie.

–Desde luego que no. ¿Pero qué le trajo hasta aquí?

–¿Quién sabe? La pobreza, un crimen de sangre, delitos políticos... puede que hasta el deseo de viajar y vivir aventuras. En todo caso, nunca lo sabremos: nos ha dicho lo que quería, y nada más.

Suspiró.

–Pero, desde luego, seguro que tiene toda una historia que contar: el viaje hasta aquí, y un montón de aventuras en el río y el interior. Pero no creo que se la cuente a nadie, ni que la ponga por escrito.

–Tú lo has dicho –aceptó el legionario, los ojos ahora puestos en la vegetación ribereña, en los hipopótamos que chapoteaban entre las plantas acuáticas y las aves multicolores que volaban de rama en rama–. Nunca contará su historia y ésta morirá con él, como sucede con tantos.

Se encogió de hombros, de repente un poco melancólico, y, encontrando una china en cubierta, la lanzó a las aguas. La piedra se hundió con un chapuzón sordo. Agrícola no dijo nada y los dos se quedaron en silencio ya, mirando el río y las orillas, mientras la nave se deslizaba con pereza a favor de la corriente.

CAPÍTULO IV

Nada de lo que los indígenas del norte pudieran haber contado a los romanos acerca de los grandes pantanos de papiro hubiera podido prepararles realmente para una realidad diez veces más temible y, en años por venir, Agrícola no podría recordar de ellos otra cosa que no fuese una pesadilla interminable de fatigas y peligros. Los pantanos eran inmensos, más allá de todo cuanto hubieran podido haber supuesto, y se extendían sin fin en cualquier dirección.

Allí no había tierra, ni agua, ni casi cielo, y el mundo se convertía en una confusión enmarañada de plantas, canales, fango, bajo un cielo plomizo. Las aguas bajaban crecidas, dado que era época de lluvias, y arrastraban enormes masas de vegetación que, con frecuencia, obstruían los canales. El olor a podredumbre vegetal lo llenaba todo y las plantas crecían en profusión tal que las naves romanas tenían que abrirse paso a golpes de hacha y hoz.

Los días eran allí interminables, perdidos en ese laberinto de verdor, los mosquitos les atacaban día y noche, zumbando enloquecidos, y el hedor era asfixiante. No había otra cosa que insectos, calor, sudores, fatigas. Los expedicionarios creían enloquecer, comidos a picaduras y atacados por fiebres, fruto de los miasmas pantanosos. A la lucha contra los elementos había que sumar la guerra contra los hombres; porque salvajes embadurnados de barro surgían como por arte de magia entre los papiros, en piraguas largas y estrechas, disparando largos arcos, y se producían feroces escaramuzas en el fango. Aun los mismos animales parecían querer cerrarles el paso: había serpientes venenosas entre las plantas acuáticas y los cocodrilos nadaban lentamente, siempre cerca, esperando una oportunidad de arrancar la pierna a alguno de los que trabajaban con hoces en las proas. A veces, los hipopótamos atacaban bramando a las naves.

Los guías les traicionaron y, tras alejarles con engaños de los canales principales, y llevarles hasta una laguna que era como un callejón sin fondo, huyeron todos juntos una noche. Los romanos tuvieron que buscar el camino por su cuenta. Las embarcaciones estaban llenas de enfermos, y los hombres sanos se afanaban colgados de las proas, casi desnudos y empapados en sudor pringoso, empuñando largas varas rematadas en hoces con las que iban segando las plantas que les cerraban el paso, mientras sus compañeros apartaban con pértigas las masas vegetales a la deriva.

A veces llovía de forma torrencial. Agrícola se recordaba a sí mismo durante esos diluvios en cubierta, sofocado de calor, con las ropas empapadas y el agua corriéndole por todo el cuerpo, ayudando a achicar a los legionarios, pero en esas tormentas caían tales trombas de agua que amenazaban con hacer naufragar a los barcos.

Recordaba también, sobre todo, una noche en compañía de Basílides; una de esas veladas de calor asfixiante, fondeados en alguno de los ramales navegables que entrecruzaban los pantanos. El cielo estaba nublado y rojizo, y ni un soplo de aire agitaba las plantas que les rodeaban por doquier. Todo estaba en calma. El agua golpeaba mansa los costados de madera, la nave se balanceaba con lentitud y, a menudo, oían el chapuzón de un pez en la oscuridad. Se veían las luces de las otras naves, los insectos chirriaban y los mosquitos acudían en número increíble. Se lanzaban contra las llamas de las lámparas y se achicharraban restallando, de forma que, entre el olor a corrupción vegetal, se colaba otro a chamusquina.

Basílides sufría de fiebre, estaba algo achispado y disertaba, o mejor dicho desvariaba, sobre filosofía, con una taza de licor en la mano. Estaba de pie junto a la borda, aureolado de mosquitos, con el sudor corriéndole por el rostro y la túnica empapada en axilas y espalda.

–Estamos en el reino de Caos –señaló con su taza, con ademán ampuloso, a la oscuridad circundante–. El Caos primigenio, la confusión de todo elemento y toda materia, a partir del cual los dioses, o el Azar, crearon el Cosmos.

Agrícola, sentado con otra taza entre las manos, le escuchaba en silencio. Se oyó ulular a un ave nocturna y, en algún lugar de las tinieblas, el salto de otro pez.

–Todos soñamos con reinos maravillosos, con países repletos de monstruos y maravillas. Pero ¿qué territorio hay más extraño que éste en el que nos encontramos? Aquí no hay agua, ni tierra, aire o fuego, sino muchos de estados intermedios. A veces tengo la sensación de que ni tan siquiera existe el Tiempo –se volvió con ojos encendidos por la fiebre, y el romano se percató en ese momento de que no estaba un poco, sino muy borracho–. ¿Cuánto tiempo llevamos aquí?

–No lo sé: yo he perdido ya la cuenta de los días.

–El aire quema, la tierra es barro, el agua fango. Esto no es otra cosa que un resto del Caos, clavado como una espina en el costado del Cosmos.

Agrícola se dio un cachete en el cuello, y aplastó a un gran mosquito. Se miró fastidiado la palma de la mano, llena ahora de su propia sangre. Suspiró.

–A mí me parece más bien el propio Infierno.

–Y lo es. Lo es –Basílides bebió–. No hay un único infierno, sino que cada raza y región tiene el suyo propio. Los pueblos de oriente tienen uno subterráneo y llameante, y el de los germanos está hecho de nieve, hielo y rocas negras.

Apuró su taza y volvió a señalar con ella a lo que les rodeaba.

–Y éste es el Infierno del Sur.

Hubo un silencio. Agrícola se limpió el sudor que le cubría el rostro.

–Basílides. ¿Cómo es posible que precisamente tú no sepas decir cuántos días llevamos en estos pantanos?

–¿Saber? Cada mañana y cada tarde hago mis anotaciones, si es a eso a lo que te refieres. Pero cada día es igual al anterior y aquí no hay ningún punto de referencia; no hay más que agua, barro, plantas, y canales y lagunas que mañana ya no estarán. ¿Te extraña que me olvide de algo que en realidad no tiene significado, y que no es más que un simple número?

Se giró con pesadez.

–Tengo fiebre, me duelen los huesos. Es un gran invento la escritura.

Abandonó la penumbra de la lámpara, para tumbarse de cualquier manera entre hombres ya dormidos, y hundirse en el sopor del alcohol. Eran muchos los que esos días, agobiados por la humedad sofocante y las fiebres, bebían para poder dormir, aunque fuesen unas horas, antes de que la luz deslumbrante del sol, el calor y los olores a ciénaga les despertasen, molidos y con la cabeza embotada.

Razón no le faltaba a Basílides, ya que Agrícola no podía recordar aquella parte del viaje como una sucesión de jornadas, sino como un cúmulo de sucesos sueltos que no conseguía ubicar en el tiempo, de forma que no era capaz de decidir qué había sucedido antes y qué después. Eso podía achacarse a las fiebres, que le habían atacado a él, como al resto de expedicionarios, pero también podía deberse a la falta de referencias mencionada por el geógrafo, ya que los días no eran otra cosa que un continuo avanzar a través de un laberinto de aguas y vegetación.

Recordaba muy bien el día en que la piragua en que viajaba Valerio Félix fue atacada por un hipopótamo enfurecido. El bote, tripulado por dos hombres, se había destacado a explorar una de las porciones de tierra que emergían de aquellos pantanos para averiguar si era apta para montar un campamento. Porque en esos aguadales sin horizontes, todo era engañoso y el terreno que a simple vista parecía firme y seco se volvía apenas pisarlo un cenagal.

Valerio había subido a la piragua con la intención de examinar los árboles que crecían en aquel infierno pantanoso. Los dos exploradores, nubios de plumas azules en el pelo y colas de león colgando del taparrabos, se sentaban a proa y popa, manejando los remos con precisión. Navegaban por una laguna libre de plantas acuáticas, y Agrícola y Demetrio estaban acodados en la borda de su nave, viendo cómo ganaban la isla.

El sol se deshacía en miríadas de reflejos, en aquellas aguas tranquilas, y los observadores tenían que entornar los párpados para no quedar cegados. El día era despejado y muy caluroso. Los pantanos, en muchas partes, parecían humear con la evaporación y un número increíble de aves revoloteaba sobre las extensiones de papiros.

Sin aviso previo, un hipopótamo gigantesco emergió a un tiro de flecha, entre un estallido tremendo de agua y espuma. Cargó bramando, con las fauces abiertas de par en par. Nadie sabía de verdad por qué atacaban aquellas bestias salvajes; feroces por naturaleza, acosaban de continuo a las naves y eran un peligro mucho mayor que los cocodrilos, pese al aspecto más temible de estos últimos.

Estalló un gran griterío en las embarcaciones que estaban más cerca, mientras los remeros salían de su indolencia para palear con furia, tratando de esquivar al monstruo. Agrícola pudo ver a Valerio, cada vez más delgado y con la barba más larga, que se volvía aturdido a mirar con los ojos muy abiertos a la mole furiosa que se les echaba encima. Todo fue muy rápido: la bestia se estrelló contra la piragua y, con un estruendo y chascar de maderas, el bote saltó por los aires y los tres hombres salieron volando como monigotes, chillando y braceando.

Desde los barcos daban voces, señalaban y maldecían, mientras, entre las maderas rotas y surtidores de espuma, los náufragos braceaban con desesperación, tratando a ciegas de hurtarse a las mandíbulas del monstruo. Pero ya otras piraguas llegaban como flechas sobre las aguas, con lanceros de pie en proa. Nubios, negros y algún egipcio, expertos todos en alancear cocodrilos e hipopótamos, ya que el prefecto, tan atento siempre a los detalles, había mandado que estuvieran siempre alertas, en previsión de sucesos como ése.

Seguía el espumar, los gritos, los rociones. Oyeron con claridad un chillido, y el agua se tiñó de rojo de repente. Agrícola blasfemó. Pero ya el primero de los negros arrojaba una lanza larga y esbelta, con una gran hoja de hierro. El arma se hundió hasta la vara en el lomo de la bestia, que se revolvió bramando entre chapoteos y, con la boca abierta de par en par, mostrando los grandes dientes amarillos, cargó contra su atacante.

Llegó rompiendo las aguas estruendosamente, el asta de la lanza vibrando en el lomo; pero el negro, sin amilanarse, le tiró un segundo proyectil. Y ya desde otras dos piraguas le arrojaban también más lanzas, algunas de ellas con cuerdas, para impedir que se perdiesen, así como para gobernar a la presa.

Mientras los tres esquifes lidiaban con el monstruo herido, un cuarto se acercó a toda prisa al lugar del naufragio para recoger a los supervivientes, aunque sólo pudieron sacar con vida a Valerio Félix. Uno de sus acompañantes había muerto partido por un bocado del hipopótamo, eso seguro. En cuanto al otro, a pesar de que no estaban muy lejos, nadie pudo ver con certeza cuál fue su suerte; si tuvo el mismo fin o si se fue al fondo y se ahogó.

Entretanto, la bestia había sucumbido a la lluvia de lanzas, sin cesar de bramar y de revolverse con furia aterradora entre rociones de espuma, rojos de su propia sangre. Cuando dejó de debatirse, los lanceros jalaron el cadáver tirando de las cuerdas para, más adelante, hacer escudos con su pellejo grueso.

Valerio embarcó en la nave más próxima, que era la de Agrícola, en un estado lamentable. Llegaba chorreando agua, casi incapaz de articular palabra y dando diente con diente, no de frío, sino de miedo. Algo después, Demetrio le comentó esa circunstancia a Agrícola, un día que se sentaban cerca del agua, una de las veces en la que la expedición pudo encontrar tierra firme en la que desembarcar.

–Estaba muerto de miedo –el mercader se encogió de hombros.

–Está claro –el mercenario bruñía su espada con parsimonia–, y no me parece bien.

–¿Cómo? ¿Quién podría reprocharle que se asustase, con lo que pasó? –Agrícola se estremeció ante la idea de verse debatiendo en aguas pobladas por cocodrilos e hipopótamos.

–Yo no le reprocho que tuviese miedo. Eso es normal.

–¿Entonces?

–A mí lo que me parece mal es que no mantuviera la compostura. Tener miedo es humano; pero no debió dejar que todos le vieran así, temblando como un niño.

–Eres un hombre sensato, Demetrio. Pero, por una vez, tu juicio es demasiado duro –apuntó Merythot, que estaba también allí, con sus ropajes blancos, la cabeza afeitada, apoyado en su báculo y los ojos perdidos en las aguas.

–¿Por qué dices eso? –Demetrio alzó la mirada, ya que había llegado a sentir gran respeto por aquel sacerdote.

–Tú eres un soldado, pero Valerio no es más que un viajero ocioso, y todo ocurrió de repente. No esperes que ningún hombre, si no está entrenado para ello, reaccione bien ante una sorpresa. Te aseguro que el filósofo más templado perdería la compostura si un día, mientras diserta sobre las verdades del universo en su patio, la muerte le enseña de golpe las fauces.

–Tienes razón, como siempre –admitió Demetrio, que era de esa clase tan escasa de hombres que son capaces de escuchar y aceptar argumentos ajenos.

Eso ocurrió quizás un poco antes de que se perdiera una barcaza entera de provisiones. Cierta noche, mientras estaban fondeados en una laguna, cuyas márgenes no eran tierra, sino masas apretadas de vegetación, se despertaron con los gritos y, al incorporarse alarmados, la mano en la espada o la lanza, vieron cómo uno de sus barcos se hundía envuelto en llamas.

En mitad de la negrura, pudieron ver poco más que una gran hoguera que parecía ir siendo tragada, poco a poco, por las aguas oscuras. El reflejo del fuego danzaba en rojo sobre la superficie del lago, y se oían gritos y chapoteos. Algunos creyeron oír incluso el siseo de los maderos ardientes, al contacto con el agua. Ellos no pudieron hacer otra cosa que asomarse a la borda, impotentes, en medio de la noche y las nubes de mosquitos, mientras se consumaba el desastre. Gritaban de frustración, maldecían y, desde las naves más cercanas, botaron piraguas para intentar, al menos, salvar a los supervivientes, que no fueron muchos.

Ni siquiera éstos pudieron decir qué había ocurrido. Se supuso que debía de haberse abierto una vía de agua en el casco y que, al inclinarse la nave, la lámpara de popa se había volcado en cubierta y prendido en las provisiones, de forma que la nave había naufragado entre la oscuridad, el agua y el fuego. No quedó muy claro qué podía haber causado esa vía, aunque se aventuró la posibilidad de que un tronco a la deriva pudiera haber golpeado el casco, aunque nadie se había apercibido de algo así.

El misterio pareció quedar resuelto un par de días más tarde. Aunque Agrícola, de nuevo, no estaba muy seguro del tiempo transcurrido entre uno y otro incidente, pero sí de cuál fue primero y cuál segundo.

Fue otra noche, una más de atmósfera quieta y sofocante, martirizados por los mosquitos y la humedad, cuando les despertaron gritos de guerra y toques de cuerno, que transmitían la alarma de nave en nave. Se pusieron en pie, a toda prisa. Los vigías se gritaban a través de las aguas y el resonar de los cuernos despertaba largos ecos sobre las extensiones de papiros. Nadie sabía qué estaba pasando y los había que arrojaban lanzas incendiarias, tratando de descubrir algo a su luz llameante.

Estaban atacando la nave del prefecto; poco a poco se corrió la voz. Sus tripulantes lanzaban jabalinas, entre un gran clamor. Algunas naves zarparon a toda prisa para ir en su auxilio; pero el combate fue muy breve y al poco los cuernos avisaron que los enemigos se habían retirado, así que los socorros interrumpieron las maniobras de acercamiento, siempre peligrosas en plena noche.

Luego se supo que no se había tratado de un ataque masivo, sino más bien de un intento de golpe de mano, ejecutado por hombres de los pantanos. Éstos se habían acercado a la nave de Tito, amparados por la oscuridad, en piraguas casi planas, remando muy despacio, y habían tratado de abrir una brecha en el casco. Los centinelas les habían descubierto; fue entonces cuando se produjo la escaramuza y, en las tinieblas, creyendo que les atacaban en gran número, habían tocado los cuernos.

Al día siguiente, Agrícola pudo ver el cuerpo de uno de sus atacantes, que era de piel marrón y pequeño de estatura. Pero mucho más interés despertó en él la barrena con la que había querido abrir una vía de agua en el casco. El propio prefecto fue con ella en la mano, a la nave del tribuno, y este último, sentado en cubierta bajo un toldo, estuvo contemplando meditabundo cómo su visitante jugueteaba con la herramienta.

El prefecto a su vez guardó silencio un buen rato, sin hacer otra cosa que acariciar la espiral de acero de la barrena y cruzar miradas con el tribuno. Luego se volvió a Merythot, que estaba también a bordo, apoyado en su báculo, con sus linos blancos destacando aún más en aquel paisaje primitivo de aguas y verdor.

–Dime tú, que eres un sabio –le mostró el instrumento–. ¿Es normal que encontremos una herramienta así en poder de un hombre de los pantanos?

–Por supuesto que no. Estas pobres gentes llevan una vida mísera y precaria. En este país es imposible la agricultura y sus habitantes subsisten gracias a la caza, la pesca, las raíces y las bayas. Visten cueros de animales o van desnudos, y no creo que conozcan ninguna industria. La poca que tienen, sin duda, la consiguen gracias al trueque con otros pueblos.

–¿Y tú qué dices, Agrícola?

El aludido tendió la mano sin despegar los labios, y el prefecto puso en ella la barrena. La examinó apenas un instante.

–Ésta es una herramienta de carpintero y me apuesto lo que quieras a que ha sido fabricada en Egipto. En Egipto o por un artesano nacido allí.

–Tú lo has dicho –aprobó con satisfacción hosca Tito que, debido a su cargo de *praefectus castrorum*, sabía de útiles y herramientas tanto como el mercader–. Y está nueva, así que no hacía mucho que la tenía.

–Entonces ¿alguien se la ha dado recientemente? –el tribuno puso en él unos ojos azules muy claros.

–En efecto –recobró el instrumento de las manos de Agrícola.

–¿Se la entregaría ese alguien para que dañase nuestros barcos?

–¿Para qué otra cosa si no? Ya has oído a Merythot: en estos pantanos no hay más que proscritos, caníbales y tribus primitivas que no conocen ningún tipo de industria o manufactura. ¿Para qué puede querer un cazador errante una barrena, si no es para abrir agujeros en el casco de una nave grande? Nave grande que ha de ser de las nuestras, claro; porque no creo que se vean muchos barcos de gran porte por estas aguas.

Siguió un silencio, mientras los presentes mascaban las implicaciones de su afirmación. No se trataba entonces de tribus hostiles a los invasores sino de, una vez más, guerreros empujados contra ellos por terceros, para impedir u obstaculizar su avance. Los hombres se miraban entre ellos y a la barrena que el prefecto sujetaba con la diestra, en la que relucía el anillo de oro de caballero. Emiliano se pasó una mano por el cabello rubio y lo sintió mojado en sudor.

–¿Aristóbulo? –preguntó al cabo–. ¿Es posible que nos haya seguido tan al sur?

–No lo sé.

Se miraron desalentados. Un cuerno resonó desde una de las naves de proa, pero sólo estaban avisando de la presencia de un tronco flotante. Luego una bandada de aves, de apariencia fabulosa, pasó volando a estribor, por encima de las aguas centelleantes. Se la quedaron mirando; Emiliano se agitó en su silla y miró a Merythot.

–¿Qué significa eso? ¿Cuáles son los presagios?

–Yo no soy uno de vuestros augures, tribuno –contestó con sonrisa amable.

–Ya les preguntaré a ellos después. Pero ahora quiero saber tu opinión. ¿Cuáles son los augurios?

–Están muy claros. Esas aves vuelan rumbo al sur –señaló a meridión con su báculo–. Al sur, tribuno, al sur, sobre la faz de las aguas.

El prefecto, alto y oscurecido, con su túnica blanca y la espada en la cadera izquierda, pareció sacudirse las aprensiones como un búfalo, y exhibió una sonrisa deslumbrante.

–Sí. Tú lo has dicho. Al sur. No hay más que hablar.

Se ladeó y, en un arranque repentino, lanzó al río la barrena. Se hundió con un chapoteo y los que estaban junto a la borda se quedaron mirando las ondas en la superficie. El tribuno mayor, sentado bajo el toldo, le observó sorprendido. Luego se puso en pie, y se acercó al costado de la nave, a mirar el laberinto verde circundante.

–Sé más explícito, Merythot.

–Esos pájaros, les guste o no, lo sepan o lo ignoren, se ven arrastrados por su naturaleza, cuando llega el momento, a volar hacia el lejano sur. Y ya nosotros somos un poco así: nuestro destino, más que nuestra voluntad, nos empuja en esa dirección.

–¿Hasta cuándo?

–Hasta que encontremos esas dos grandes rocas de las que el gran padre Nilo nace a chorro. Ése es nuestro destino.

El tribuno le miró. Luego sus ojos cambiaron de tono y se echó a reír. Estaba más delgado, y su túnica roja ajada y sudada; pero en aquel momento volvió a ser el pretoriano rubio y apuesto cuyos ojos, de un azul cambiante, encandilaban a las mujeres de Roma.

–De acuerdo. Al sur. Que cada cual suba a su nave y zarpemos sin más demora.

* * *

Noches después, la misma nave del prefecto sufrió otro sobresalto, aunque éste de naturaleza algo distinta. Porque, aprovechando la oscuridad y el sueño fatigado de los aventureros, un solo hombre se acercó en piragua al barco y subió a bordo con sigilo de serpiente. Desnudo y pintarrajeado, se arrastró por entre los durmientes y después sabrían que había tratado de robar el *vexillum.*

Fracasó, aunque logró acercarse bastante a la enseña. De alguna forma, sabía que estaba precisamente en esa nave; porque confesó haber seguido a la embarcación desde hacía días, oculto tras el marasmo de helechos y papiros. Tuvo la mala suerte de rozar el brazo de un legionario; éste abrió los ojos para ver, en la penumbra de las lámparas, a alguien que se escurría como una culebra entre los hombres, y saltó sobre él con un grito de alarma. El ladrón quiso debatirse, pero en un instante le habían inmovilizado entre una docena de hombres.

Le arrastraron a presencia del prefecto, que le observó con ojos turbios por el sueño y la fiebre. No era un hombre de los pantanos, eso se veía en su estatura y rasgos y, cuando llamaron a los intérpretes, supieron que era nativo de las tierras situadas al norte. No hicieron falta torturas, ni siquiera amenazas, para que hablase, y admitió que había abordado la nave para robar el *vexillum.* Cuando los legionarios que sabían griego se lo dijeron a los demás en latín, un rugido pareció sacudir a los hombres. Pero Tito alzó la mano, casi con fatiga, y pidió a los intérpretes que siguieran interrogándole.

El prisionero, que iba embadurnado en barro para protegerse de los mosquitos, puso unos ojos tristes en los enrojecidos por la fiebre del tribuno, antes de responder. Meneó la cabeza y, en su lengua resonante, admitió saber desde un principio que aquello era un acto suicida y que sin duda le esperaba el fracaso, la captura y puede que una muerte horrible. Dijo que los hombres de su tribu le habían enviado a robar a los extranjeros su gran insignia, que era una roja que mostraba a una mujer sobre un globo, con una corona de hojas en una mano y una rama en la otra.

Tito, pensativo, quiso saber más. Los ancianos de la tribu sabían que aquella insignia era el dios de los extranjeros y que, si lo perdían, quedarían desmoralizados y sin protección mágica. ¿Qué motivo podían tener los jefes de una de las tribus de la ribera sur, desconocida para los expedicionarios, para querer perjudicarles? Eso el prisionero no lo sabía.

A la luz temblona de las lámparas, el prefecto observó al cautivo, al que sus hombres tenían de rodillas, con el filo de una gladio en el cuello. Reparó en sus ojos cansados, y en las arrugas del rostro, visibles pese al barro y las pinturas. Aquel ladrón frustrado no era ya ningún muchacho y Tito, acariciándose el mentón, mandó preguntarle por qué se había prestado a ese golpe suicida.

El otro sacudió de nuevo la cabeza, antes de hablar. No lo había hecho buscando fama como guerrero, ni por ninguna recompensa. No era más que un exiliado de su propia tribu, un desterrado que malvivía desde hacía años en aquellos pantanos terribles, en completa soledad. Unos emisarios de su tribu le habían ofrecido el perdón si lograba apoderarse de la enseña mágica.

Y él, aun sabiendo que iba a la muerte, había aceptado, porque anhelaba un lugar al sol y unos parientes, gente con la que poder hablar y fuegos ante los que sentarse en compañía de amigos.

Tito se quedó tan sorprendido por esa explicación que le vieron rascarse perplejo la cabeza. Estuvo un rato en silencio, los ojos puestos en el prisionero. Los mosquitos revoloteaban alrededor y, más allá de los círculos de luz de las lámparas, la oscuridad estaba llena de sonidos nocturnos. Por último, se pasó la mano por el rostro y dio la orden de soltar a ese hombre y de dejarle ir en su piragua, sin daño alguno. Los rostros de los soldados mostraban toda clase de expresiones, asombro mayoritariamente, pero nadie dijo nada. Tan sólo el legionario que tenía puesta la espada en la garganta del prisionero la retiró lentamente, y la enfundó en la vaina que pendía de su cadera derecha.

El incursor volvió a su piragua y, a remo, se alejó sin mirar atrás. La noche de los pantanos se lo tragó en un parpadeo, y nunca supieron más de él. Pero ese acto de clemencia fue muy comentado y, si unos lo aplaudían, conmovidos por la historia de aquel desgraciado, otros lo reprobaban, ya que un acto tan grave como el intento de robo del *vexillum* no debía dejarse impune.

Llamó sobre todo la atención lo insólito del gesto, ya que el prefecto era bien conocido por su dureza, y su gusto por los castigos ejemplares. Pero no faltaron los que, como Flaminio, atribuyeron esa decisión a cualquier cosa menos a la misericordia. Como le comentó en una ocasión a Antonio Quirino, mientras ambos vagabundeaban por una franja de tierra firme y boscosa, jabalina en mano, con la esperanza de cazar algo:

–Ese infeliz estaba dispuesto a morir despellejado con tal de tener una posibilidad, muy remota, de robar el *vexillum* y llevárselo a los de su tribu. ¿Qué mayor castigo que devolverle a su vida de exiliado, con la carga añadida de saber que tuvo y desperdició la oportunidad de volver a casa?

–Qué retorcido eres, Flaminio –se rió con la boca pequeña Quirino, al tiempo que se detenía a secarse el sudor–. ¿Crees a Tito capaz de eso?

–¿Quién sabe? –repuso el otro meditabundo–. A menudo las cosas no son lo que parecen. La buena y la mala suerte, los golpes y los favores. Todo es relativo.

–Muy filosófico –sonrió su interlocutor, que luego alguna vez habría de pensar en ese comentario.

Sin embargo, allí ya no discutieron más de ese tema, ni de ningún otro, ya que encontraron huellas recientes de unos pies descalzos y, temerosos de un encuentro con indígenas hostiles, o incluso con caníbales, huyeron a toda prisa, de vuelta a sus barcos.

* * *

El que sí le dio vueltas, y mucho, a ese incidente, fue el tribuno Emiliano, y no precisamente preocupado por los motivos que pudiera tener el prefecto para soltar al ladrón. Emiliano, como el resto de los expedicionarios, sufría de fiebres intermitentes, lo que no hacía más que ahondar ese pozo en el que se hundía más, hecho de melancolías rotas por estallidos de actividad. Y, con el cerebro algo nublado por las calenturas, no podía dejar de pensar en que, no hacía mucho, había sido él quien le había hablado a Senseneb acerca del significado y la importancia del *vexillum.*

Volvían a él, con los ataques de fiebre, las sospechas sobre las intenciones últimas de los meroítas, y el papel que la propia sacerdotisa tenía en la expedición. Se preguntaba incluso si no habría sido alguno de los acompañantes de Senseneb el que habría incitado a los indígenas a robar el estandarte.

Desde que habían entrado en aquellos pantanos sin direcciones ni tiempo, Emiliano había compartido tienda con Senseneb sólo un par de veces, aunque otro tanto podía decirse de Tito. Porque la sacerdotisa había sucumbido también al mal de esas tierras y sufría ataques periódicos de fiebre, lo que, unido a que en muchas noches no podían acampar por falta de tierra firme, y pernoctaban fondeados, y eso les había dejado pocas ocasiones de estar juntos.

La separación era para él dolorosa, ya que se había acostumbrado a refugiarse de los malos tragos en la meroíta. La tienda de Senseneb era para el tribuno una especie de nido nocturno, cálido y penumbroso, donde podía abandonarse, libre de las obligaciones del cargo y de tener que mantener la compostura delante de unas tropas que –como tanto insistía el prefecto– estaban muy lejos de sus bases, en mitad de tierras desconocidas y, por tanto, necesitaban la seguridad de estar mandados por jefes sólidos.

Emiliano envidiaba la fortaleza de Tito y a menudo se preguntaba si éste mantendría el ánimo intacto o si, tan sólo, aplicaría con rigor el consejo que le había dado; si mantendría una apariencia inmutable en público, para derrumbarse quizá luego, cuando estuviese a solas en su tienda.

Aunque eso último lo dudaba el tribuno. Cuando pensaba en ello, envuelto en la niebla roja de la fiebre, le parecía que seguían procesos opuestos. A veces le parecía que él mismo se estaba derritiendo y diluyendo, según avanzaba la expedición, y a Tito, en cambio, el viaje le estaba destilando. El prefecto era cada vez más laborioso, más imparable y decidido, descuidado progresivamente de todo lo que no fuese avanzar hacia esa meta que tan quimérica le había parecido al comienzo, tan lejos y hacía tanto tiempo, en el campamento situado en el camino que iba de Syene a Berenice Pancrisia.

Sospechaba además, por algunos detalles sueltos, que la relación entre Tito y Senseneb era la contraria a la que ésta mantenía con él mismo. Que era Senseneb la que buscaba refugio en aquel veterano terco y voluntarioso al que nada parecía afectar. Y ese último pensamiento le roía las entrañas. Le recomía a la vez que tenía que admitir para sus adentros que tal comezón era ridícula.

Por un lado no conocía mayor paz que refugiarse en la sacerdotisa, dejarse acunar por sus caricias y aplacar en ella sus miedos. Pero al mismo tiempo envidiaba la entrega de Senseneb al prefecto, y que éste fuese el depositario de sus temores y esperanzas, como ella lo era de los de él. Y así, muchas veces, en la soledad de esas noches asfixiantes, basculaba entre sentimientos confusos y encontrados, producto de las fiebres y los celos.

Ahora además recordaba cómo había hablado también de la *imago* y de su importancia. Y, como este último estaba a bordo de su nave, le daba por pensar que era la mano de la sacerdotisa la que estaba detrás de los últimos sucesos. Que era ella la que había enviado primero a barrenar la nave del prefecto y luego a robarle el *vexillum*. En cambio, no había habido intentos parecidos contra él. Se preguntaba, amodorrado por las calenturas, si no era ésa una prueba de que ella, puesta en la disyuntiva, le prefería a él antes que a Tito, y había mandado a los hombres de los pantanos contra el último para tratar de salvarle a él de una posible muerte.

Pero luego, el curso de sus pensamientos cambiaba de golpe, casi como las mismas aguas por las que navegaban, y entonces se preguntaba si acaso Senseneb no le veía a él como poco más que un niño, comparado con el prefecto. Quizás ella había enviado a barrenar la nave de Tito no por salvarle a él, Emiliano, sino porque tenía al prefecto por un hombre más entero y pensaba, por tanto, que tenía más posibilidades de salir con vida de un trance apurado.

Y así, cubierto de sudor, se daba la vuelta una y otra vez en su lecho de cubierta, martirizado por los mosquitos, y los dolores de cabeza y en articulaciones, tan propios de la fiebre, hasta que le llegaba un sueño que era niebla o inconsciencia, y se hundía en un sopor intranquilo del que ya no salía hasta el amanecer.

CAPÍTULO V

Fue cerca del extremo sur de aquellos inmensos pantanos –aunque pudiera ser que hubiesen ya salido de ellos, y navegasen por territorios inundados por las lluvias– cuando Senseneb cayó muy enferma. Había estado sufriendo de fiebres, como todo el mundo en aquella expedición, pero esa vez el ataque fue más prolongado y, viéndola sumida en el delirio de las calenturas, Satmai, el jefe de su guardia, mandó que se lo comunicasen a los jefes romanos.

Agrícola, esta vez sí, estaba seguro de en qué momento había sucedido, como si al ir acercándose al final de aquel dédalo de aguas, ciénagas y miasmas hubiera ido recuperando el sentido del tiempo y las distancias. Y si decía que era posible que hubiesen salido ya de los pantanos de papiros no era por confusión, sino porque recordaba que la vegetación era distinta, que las copas de los árboles surgían de las aguas, y que éstas bajaban revueltas y enfangadas. Él mismo, desde su nave, había sido testigo de que una piragua larga y baja se adelantaba como una saeta hasta abarloarse al barco de Tito, y de cómo los dos nubios que iban en la misma cambiaban palabras con el prefecto.

Éste, a su vez, apenas avistó una porción de tierra firme –que podía ser una isla o simplemente un terreno elevado que se había salvado de la crecida–, despachó a su vez un esquife para avisar al tribuno, que bogaba un poco más a proa.

Enseguida, desde la nave de este último, comenzaron a enviar señales para toda la flota. Las naves comenzaron a varar en el fango, y uno de los primeros en echar pie a tierra fue el tribuno menor Gagilio Januario, con la groma y los banderines, para trazar las líneas del campamento. Los expedicionarios desembarcaron en masa, contentos de poder estirar por fin las piernas, porque llevaban varios días sin bajar a tierra, y los nubios sacaron a su señora en unas parihuelas. Pero nadie pudo ver mucho porque Tito, al que rara vez se le escapaba detalle, había enviado a algunos hombres de confianza para que impidiesen acercarse a nadie. Así que lo único que consiguieron los curiosos fue algún que otro bastonazo.

Mientras los hombres abrían el foso, Emiliano fue a dar una vuelta de inspección, acompañado por los tres germanos, y acabó encontrándose con Tito, que deambulaba también a lo largo de la línea de obras, vara en mano. Hacía un calor bochornoso, el cielo estaba nublado y los legionarios, casi desnudos y cubiertos de barro, manejaban entre maldiciones los zapapicos, chapoteando en la tierra empapada. Se detuvieron el uno junto al otro y, en tono casi casual, discutieron durante un rato asuntos de la expedición. A veces Tito señalaba con su vara de centurión los trabajos, las naves o hacia el sur; Emiliano, con su túnica roja y la cabeza descubierta, asentía a ratos. No mencionaron en ningún momento a Senseneb, aunque cada vez que los ojos azules se encontraban con los oscuros del otro, ambos los apartaban con rapidez.

Más tarde, los dos mandaron a hombres de su confianza a la tienda de la meroíta, y ambos recibieron la misma respuesta: Senseneb estaba muy mal, hundida en un estupor que era casi semiinconsciencia, y ardía de lo alta que era la fiebre. Emiliano, que se encontraba a la puerta de su tienda cuando le dieron la noticia, levantó los ojos y vio un ave que alzaba el vuelo y se alejaba hacia occidente. Según dijeron después, el pájaro era negro y el tribuno se tapó el rostro y escondió en su carpa; pero de eso Agrícola no fue testigo.

Esa noche llovió de forma torrencial. La furia de la tormenta despertó a todo el campamento: el agua caía en trombas rugientes y corría cuesta abajo, formando regatos profundos que arrastraban la tierra roja del cerro. Las tiendas estaban empapadas y las gotas hacían resonar las lonas como tambores. Los centinelas recorrían las empalizadas, tratando de ver algo a través de la oscuridad, entre cortinas de lluvia y calados hasta los huesos. Todos los fuegos y luces que no estaban protegidos se apagaron siseando, de forma que apenas veía uno a un palmo de las narices.

Tito pasó una noche agitada. Primero fueron a despertarle cuando la lluvia se convirtió en diluvio, y salió a revisar en persona al varadero de las naves, con una lámpara de arcilla en la mano. Luego fue a dar una ronda por los puestos de guardia, se detuvo un momento a mirar la sombra oscura de la tienda de Senseneb y se volvió a su carpa, empapado. Se deshizo de la túnica y se secó. Hacía mucho calor y la lluvia no hacía sino empeorar el agobio, en vez de mitigarlo, quizá por culpa de tanta humedad. Se arrojó suspirando en el lecho.

Pero más tarde despertó, o creyó hacerlo, de nuevo.

Se revolvió en la cama y entreabrió los ojos, aturdido. Estaba bañado en sudor y la lluvia tamborileaba furiosa sobre la cubierta de su tienda. Una lámpara de aceite ardía sobre la mesa de campaña y, en ese resplandor turbio y amarillo, advirtió, entre las brumas del sueño, que no estaba solo. Abrió lentamente los ojos y, sin alarma ni sorpresa, vio que era Senseneb la que estaba en su tienda. Fue entonces cuando comprendió, a medias, que aún estaba dormido y que soñaba.

En ese sueño se incorporó hasta quedarse sentado en el camastro, desnudo y sudoroso. Ella estaba al alcance de su mano, con ese aire indefinible que tienen los fantasmas de la mente, envuelta en sus velos blancos pero destocada, mirándole con sus ojos oscuros. Se contemplaron durante instantes eternos, en la atmósfera húmeda y asfixiante de la tienda. Ella no se movía, ni habló ni sonrió. El prefecto se levantó entonces muy despacio, poseído por una especie de abulia extraña, tal y como suele ocurrir en los sueños, de forma que no se le ocurrió hacer ni decir nada.

Ella le cogió las manos entre las suyas. Se las llevó a las mejillas y luego las besó muchas veces, con pasión repentina. Él se dejó hacer, lleno de ese asombro distante de los que sueñan. Senseneb volvió a besarle, un beso muy largo esta vez, el dorso de las manos y le miró con unos ojos que de repente estaban húmedos. Tito Fabio, al mirar dentro de ellos, sintió de repente una gran angustia.

Tanta que quizá fue esa mirada la que le hizo despertarse. Abrió otra vez los ojos, esta vez de golpe y de verdad. La lluvia golpeteaba sobre las lonas de su tienda, hacía un calor húmedo y sofocante, y una única luz de aceite alumbraba con luz difusa y amarillenta. Pero estaba solo.

Se sentó desnudo al borde de la cama y allí se quedó largo rato, sintiendo cómo el sudor le corría por el cuerpo y oyendo la lluvia. Se pasó las manos encallecidas por el rostro y el pelo, notándolos mojados. Luego se contempló esas mismas manos, como sintiendo aún en el dorso los besos y las lágrimas de su amante. Se quedó mirando el bailoteo de la única llama de la lámpara y, por último, se levantó con pesadez. Se lavó en una palangana, antes de ponerse una túnica limpia con manos que, pese a que las miró con ira, temblaban un poco. Por último se sentó a esperar, en la penumbra de su tienda, con la cabeza entre las manos.

Así fue como le encontraron despierto y vestido cuando, al cabo de nadie sabe cuánto tiempo, Seleuco y Quirino fueron a avisarle que Senseneb, sacerdotisa de Isis y ministra de sus reyes, había muerto.

Se ciñó espada y daga, y salió a la oscuridad y la lluvia junto con sus dos ayudantes, que llevaban lámparas de arcilla. Claudio Emiliano ya estaba a las puertas de la tienda de la sacerdotisa, completamente solo. Caía el agua a mares, la túnica roja se le pegaba empapada al cuerpo y el cabello rubio le caía en mechones goteantes sobre el rostro. Los arqueros nubios velaban ante la tienda de la muerta, armas en mano, y el tribuno estaba discutiendo con Satmai.

–No puedes pasar, tribuno –decía en su griego dificultoso el meroíta de la cota de malla, al tiempo que meneaba pesaroso la cabeza–. No. No puedes pasar.

Emiliano porfiaba y Satmai no cedía. Merythot surgió de repente, de la oscuridad y la lluvia, báculo en mano, con el agua corriéndole por el rostro delgado.

–Es inútil, tribuno –le dijo en latín, con la misma voz casi del que habla a un niño–. Nunca te dejarán ver a su ama muerta. Ni a ti ni a nadie. Ellos tienen sus costumbres sagradas y tendrías que matarles a todos para poder entrar en esta tienda.

–¿Matar? –el romano le miró confuso–. Pero yo no quiero matar a nadie.

Tito le vio tan descompuesto, como si fuera a echarse a llorar allí, delante de todos, que se adelantó chapoteando en el barro y le puso una mano en el hombro.

–Tribuno, discúlpame, pero estos hombres tienen sus usos y religión, y nosotros tenemos que respetarlos, por la dignidad de esta embajada y porque no queremos que los dioses de esta tierra nos castiguen. Bastantes dificultades tenemos ya.

Claudio Emiliano le miró con expresión aturdida. Si se le había escapado alguna lágrima, la oscuridad apenas rota por las luces, y la lluvia que le formaba regueros en el rostro lo ocultaron.

–No debemos quedarnos aquí, tribuno –añadió Tito Fabio–. Seleuco, acompáñale a su tienda.

El pretoriano, pasados unos instantes, asintió muy despacio, como entre sueños, y el *extraordinarius* le escoltó a través del diluvio de gotas cálidas, de vuelta a su carpa. La noche se los tragó.

Tito se quedó allí unos instantes, sin decir palabra, los brazos a lo largo de los costados, ante la gran tienda y los guerreros que velaban con sus arcos ante la entrada.

Apenas podía ver otra cosa que manchas y siluetas a la luz de la lámpara de Quirino. Dentro, a través del rugido del aguacero, se oía llorar y chillar a las dos esclavas de la sacerdotisa, fuese porque idolatraban a su ama, porque fuese costumbre la de plañir entre los nubios o porque, según las bárbaras costumbres meroítas, las iban a matar a golpes y enterrar con su dueña, para que la sirviesen en el más allá.

Sin querer, se pasó los dedos por el cabello. El agua le corría por todo el cuerpo y una enorme desazón se le agarraba a las entrañas, y le subía hasta la garganta, hasta el punto de que casi le faltaba el aliento.

–Es mejor que te retires tú también, prefecto –le invitó Merythot, que aún seguía allí, báculo en mano.

–Sí –meneó la cabeza–. Sí. Hay mucho que hacer.

Se dio la vuelta y se volvió a su propia tienda. Quirino iba a su lado, con la lámpara en alto. El egipcio se quedó unos instantes con los ojos puestos en esa luz que se alejaba entre la lluvia; luego se volvió a los arqueros y, cambiando de mano el bastón, hizo un gesto de bendición con la mano. Los meroítas se inclinaron reverentes y el sacerdote se giró a su vez. En un parpadeo, desapareció en la negrura.

* * *

Al día siguiente, pese a la petición de respeto a las tradiciones meroítas que había hecho al tribuno, Tito tuvo una discusión larga e infructuosa con Satmai.

Había cesado de llover y el cielo era de un azul lavado; las naves seguían varadas todas en el barro, sin daños, y las aguas bajaban turbias. Aves de todos los colores cubrían los cielos y sus gritos resonaban sobre las extensiones anegadas, con largos ecos que parecían duplicarse y alargarse hasta el infinito.

Claudio Emiliano se quedó en su tienda, al parecer atacado por la fiebre. El *praefectus castrorum* salió de la suya apenas clarear, con los ojos enrojecidos por la bebida o el sueño, y sin perder el tiempo comenzó a revisar los efectos, para comprobar qué daños pudiera haber causado el diluvio nocturno. Mientras estaba en la orilla enfangada, Satmai se le acercó, acompañado de Merythot, pues le había pedido que le acompañase para hacer de intérprete en caso necesario.

Tito, fatigado tras toda una noche de penas y vela, fue a sentarse en un tronco próximo al agua, sin cuidarse de nada; de forma que Seleuco y Quirino, que lo vieron, cogieron jabalinas y fueron a su lado, no fuera que de repente un cocodrilo surgiese de las aguas turbias con la intención de atrapar al prefecto y arrastrarle al fondo. La dejadez de éste, empero, pareció esfumarse en cuanto escuchó lo que tenía que decirle el arquero.

Satmai, convertido en caudillo de los nubios, había ido a comunicarle que pensaba hacer dar la vuelta a su embarcación y dirigirse de inmediato al norte, para llevar el cadáver de la sacerdotisa a Meroe, donde sería enterrada con todos los honores de su cargo. El prefecto le miró y meneó la cabeza, pero el nubio se empecinó.

En vano Tito le fue señalando todos los inconvenientes de aquel plan. La nave estaba en malas condiciones luego de un viaje tan accidentado por las extensiones de papiro, los meroítas tan castigados por las fiebres y las privaciones como los demás expedicionarios, las provisiones escasas. Y no había guías. Pero todo fue inútil: Satmai insistía en poner a flote de inmediato la nave con el buitre sagrado y navegar Nilo abajo.

Tito le instaba a seguir unos días más en compañía de la *vexillatio*, a acompañarles al sur hasta salir definitivamente de esa pesadilla acuática. Más al sur podrían levantar un campamento donde descansar y quizá comerciar con tribus ribereñas. Los carpinteros romanos carenarían el barco de los meroítas mientras éstos recobraban fuerzas, y le ofreció darle entonces tantas provisiones como su nave pudiera cargar.

Pero Satmai no dio su brazo a torcer: negaba con la cabeza y, cuando le faltaban las palabras, pasaba al egipcio y Merythot traducía entonces. Sus arqueros iban a arrancar su nave del barro ribereño, a empuñar los remos e izar la vela triangular, y regresar a Meroe con el cadáver de su ama. Lo único que le pedía al prefecto era que destacase a algunos hombres para mantener alejada a la soldadesca, y así poder ellos sacar a la muerta con dignidad.

Al cabo, el romano ya no supo qué decir. Observó a aquel nubio alto y negro, de facciones aquilinas, con esa cota de malla suya que ahora, pese a los cuidados, se veía algo herrumbrosa. Éste, con el largo arco de madera endurecida en la mano, le devolvió impasible el escrutinio, y Tito supo que nada iba a hacerle cambiar de opinión. Se puso la cabeza entre las manos, como si le doliese o estuviera exhausto.

–Haz lo que quieras –admitió, derrotado.

El nubio se alejó a largos trancos, pero el sacerdote se quedó al lado del romano, con su atavío de linos blancos, que ni siquiera la lluvia parecía poder ensuciar, y con el báculo en la diestra.

–Que no te recoma más el tema, prefecto. No hay nada que hacer.

–Morirán en los pantanos: les matarán las fiebres, o los salvajes, o se atascarán en los papiros y morirán de hambre.

–Es muy posible. Pero Satmai hace lo que cree correcto.

–¿Correcto? ¿Cómo puedes decir eso? Lo más seguro es que no lleguen nunca a Meroe, que fracasen y se pierdan todos –apoyó la rodilla en el muslo, y el mentón en el dorso de la mano–. ¿Qué se gana con eso? Es una locura.

–¿Una locura? Es posible, sí. ¿Pero no podría alguien echaros lo mismo a vosotros en cara? Vosotros, romanos, que habéis hecho miles y miles de pasos en nombre del césar. Harías bien en respetar los motivos de cada hombre.

Tito Fabio, la barbilla aún en la mano, le miró ahora con ojos pensativos.

–Tienes razón, sacerdote. Claro que tú eres un sabio –suspiró, al tiempo que se enderezaba–. Hazme un favor: vete junto a Satmai y dile de mi parte que le deseo la mejor de las suertes, y que haremos sacrificios para que tengan un buen viaje.

El egipcio, alto, flaco, calvo, con la comisura de los ojos tatuados de azul y los linos blancos agitándose al compás de la brisa que soplaba desde las aguas a tierra, esbozó una sonrisa lejana.

–Así lo haré enseguida. De tu parte, prefecto.

CAPÍTULO VI

Un par de días después, la expedición había salido ya con claridad de los pantanos, aunque navegaba por un país llano, de hierbas altas y árboles altos y copudos, en esos momentos inundado en parte por las grandes lluvias. El tribuno estaba enfermo y descansaba en la popa de su nave, protegido del sol por un toldo, así que fue el *praefectus castrorum* el que tomó la decisión de hacer un alto en la ribera occidental.

La travesía de los pantanos había castigado sobremanera a la flotilla. Muchos hombres sufrían de fiebres y los que no, ya las habían pasado; todos estaban muy débiles. Los muertos habían sido bastantes y la moral no era precisamente muy alta, además de que todas las naves estaban más o menos dañadas por colisiones con troncos flotantes, imposibles de evitar en aquella maraña de agua y vegetación. Urgía por tanto carenar, ya que las pequeñas vías de agua, aunque no suponían riesgo de naufragio, amenazaban con estropear las provisiones y los efectos.

Emiliano estuvo dos días enteros sin dejarse ver, convaleciente del último golpe de fiebres, o eso decían sus hombres. Pero, al tercer día, el prefecto perdió la paciencia y se presentó en su carpa, con la intención de discutir algunos asuntos con él, con calenturas o sin ellas.

Consiguió ser recibido y pasó dentro un largo rato; y cuando acabó, salió a grandes zancadas, llamando a voces a sus hombres.

Nadie supo muy bien de qué hablaron esos dos, pero las órdenes fueron las de sacar toda la carga de las naves, y luego poner a éstas en seco. Los hombres que podían tenerse en pie fueron enviados a ahondar y ampliar el foso, y se enviaron algunas partidas tierra adentro, a explorar las tierras colindantes. De todo eso, los *gregarii* sacaron la conclusión de que iban a pasar cierto tiempo en ese campamento, para reparar daños y reponer fuerzas. Y no andaban descaminados.

Las lluvias, o al menos esos diluvios durante los cuales los cielos parecían rajarse para descargar cataratas, habían cesado, y los enfermos comenzaron a recuperarse poco a poco en aquellos terrenos algo más salubres. Los exploradores volvieron con carne fresca, frutas, bayas y noticias sobre pueblos de piel negra y amarillenta, cazadores errantes de disposición pacífica, así como suposiciones –concebidas a partir de lo que habían logrado entender por señas– acerca de poblados de ganaderos y agricultores, tanto en la ribera como tierra adentro.

El tribuno seguía en su tienda y para muchos su dolencia era del alma y no del cuerpo, y tenía su origen en la pena. Otro tanto se decía de Tito, aunque éste parecía curársela a fuerza de trabajar, porque se le veía siempre atareado, desde el toque del alba al de reposo, como si quisiera encargarse en persona de todo, del recuento de víveres a la tala de árboles para las empalizadas. Pero no tardó en producirse otro encuentro a solas entre ambos, al que siguió una reunión con más gente, entre ellos los dos tribunos menores.

La situación, tal y como explicó sin rodeos Tito, era bastante difícil. Las naves necesitaban reparaciones y los hombres reposo, pero andaban cortos de provisiones. El tribuno mayor, sentado en su silla, le escuchaba en silencio, con expresión cansada, mientras él iba de un lado a otro, el pelo alborotado y la piel oscurecida, dando énfasis a sus palabras con gestos enérgicos. Acabó su discurso de repente, como si se le hubieran acabado los argumentos, y nadie se animó a preguntar ni añadir nada. Hubo un silencio largo en la tienda, matizado por los susurros de ropas al cambiar alguien de postura, tintineos metálicos y el golpeteo de la vara de Tito sobre su palma abierta.

Claudio Emiliano se pasó la mano por la frente.

–¿Qué sugieres que hagamos?

El aludido le contempló sin dejar de jugar con su vara, y de golpe retomó su discurso, con la misma brusquedad con que se había detenido.

–No podemos seguir; tenemos demasiados enfermos y hay que reparar las naves.

Se golpeó con fuerza la palma, de forma que el impacto restalló dentro de la tienda.

–Pero no tenemos tantas provisiones como para quedarnos aquí un par de meses y luego seguir río arriba, nadie sabe cuánto tiempo.

–¿Entonces?

–Te sugiero que levantemos aquí mismo, en este preciso lugar, que es salubre y de fácil defensa, un campamento de larga duración donde los hombres puedan descansar y recuperarse. Y, entre tanto, enviar un destacamento de hombres escogidos, en naves, río arriba, a buscar las fuentes. Así no perderemos ese par de meses.

Contempló a estos presentes, y éstos le contemplaron a él, rumiando la idea.

–¿Y qué pasaría si ese destacamento nunca vuelve? –quiso saber, con algo de timidez, Gagilio Januario.

–Uno se ve obligado a trabajar con lo que tiene, tribuno –el prefecto sonrió con tolerancia, al tiempo que agitaba su vara–. Es mejor llegar hasta aquí y volvernos a Egipto que continuar en estas condiciones, morir todos de hambre o a manos de enemigos, y que no quede nadie para contarlo. Tenemos que correr ese riesgo, porque no nos queda otro remedio.

–Tienes razón –aprobó Emiliano, con ojos que, por primera vez en los últimos días, se habían vuelto de un azul tan oscuro como los mares alborotados–. Tenemos que correr el riesgo.

Así fue como el tribuno aprobó sin vacilar ese plan y, a no mucho tardar y sin que nadie supiera muy bien cómo, ya era conocido por todos; aunque puede que fuese el mismo prefecto quien se ocupó de propalar la noticia. Los soldados no hablaban de otra cosa y fue curioso ver como unos se adecentaban con la esperanza de ser elegidos, en tanto que otros recaían bruscamente y no hacían otra cosa que quejarse de lo mal que se sentían. Pero el prefecto, al que los hombres acosaban a preguntas, cuando pasaba revista a las obras de fortificación, meneaba la cabeza, reía y evitaba pronunciarse sobre cuántos o quiénes estarían en ese grupo que iba a ir al sur.

–Ya veremos –era siempre la respuesta, y señalaba con su vara de centurión a las obras–. Ahora al trabajo, al trabajo.

Sin embargo, pese a esas palabras, que daban a entender que primero iban a levantar el campamento semipermanente y luego a organizar la expedición, todo quedó listo en apenas cuatro días. Primero eligió dos naves con casco de papiro, tanto por su ligereza como por su poco calado, y ordenó a los carpinteros que las revisasen las primeras de todas y con especial atención. Hizo apartar provisiones y efectos; y, en cuanto a los seleccionados, sus nombres fueron llegando a los soldados en los días siguientes.

Así se supo que tanto el tribuno como el prefecto estarían en ese destacamento. Con el primero iría un puñado de pretorianos, custodiando la *imago,* y el segundo fue eligiendo legionarios, auxiliares y mercenarios hasta completar unos efectivos cercanos a los ochenta hombres.

Era de lo más irregular que los dos jefes de la *vexillatio* la abandonasen a la vez para encabezar ese contingente; pero estaba claro que ya, a esas alturas del viaje, ninguno de los dos quería renunciar a llegar a las fuentes del Nilo. Además, como apuntaban algunos, había un riesgo evidente de que esa pequeña expedición no regresase. Y, de ser así, de tener que volverse al norte sin haber llegado al origen del río y sin la *imago* del emperador, quizá lo más prudente para ambos era no regresar nunca a Egipto.

La salud del geógrafo Basílides estaba muy quebrantada, por lo que hubo que descartarle. En cuanto a

Valerio, Tito le ofreció un sitio por compromiso, pero aquél declinó alegando que las fiebres le habían dejado muy débil. Antonio Quirino le comentó a Agrícola, sonriendo de medio lado, que seguro que estaba enfermo, pero de miedo; porque era evidente que, desde el ataque del hipopótamo, su ardor parecía haberse apagado de golpe. Sí incluyeron a Merythot, lo mismo que a Demetrio quien, pese a haber sufrido como todos, conservaba su fortaleza de hierro, pero no así a Agrícola, que estaba enfermo.

Repararon las dos naves y las cargaron de víveres, armas y mercancías para el trueque con las tribus del alto Nilo. Y una mañana los hombres seleccionados bajaron al arenal, hasta donde estaban las embarcaciones. El cielo aquel día era muy azul, las praderas muy verdes y agitadas por la brisa de primera hora, y el río fluía con mansedumbre, lleno de destellos dorados del sol.

El arúspice, a pie mismo del agua, leyó en las entrañas de una cabra y anunció con voz solemne que los signos eran favorables a ese viaje. Dos augures estudiaron el vuelo de las aves y dieron el mismo vaticinio. Sólo entonces el tribuno Emiliano, que se había puesto sus ropas rojas, ordenó embarcar a tres toques de trompa. Las dos naves comenzaron a bogar río arriba, con las velas triangulares agitadas por el viento, mientras los soldados, desde las empalizadas, les despedían con gritos y moviendo los brazos.

Las naves se fueron alejando y cada cual volvió a sus quehaceres. Todos excepto unos pocos, como Agrícola, que se apoyaba en un bastón porque las piernas aún no le sostenían muy bien, y que se quedó mirando a las naves largo tiempo, hasta que se perdieron de vista en las recurvas del Nilo.

* * *

El campamento quedó al mando del tribuno Gagilio Januario, en tanto que Salvio Seleuco, el más antiguo de los dos ayudantes del *praefectus castrorum*, ocupaba el lugar de éste. Esos dos se entendieron bastante mejor que aquellos a quienes sustituían, gracias sobre todo al carácter menos áspero del *extraordinarius*, que sabía cómo tratar al joven tribuno. Además, éste prefería enfrascarse en tareas administrativas e intendencia, y dejar el día a día, y los detalles, al otro, de forma que hubo paz en el campamento, al menos en esas cuestiones.

Había dejado de llover torrencialmente, el agua se iba retirando y las tierras desecándose, y los enfermos se recuperaban poco a poco. Los principales no daban ocasión a que los expedicionarios estuviesen ociosos. Los *opera vacantes* –carpinteros, herreros, guarnicioneros– estaban ocupados en faenas que iban desde carenar las naves a fabricar nuevas *caligae* o *pila*. Los soldados salían todos los días extramuros a desbrozar, talar árboles o entrenarse con las armas. Ahondaron el foso, reforzaron los taludes en algunos puntos con piedras y, sobre los mismos, levantaron no ya palenques, sino verdaderas empalizadas, guarnecidas por torres en las esquinas. Y, cuando hubieron acabado, construyeron alojamientos de madera en el interior, más espaciosos y cómodos que las tiendas para ocho reglamentarias.

Dado que Tito y Emiliano habían fijado en cien los días que la *vexillatio* tendría que esperarles, Salvio Seleuco decidió abrir huertas más allá del foso y plantar las semillas que llevaban con ellos, tanto para tener entretenidos a los *gregarii* como para aumentar las provisiones y variar un poco la dieta. Salían partidas de caza y se enviaban exploradores tierra adentro, así como naves río arriba. Valerio Félix declinó las ofertas de unirse a esas partidas que le hicieron, con muy mala intención, tanto Seleuco como Quirino, una vez que el filósofo estuvo restablecido.

Las naves volvieron con noticias sobre agricultores y pescadores asentados en las riberas, de la misma raza que ya se habían encontrado al norte, parientes a su vez lejanos de los pueblos del sur de Meroe. Esas gentes ahora no estaban en situación de comerciar, pues las inundaciones habían arrasado sus pueblos y destruido parte de sus bienes. En cuanto a los exploradores, regresaban con informes sobre poblados de ganaderos, cazadores negros o amarillentos y, lo que más llamó la atención, noticias sobre aquellos fabulosos personajes del sur lejano: los pigmeos.

El tribuno se mostró escéptico sobre tal extremo, y Seleuco tuvo una discusión con Flaminio, ya que se burló de la credulidad de éste, al que acusaba de dejarse embaucar por los indígenas. El resultado fue que el segundo abandonó hecho una furia el campamento, junto con su banda de exploración, y estuvo ausente más de una semana. Cuando ya Seleuco comenzaba a temer que sus bromas hubiesen causado la muerte de su viejo camarada, éste y sus hombres regresaron, acompañados de media docena de pigmeos.

Llegaban como invitados y aquellos romanos, que ya tanto habían presenciado, se agolparon a su alrededor atónitos, mientras los pigmeos a su vez miraban y lo palpaban todo –las construcciones de madera, las telas, las armas– con la curiosidad de niños. Eran hombres muy pequeños y regordetes, de piel negra, armados todos con arcos. Habitaban la selva profunda y eran temidos tanto por sus flechas envenenadas como por sus poderes mágicos.

Aquellos personajes fabulosos se quedaron un par de días en el campo romano, y partieron luego cargados de presentes, pero el eco de su visita fue tremendo y hasta Valerio Félix se sacudió la apatía para anotar algo acerca de ellos en sus documentos. Y fueron precisamente los pigmeos los que sirvieron de excusa a Agrícola para visitar a Basílides, a última hora de la tarde.

Se presentó en su cabaña de madera con una pequeña ánfora de vino sellada, que el geógrafo observó con curiosidad, aunque sin hacer comentario alguno. El mal de los pantanos le había tenido a las puertas de la muerte y al caer la noche aún sufría de calenturas que le obligaban a pasar bastante tiempo postrado, aunque la mesa de trabajo, abarrotada de tablillas y pergaminos, demostraba que no por eso había dejado de trabajar.

El alejandrino echó mano a dos cubiletes de madera y sirvió cerveza que había comprado en Ambanza, justo antes de entrar en los pantanos. Su visitante aceptó uno con una mueca de gratitud, porque hasta la cerveza escaseaba ya, y la paladeó, mientras su anfitrión bebía con la cabeza puesta en otra cosa.

–Los pigmeos, sí. Hay numerosos documentos antiguos que atestiguan su existencia, aunque hoy en día hay muchos que les consideran una fábula: una deformación de la realidad, basada en tribus de pequeña estatura, o un cuento para crédulos, que es de lo que acusaba Seleuco a Flaminio.

–Pues está claro que una leyenda no son.

–Nunca lo fueron para mí. En otro tiempo, antes de la expansión de los negros, ocupaban territorios mucho mayores. En tiempos de la reina Hapsepsut, una expedición llegó al reino del Punt, que era de pigmeos.

–Y ahora nosotros los hemos visto en persona, y así podremos decirlo –el mercader sonrió–. Otra cosa es que nos crean.

–El suceso ha sido ya anotado –señaló sus pergaminos–. Aquellos que lo lean, pasado mañana o dentro de diez mil años, que piensen lo que les plazca.

–¿Te sientes ya mejor?

–Mucho mejor, habida cuenta de que hace unos días me sentí morir –suspiró–. Pero eso no me pesa, y sí no haber podido acompañar al tribuno hasta las fuentes del Nilo.

Agrícola le miró meditabundo, pareció hacer rodar las palabras en su boca, antes de soltarlas, y por último sacudió la cabeza con amabilidad.

–No te pese. Creo que ha sido lo mejor.

–¿Lo mejor? ¿Por qué dices eso? Era la oportunidad de mi vida; ser el primero en narrar de primera mano dónde y cómo nace el Nilo.

–Lo sé. Pero, si no hubieras estado tan enfermo y te hubiesen incluido en el grupo, yo me hubiera visto obligado a hablar con el prefecto, y supongo que éste te habría hecho matar antes de partir.

Basílides, que iba a servirse más cerveza, se le quedó mirando con el ánfora en una mano y la copa en la otra, estupefacto. El mercader le devolvió la mirada con una de esas expresiones, entre afables y hastiadas, tan suyas.

–¿Qué dices, hombre? –sonrió con rudeza–. ¿Tienes tú otra vez fiebre y deliras?

–No, no deliro.

–¿Entonces, de qué estás hablando?

–Yo también he estado en cama, Basílides, y he tenido tiempo de pensar en ciertos asuntos.

–¿Cuáles?

–Sobre todo, en el viejo problema que nos ocupaba: el de los espías infiltrados en la expedición. Hace mucho tiempo que vengo dando vueltas a ciertos datos y no me queda más remedio que pensar que, si hay alguien que haya estado trabajando desde dentro para perjudicar a la expedición, ése no puede ser otro que tú, Basílides.

El geógrafo, alto y ancho, de manos grandes y rasgos toscos, le contempló con hosquedad. Luego se sirvió la cerveza y bebió.

–Explícate.

–Hay poco que explicar. Ya hemos discutido este tema otras ocasiones, ¿recuerdas? Tú dices que la razón puede desentrañar cualquier misterio, y yo digo que no es necesario ningún ingenio para hacerlo, sino sólo tener dedos en las manos, y saber sumar y restar con ellos.

–Ya. ¿Y a qué conclusión se supone que has llegado con tus métodos de tendero?

–Tú le das vueltas al montón de manzanas, a distancia, tratando de verlo desde todos los ángulos y averiguar, por simple reflexión, cuál es la podrida. Ya te dije que quizá no sea mal método, pero no es el mío. Yo me acerco, cojo cada manzana, la sopeso y, si me parece sana, la aparto; hasta que sólo queda la que busco, y que con frecuencia está oculta bajo las demás –hizo una pausa–. Es más, a menudo parece lustrosa y más sana incluso que las otras, porque tiene el gusano dentro. Voy restando –alzó una mano y agitó los dedos–, y así es como, al final, queda la verdad al descubierto.

–¿Y cuál es tu verdad?

–Que tú eres el agente de Aristóbulo Antipax dentro de la expedición.

–Dame tus razones.

–Lo primero de todo que, en Filé, los asesinos llegaron a la isla ex profeso, con un plan ya fijado para matar al tribuno. Sabían de antemano que iba a visitar el santuario y alguien tuvo que avisarles con tiempo para preparar el golpe.

–¿Y eso me señala a mí? Éramos unos cuantos, incluido tú mismo, los que sabíamos que Emiliano iba a ir ese día a Filé.

–Es verdad. Pero eran más los que no lo sabían, y eso descarta a todos ellos y nos deja ya con un grupo pequeño de gente. Fuiste tú el que le estuvo enseñando la isla. Y he estado indagando con discreción, amigo, y tú le animaste a visitar los monumentos de la parte oriental de la isla, que es donde le estaban esperando los asesinos.

El alejandrino le miró con la copa en la mano.

–Supongo que no basarás tu acusación sólo en esa casualidad.

–No, Basílides. Es sólo un hecho y por sí sólo no es significativo. Pero hay más –el romano se permitió una sonrisa cansada–. Tú siempre has estado a la mano izquierda del prefecto, lo mismo que yo, tratando de averiguar quién pudiera ser el espía. Y, por tanto, sabías en todo momento cómo iban las averiguaciones: Demetrio y yo te contábamos cuanto sabíamos y así nos llevabas ventaja.

Hizo una pausa, mientras su interlocutor le observaba, al parecer con curiosidad.

–Tú debías ser aquel misterioso personaje que salía del campamento por la noche, a reunirse con los hombres de Aristóbulo, y debiste ser tú el que hizo que matasen a aquellos críos, cuando te contamos que te habían visto. Eran ratones de caravana, muy espabilados. Pero, cuando Demetrio y yo retrocedimos a buscarles, sus huellas estaban mezcladas con las de un adulto. No le habían seguido, sino que recorrieron ese trecho a la par: las huellas de los chicos unas veces estaban debajo y otras encima de las de las sandalias de ese adulto. Así que él, fuera quien fuese, tenía su confianza y les llevó a donde les esperaban los hombres de Aristóbulo. Y el hecho de que los chavales habían descubierto a alguien salir de noche de la caravana, sólo lo sabíamos Demetrio, tú y yo.

Se detuvo de nuevo, pero Basílides no mostró intención de hablar, así que prosiguió.

–Ha habido muchos detalles menores a lo largo del viaje, por supuesto. Pero lo que me ha acabado de convencer es lo que nos ha sucedido en los pantanos. Los ataques y los intentos de echar a pique nuestras naves.

El geógrafo ahora sí que se echó a reír.

–¿Pero cómo podría yo tener nada que ver con eso, hombre?

–Tú visitaste el último de todos a Hesioco en Ambanza, y te las arreglaste para hacerlo en solitario. No sé cómo, pero conseguiste convencerle para que usase sus recursos en contra nuestra.

El geógrafo sonrió con dureza; pero, de nuevo, su réplica tuvo más de pulso retórico que de defensa.

–¿Y no podría ser que las tribus locales hubieran decidido cerrar el paso a unos extranjeros como nosotros?

–Quizá. Pero está el asunto de aquel hombre del norte, el exiliado al que sus ancianos enviaron a robar el *vexillum*, con la promesa del perdón. ¿Por qué ese empeño en hacernos daño? ¿Y a robar precisamente el *vexillum*, con la importancia religiosa que tiene para los soldados? ¿Cómo podrían saber eso unos bárbaros que jamás habían oído hablar de Roma?

–Desde luego, es un punto que merece reflexión.

Agrícola estuvo a punto de bufar ante esa salida, aunque se contuvo. Luego incluso logró sonreír.

–Los tienes bien puestos, Basílides.

–Tan sólo uso la cabeza, como me enseñaron mis maestros.

–Muy bien. ¿Cómo explicar, sin intervención ajena, los intentos de hacer naufragar nuestras naves? Tanto la barrena en sí, como su uso para esos menesteres, son típicas de los griegos. Hesioco tuvo que ser el instigador, el que suministró la herramienta y, si alguien dentro de la expedición le instigó a ello, sólo pudiste ser tú.

–Ah. Tú lo has dicho: «si alguien dentro de la expedición». Aun aceptando que Hesioco pudiera haber enviado a esos saboteadores, bien pudiera haberlo hecho por motivos propios.

–No es imposible, desde luego. Pero todo junto, si uno se para a pensar en ello, te convierte en bastante sospechoso.

–Ésa es tu opinión –el geógrafo sacudió la cabeza, con sonrisa de suficiencia–. Lo cierto es que tu argumentación, aunque demuestra ingenio y observación, no deja de ser tosca y, por tanto, endeble.

–Puede –sonrió a su vez–. Pero también es más que suficiente para dar que pensar a los jefes de esta expedición. Y ya conoces a Tito: te pondrá en manos de los *quaestionari* y ellos te harán hablar.

–Los *quaestionarii*, ¿eh? –sonrió pensativamente, al tiempo que se servía más cerveza–. Es un factor más que tener en cuenta, desde luego.

Luego, de golpe, como si se le cayera una máscara, cogió el ánfora por el cuello y se lanzó encima del mercader. Pero Agrícola hurtó la cabeza y le tiró al rostro un tajo, con un cuchillo que había aparecido como por arte de magia en su mano. La hoja, triangular y filosa, a punto estuvo de rebanar la nariz a Basílides, que sólo pudo salvarse reculando a tiempo.

Se quedó ahí atrás, la jarra aún sujeta por el cuello, las ropas manchadas de la cerveza vertida, mirando con ira ciega al romano. Éste suspiró, dolido.

–Basílides, hombre; no intentes pelear conmigo.

El alejandrino le observó aún un momento. Luego la furia de sus ojos se apagó, y fue como si el fuego se convirtiese en cenizas dentro de su mirada. Se sentó con pesadez en la mesa y apuró la poca cerveza que no se había derramado. Agrícola hizo desaparecer el cuchillo.

–Por un instante, creí que iba a tener que matarte. Supongo que esto puede llamarse una confesión.

El otro le contempló, sin decir nada.

–¿Por qué lo hiciste? No lo entiendo, y es por lo que no podía creer que fueses tú. ¿Qué motivo podías tener?

–Dinero –el geógrafo se encogió ahora de hombros.

–¿Dinero? –le miró perplejo–. ¿Es que tienes deudas? ¿Caíste en manos de chantajistas?

–No, Agrícola, no. Nada de eso.

–¿Entonces? Tú eres uno de los eruditos del Museo, un hombre respetado, y esta expedición iba a ser la cima de tu carrera; tú mismo me lo dijiste en más de una ocasión. Te iba a permitir describir, de primera mano, tierras en las que ningún hombre de la órbita romana ha estado jamás.

–¿Y qué? –Basílides se pasó una mano por la cabellera áspera y de grandes entradas–. No soy más que un estudioso de segunda fila en la Biblioteca, y eso es lo que seré siempre, no importa lo que haga.

Agrícola se secó la boca con el dorso de la mano, recordando ahora el poso de amargura que parecía destilar muchas veces aquel personaje rudo, culto y contradictorio.

–¿Lo has hecho por rencor? ¿Es eso? ¿Para vengarte de que no se hayan reconocido tus méritos?

–Años atrás, siendo más joven, quizás hubiese sido una buena razón. Pero hace ya mucho tiempo que dejó de importarme ser o no alguien en la Biblioteca y el Museo.

–¿Entonces, por qué?

–Necesitaba ese dinero para poder librarme de la Biblioteca –enderezó algo la espalda, al tiempo que abría y cerraba las manos–. Es una vida que me resulta odiosa. ¿O aún no te has dado cuenta? Todo el día encerrado en ese maldito edificio, estudiando y clasificando documentos, un día tras otro, organizando las historias de gente que vivió vidas mucho más interesantes que la mía. Esa vida no es para mí, y hace años que lo sé. Me mata, me mata lentamente.

El mercader asintió, en silencio y mirándole con nuevos ojos.

–Un hombre contactó conmigo y me ofreció una gran suma para ayudar a que esta expedición fracasase. Me sorprendió al principio, pero acabé aceptando, y lo hice por dos razones. La primera porque ese dinero me iba a permitir darme la vida que nunca pude tener. La segunda porque no me pedían que ayudase a destruir la expedición, sino sólo a que fracasase en su misión y tuviera que darse la vuelta. Incluso considerarían un éxito que las dificultades fuesen tantas que desanimasen de organizar otras iguales en el futuro.

–¿Quién era ese hombre?

–Alguien sin importancia en toda esta trama. Un simple mensajero.

–Un mensajero por cuenta de...

–Eso no lo sé.

Agrícola clavó sus ojos cansados en esos otros, ahora llenos de hostilidad taurina, de Basílides.

–Los *quaestionarii...* –le recordó con suavidad.

–Ninguna tortura puede hacer que un hombre diga lo que no sabe. Quienes contactaron conmigo por medio de ese hombre no deseaban que yo supiese su identidad. Él y yo no somos más que instrumentos. El dinero prometido está a buen recaudo en Alejandría, en poder de intermediarios de solvencia, esperándome en caso de que logre volver y haya cumplido con mi parte del trato.

–Has cumplido, sin duda –el romano agitó la cabeza–. Pero dudo mucho que logres volver.

–Ahórrame eso –Basílides se encogió de hombros, tratando de mantener la compostura–. Una de las razones por las que acepté el encargo del prefecto fue descubrir, por pundonor, como desafío intelectual, quiénes pudieran ser los que me pagaban.

–Aparte de que así sabía lo cerca que andábamos de descubrirte.

–También. ¿Qué duda cabe? Además, si yo buscaba saboteadores, eso me descartaba a ojos vuestros como sospechoso. Está en la naturaleza humana aceptar verdades de base que nunca se detiene a comprobar.

Agrícola se quedó contemplando a aquel alejandrino grande y de aspecto rudo, que le miraba a su vez, sentado a la mesa. Dio unos pasos por la estancia.

–Basílides: ¿tienes cómplices en la expedición? Te aconsejo que seas convincente al responderme.

–Había un par de hombres, sí, que yo sepa; pero estaban en la caravana. Tampoco Aristóbulo Antipax siguió más allá de Meroe. Desde aquel momento, tuve que apañármelas solo.

–Menos mal para nosotros, porque lo has hecho demasiado bien. Hasta lograste convencer a Hesioco para que lanzase a los hombres de los pantanos contra nosotros, ¿verdad?

–Bah: eso fue un golpe de suerte. En realidad he hecho mucho más –irguió la espalda, lleno de un orgullo bastante sombrío–. He estado haciendo y deshaciendo delante de vuestras mismas narices, y ninguno se ha dado cuenta. Soy un hombre de la Biblioteca, el más erudito de la expedición, y me he dedicado a cargar las tintas al hablar de los peligros de estas tierras, a minar la moral, y nadie se ha percatado.

–Casi te admiro, Basílides. Tu vida ha estado en tanto peligro como la nuestra, por culpa de tus propias intrigas.

–Es un riesgo que tenía que correr. Haría lo que fuese con tal de librarme de la vida en la Biblioteca.

Agrícola resopló.

–¿Mataste tú a aquellos pobres críos?

–Si me preguntas si yo fui la causa de su muerte, la respuesta es sí. Pero yo no he matado nunca a nadie con mis propias manos. Los atraje al desierto y los hombres de Aristóbulo se ocuparon de ellos sin que yo estuviera presente, por fortuna, ya que querían interrogarles y no les dieron una muerte fácil. Fue a mí a quien vieron aquella noche salir del campamento, cuando iba a reunirme con los hombres de Aristóbulo.

–Eso es algo que me intriga. ¿Cómo no te reconocieron los chicos, con lo espabilados que eran?

–Amigo mío. Cuando salía al desierto me cubría con un manto de caravanero y el ojo sólo ve lo que quiere ver.

Agrícola asintió despacio, y ya no dijo más. Los dos hombres se quedaron mirándose. Hacía calor y humedad allí dentro, y algunos insectos zumbaban en el interior.

–¿Y ahora qué? –inquirió el griego–. ¿Por qué has venido solo?

–Era lo mejor. Seleuco y Quirino lo saben todo; se lo conté. Estamos los tres de acuerdo en que no sería bueno para la moral, tal y como están las cosas, prender por traidor a alguien que, como bien has dicho, es el erudito de la expedición.

Soltó un suspiro.

–Así que hemos decidido que es mejor arreglar esto con discreción.

–¿A qué llamas tú discreción? –a pesar de que la pregunta la hizo con voz tranquila, las manos fuertes de Basílides le temblaron un poco.

Agrícola cogió la pequeña ánfora de vino que había llevado consigo, y la puso en la mesa, ante su interlocutor. Luego, de entre sus ropas, sacó una bolsita de ante.

–Guardaba este vino para una ocasión especial. Y en fin, ésta la es; aunque no la que yo esperaba. En cuanto a esto –le mostró la bolsa–, es veneno, rápido y no muy doloroso.

Empujó ánfora y bolsa hacia el geógrafo, que le miraba ahora pensativo.

–Disuelve el veneno en el vino y bebe. Si mañana te encuentran muerto en la cama, todos supondrán que has sufrido una recaída de fiebres mortal, y nunca más se hablará del asunto. Hemos perdido ya varios hombres aquí, y tú serás uno más. Pero, si mañana sigues vivo,

Seleuco hablará con Januario y te pondrán cadenas hasta que vuelva la partida de expedición. Tito se ocupará de ti... y ya sabes cómo las gasta.

El alejandrino miró al ánfora y luego a la bolsa, y no dijo esta boca es mía. El otro se quedó esperando largo rato, en vano, a que contestase algo.

–Adiós, Basílides –dijo por último. Y se iba ya a marchar cuando el griego le contuvo con un gesto.

–Una cosa, Agrícola –habló con pesadez–. Una puntualización.

–¿Sí?

–Habláis constantemente de un *traidor*, pero he de decirte que tal palabra no es del todo correcta. A mí me reclutaron antes de unirme a la expedición, y no conocía a ninguno de sus miembros. Trabajaba para mis misteriosos patronos antes que para esta misión, así que en realidad no he traicionado a nadie.

–¿Sabes, Basílides? –Agrícola movió la cabeza–. Eso fue algo que en su momento me llamó la atención. En algún momento caí en la cuenta de que todos decíamos *traidor*, en tanto que tú decías *saboteador* o *misterioso enemigo*... y me pregunté por qué.

El geógrafo le observó con gesto hosco; él le dedicó una de sus sonrisas entre cínicas y cansinas y, girándose, se fue de ese alojamiento, dejándole sentado a la mesa con una expresión entre torva y meditabunda, las grandes manos cruzadas, los pulgares sujetando el mentón, y los ojos fijos en el ánfora y la bolsa que tenía delante.

* * *

Al día siguiente, fue Valerio Félix, que solía mantener largas charlas filosóficas con Basílides, el que le echó de menos. Fueron a buscarle pero no le encontraron: el alojamiento estaba vacío y su ocupante se había marchado. Nunca apareció.

Fue un pequeño misterio, la comidilla durante unos días de todo el campamento. El tribuno Januario, que inspeccionó en persona el cuarto, no encontró ninguna pista de por qué o adónde se había ido. Se había llevado consigo todas las anotaciones hechas acerca del viaje, desde Meroe a aquel punto, su bastón y el morral. Sobre la mesa había un ánfora vacía y una copa con un resto aún de vino en el fondo. Agrícola, que también estuvo allí, olisqueó huraño esta última. El geógrafo se había bebido el vino antes de huir y, sin duda, se había llevado consigo el veneno porque, por mucho que Agrícola buscó, no pudo encontrar la bolsa.

Januario estaba desconcertado, pero entre Seleuco y Quirino le convencieron de que la fiebre tenía que haber enloquecido al pobre hombre, que se habría marchado a las selvas, fuera de sus cabales. Se supo, en efecto, que había cruzado solo las puertas del campamento; los guardias, acostumbrados a sus idas y venidas, no le pusieron el menor impedimento.

El tribuno decidió que había que buscarle y Seleuco estuvo de acuerdo. De hecho, se ocupó de todo: llamó a Flaminio y le encomendó la tarea. Tuvieron una charla y, si alguien se hubiese fijado, hubiera visto cómo el segundo escuchaba al primero con perplejidad y luego pensativo. Salió sin perder un momento, acompañado de cuatro libios de plena confianza.

Estuvieron todo el día fuera y no volvieron hasta la noche, con las manos vacías. El geógrafo se había encaminado al noroeste y habían perdido su rastro en un río. Si había vadeado hasta salir por otro punto, o se lo había comido un cocodrilo, eso ya no pudo decirlo Flaminio. Sólo que no pudieron encontrar de nuevo sus huellas, o eso dijo.

En semanas posteriores, algunos exploradores oyeron hablar de alguien que podía ser Basílides a los indígenas. Pero la verdad es que nunca más se tuvieron noticias ciertas del geógrafo y, como en aquel campamento romano perdido en el lejano sur no faltaba el trabajo, los incidentes ni los muertos, poco tiempo después ya todos se habían olvidado de Basílides de Alejandría, convertido ya en una baja más de las muchas sufridas en aquella larga expedición en demanda de las fuentes del Nilo.

CAPÍTULO VII

Los días fueron pasando con mayor rapidez de lo que hubiera podido esperarse. El *extraordinarius* Seleuco se ocupaba de que los *milites* no estuviesen ociosos. Primero fueron las labores de fortificación, luego desbrozar, el cultivo de los huertos, las maniobras y patrullas. Los *principales* sacaban todos los días a los *gregarii* al llano y los hacían entrenarse con escudos, *pila* y espada. Siempre había algo que hacer, desde revisar una vez más las embarcaciones, puestas en seco y protegidas por una estacada contigua al campamento, hasta reparar los equipos.

Ayudaba al entretenimiento la novedad, porque aquél era un mundo totalmente nuevo para los romanos, y las partidas de caza volvían siempre con noticias de nuevas maravillas. Los inmensos rebaños de herbívoros y las bandadas de aves que, cuando levantaban el vuelo, oscurecían los cielos. Las manadas de elefantes y las estrambóticas jirafas. Los rinocerontes, que dieron más de un disgusto a los exploradores. Las familias de leones y los leopardos solitarios, que observaban desde las horquillas de los árboles, con posturas indolentes pero ojos amarillos y alertas, a las partidas romanas al pasar.

Pescaban grandes percas en el Nilo, cazaban ungulados y cuidaban de los huertos por una mezcla de necesidad y diversión. Salieron partidas de descubierta a batir a varias jornadas del campamento y entraron en contacto con algunos pueblos de esas tierras. Trocaban provisiones por telas, útiles y baratijas compradas a Hesioco en Ambanza, y trataban de conseguir información con ayuda de los intérpretes, que más o menos podían apañarse con algunas de las lenguas allí habladas.

A veces, algunos indígenas llegaban hasta las inmediaciones del campamento romano, movidos por la curiosidad o las ganas de comerciar. Los hubo que se quedaron allí cerca, viendo la posibilidad de hacer buen negocio y no tardó en surgir un pequeño poblado donde se codeaba una población heterogénea que maravillaba a los romanos, pues allí había desde hechiceros ambulantes de piel amarillenta a negros robustos que hablaban una lengua parecida a la de los meroítas, pasando por pigmeos e incluso un guerrero de casi diez palmos de estatura, exiliado de una tierra lejana.

Agrícola iba a veces a esa población nueva y heterogénea, y se sentaba a beber alguna infusión, lamentando que Valerio Félix hubiera perdido todo interés por consignar aquel viaje, ya que, tras la desaparición de Basílides, todo aquello quedaría sin describir y se perdería para siempre. Allí podía uno comprar casi de todo: caza, frutas, licor local, telas, y conocer, hasta donde lo permitían un puñado de palabras recién aprendidas y el lenguaje de signos, historias fabulosas sobre esas tierras. Desde los gigantes –a uno de los cuales podía ver con sus propios ojos en el poblado– a los dragones que vivían en grandes lagos, muy al sur, y que arrebataban a los pescadores de sus piraguas.

Así fue como oyó hablar por primera vez de los bayabas; un pueblo salvaje, llegado de las selvas del suroeste y cuyo nombre era tan sinónimo de terror como el de los ogros de Germania. Porque los bayabas eran una raza errante y guerrera, sin otra ocupación que el pillaje y que devoraba a las tribus que tenían la desgracia de encontrarse en su camino. Vagaban desde hacía años por un inmenso territorio, en grandes bandas, y allí donde llegaban lo devastaban todo, como nubes de langosta, y tras su paso no quedaban más que ruinas y razas aniquiladas. Decían que eran tan salvajes que mataban a sus propios hijos para que no les estorbasen en su vagabundear, y que incorporaban a sus filas a los vástagos de las tribus a las que vencían y devoraban.

Los exploradores también habían escuchado esas historias sobre los bayabas, de cuya existencia daban fe todos los pueblos. Corría la leyenda, empero, de que una coalición de tribus sureñas se había enfrentado a un gran ejército formado por muchas bandas bayabas, y que los habían derrotado tras una enorme batalla que duró todo un día y dejó el campo sembrado de muertos. Desde entonces, había aminorado el azote bayaba. Pero seguía el miedo, y la posibilidad de que aquellos caníbales apareciesen de repente en su territorio era algo que parecía nublar el ánimo de todos los habitantes de esas tierras.

Ante esas noticias, el tribuno Januario mandó reforzar las defensas, doblar las guardias y que los exploradores extremasen las precauciones. Ningún romano se topó jamás con un bayaba, aunque Flaminio decía haber visto pruebas claras de su existencia. Un brujo local, sin miedo a los fantasmas, les llevó a sus hombres y a él a lo que, hasta hacía pocos años, debió de ser un poblado grande y floreciente. Flaminio y el brujo deambularon por entre empalizadas podridas y cabañas quemadas. En el centro del poblado, había una gran plaza, ahora cubierta por hierbas altas, el romano fue testigo de la existencia de pilas de huesos humanos, restos según el brujo de un festín caníbal, y de una pirámide de calaveras, evidentemente levantada por manos humanas.

Llegó así el día en que se cumplió el plazo de tres lunas, pedidos por Emiliano para poder volver de su búsqueda de las fuentes del Nilo. Aquel plazo no era arbitrario, ni estaba hecho en función de una supuesta distancia de su meta, sino a partir del inventario de las provisiones. Llegado el momento, sin que los vigías avistasen a las dos naves, los dos tribunos, Seleuco y Quirino, se reunieron para discutir, todos indecisos sobre qué debían hacer.

El consejo no duró mucho. Puesto que las tribus circundantes no eran hostiles, y habían conseguido víveres mediante trueques, los *extraordinarii* habían propuesto a Januario que, antes de levantar el campamento y zarpar rumbo al norte, enviase una nave a explorar, para ver si al menos conseguía alguna noticia acerca de Emiliano y sus compañeros. El tribuno, que tenía tan pocas ganas de marcharse como el resto, aceptó sin dudar.

La nave zarpó después de consultar los augurios y encontrarlos favorables. Januario y los *extraordinarii* se quedaron en la ribera, observando cómo se alejaba río arriba. Luego el primero fue a encerrarse en su alojamiento, mientras los dos últimos llamaban a los *princi-*

pales para, a regañadientes, comenzar a prepararlo todo para marcharse.

Se hizo el último acopio de provisión, cosecharon todo lo que estaba suficientemente maduro, y las naves fueron botadas una tras otra, tanto para comprobar su estado como para dar tiempo a que la humedad hinchase la tablazón y asegurase la estanqueidad. Después, con calma, comenzaron a inventariar. En esos días, los soldados pudieron ver con frecuencia al tribuno Gagilio Januario salir a pasear por la orilla, acompañado por dos libios con jabalinas atentos a que un cocodrilo no saliese de repente de entre las plantas fluviales y le arrastrase al fondo del río.

Mientras, los habitantes de aquel poblado de fortuna, nacido a la sombra del campo romano, se habían dado cuenta de que éstos se preparaban a marcharse, y llenaban de preguntas a los soldados libres de servicio que se acercaban hasta allí. Los mercaderes de tribus cercanas acudían con víveres, pieles y marfil, para hacer los últimos trueques, y los romanos gastaban monedas y eslabones metálicos en licor y mujeres.

El tribuno había dado a la nave de exploración dos semanas de plazo para encontrar al grupo de Emiliano, o al menos saber algo sobre ellos, y volver. Sin embargo,pese al desasosiego que sentían todos de tener que marcharse sin poder esperar a la pequeña expedición del tribuno, no hizo falta llegar al límite del plazo. Porque cinco días antes de cumplirse, a media mañana, los vigías situados río arriba hicieron sonar un cuerno repetidas veces.

Cuando aún los largos toques resonaban a lo largo del río, el tribuno Januario subió a toda prisa a una de las torres que flanqueaban el campamento. Los soldados vieron cómo ascendía corriendo por las escaleras aquel tribuno algo rechoncho, el pelo alborotado, con su túnica blanca de franja púrpura estrecha, y acudieron a su vez a los parapetos.

Al poco llegó también arriba Salvio Seleuco, a largos trancos pero sin correr. Volvieron a tocar la trompa en el río, despertando nuevos ecos en las riberas arboladas. Januario se inclinó sobre el pretil para otear, y Seleuco le puso una mano en el hombro, porque casi temía que se cayese, de lo mucho que se inclinaba.

–Tribuno, permíteme un consejo.

El aludido volvió la cabeza, sorprendido.

–Dime.

–No corras nunca, ni te apresures demasiado. No es bueno que los *milites* vean a sus jefes desbordados por los acontecimientos.

El tribuno le miró un instante, confundido, pero luego asintió:

–Tienes razón.

Por tercera vez sonó el cuerno desde el puesto de vigilancia y esta vez, al volver los ojos, pudieron ver cómo las tan esperadas naves, las tres, doblaban la recurva del río con las velas triangulares desplegadas. Seleuco se palmeó el muslo y se echó a reír; el tribuno se asomó de nuevo, agarrado al pretil con las dos manos. Los hombres de guardia en lo alto de las torres comenzaban a vociferar.

–Haz que toquen las trompetas, tribuno –dijo aún riendo Seleuco–. Y vamos abajo a recibirles; con calma, como si hubieras estado esperando que llegasen justo hoy y a esta hora del día.

Así fue como les estaban esperando a pie de agua, mientras los *milites* salían en torrente por la *porta principalis sinistra* del campamento, que era la que daba al río. Por eso se agolpaban cuando las tres naves vararon con un susurro y los viajeros bajaron a tierra, harapientos y sin afeitar, sonriendo como etíopes, con dientes que parecían muy blancos en esos rostros ennegrecidos por el sol.

Aquellas sonrisas, sus gestos al bajar a tierra, la forma de saludar, estremecieron a Agrícola, pues por ello supo que el grupo había logrado alcanzar su objetivo. Una certeza que no tardó en confirmar el propio Emiliano, que se subió a un gran tronco caído y, a gritos, anunció que Roma había llegado a las fuentes del Nilo. Agrícola se abrió paso entre el clamor, y el tumulto desatado hasta que, con un suspiro de alivio, constató que el alto Demetrio, ahora enflaquecido y con una gran barba, estaba allí, entre los recién llegados.

En cuanto tuvo oportunidad le arrastró consigo, entre la multitud que se dirigía ya de vuelta al campamento, rodeando como héroes a los recién llegados, que lo único que querían era una buena cama en la que descansar los huesos, después de varios días de navegación.

Sólo más tarde, Demetrio, ya bañado y afeitado, y con un cuenco de madera lleno de cerveza local, pudo encontrar un hueco para sentarse con varios de los que se habían quedado en el campamento. Miraba perplejo las empalizadas, los barracones y las torres, y sólo entonces Agrícola recordó que todo eso lo habían construido después de que partieran.

Le rellenó el cuenco con más cerveza.

–Así que lo habéis logrado.

–Sí –suspiró, y sonrió como un niño muy grande.

–¿Nos lo contarás, o estás muy cansado?

El griego miró a la docena de oyentes, que esperaban ansiosos sus palabras, y volvió a sonreír.

–No, ya no estoy cansado. ¿Pero dónde está Basílides? Me gustaría que lo oyese él también.

–Basílides ya no está con nosotros.

Al mercenario se le apagó la sonrisa.

–No me digas que ha muerto...

–No sabría decirte con certeza si está vivo o muerto. Es toda una historia, porque aquí también han ocurrido cosas.

Demetrio se le quedó mirando unos latidos, el cuenco de cerveza entre las manos. Observó luego de nuevo al semicírculo de oyentes, dio un sorbo y se encogió de hombros.

–Luego me la contarás, supongo.

–Claro –aceptó Agrícola–. Pero ahora el Nilo. El Nilo.

El otro sonrió otra vez, y sus ojos volvieron a iluminarse.

–El Nilo, sí. El Nilo...

EL RELATO DE DEMETRIO

Ahora que ya estamos de vuelta, supongo que puedo ser sincero y confesar, sin apuro, que no creí que fuese a salir con vida de este último viaje. Comprendo las razones del tribuno mayor y el prefecto, pero en su momento me pareció una auténtica locura ese empeño en seguir río arriba a toda costa, en busca de unas fuentes del Nilo fantasmales, situadas a los dioses saben qué distancia y con menos de cien hombres que eran los menos malparados, no los más sanos, de toda la expedición.

Cierto que les acompañé por propia voluntad. Cuando el prefecto me lo pidió, acepté sin dudar un momento, y lo hice por dos razones. La primera es que, a lo largo de todo este viaje, he llegado a respetar a Tito Fabio, que es de verdad un buen jefe. La segunda es que nadie podrá decir nunca que Demetrio, el hijo de Crates, de Herakleopolis, tuvo jamás miedo, ni que abandonó a sus camaradas en los momentos de más apuro.

Y no me cabía duda de que esa última parte del viaje, con un puñado de hombres, escasos de fuerzas y cortos de provisión, iba a ser la más difícil.

Así que ahora que todo eso ha quedado ya atrás, creo que puedo reconocer sin sonrojo que hice el hatillo convencido de que iba a dejar los huesos Nilo arriba. Por eso me puse en paz con mis dioses, que son los de mis padres, y me embarqué en la nave del prefecto como quien sube a la de Caronte, y no para ir a la boca del río, sino a las puertas de los Infiernos.

Supongo que vosotros no recordáis gran cosa del momento de nuestra partida; pero yo me acuerdo con tanta claridad y guardo tantos detalles como si hubiese sido ayer. Fue en un día despejado, sin nubes, de luz brillante, aire limpio y mucho calor. Los augurios fueron favorables y los compañeros en general parecían animados; aunque no sabría decir si en verdad la estaban o sólo se esforzaban por aparentarlo, como yo.

Con el prefecto íbamos unos cuarenta hombres, de forma que estábamos apiñados; recuerdo haberme fijado en que Tito tenía el pelo negro salpicado de canas blancas que no estaban al salir de Elefantina. Se sentaba a popa, atento a la navegación, y a su lado iba Merythot, con sus ropas blancas de sacerdote. El resto de la tripulación eran casi todos legionarios o auxiliares, y algún sujeto más difícil de clasificar; categoría en la que supongo que debo incluirme, dicho sea de paso.

En el barco del tribuno, en cambio, se codeaban pretorianos con mercenarios libios y nubios, y los guías negros. Emiliano, a diferencia de Tito, solía sentarse a proa de su nave, con los ojos perdidos en el agua o las riberas, sumido casi siempre en el silencio y supongo que con los pensamientos muy lejos.

Recuerdo que, mientras nos alejábamos del arenal y de este campamento, me atenazó una sensación muy peculiar. Fue la misma que me asaltó hace ya tiempo, cuando abandonamos Elefantina, y también al salir de

Meroe; sólo que esta vez mucho más fuerte. Acomodado como podía entre soldados y bagajes, al volver la vista atrás y ver que las empalizadas del campamento habían desaparecido ya tras un recodo del río, y que estábamos solos en medio de la corriente, sentí una extraña desazón. Un sentimiento de soledad, de angustia y miedo, de algo que no puedo describir pero que se agarraba a mis entrañas, como un mal presagio.

Me gustaría explicarlo. Veréis: salir de Elefantina para meternos en el desierto fue casi como abandonar la casa propia. Supongo que todos hemos sentido algo parecido alguna vez, al comenzar una empresa azarosa y de la que no sabemos si vamos a salir con bien. Y luego Meroe, que al menos era un lugar conocido de oídas. Pero ya salir de este campamento fue dejarlo todo atrás para proseguir adelante, con un pequeño grupo de hombres y casi a ciegas.

Supongo que fue debido al cansancio acumulado o a la fiebre, pero os juro que en ese preciso momento, mientras nuestras dos naves comenzaban a remontar el Nilo, entre orillas llenas de selvas verdes y espesas, bajo ese cielo azul lleno de aves de colores, tuve de repente una visión. Una visión en la que me contemplé a mí mismo dejando atrás a esa compañía para seguir aún adelante, completamente solo. Solo, sí, en una piragua, remando bajo el sol ardiente, por un río ancho, de aguas a veces azules y a veces verdes, que serpenteaban a lo largo de estadios y más estadios por la selva, condenado a buscar por toda la eternidad sus fuentes. Fuentes que no existían, porque ese río de mi visión no tenía comienzo...

Pero estoy divagando.

Remontamos a vela durante varios días; no puedo ahora precisar cuántos fueron exactamente, no lo recuerdo ya y, en su momento, no se me ocurrió anotarlos. Ojalá Basílides, o por lo menos Valerio Félix, hubieran estado con nosotros. Sí puedo deciros que tuvimos que navegar con cautela, por culpa de las inundaciones. El Nilo bajaba turbio y fangoso, tan rojo como se le ve en el bajo Egipto en la época de las crecidas, y con frecuencia más que río parecía lago, ya que grandes extensiones de tierras bajas habían quedado sumergidas, de forma que las copas de los árboles se remontaban directamente encima de las aguas embarradas.

Navegar era, por tanto, lento y tedioso, y estaba al tiempo lleno de peligros. Porque no solamente viajábamos por *terra incognita*, sino que corríamos el riesgo de naufragar en el fango. Teníamos que vigilar para no embarrancar o chocar contra alguna roca sumergida, y siempre había a proa un par de hombres con pértigas, prestos a apartar los troncos flotantes.

Recuerdo esa parte del río como de orillas muy frondosas, cubiertas de una vegetación exuberante, allí donde las aguas no se la había tragado, claro. El sol era un gran disco incandescente, la luz cegaba y las moscas suponían una tortura permanente. El calor era sofocante y las aguas remansadas humeaban, de forma que a menudo navegábamos entre calimas muy tenues. Vimos antílopes, elefantes, búfalos, jirafas, leones, leopardos, pero no nos detuvimos, porque no necesitábamos de momento víveres y teníamos otras cosas en la cabeza que conseguir pieles preciosas.

Los poblados ribereños estaban inundados y sus habitantes habían huido con enseres y ganado hacia zonas más altas. Vimos algunas piraguas tripuladas por hombres negros y desnudos, que bogaban por entre las techumbres de paja de sus casas sumergidas. Nos saludaban agitando manos, remos y lanzas, y nosotros respondíamos, pero en ningún momento nos detuvimos. Divisamos también a hombres pintados que nos observaban al pasar, desde la umbría de la selva o la solana de los arenales. En algunos tramos, el Nilo discurría junto a pastizales de hierbas altas y, en ellos, veíamos rebaños de vacas custodiados por guerreros de mantos coloridos y largas lanzas. Se llamaban unos a otros al avistarnos y acudían a mirarnos, porque sin duda nunca habían visto u oído nada parecido a nuestras naves de casco de papiros y velas triangulares.

No hubo escalas en ese viaje; ni una sola vez nos detuvimos a comerciar, ni a preguntar, ya que éramos pocos, no teníamos intérpretes que conociesen el idioma de esos pueblos tan remotos y temíamos que, si nos acercábamos a la orilla, nos tendiesen una emboscada. Por esa misma razón, tampoco varábamos al caer la oscuridad y, en vez de eso, hacíamos noche en nuestras naves, fondeados sin luces, y con centinelas a proa y popa. Los hombres, claro, renegaban de una medida que les obligaba a dormir hacinados en los barcos, entre el calor y los olores, acosados por los mosquitos. Pero no tardó en ocurrir algo que nos quitó a todos, aun a los más temerarios, las ganas de dormir en seco.

Yo diría que ocurrió a los tres o cuatro días de partir. Lo que sí es seguro es que aquella tarde habíamos estado remontando sin mayor contratiempo, a no ser que se considere como tal a que algún hipopótamo amagó un ataque contra nuestra nave. Al ocaso, el tribuno y el prefecto se habían consultado de nave a nave, y acabamos echando el ancla cerca de la ribera oriental, casi borda con borda, como era nuestra costumbre durante los fondeos, para protegernos mejor en caso de ataque.

Recuerdo que esa noche fue muy clara y calma, libre de esas brumas que con frecuencia cubren el río. El cielo estaba despejado de nubes, lleno de estrellas y, si uno miraba hacia tierra, podía ver las siluetas de los árboles, recortadas en negro contra el firmamento nocturno. Había muchas estrellas fugaces, eso lo recuerdo también, que caían como proyectiles ardientes, iluminando el cielo antes de extinguirse. El río estaba tranquilo y sólo se oían pequeños sonidos en la oscuridad: el batir del agua contra los cascos de las naves, el crujir del maderamen, los ronquidos de los durmientes, el castañeteo de dientes de uno atacado por las fiebres, el zumbido de los insectos.

Pero, ya bien entrada la noche, la calma se rompió y yo eché mano a la espada aun antes de saber qué era lo que me había despertado. Había ruidos, voces. Me levanté aturdido en la oscuridad. En algún punto de la orilla, alguien estaba haciendo batir grandes tambores, y los centinelas de nuestras naves se llamaban a gritos a través de las pocas brazas de agua que nos separaban, preguntándose unos a otros. Nuestros hombres se estaban incorporando somnolientos, medio a tientas, empuñando las armas. A popa de nuestra embarcación pude distinguir al prefecto Tito y al egipcio Merythot, visibles al resplandor de las estrellas, vueltos hacia la orilla occidental.

La noche seguía quieta, no corría soplo de viento y la atmósfera era cálida y pesada. En la margen occidental, la más alejada, ardían grandes luces. Hogueras de llamas altas y rugientes que se reflejaban en las aguas negras, al tiempo que los grandes tambores retumbaban, como corazones enloquecidos, en las tinieblas.

Fue aterrador, amigos. Nos asomábamos a la borda, armas en mano y con el corazón en un puño, tratando de distinguir qué era lo que estaba sucediendo. Pero lo único que podíamos ver eran esos fuegos encendidos, a lo largo de la orilla en sombras, y oír el trueno de los tambores. Algunos creyeron distinguir siluetas negras recortadas contra el rojo de las llamas, pero yo no las vi. El batir rítmico de los tambores en la negrura hacía latir toda la cuenca del río, como el palpitar de una arteria, y tuvimos miedo.

Vimos grandes hogueras en la noche y oímos grandes tambores, y tuvimos miedo. Sí. Estábamos muy solos y muy lejos, en la oscuridad, en tierras incógnitas, y no hay, creo, temor más terrible que el miedo a lo desconocido. Los fuegos siguieron encendidos toda la noche y los tambores no dejaron de atronar en ningún momento. Pero aunque velamos hasta el alba, no sufrimos ataque alguno ni vimos a nadie.

Cerca del amanecer se levantaron brumas del río, de forma que las hogueras se convirtieron en faros de luz empañada que danzaban en la orilla oeste. Y, en cuanto hubo un atisbo de luz, el prefecto llamó a voces al tribuno y, pese al riesgo, zarpamos y, a vela y remo, partimos a toda prisa río arriba, para alejarnos de aquellos fuegos y aquellos tambores que tanto miedo nos habían metido en el cuerpo.

Sólo tiempo después, con estadios de por medio y bogando ya bajo la luz ardiente de la media mañana, nos miramos unos a otros y pudimos sentirnos razonablemente a salvo. Pero ese incidente misterioso nos caló a todos hasta el tuétano, y nos hizo sentir con más fuerza que nunca lo solos que estábamos y los pocos que éramos.

* * *

Un par de días después llegamos a un punto en el que el río dejaba de ser navegable. Sí; allí, ya muy al sur, se encuentra uno con otras cataratas, las séptimas del Nilo, que hacen imposible proseguir en barco. Son un obstáculo insalvable para la navegación, pero lo cierto es que no tuvimos tiempo para sentir desaliento ante tal circunstancia porque, muy cerca ya de esos rápidos, avistamos un gran poblado en la orilla oriental.

Bueno; en realidad no en la orilla, sino cerca, sobre una colina; en una ubicación elegida, con claridad, tanto por motivos de defensa como para protegerlo de las inundaciones del río. Era visible desde el agua, por encima de las copas de los árboles ribereños, y algunas de sus edificaciones nos llamaron la atención hasta el punto de hacernos olvidar de todo lo demás. Porque, desde el río, veíamos que tenía una muralla de adobe y que dentro se levantaban construcciones rectangulares, de muros de barro y rematadas con azoteas planas y techumbres de tejas.

Recogimos vela para bogar más despacio y poder examinar esos edificios, tan distintos a las casas de techos de paja locales. Así, llegamos a la altura de un remanso, con un ancho arenal, a la sombra de árboles altos y copudos. Allí había varias embarcaciones varadas en la arena: botes sin vela, pero de un porte considerable. Pero no fue eso lo que nos hizo apartar los ojos de la ciudad, sino la buena veintena de hombres congregados allí, a pie de agua.

Algunos eran negros como los que habíamos visto en las orillas mientras remontábamos ese tramo del río; unos desnudos y otros cubiertos con mantos vistosos, todos armados con lanzas largas. Pero cuatro o cinco de los que allí estaban eran, a no ser que nos hubiéramos vuelto locos, griegos. Sí: griegos de Egipto, a juzgar por sus túnicas, armas y porque alguno de ellos era rubio; ya que, en cuanto a su piel, el sol la había vuelto casi tan oscura como la de sus acompañantes. En cuanto a las facciones, estábamos demasiado lejos como para poder distinguirlas.

Al vernos, prorrumpieron en un gran vocerío, al tiempo que nos saludaban y reclamaban agitando los brazos.

–*Khaire! Khaire!* –gritaban los griegos, ante nuestro asombro.

Uno de ellos, un gigante de barbas negras ensortijadas, que parecía un Poseidón o el mismo Nilo encarnado, se adelantó algo a sus compañeros con una rama frondosa en la mano, como si fuese la tradicional de olivo, y la agitó en señal de paz.

Arrimamos nuestras naves a la orilla y cambiamos algunas palabras a gritos. Voceaban que eran comerciantes griegos, llegados desde la lejana costa oriental, y nos instaban a acercarnos, jurando que eran gente de paz, mercaderes, y que no teníamos nada que temer. Emiliano y Tito consultaron de una nave a otra. El primero no sabía qué hacer y el segundo, aunque tampoco las tenía consigo, le dijo que no debíamos dar muestras de debilidad o indecisión, y que lo mejor era arribar a ese punto.

Así que varamos nuestras naves, las dos, y los que allí estaban nos ayudaron a meterlas en tierra. Eran una panoplia asombrosa de gentes; porque ya de cerca vimos que, si bien algunos eran negros, muchos eran mestizos, en todas las proporciones de mezcla de sangres que uno pueda imaginar. Se reían de nuestro asombro y los griegos –negros de sol, con barbas y cabelleras largas, y túnicas algo raídas–, se reían también. Nos dijeron que los tambores habían estado avisando desde hacía tiempo de que unos hombres de ropas y armas extrañas, de piel blanca como ellos –y se señalaban–, subían por el río en dos grandes botes. Así que por eso estaban esperando nuestra llegada.

Su jefe, aquel hombretón de la gran barba ensortijada, respondía al nombre de Diomedes y estuvo conversando largo rato, aparte, con el tribuno y el prefecto. No pudimos oír lo que hablaron, pero sí ver sus expresiones y gestos. Nuestros jefes parecían tener muchas preguntas, a las que Diomedes respondía entre sonrisas y ademanes apaciguadores.

Nos habíamos mezclado ya con sus acompañantes, porque poco teníamos que temer, siendo los nuestros ochenta soldados y ellos veinte. Los lugareños se habían congregado en torno al *imaginifer* de la piel de león y la túnica roja. Contemplaban admirados la *imago* con los medallones de oro y el busto del emperador. Lo señalaba, reían y comentaban en su lengua nativa, y parecían sentir tanto temor y respeto como curiosidad, como si intuyesen que tenía mucho de mágico.

Yo fui de los que estuvieron hablando con los griegos, pero bien poco pudimos sonsacarles. Decían ser oriundos de Egipto; se dedicaban a comerciar con productos locales y habían llegado allí desde las escalas costeras orientales. Traficaban con pueblos interiores y, cada cierto tiempo, mandaban una caravana cargada de maderas, pieles, marfiles, a la costa, donde se embarcaba en naves griegas, rumbo a los puertos del golfo Arábigo. Poco más dejaron escapar y lo cierto es que me dieron la impresión de ser tipos bastante dudosos. Me parece, aunque no puedo probarlo, que ésos y sus amigos a los que luego conocimos, habían llegado casi todos a aquel lugar remoto huyendo de las leyes egipcias.

Diomedes tenía el pico de oro y no le costó gran cosa convencernos, así que nos fuimos todos con ellos a su ciudad. Nos aseguraron que nuestras naves estaban a salvo en ese varadero y el propio Diomedes se comprometió a enviar porteadores para sacar nuestros bagajes y subirlos a sus almacenes.

La población que habíamos visto en el alto, desde el río, se llamaba Emporion, y había una senda, que a simple vista se veía que era muy transitada, que iba desde el arenal a la misma, a través de la selva. Luego nos enteraríamos de que aquellos compatriotas traficaban con las tribus de la margen occidental del Nilo: cruzaban con sus barcas al otro lado y allí negociaban; cuando llegaban a un acuerdo pasaban las mercaderías y, por aquel sendero, las llevaban a sus almacenes.

En cuanto a Emporion, situada en lo alto de una colina de laderas empinadas y selváticas, resultó ser bastante más grande de lo que parecía vista desde el río. Es toda una ciudad, construida según un modelo que, a lo que he oído, siguen la mayoría de las colonias de mis parientes griegos en tierras bárbaras. Hay en esa urbe dos partes, separadas por un muro de adobe. A un lado está el barrio griego, donde viven éstos, sus concubinas indígenas y los mercenarios negros que reclutan entre las tribus de la costa. Al otro está la ciudad indígena de casas de paja, y casi todos sus habitantes son mestizos. Hay una sola puerta en ese muro de adobe; se cierra al caer el sol y hay siempre un retén de guardia, capitaneado por dos griegos, que se dobla durante la noche.

La presencia de tantos mestizos quedó explicada cuando nos contaron que Emporion existía desde los tiempos de los faraones Ptolomeos. Por eso, los habitantes de esa ciudad no se parecen a ningún pueblo del sur y se puede decir que son raza aparte, fruto de la amalgama de indígenas, griegos y hombres de la costa, que sirven a los segundos de guardias y porteadores. Aunque quizá no debiera llamarles raza, porque no lo son; no al menos en el sentido que se puede aplicar a los egipcios o a los nubios, ya que no tienen rasgos homogéneos, y lo que hablan es un revoltijo de dialectos locales, salpicado de palabras costeñas y griegas.

Emporion, como estaba diciendo, se levanta en lo alto de un cerro largo y su barrio griego debe de albergar a cerca de un millar de personas, de las que algo menos de cien son helénicos. En esa parte hay algunas viviendas notables, remedos de las de los ricos de Egipto, así como dos grandes almacenes y un templo. Yo llegué a visitar este último; tiene columnas de ladrillo y alberga dos estatuas, una de Serapis y otra de Hermes, esculpidas ambas en mármol, que me sorprendieron por la buena calidad de su ejecución. Los griegos de Emporion tienen dos jefes, Diomedes y Perseo, que se dan a ellos mismos el título de magistrados. El primero era el hombretón de las barbas que nos recibió en el varadero y el segundo, como para contrastar, era un tipo reseco, de rasgos afilados y mirada de soslayo.

Pero, por muy distintos que fuesen, yo personalmente nunca me fié mucho de esos dos: ni de los modales de tendero ruin de Perseo, ni de los campechanos de Diomedes. Tampoco me hacían mucha gracia sus hombres: vuelvo a repetir que me dieron la impresión de ser un hatajo de granujas; la típica canalla de los barrios bajos de Alejandría. Es verdad que hay muchas razones por las que un hombre de bien se puede ver obligado a cambiar rápido de aires, pero ésos no lo eran. He tratado con gentuza toda mi vida, así que los reconozco apenas les pongo la vista encima.

La ciudad indígena, al otro lado del muro, está formada por casas circulares dispuestas en calles, quizá por influencia de nuestros compatriotas. Pude ver algunos edificios más grandes, éstos cuadrados y con paredes de madera tallada y esteras, que, según nos dijeron, servían para usos comunales. Calculamos que deben de vivir allí entre cuatro y cinco mil personas, gobernadas por su propio rey. Existe también un barrio extramuros, formado por un puñado de chozas miserables, pegadas a la muralla de barro.

El rey de Emporion vive en un gran palacio de paredes de madera labrada; es para sus súbditos un dios y ningún mortal puede pronunciar su verdadero nombre ni poner los ojos en su persona. Nunca sale del palacio y despacha los asuntos con sus consejeros, oculto tras un gran velo que separa en dos la sala de audiencias. Aun sus sirvientes y sus mujeres son ciegos, para que pueda estar atendido sin romper con la tradición sagrada. Pero he de decir que no hace falta arrancar los ojos a nadie para que cumpla tales cometidos, porque en esas tierras abunda la ceguera, fruto de enfermedades y parásitos.

Eso fue, al menos, lo que nos contaron los griegos de Emporion.

Lo cierto es que ninguno de nosotros llegó a visitar ese palacio de paredes talladas; ni siquiera pudimos tampoco pisar la parte indígena de la ciudad, porque nuestros anfitriones, con la mayor educación, nos pusieron toda clase de impedimentos. Así que el rey-dios invisible, los sirvientes ciegos, las normas sacras, bien pudieran ser una invención. Nuestros anfitriones no se fiaban de nosotros, como si fuésemos mercaderes rivales y hubiéramos hecho todo ese viaje para quitarles el negocio.

Tantos recelos, así como el muro que separaba las dos partes de la ciudad, los retenes de guardia, el cierre de puertas a la noche, son costumbre de los griegos coloniales, se establezcan en las selvas del sur o en las estepas del Ponto Euxino. Según he oído contar, las ciudades que siguen a rajatabla tales usos, decantados a lo largo de los siglos por la experiencia, suelen tener una existencia más larga que otras, más confiadas.

Recelos aparte, nuestros anfitriones hicieron todo lo posible por atendernos y no puedo tener queja alguna de ellos en ese aspecto. Serían unos rufianes, pero no escatimaron gastos y esa misma noche dieron un gran banquete en nuestro honor, en el patio de la casa de Perseo. Uno, cuando tiene mi profesión, ha de estar acostumbrado a los bandazos que da la vida; pero incluso para mí fue asombroso el cambio. De estar navegando esa misma mañana a través de selvas desconocidas, a sentarnos en un festín a la griega, en un patio que recordaba lejanamente a los de las casas grecoegipcias de mi tierra. Cuadrado y muy espacioso, con un atrio de columnas de ladrillo, pintadas de colores, y hermoseado por plantas frondosas. Uno casi podía creer que estaba, si no en Alejandría, sí al menos en casa de algún comerciante adinerado de los nomos sureños.

No faltó de nada en ese banquete. Cerveza espesa, vino de palma, asados de antílopes y aves, frutas en bandejas de arcilla. Actuaron bailarinas y saltimbanquis pagados por los dos magistrados, que más parecían potentados asiáticos que jefes de un establecimiento comercial. También vino un poeta ambulante, al parecer muy famoso en esas tierras, que cantó para nosotros en su idioma natal, acompañado por un instrumento de lo más extraño, al menos para nosotros. Incluso hubo un combate amistoso de lucha, en el que un griego se midió a puñetazo limpio con un mestizo, para entretenimiento de los comensales.

Lo único que eché de menos fue verdadero vino de uva, del negro y resinoso.

De todas formas, tampoco pude disfrutar tanto; porque, antes del banquete, el prefecto vino a verme y me dijo que me tenía por hombre sensato, cosa que no sé si será cierta, pero que me llenó de orgullo por venir de quien venía. Tito es uno de los pocos jefes a los que he conocido –y toda mi vida la he dedicado a las armas– y he llegado a respetar. Pero, por no divagar, diré que lo que me pidió fue que no bebiera en exceso, estuviese alerta y procurase introducir algún arma, aunque fuese pequeña, en ese patio.

No es que fuésemos unos ingratos al desconfiar así de quienes tan bien nos habían acogido. Es que éramos pocos, lejos de todo, y aquellos hombres podían temer que nuestra llegada amenazase sus intereses. Los banquetes nocturnos siempre han sido buen lugar para librarse de los estorbos: ahí los tienes a todos reunidos, desarmados y ebrios, y la historia ha conocido muchas fiestas con matanza a los postres.

Así que, aunque dejé a la entrada el cinturón con la espada y la daga, me las apañé para meter un cachetero, oculto bajo la túnica. Y, después de tantos días de privaciones, de comer rancho y dormir en el suelo, aún tuve que tumbarme en el diván y comer y beber con moderación, aunque la boca se me hacía agua al ver y oler los guisos humeantes.

No era yo el único alerta, porque algunos compañeros probaron sólo unos bocados, y los había que no dejaban de pasear los ojos con recelo por las mesas. Pero no llegué a saber con cuántos de nosotros contaba el prefecto; porque él mismo me dijo que no se atrevía a confiar en todos, no fuera que algún estúpido echase mano al puñal sin motivo e iniciase una batalla campal. Lo que nos pedía era simplemente que estuviésemos atentos, sobre todo si Diomedes y Perseo se retiraban del banquete. Si algo ocurría, teníamos que saltar sobre nuestros anfitriones y ponerles el acero en el cuello, para usarles como rehenes.

No es que yo tuviese muchas esperanzas de salir de allí si una horda de mercenarios de la costa nos atacaba por sorpresa, en mitad del banquete. Supongo que Tito Fabio tampoco se hacía grandes ilusiones. Pero eso es lo que más me ha gustado siempre de él: que hace lo que considera más acertado, dentro del margen de maniobra posible. Mi bisabuelo decía que los buenos jugadores y los buenos generales se parecen en algo: en que cuando las cosas se ponen feas, no las empeoran. Y supongo que hablaba con cierto conocimiento de causa, ya que estuvo primero con las tropas de Ptolomeo XIII y luego con las de Cleopatra, y sobrevivió a todo para llegar a muy viejo, sentarnos a mis hermanos y a mí en las rodillas, y acabar muriendo con calma.

Pero el festín transcurrió sin incidentes. Parte de nuestros compañeros eran bárbaros y otros *gregarii* romanos de modales poco refinados; y no se puede decir que nuestros anfitriones fuesen precisamente gente cultivada. Se comió y bebió sin medida, y al final la gente se caía al suelo, borracha, y alguno hasta vomitó allí mismo. Tito había advertido que haría matar al que causase altercados con nuestros anfitriones y, como no es hombre al que uno pueda tomarse a la ligera, aunque hubo que sacar a más de uno a rastras, nadie dio problemas. Los que sí se liaron a mamporros fueron dos griegos, a saber por qué, y mientras unos trataban de separarlos, otros se reían a mandíbula batiente.

Esa noche nos contaron algo sobre Emporion. Los griegos de Egipto llevan zarpando desde hace siglos de los puertos del Golfo Arábico, rumbo al sur. Eso lo sabe todo el mundo, pero nunca imaginé que hubiesen llegado tan lejos. Pero sí: sus naves bajan a lo largo de la costa oriental para recalar en una serie de puertos indígenas, que es donde comercian. Llaman a toda esa costa Azania, en general, aunque está habitada por pueblos muy distintos, y mis compatriotas, aventurándose cada vez más lejos, han llegado muy al sur, hasta unas islas que, de momento, son el límite meridional de sus exploraciones. Luego vuelven al norte, a Berenice Pancrisia y Myos Horvos, con las naves cargadas de mercancías exóticas.

Según me comentó más tarde Merythot, ese tráfico es muy antiguo, heredado por los conquistadores helénicos de los egipcios, que ya habían mandado en tiempos muy remotos expediciones a esas costas, a las que ellos llamaban Punt, a comerciar con los reinos de pigmeos que florecían allí en esa época.

La mayor parte de los productos que esos comerciantes cargan en las escalas de Azania proceden del interior y, ya desde el tiempo de los primeros Ptolomeos, algunos audaces habían organizado expediciones terrestres. Les movía la perspectiva de mayores ganancias, así como la posibilidad de asegurarse un tráfico más regular. Porque el hecho de que el marfil, las pieles, las maderas, llegasen mediante los trueques entre tribus no hacía sino encarecer los productos, aparte de hacer muy desigual el suministro.

Emporion, en la margen oriental del Nilo y justo en el lugar en que éste deja de ser navegable, es el lugar idóneo para racionalizar ese comercio. Desde allí, trafican con las tribus de aguas abajo y con las de la margen occidental, así como con las caravanas que les llegan de río arriba, que es un país más abrupto y selvático. Las mercancías se guardan en los almacenes del barrio griego y, cuando hay cantidad suficiente y es buena época, las envían con una gran caravana a la costa. Las tribus del camino dan su protección a cambio de tributos, con lo cual todos salen ganando, ya que el trasiego es mucho mayor que con el método pasivo del mano a mano hasta llegar a la costa.

En lo que nuestros anfitriones no se ponían de acuerdo era sobre el origen de Emporion, y si unos decían que ya existía previamente y que los griegos se habían instalado allí, otros creían que antes no había nada, y que la ciudad indígena había nacido a la sombra de su barrio. Pero, sin duda, la discusión más memorable fue la que esa noche tuvieron Merythot y varios griegos acerca de cuáles podían ser las fuentes del Nilo.

Aquellos mercaderes se habían quedado boquiabiertos al saber cuál era nuestra misión, así como con el relato de nuestro viaje y de qué era exactamente aquella *imago.* El caso es que, mientras algunos se daban a la bebida, otros estuvimos conversando aquella noche en el patio de Perseo, al aire libre. Las luces de las antorchas danzaban, las moscas volaban a nuestro alrededor;

bebíamos en copas de arcilla, hablando y hablando e, inevitablemente, la conversación nos llevó hasta dónde y cómo debía nacer el Nilo. Ahí comenzó la controversia y fue, sí, larga y apasionada.

Merythot, calvo y digno, con las comisuras de los ojos tatuadas y las ropas blancas, defendió en alto la tesis de que el gran padre río nacía de las entrañas de la Tierra, en forma de un chorro enorme que surgía entre dos grandes peñas. Varios de nuestros anfitriones le refutaron; unos con mesura, otros con vehemencia, y no faltó alguno burlón. Según ellos, el río tenía su origen en unos grandes lagos cuyo caudal se nutría de la nieve de unas montañas situadas más al interior, así como de las lluvias estacionales.

El sacerdote se basaba en las expediciones de tiempos faraónicos, cuyas aventuras estaban consignadas en papiros, algunos de ellos milenarios. Se apoyaba, pues, en esa tradición que para los egipcios era la fuente última e inmutable de toda sabiduría.

Los griegos en cambio hablaban de segunda e incluso casi de primera mano. Se apoyaban en lo que habían oído contar a los hombres de tribus más sureñas, así como en las experiencias vividas por algunos audaces. Uno de esos exploradores estaba allí esa noche y juraba haber visto con sus propios ojos, a lo lejos, esas enormes montañas a las que los indígenas llamaban las Montañas de la Luna, a causa quizá de las nieves eternas de sus cimas. De allí, sin duda, recibían las aguas los lagos que, a su vez, desaguaban en el padre Nilo.

Merythot, sin dejarse convencer, meneaba la cabeza con esa sonrisa tranquila suya y preguntaba a aquel hombre, una y otra vez, si había estado allí. Su interlocutor tenía que reconocer que no; que no había llegado a esos grandes lagos, y entonces el sacerdote sonreía ladino, y también lo hacían sus contrincantes, acalorados.

No lograron ponerse de acuerdo, ni convencer del todo a muchos de los oyentes. Alguno de nuestros anfitriones, incluso, no sabía si dar al menos parte de razón al sacerdote. Yo, a mi vez, no me decanté ni por una teoría ni por otra, aunque sentía una extraña desazón. No sabía cuál pudiera ser, en verdad, el origen del Nilo, pero sí que por fin se había convertido en una meta definida, y no en un espejismo situado vagamente al sur. En lo que toca a la discusión en sí, he de decir que el interés práctico con el que había comenzado se olvidó enseguida, para convertirse en un duelo retórico en el que los contendientes echaban mano de toda clase de triquiñuelas dialécticas, tratando de ganar la polémica. Pero es que así es la naturaleza humana.

* * *

Nos quedamos unos cuantos días en Emporion, antes de ponernos una vez más en marcha, esta vez por tierra, rumbo a las fuentes del Nilo. Y tengo que confesar, porque es justo hacerlo, que aunque nunca dejamos de recelar de esos compatriotas instalados en las selvas, ellos hicieron cuanto estuvo en su mano por allanarnos el camino. Nos dieron provisiones, remedios locales contra las enfermedades, consejos. Nos buscaron guías y enviaron aviso a las tribus cuyos territorios teníamos que cruzar para que nos dejasen paso libre.

Y no sólo eso, sino que algunos griegos, picados por la curiosidad de la raza, se unieron a nuestra aventura, acompañados de porteadores y guardias, por lo que de repente nos juntamos casi ciento cincuenta hombres. Entre todos los audaces que vinieron con nosotros por propia voluntad, tengo que mencionar sobre todo a Anfígenes; un mestizo, hijo de un griego de Myos Horvos y una mujer de la zona, según me comentaron.

Anfígenes era alto y bien proporcionado, apuesto y listo. Había crecido descuidado de su progenitor, ya que esos mercaderes no dan importancia a los vástagos habidos con indígenas, aunque luego les dan empleo en sus caravanas. Pero Anfígenes era un prodigio humano, un talento natural. Me dijeron que había aprendido por su cuenta a leer y escribir en griego, aunque no sé yo si creer tanto. Pero, por lo visto, había llamado desde pequeño la atención de los colonos y, de adulto, se había convertido en todo un personaje. Sabía de cuentas y de letras, y hablaba muchas lenguas locales, cosa que nos fue de inmensa utilidad.

Nuestra peculiar expedición se puso en marcha a primera hora de la mañana, bajo un cielo de nubes plomizas que no llegaron a desaguar. Pero, pese a la amenaza de lluvia, partimos en un estado de casi euforia; porque allí, unas cuantas jornadas al sur, se encontraba por fin nuestro destino, ya tangible, ya casi al alcance de la mano. ¿Qué importancia tenía que fuesen unas montañas nevadas, unos grandes lagos o un surtidor rugiente?

Las tierras que hay al sur de las séptimas cataratas son más altas y montunas, cubiertas de selvas húmedas. Abundan las fieras y toda clase de animales, algunos de ellos sumamente extraños, si tengo que hacer caso a mis ojos y a lo que algunas veces llegué a entrever a través del follaje goteante; seres fabulosos, atisbados por un instante, antes de que se esfumasen en la hondura del bosque. Viajábamos por sendas de comerciantes y cazadores, precedidos de mensajeros, y los tambores, además, anunciaban nuestra llegada con antelación. Sin la ayuda de los colonos, que tienen una experiencia de generaciones a la hora de organizar expediciones, y que conocen además a las tribus locales, nuestro viaje hubiera durado mucho más. Sí, mucho, suponiendo que hubiésemos llegado alguna vez a buen término, cosa que dudo.

A veces nos sorprendían grandes aguaceros y teníamos que marchar bajo cortinas de agua. Muchos sufrimos recaídas de fiebre y algunos murieron atacados por las fieras, los salvajes y los demonios de la selva, o víctimas de las víboras, que en esas selvas son de muchas clases, casi todas muy vistosas y de picadura mortífera. A los enfermos más graves los íbamos dejando atrás, al cuidado de las tribus, que en general no son hostiles. Desde luego, las veces que nos detuvimos en algún poblado, fuimos siempre recibidos con hospitalidad.

Las razas que habitan esas tierras de las fuentes del Nilo son muy diversas, lo mismo que más al norte, y van desde agricultores negros a cazadores de piel amarillenta. Unos se pintan el cuerpo de ocre y otros de blanco. Los hay que adoran como dioses a los monos y los hay que se alimentan de ellos. Hay pigmeos y hay gigantes peludos. Abundan los pueblos antropófagos y si bien algunos son pacíficos, de los que se comen a sus propios muertos y a los enemigos vencidos, para adquirir sus virtudes, y no a los viajeros, otros son verdaderos devoradores de hombres.

Los peores de estos últimos son los bayaba, un pueblo salvaje y caníbal, que llegó hace unas décadas del oeste y que desde entonces siembra el terror por todo el país. Estos bayabas, según nos contaron, forman bandas errantes que parecen rendir pleitesía a un gran rey, y vagan sembrando la destrucción. Son un pueblo feroz que no conoce la agricultura ni el comercio, ni otras industrias que no sean la guerra y el pillaje. Se comen a los vencidos en terribles festines, y sólo perdonan la vida a algunas mujeres, a las que convierten en concubinas, y a los niños más pequeños, a los que incorporan a sus hordas guerreras.

Llevan años sembrando el terror y la destrucción, tanto al sur como al norte de las séptimas cataratas, y razas enteras han perecido en sus calderos de hierro. Su nombre es como un pájaro temible cuyas alas lo ensombrecen todo, pese a que ya no son lo que eran. Porque hace un par de años, al parecer, un gran hechicero salió de las profundidades de la selva para crear una gran coalición de pueblos y, gracias a las lanzas de los guerreros y a su brujería, consiguió derrotar a los caníbales en una batalla tremenda, una que duró todo un día y en la que murió el propio rey de los bayabas.

Pero ahora os digo lo que os dije antes. Nuestros anfitriones nos hablaron de muchas tribus, pero nosotros sólo llegamos a conocer de primera mano a unas pocas, así que no puedo precisar cuánto hay de verdad en todo lo que nos contaron. Es verdad que pude ver con mis ojos a los pigmeos y, de lejos, a hombres salvajes y peludos que se comunicaban con bramidos; pero tampoco pondría la mano en el fuego por ciertos prodigios de los que oí hablar. Se me vienen a la cabeza los viejos fenicios, que protegían sus rutas comerciales con fábulas acerca de tempestades y monstruos marinos.

No creo, empero, que los bayabas sean una invención. Oímos hablar mucho de ellos, y algunos de los griegos juraban incluso haber participado en la gran batalla en que sus hordas fueron derrotadas. Además una vez, incluso, pasamos junto a un gran poblado en ruinas y abandonado, ya invadido por las malezas, que, según nos dijeron, había sido aniquilado por los bayabas.

* * *

Las primeras jornadas cubrimos muchos estadios, lo que es lógico, habida cuenta que, en las cercanías de Emporion, los colonos conocían mejor el terreno y mantenían relaciones más estrechas con los pueblos indígenas. Después, de día en día, nuestro avance fue haciéndose progresivamente más lento.

Viajábamos, como ya he dicho, a través de las selvas, paralelos al río, y a menudo llegábamos a avistar las aguas por entre las aberturas del follaje. El Nilo, a partir de las séptimas cataratas, corre primero hacia el sudeste para luego torcer hacia el sudoeste, y ése fue el camino que seguimos nosotros también. Anfígenes y los griegos pagaban tributos en telas a las tribus, para que nos dejasen paso libre, o para que nos escoltasen con sus guerreros en los tramos peligrosos. Eso no nos libró de escaramuzas con tribus hostiles y con caníbales, pero sí de ser aniquilados en las profundidades del bosque.

Pese a todo, creo que muchos no dejamos de albergar cierto temor a que, en algún momento del viaje, los griegos y sus hombres nos abandonasen, dejándonos perdidos en las honduras y a merced de los salvajes. Pero eso no ocurrió y yo al menos no puedo sino guardar agradecimiento a los hombres de Emporion, por más que nadie me va a quitar de la cabeza que son gente poco recomendable.

El tribuno Emiliano sufría de melancolías y se había convertido en un personaje silencioso y distante que viajaba rodeado de pretorianos. El mando estaba, pues, de facto, en manos del prefecto, que era quien tomaba todas las decisiones. Discutía sobre qué camino seguir con Merythot y Anfígenes: los tres se reunían a contrastar datos, sopesar pros y contras y, cada vez que llegaban a una conclusión, el prefecto se iba a informar al tribuno, que le escuchaba cabizbajo y sancionaba siempre sus sugerencias.

Nuestro tribuno mayor no parecía tomarse interés casi por nada y lo único que le sacaba de su apatía eran las escaramuzas con los caníbales, que nos tendían emboscadas en los tramos más selváticos, tratando de conseguir carne humana. Entonces sí que se sacudía la indiferencia y parecían encenderse en él viejos fuegos; pero luego los antropófagos huían a la espesura, sus ojos azules se apagaban y él volvía a caer en la desidia.

El prefecto se mostraba, por el contrario, incansable. Estaba siempre en todo y cuidaba de los más pequeños detalles; aunque no hacía nada nunca sin contar con la aprobación formal de Emiliano. Es curioso pero, después de haber sostenido tanto tiempo un pulso con el tribuno, Tito Fabio se convirtió en esos momentos negros en el puntal de la autoridad de Claudio Emiliano.

Es un hombre de veras singular, Tito Fabio.

Recuerdo una vez que nos detuvimos en un poblado, ya muy al sur. Cuando hacíamos un alto, éramos siempre muy bien recibidos, sobre todo gracias a los presentes en telas y armas que los griegos entregaban a reyes y ancianos. Además, por lo que pudimos saber, la amenaza de los caníbales bayaba propiciaba, paradójicamente, la paz entre las tribus y los clanes, pues todos temían debilitarse y no poder hacer luego frente al ataque de las bandas antropófagas, si algún día volvían a salir de las selvas.

En la ocasión de la que hablo, dieron una gran fiesta nocturna para celebrar nuestra llegada; pues ya habían oído hablar de nosotros a los viajeros y a los tambores. Hubo comida, bebida, mujeres, música, bailes y pugnas amistosas. El festín duró hasta altas horas, y comimos y bebimos hasta hartarnos, de forma que la gente se tumbaba a dormir en el sitio. Pero Tito Fabio se quedó despierto, esa noche, hasta más tarde que la mayoría.

Si hay un defecto que se le pueda achacar, ése es la bebida; aunque no cuento nada que nadie no sepa. Y esa noche estuvo bebiendo mucho. Le recuerdo al resplandor del fuego, hostigado por los mosquitos, con un tazón de vino de palma en la mano y rumiando pensamientos que debían ser bastante negros, a juzgar por su expresión. Cuando de repente me dirigió la palabra, me di cuenta de que estaba completamente borracho.

El humor de ambos era bastante melancólico esa noche, como suele ocurrir de madrugada y al final de un exceso. Estuvimos divagando sobre el destino y las vueltas que da la vida; todo porque uno de nuestros compañeros había muerto esa misma mañana, picado por una serpiente. Después, no sé cómo la conversación derivó y el prefecto se puso a hablarme de Senseneb.

Repito que estaba muy borracho. Cabizbajo, con el tazón entre las manos, me confió que sufría de pesadillas; pesadillas que le alcanzaban no sólo durante el sueño, sino incluso también a veces en la vigilia, como alucinaciones. Estaba obsesionado por la idea de que el barco de Senseneb no había logrado llegar nunca a Meroe, y que se había perdido en los pantanos con toda su tripulación. Tenía visiones, muy nítidas a veces según me confesó, en las que era como si tuviese delante de los ojos a esa embarcación nubia. Y lo que él veía era una nave muerta, con la vela hecha jirones y atascada para siempre en los papiros, bajo el cielo azul, la cubierta llena de huesos y cráneos descarnados por aves y blanqueados por el sol. Una nave de muertos y, en el centro, siempre veía el esqueleto de Senseneb, tendido sobre el lecho mortuorio, tal y como la habían colocado sus arqueros; ésos cuyas osamentas yacían dispersas a su alrededor.

Eso fue lo que me confesó aquella noche, a la manera confusa de los borrachos. De hecho, se interrumpió a mitad de una frase; levantó unos ojos turbios y asombrados, y miró en torno suyo. Se puso en pie, tiró el tazón lejos y, sin decir una palabra más, se fue a su choza a dormir.

* * *

Merythot había ganado para sus ideas a Tito y Anfígenes, e incluso a alguno de los griegos que venían con nosotros, de forma que ya no buscábamos otra cosa que esas míticas dos peñas por entre las que el Nilo surgiría en un gran surtidor desde el seno de la Tierra. El aplomo y la autoridad con la que hablaba, así como los textos que citaba, habían cautivado incluso a hombres que habían oído hablar a los propios indígenas acerca de las Montañas de la Luna. Los otros griegos, empero, y algunos de nuestros hombres, tenían a las tradiciones egipcias por simples leyendas, y se lamentaban de que, a ese paso, íbamos a estar toda la vida dando tumbos por las selvas, en busca de algo que no existía.

Pero la mayoría de nosotros no le dábamos mayor importancia al tema. Al fin y al cabo, seguíamos una ruta paralela al río; así que, tarde o temprano, teníamos que llegar a sus fuentes, fuesen unas montañas o un manantial gigantesco.

Eso sí; puesto que Tito era partidario de la tesis egipcia, nuestros exploradores iban a los poblados preguntando si alguien sabía o había oído hablar de un lugar así. Por eso cuando un día dos de nuestros batidores, negros pintarrajeados que usaban arcos de flechas envenenadas, volvieron en busca de Anfígenes y éste, tras oírles, se fue a hablar con el prefecto y el sacerdote, la agitación nos sacudió a todos.

Estuvieron los tres conferenciando aparte. No es que nos quisiesen ocultar nada, creo; pero a Tito le disgustaba que corriesen falsos rumores, que no provocan más que decepciones y caídas de la moral. No es bueno despertar expectativas para luego frustrarlas, sobre todo entre hombres fatigados y perdidos. Pero esa vez se les veía de veras excitados; al menos al prefecto y al mestizo, porque Merythot se apoyaba en su báculo, con esa sonrisa distraída suya y tan digno como siempre.

Dispersos por el claro selvático, vimos cómo Tito se iba a hablar con el tribuno. Éste estaba sentado en un tronco caído pero, a las primeras palabras del prefecto, sus ojos azules se encendieron como en otros tiempos. Se puso en pie, estuvieron discutiendo unos momentos y luego, por primera vez en muchos días, él mismo anunció de viva voz que nos poníamos en marcha. Nos miramos unos a otros, sabiendo que ocurría algo excepcional. Y supimos que quizá, por fin, nuestros exploradores habían encontrado el camino que nos condujese a esas fuentes del Nilo que tanto tiempo llevábamos buscando.

* * *

No nos habíamos equivocado en nuestras suposiciones, puesto que esta vez los guías nos llevaron por las sendas de la selva hasta un poblado pequeño, a orillas mismas del Nilo. Fue una extraña sensación volver una vez más a la vera del río, después de haber estado tantos días vagabundeando por las espesuras. Durante el viaje supimos, por palabras cogidas al vuelo, que los exploradores habían sabido, gracias a unos pigmeos errantes, que las gentes de ese poblado decían conocer un lugar donde el agua nacía a chorro, como en una fuente gigante, para dar origen al gran padre Nilo.

Los lugareños salieron a recibirnos en son de paz. Eran gentes bajas y flacas, de piel negra amarillenta, que se untaban el cuerpo de rojo y usaban flechas envenenadas. Se mostraron tan amistosos como asombrados al ver a hombres de piel clara, de los que no habían oído ni hablar, y que vestían en formas que supongo les resultaron de lo más extrañas. Les entregamos presentes en forma de telas, que son de lo más apreciadas por los pueblos de las selvas, y nuestros jefes se reunieron con sus ancianos. Conversaron durante largo rato, con la parsimonia de reyes y la ayuda de intérpretes, recurriendo a los signos cuando la lengua fallaba; e incluso el imperturbable Merythot parecía por fin algo emocionado.

Para ser breves: aquellas gentes no sólo habían oído hablar, sino que conocían de primera mano el gran surtidor, puesto que estaba a no mucha distancia, río arriba. Fue entonces cuando nos llevaron a la misma orilla, en tropel. Allí, en los arenales, se tocaron la oreja, riendo, y entonces pudimos, sí, escuchar un rumor lejano y constante, como el rugido de aguas alborotadas a lo lejos.

¿Cómo describir aquel momento? Estábamos allí, al sol, a pie de ribera, junto a las aguas verdosas. Nos embargó a todos, supongo, una mezcla de agitación y debilidad; una tensión que parecía sacudirle a uno como un latigazo y que a la vez era como una lasitud que hacía temblar las piernas. Por fin, por fin, después de tantos meses, tantos estadios recorridos, tantas aventuras, buenos momentos y sinsabores, las fuentes del Nilo estaban ya ahí, sólo un poco más arriba.

Esa noche hubo fiesta; bailes y festín en torno a las hogueras, pero nosotros no teníamos cabeza para otra cosa que no fuese nuestra meta. Yo contemplaba las aguas negras a la luz de la luna y, entre los cánticos y los tambores, aún oía ese rugido sordo de las aguas, al salir hirvientes del mismísimo corazón de la Tierra.

A la mañana siguiente, el prefecto nos puso a todos manos a la obra. Los lugareños nos habían avisado que aquel lugar era de difícil acceso por tierra, y que remontar el río era exponerse al ataque de los hipopótamos que infestaban esas aguas, ya que eran muy feroces y volcaban las piraguas que se aventuraban hasta allí. Era casi como si los dioses hubieran situado ahí a esos monstruos de ira insensata, para proteger la boca del Nilo de toda mirada humana. Pero nada nos iba a detener ahora.

Así que, tras debatir el asunto, decidimos construir almadías. Y digo debatir porque los había que opinaban que nos sería imposible remontar de esa forma, ya que no podríamos vencer la fuerza de la corriente. Pero la gente del poblado juraba que ésta no tenía demasiada fuerza, ya que las aguas se amansaban al poco de nacer, así que nos decidimos por probar esa solución. Como bien argumentaba Anfígenes, la distancia no era mucha y siempre podíamos volver a intentarlo en esquifes, si la corriente arrastraba nuestras balsas. Además, nos daba mucho miedo que los hipopótamos atacasen las canoas y aniquilasen nuestra expedición.

Nos pusimos manos a la obra, uniendo troncos y juncos; porque aquel bramido distante era como un reclamo que nos llamase a remontar el río cuanto antes. Pero Tito, tan concienzudo como siempre, insistía en que las cosas se hiciesen con calma y bien. No habíamos recorrido tanto, decía, para fracasar a las puertas de nuestro destino por culpa de la precipitación. Iba de grupo en grupo haciendo bromas, sosegando los ánimos y asegurándose de que las almadías fueran sólidas y lo más marineras posibles.

Además, para desencanto de algunos, pospuso la subida del río hasta el día siguiente. Él fue quien tomó tal decisión, ya que Emiliano se pasó ese día en una cabaña, atacado de fiebres, como si aquel último golpe de euforia le hubiese rebañado las fuerzas.

Sin embargo, al día siguiente el tribuno mayor bajó el primero de todos al varadero de almadías, tan apuesto como otrora, afeitado, peinado y con ropas rojas y limpias de pretoriano, como si se hubiese liberado de todas sus sombras. Incluso sus ojos brillaban tan azules como cuando salimos de Syene, hacía ya tanto tiempo. Le acompañaba el *imaginifer* con la *imago* de oro, que relucía recién bruñida. A una señal suya, uno de los pretorianos hizo sonar una trompa de bronce, para convocar a los expedicionarios.

Bajamos a las arenas todos: soldados romanos, griegos, libios, nubios, negros. Un brujo local, el cuerpo pintado, el rostro oculto por una máscara muy extraña y con cascabeles en la mano, bendijo nuestra partida. No hubo discurso alguno porque, cuando Emiliano se disponía a pronunciarlo, vimos pasar una bandada de aves que volaba río abajo.

Nuestro augur había muerto en una escaramuza, días atrás, pero un lamento se extendió por entre los hombres, enfriando el entusiasmo. Los pájaros volaban aguas abajo.

–Mala señal, mala señal –se quejaban varios.

Tito se adelantó rugiendo, al tiempo que agitaba la vara de centurión, como si la fuese a emprender a palos.

–¿Mala señal? –bramó–. ¿Hacia dónde volaban esos pájaros, idiotas?

–Río abajo –respondió uno.

–Igual que haremos nosotros –señaló con el bastón–. Hoy llegaremos a las fuentes del Nilo y podremos emprender por fin la vuelta a casa. ¡Y la vuelta es río abajo!

Yo no sé si creía lo que decía o era de reflejos rápidos; pero enseguida alguien le dio la razón, y luego otros, y el ánimo volvió tan rápido como se había ido. Emiliano estuvo ahí diligente y, aprovechando el momento, hizo que el *cornicen* tocase de nuevo su instrumento y mandó a gritos embarcar. Botamos entre gritos las almadías y embarcamos chapoteando, ansiosos de subir río arriba para nuestra última etapa en busca de las fuentes.

Eran doce balsas, porque habíamos dejado atrás a los porteadores. Doce embarcaciones de troncos unidos, con las proas redondeadas y tres grandes remos a cada banda. Los lugareños no nos habían engañado; la corriente no era muy fuerte y pudimos bogar río arriba sin grandes dificultades.

La selva llegaba al borde mismo de las aguas, de forma que árboles gruesos y frondosos se inclinaban sobre la superficie verde y centelleante del río. Los hipopótamos chapoteaban en las orillas y nos enseñaban bramando las fauces. El calor y la humedad eran sofocantes y ese día el cielo era muy azul. Pájaros vistosos sobrevolaban la cuenca mientras nosotros doblábamos el espinazo, sudando, a los remos, y algunos vigilaban a los hipopótamos, jabalinas en mano.

El rugido de las aguas se hacía más y más fuerte. Recuerdo muy bien a Emiliano, de pie sobre los troncos de su almadía, entre pretorianos de túnicas rojas, con el *imaginifer* de armadura metálica y una piel de león sobre cabeza y hombros siempre a su vera, sujetando a dos manos la *imago* con el busto de Nerón. Yo, por mi parte, iba en la balsa de Tito, que esa mañana vestía una túnica blanca limpia, que quizás había reservado para la ocasión. Con nosotros venía también Merythot, con sus vestimentas de lino blanco, que se apoyaba en el báculo y contemplaba el río como si tuviera todo el tiempo del mundo a su disposición; y también Anfígenes, con su planta de héroe, la túnica estampada y una faja repleta de armas.

Bogábamos tratando de no distanciar unas balsas de otras. Las aguas bajaban verdes y nosotros nos dábamos voces en latín, de una almadía a otra, mientras el rugido a proa se hacía cada vez más fuerte. Vimos búfalos y elefantes en las orillas, que nos contemplaban recelosos desde sus abrevaderos, y una vez un cocodrilo enorme atacó a una de las naves, pero dos tiros bien dados de jabalina le hicieron sumergirse y desistir.

Luego, entre el calor abrasador, la luz deslumbrante, el estruendo de las aguas, el vuelo de los pájaros, una tras otra, nuestras almadías fueron enfilando un recodo del río, otro más y, al doblar, nos encontramos por fin a la vista de las tan buscadas fuentes del Nilo.

* * *

Si tengo que elegir entre contaros qué fue lo que vieron nuestros ojos en los primeros momentos, al doblar, o describiros cómo son las fuentes del río, creo que elijo lo primero: Porque creo que es justo que también vosotros, en la medida de lo posible, veáis como yo vi, cómo nace el Nilo. Es justo, sí, porque hemos hecho juntos un largo viaje, y pasado por muchas.

Rebasamos la recurva, según acabo de decir, y el rugido de las aguas se hizo aún mucho más fuerte. Por delante de nosotros, el río seguía aún cierto trecho, se abría como en una balsa de aguas y más allá de la misma, entre orillas cubiertas de selvas muy espesas, entre la calima formada por los rociones de espuma, pudimos distinguir una pared rocosa y el Nilo que saltaba incontenible hacia arriba y adelante, para desplomarse luego con un estruendo aterrador.

Doblados sobre las espadillas de los remos, nos quedamos mirando boquiabiertos a aquel chorro tremendo que, en efecto, surgía incontenible por entre dos porciones pétreas y caía desde lo alto en una piscina natural, flanqueada de selva, para dar nacimiento al gran padre Nilo. El bramido de las aguas era tremendo allí delante y, durante largo rato, cada almadía se mantuvo a la altura a golpe de remo, mientras los tripulantes miraban intimidados.

Lo que teníamos ante nuestros ojos era una catarata, eso está claro, y por alguna conversación que llegué a captar después, nuestros jefes habían oído decir que el río seguía más allá, o que eso era el desaguadero de un gran lago, porque había varias versiones. Pero lo cierto es que la brecha en ese acantilado rocoso es tan angosta –puede que no llegue a las tres varas de anchura–, y que el volumen de líquido que presiona detrás debe ser tan grande, que las aguas de la catarata, en vez de desplomarse, saltan como en surtidor antes de caer. Así que desde allí abajo, lo que el ojo ve, efectivamente, es un chorro tremendo que nace, ensordecedor, de entre dos grandes peñas.

Contemplábamos casi hipnotizados cómo las aguas surgían de entre la piedra. Los árboles de la jungla se amontonaban verdes y marrones junto al farallón de roca mojada. Mientras mirábamos, se produjo una breve deliberación entre la almadía del tribuno y la nuestra. El espectáculo era impresionante, pero Emiliano dudaba, ya que, si detrás de aquel surtidor había otro tramo de río o un lago, entonces no habíamos llegado de verdad a las fuentes del Nilo, sino sólo a otras cataratas; las octavas.

Se le veía indeciso y aun Tito y Anfígenes titubeaban, no sabiendo qué pensar. Fue Merythot, en esos instantes, quien inclinó la balanza. Había estado escuchando en silencio cómo los otros tres discutían de una a otra balsa y, de repente, alzó la voz entre el rugido de las aguas que se desplomaban.

–¿Y qué pasa si hay un lago detrás? –gritó en un latín impecable–. ¿Qué más da si hay un tramo de río?

–Que entonces el Nilo no nace en este punto y nuestro viaje no ha terminado aún –repuso a voces Emiliano, las piernas abiertas para contrarrestar el balanceo de la almadía, la túnica roja agitándose a los golpes de brisa.

–¡No es cierto! –exclamó el egipcio–. Dime, tribuno: ¿en qué momento nace un hombre? ¿En el momento en que su padre y su madre se unen y lo conciben? ¿Decimos que nace mientras está en el vientre de su madre?

Tito, más moreno que nunca gracias al contraste de su piel oscurecida con la túnica blanca, volvió la mirada al surtidor, al tiempo que una luz comenzaba a encenderse en los ojos azules de Emiliano. Entre tanto, todos nos afanábamos a los remos para mantenernos a la altura, sin poder despegar los ojos de las aguas que saltaban y caían.

–¿Cuándo? –insistía Merythot–. ¿Cuándo nace un hombre?

–Cuando su madre le da a luz –admitió por fin el tribuno mayor, a gritos.

El sacerdote, parado en el centro de nuestra almadía, con sus linos blancos inmaculados flotando a su alrededor, agitó la cabeza calva.

–¡Lo mismo ocurre con el Nilo! Si hay un lago detrás, es como el vientre de la madre. Si hay un tramo aún detrás, no importa; más allá de este punto el Nilo es como un niño que, aunque ya existe, todavía no ha nacido.

Se volvió y, con el báculo, señaló a ese salto imponente.

–*Ay Kefa Hapy!* –proclamó con un ardor repentino. Y siempre le recordaré en ese momento como a un hierofante ante las puertas de bronce del templo, anunciando con voz resonante una verdad sagrada e inmutable. A continuación volvió a decirlo en latín–: ¡Ahí nace el Nilo!

Las aguas saltaban hirvientes y se desplomaban allí delante, entre el verdor. Tito y Anfígenes ahora asentían, aprobando sin palabras la afirmación del sacerdote. Emiliano, en cambio, aún le miró unos instantes, antes de quedarse contemplando el surtidor. Agitó la cabeza.

–Ahí nace el Nilo –le oímos, desde nuestra balsa.

Se volvió muy despacio para pasear los ojos por nuestra expedición. Alrededor de su balsa, las demás se mantenían a su altura y todos, agarrados a los remos, tenían la mirada puesta en él. Enderezó la espalda.

–¡Hombres! –gritó, al tiempo que agitaba los brazos, antes de señalar con la mano al surtidor rugiente, con las ropas rojas ondeando–. ¡Hombres! ¡Ahí nace el Nilo!

Un rugido nació de las distintas embarcaciones. Unos asentían con la cabeza, otros sonreían y se miraban entre ellos, y los había que pasaban la voz, como si hubiera alguien que no hubiera oído, o al menos entendido, lo que había dicho nuestro tribuno mayor. Lo cierto es que casi nadie podía apartar mucho tiempo la vista de aquel gran desplome de aguas.

Uno de los germanos –los tres viajaban juntos en otra almadía, ya que el tribuno había preferido llegar a las fuentes junto con sus pretorianos–, alzó una mano y comenzó a vitorear en dirección a la balsa de Emiliano; y, casi en el acto, sus dos compatriotas le imitaron. Recuerdo que volví la cabeza para mirar a esos tres bárbaros, grandes como torres, con sus túnicas verdes, y sus trenzas y barbas rubias, y en un primer momento creí que era a nuestro jefe a quien aclamaban.

Pero no. Era a la *imago* de oro, al retrato de Nerón, al que los tres germanos rendían honores. El *imaginifer*, con su túnica roja y la piel de león, al darse cuenta, alzó el mástil rematado con el busto del césar, y los gritos y saludos comenzaron a extenderse de balsa en balsa, como un incendio en los pastos secos. Los hombres rugían, unos con el brazo en alto y otros presentando armas, de forma que los aceros destellaban al sol. Vitoreaban a voz en cuello a esa *imago*, como si de veras fuese el mismísimo Nerón, olvidadas ya las bromas y burlas que todos habíamos gastado al respecto.

–*Salve, Nero, consul romanorum!* –gritaban enfebrecidos, entre el bramar del Nilo, la mano en alto o agitando las espadas–. *Salve, Nero, gloriosus imperator!*

Le aclamaban los legionarios, los auxiliares y aun los propios pretorianos, de quienes se decía que odiaban al emperador. Le aclamaban los mercenarios, y los griegos; los guías negros gritaban enarbolando sus lanzas, y yo mismo me vi arrastrado por el fervor. Porque tal es la naturaleza humana.

Siempre recordaré ese momento, entre aquellas riberas cubiertas de selva, con los arenales llenos de cocodrilos y las aguas verdes, entre el rugido de aquel tremendo salto, cuando nos olvidamos de todo, nos fundimos en un clamor y sentimos que tantas fatigas habían merecido de verdad la pena, sólo por llegar allí y ver, con nuestros propios ojos, el lugar en el que nace el gran padre Nilo. Luego todo eso pasó, por supuesto, como pasan todos los momentos, tanto los buenos como los malos.

Y a mí ya me queda bien poco que contar.

Un par de almadías se acercaron aún más, y un puñado de hombres echó pie a tierra, para alcanzar ese farallón –las dos rocas de la leyenda egipcia– desde el que saltaba el gran surtidor de aguas. Allí cincelaron dos inscripciones: una fue un cartucho con el nombre del césar Nerón en egipcio, como si fuese un faraón, tal y como él había mandado que se hiciera; la otra, una inscripción en latín para que todos aquellos que puedan llegar hasta las fuentes en siglos venideros tengan constancia de que estuvimos allí. En esas frases, grabadas en piedra, todos nosotros viviremos para siempre. Cuando acabaron, nos dejamos llevar por la corriente hasta llegar al poblado.

No nos demoramos allí, puesto que el tribuno y el prefecto estaban preocupados por el tiempo gastado y, al día siguiente, nos pusimos en camino hacia el norte. Fuimos desandando todo el trayecto a través de las sendas forestales, paralelos al río y, al pasar, íbamos recogiendo a los convalecientes que habíamos dejado al cuidado de las tribus locales.

El camino de vuelta lo hicimos más ligeros que el de ida. Aun así, sostuvimos nuevas embocadas con pueblos hostiles y caníbales, y sufrimos más bajas.

En Emporion no nos quedamos más que un par de días, pese a la insistencia de los colonos. Nuestro temor era que la *vexillatio*, corta de víveres, levantase el campo y se volviese a Meroe sin nosotros. Sería irónico haber alcanzado las míticas fuentes del Nilo para luego bajar y encontrarnos con un campamento vacío y desmantelado. En esos dos días, eso sí, presenciamos controversias de lo más encendidas entre los griegos que nos habían acompañado y sus compañeros. Aquéllos defendían ahora la historia del chorro que brotaba entre dos peñas, y éstos se empecinaban en la teoría de las Montañas de la Luna. No admitían que aquél fuera el origen puesto que podía haber aún río, lagos, montañas, detrás de ese punto. Pero aquéllos alegaban que ellos habían estado allí, viendo nacer las aguas, rugientes, y que ningún otro sino ése podía ser el nacimiento del padre río.

Allí les dejamos, sin ponerse de acuerdo, y partimos lo antes posible Nilo abajo, en nuestras dos naves, siendo algunos menos de los que lo habíamos remontado. Así fue como nos cruzamos con la embarcación que subía buscando pistas sobre nuestro paradero.

Y aquí estamos ahora, tras tantos días y tantos estadios recorridos, habiendo dejado a algunos compañeros en las selvas del sur, pero con la certeza ya, puesto que estuvimos allí, de que los antiguos no se engañaban y que el Nilo nace a surtidor entre dos grandes rocas, puede que alimentado por un gran lago que dicen que hay detrás. Es como un niño destinado a vivir una vida larga y venturosa, cuando sale del vientre abultado de su madre.

Eso es lo que vimos y eso es lo que os cuento, para que podáis compartir con nosotros el descubrimiento, ya que es tan vuestro como nuestro, aunque las circunstancias quisieron que sólo unos pocos pudiéramos cubrir la última etapa del viaje.

CAPÍTULO VIII

Nunca pensó Agrícola que descender por el Nilo le fuese a resultar tan distinto a subirlo. No sólo se debía a que navegaban ahora aguas abajo, y a que los pilotos conocían ya corrientes y bancos de arena, con lo que podían cubrir más distancia en menos tiempo. Era también esa sensación casi inaprensible que siente el viajero cansado cuando, por fin, comienza a desandar el largo camino que le ha de llevar de vuelta a casa.

Acodado en la borda de su nave, veía pasar ante sus ojos orillas llenas de juncos y plantas acuáticas, árboles copudos, animales abrevando en los remansos, cocodrilos tumbados al sol, aves que sobrevolaban las aguas verdosas. Y mirar era estar despidiéndose de todo eso y para siempre, ya que sabía de sobra que no volvería jamás a esas tierras remotas.

No había habido descanso y, al día siguiente de que regresaran los afortunados que pudieron ver con sus propios ojos las fuentes del Nilo, el prefecto ordenó una última revisión de las naves, antes de embarcar víveres y pertrechos. Si se demoraron aún dos días, fue porque tanto los augurios como los aruspicios fueron desfavorables. Tan sólo en la tercera ocasión, cuando les resultaron propicios, mandó Emiliano que tocasen las trompas de bronce, llamando a todos a embarcar.

El grupo de retaguardia prendió fuego al campamento. Empalizadas y barracones ardieron con la furia de la madera seca y, durante muchas *millia*, mientras navegaban río abajo, aquellos que volvían la cabeza podían ver una enorme columna de humo que se remontaba en el horizonte.

El viaje comenzó bien y sin incidentes, aunque con los ánimos ensombrecidos por la perspectiva de enfrentarse de nuevo a aquellos terribles pantanos de barro, fiebre y sabandijas. Como si les ofreciesen un presagio, cuando estaban llegando ya a aquellos terrenos rellanos y encharcados, pasaron ante un par de poblados que, aunque debían haber sido levantados hacía no mucho, tras desecarse las inundaciones, ahora estaban desiertos e incendiados. Quizá sus propios habitantes habían prendido fuego a las cabañas y huido, atemorizados por la llegada de esa flota extranjera y la multitud de hombres armados que en ella iba.

Aguas abajo, cuando el río se había convertido ya en una confusión de plantas acuáticas y canales, se encontraron con el primer obstáculo serio. Grandes masas de vegetación flotante se habían desprendido y, arrastradas por la corriente, habían acabado por obstruir el paso. El lugar era exactamente igual que un embudo, con paredes de selvas espesas. La parte más estrecha era donde se había formado el tapón vegetal y la ancha, cubierta de herbazales, se había inundado en parte, debido a la retención de agua.

Fondearon en el canal y un grupo de exploradores bajó a indagar, chapoteando en las aguas someras y con jabalinas en las manos. Volvieron con datos muy precisos sobre cuál era la situación; y ésta era que no podían pasar por ahí. Era problemático retroceder y buscar otros canales navegables, así que el propio prefecto fue a estudiar la situación. Desde las naves de vanguardia le vieron vadear, rodeado de nubios que, con lanzas, velaban contra un posible ataque de cocodrilos.

Regresó con expresión pensativa y, tras deliberar con el tribuno, este último mandó que los hombres desembarcasen.

Había que despejar el canal y, para ello, el prefecto recurrió a los legionarios. Tan meticuloso como de costumbre, les mandó con hoces y hachas, protegidos por los *numeri* de libios y nubios. El tribuno mayor y las enseñas se quedaron en la orilla, con los pretorianos, justo donde las zonas anegadas daban paso al canal encajonado entre paredes selváticas y que era como el pitorro del embudo. En cuanto a los auxiliares, se dispusieron protegiendo el flanco.

Abrir a golpe de filos el canal era un trabajo de lo más arduo, además de peligroso, porque abundaban las víboras acuáticas en esa maraña de vegetación flotante. Los mercenarios, en la orilla, vigilaban que no se acercase ningún cocodrilo, mientras los legionarios trabajaban como mulos. Segaban y tajaban metidos hasta la cintura en el agua caldosa, bajo un sol abrasador, hostigados por nubes de insectos, entre podredumbre vegetal, fango y sabandijas. Se les veía hoscos y rezongaban por lo bajo que siempre les tocaban a ellos las labores pesadas. Al cabo, el prefecto, bufando y en uno de sus arranques, se apoderó de una hoz y se metió él mismo en el agua para ponerse a trabajar.

Hoces y hachas caían sobre esa vegetación tenaz, entre chapuzones, los vigías se gritaban unos a otros cada vez que veían alguna agitación sospechosa entre las plantas. La corriente arrastraba perezosa trozos vegetales y algunos nubios, haciendo equilibrios sobre las masas flotantes, golpeaban con pértigas para evitar que se acumulasen y formasen nuevos tapones. Uno de los legionarios comenzó a cantar, primero casi para sus adentros y luego más alto. Era una vieja canción de siega bitinia y dado que muchos de esos *milites* eran bitinios, ya que su legión, la XXII Deiodataria, procedía de esa zona, aquel canto, olvidado en los fondos de la memoria, comenzó a extenderse entre ellos como un incendio.

Trabajaban empapados y cubiertos de restos vegetales, al ritmo de esa canción lenta, sonora e interminable, y arrastraban con ella a aquellos que no la conocían. El humor había cambiado como el viento; la canción les hacía la labor más llevadera, y los nubios y los libios, vueltos, se apoyaban en sus grandes escudos para escucharles. Aun el tribuno mayor se adelantó unos pasos, atraído por esa canción que, aunque no se conociesen las palabras, evocaban en los oyentes imágenes de campos amarillos, ondulándose en el viento, dehesas y carretones de paja traqueteando por caminos polvorientos.

Un cuerno resonó en las profundidades de la selva y el canto murió en labios de los soldados. Se incorporaron alarmados, y también Tito se irguió, hoz en mano, los ojos puestos en la selva. Los mercenarios, situados algo más allá, empuñaron escudos y lanzas, mientras sus oficiales romanos se adelantaban unos pasos, tratando de distinguir algo.

La extensión de plantas flotantes se mecía y temblaba y, entre los huecos, el sol arrancaba destellos al agua. Más allá de los mercenarios agrupados, el prefecto podía ver la jungla espesa y verde, entre la que discurría ese ramal del Nilo, aparentemente en calma. Transcurrió algún tiempo. Un ave pasó aleteando sobre las aguas.

Volvió a bramar un cuerno; luego se oyeron gritos y, de esa jungla, emergieron algunos de los hombres que habían salido en avanzada. Volvían corriendo hacia ellos y Tito levantó la hoz. Pero, antes de que pudiera gritar orden alguna, de las frondas, a espaldas de los fugitivos, surgió una horda pintarrajeada y chillona, en un estallido súbito de blanco y rojo entre el verde. Estalló un griterío entre los que estaban hundidos hasta la cintura en el agua y Tito mandó retroceder a grandes voces.

Se replegaron vadeando mientras los *numeri* cerraban filas, agrupados tras los escudos, rectangulares los libios y ahusados los nubios. Los tambores comenzaron a resonar en la selva y se oía el mugido de las trompas de marfil. Y, por el flanco, de la selva, vieron surgir otra marea de guerreros vociferantes que blandían toda clase de armas.

Los auxiliares de túnicas verdes alzaron sus escudos ovalados y Emiliano mandó tocar las trompas de bronce. La riada de atacantes llegaba rugiendo y en desorden, surgida como por arte de magia de las honduras de la selva. Guerreros salvajes de cabeza afeitada, desnudos detrás de grandes escudos pintados, los cuerpos embadurnados de rojo y blanco. Enarbolaban lanzas, mazas de piedra y espadas de hierro, largas y toscas. Aullaban como demonios e, incluso en esos primeros momentos y a esa distancia, pudieron ver cómo muchos de ellos llevaban los dientes afilados.

Agrícola, que estaba cerca de los pretorianos, sacó como en sueños su espada. Demetrio ya había cogido su escudo. Y, al mirar por encima del borde a esa horda pintada que acababa de salir de las frondas, al oír los tambores, las trompas y esos aterradores gritos de guerra, el griego supo que aquellos no podían ser otros que los caníbales bayabas, de los que tanto habían oído hablar.

Eran ellos quienes, con astucia, habían soltado grandes masas de vegetación flotante, para que bloqueasen el canal y obligar así a la flota romana a detenerse. Sus bandas guerreras habían esperado ocultas entre las malezas, quizá durante días, con paciencia de cazador. Y sin duda aquellos poblados destruidos de río atrás, ésos que habían creído quemados por sus propios habitantes, habían sido arrasados por los antropófagos, que debían haber dado buena cuenta de aquéllos.

En el lugar en el que estaban trabajando, en el vértice de aquel embudo imaginario de tierras anegadas, no había casi espacio para maniobrar, lleno como estaba de juncales y con los grandes árboles de la selva colgando sobre las aguas del canal. Si los romanos no fueron arrollados por la avalancha guerrera fue gracias, ante todo, al carácter ordenancista de Tito Fabio; ése del que sólo hacía un rato renegaban casi todos. Porque había sido él quien se había empecinado en que los legionarios despejasen el paso, protegidos por las tropas ligeras. Y era él quien dispuso que esos mismos legionarios tuvieran, cerca y en seco, los escudos, cascos y armas, exactamente igual que si estuviesen trabajando en un asedio, o a la vista de un ejército enemigo.

Sonaban las trompas de bronce romanas, mientras los pretorianos se agolpaban tras sus escudos rojos y los legionarios retrocedían chapoteando, tratando de armarse. Los auxiliares, entrenados a la legionaria, lograron romper por un instante la carga de los caníbales pintarrajeados con una descarga cerrada de jabalinas, y se replegaron para unirse a los pretorianos. Los *numeri*, por su parte, hacían frente a los enemigos que salían de la parte del canal, en un intento de cubrir la retirada de los legionarios; pero los antropófagos eran tantos que no pocos les rebasaron saltando al agua, en su ansia de coger a los fugitivos por la espalda.

Luego los bayabas cayeron por dos lados sobre los romanos, los envolvieron como una marea humana y todos se trabaron en una tremenda batalla campal.

Fue un combate muy distinto al librado en el desierto líbico contra los nómadas y, de aquella jornada sangrienta, luego Agrícola pudo recordar poco más que un torbellino de hierros, gritos, agitar de armas y escudos, entrechocar de metales, retumbar de trompas e imágenes de rostros feroces que iban y venían. Los árboles de la selva, que tan bien habían servido de escondite a los bayabas, impidieron una carga cerrada. Se luchaba tumultuosamente, escudo contra escudo, y en muchos casos cuerpo a cuerpo. Los legionarios de túnicas blancas, sin cotas de mallas y en muchos casos armados con hachas u hoces, trataban de agruparse bajo los *signi* de sus centurias. Los bayabas seguían llegando en oleadas, gritando, blandiendo lanzas y mazas, y no pocos habían tirado sus escudos para empuñar a dos manos las largas espadas de hierro negro.

Los auxiliares había echado mano a los gladios, en tanto que los mercenarios retrocedían defendiéndose a lanzazos y el estruendo de hierros era atronador. Los pretorianos protegían con sus escudos rojos la *imago* y el *vexillum*, y los portaestandartes habían recurrido a sus propios hierros. Eran como un núcleo contra el que se estrellaban los embates de los caníbales y, de él, colgaban flecos de rezagados que se batían como podían. Luchaban a brazo partido entre las plantas, a puñalada limpia, y los heridos se ahogaban en las aguas someras. El Nilo bajaba rojo y el estrépito de la lucha resonaba por toda la cuenca, haciendo levantar el vuelo a miles de aves, y espantando a los cuadrúpedos en *millia* a la redonda.

Tito, que se había quedado con los rezagados, peleaba entre los árboles, con la espada en la diestra y una hoz en la zurda. Rugía y esgrimía los hierros, que salpicaban sangre, y los muertos se amontonaban a sus pies. Aquel hombre contradictorio, en mitad de la vorágine, se había olvidado de todo lo que no fuese matar enemigos. Y si no cayó allí mismo, abrumado por los antropófagos que acudían contra él por todas partes, fue porque Seleuco y Quirino, al verle, salieron en su ayuda con escudos y espadas y le hicieron llegar hasta donde estaba el grueso de los romanos.

Los bayabas se estrellaban contra el cuadro como las olas contra los acantilados; se agolpaban contra los escudos romanos y allí morían en gran número. Los más fieros tiraban incluso sus armas, vencidos por el frenesí de la sangre, a la manera de los celtas salvajes del norte, y se lanzaban contra sus enemigos con las uñas y con esos terribles dientes afilados al descubierto. Pero la pared de escudos, aunque se estremecía como una empalizada en un temporal, aguantaba todos los embates.

Algo más atrás, una banda bayaba había tratado de atacar las naves. Se acercaron impetuosos, vadeando, pero los arqueros sirios les recibieron con tres descargas de flechas que dejaron numerosos muertos en las aguas bajas y obligaron al resto a retroceder a cubierto de sus escudos pintados. Los caníbales heridos, que fueron también no pocos, cayeron casi todos asaeteados, antes de poder llegar renqueando al amparo de la selva.

Los tambores bayabas seguían retumbando, las trompas romanas mugían. Las enseñas se agitaban por encima del mar de escudos, cascos, cimeras, y los hombres se agrupaban casi por instinto a su alrededor; porque los soldados romanos no tenían más casa que su centuria y el dios lar de la misma no era otro que el *signum.* Incluso los mercenarios, atacados por todas partes por antropófagos pintados y aullantes, en número abrumador, trataban de llegar bajo el *vexillum* y la *imago,* para poder al menos morir a la sombra de Roma y su emperador.

Los bayabas atacaban con furia ciega y sólo después de dejar una muchedumbre de muertos contra aquella pared de metal, madera y cuero se retiraron, aunque sin huir. Retrocedieron hasta más allá del alcance de las jabalinas y se quedaron entre los árboles de la selva, enarbolando armas, cantando y bailando, tratando de acumular bríos para atacar de nuevo a sus rivales.

La situación se mantuvo así durante un tiempo. Los romanos alineados tras sus escudos y los bayabas dispersos por la selva y vociferando. Los tambores retumbaban en lo más profundo de los pantanos y algunos de los salvajes soplaban trompas de marfil, hechas con los extremos de colmillos de elefante. Varios antropófagos, untados de blanco y rojo, salieron de la selva, llevando a rastras a alguien a quien los romanos reconocieron como uno de los suyos, gracias a la túnica blanca, capturado sin duda en los primeros momentos de confusión.

Uno de los caníbales, un brujo o un caudillo, o puede que el mismísimo jefe de la horda, agarró al prisionero por el gaznate y, con un cuchillo, le abrió el pecho. Hundió los dedos en la herida y, con sus propias manos, le arrancó el corazón. Entre el escándalo de los bayabas, mostró la víscera palpitante a sus enemigos, que le observaban parapetados tras los escudos, y luego comenzó a comérsela a grandes bocados.

Los romanos gritaban de horror y rabia ante aquel espectáculo bárbaro. Mientras el antropófago masticaba con la boca abierta, sonriente, los dientes afilados chorreando sangre, uno de los libios volteó su honda, que era un arma que los bayabas no debían ni conocer, y le reventó la cabeza de una pedrada. La tapa del cráneo saltó del cantazo, y el salvaje cayó hacia atrás, para quedar tendido entre los árboles. Los romanos comenzaron a vitorear; entrechocaban espadas y lanzas contra los escudos, mientras los antropófagos miraban estupefactos al cadáver de su jefe. Pero el desconcierto de aquellos guerreros, fieros de verdad, duró apenas un instante y, entre un gran griterío, se lanzaron en desorden, a través de la selva, contra sus adversarios.

Éstos les recibieron con una lluvia de lanzas, muchas de ellas recogidas del suelo, y luego les fueron al encuentro con los escudos por delante. A pie de selva, los antropófagos desnudos y pintados volvieron a chocar con los soldados de Roma. Fue un encuentro breve y muy sangriento, y los primeros no tardaron en huir, dejando a muchos de los suyos a los pies de los vencedores. Los romanos les observaron mientras escapaban por las frondas, rojos y blancos entre el verdor, pero no se atrevieron a perseguirles por esos parajes boscosos, por miedo a dispersarse y ser aniquilados.

Así, los caníbales, mientras corrían en desbandada entre los troncos, chapoteando en los charcos y dejando atrás a cientos de muertos, si volvían la cabeza, llegaban a distinguir a aquellos soldados revestidos de hierro, con sus escudos vistosos, al pie de la selva, que blandían las armas y vitoreaban en un idioma para ellos desconocido.

–*Roma! Roma!* –el clamor de voces y entrechocar de hierros retumbaba bajo la bóveda del bosque–. *Per semper! Roma!*

Entretanto, los arqueros que defendían las naves estaban en un apuro más que grave. Los bayabas no sólo eran tenaces y feroces, sino que también algo sabían sobre guerra, ya que vivían de ella. Así que, tras el descalabro inicial, hechos como estaban a conquistar poblados, los caníbales volvieron a la carga entre cánticos guerreros; pero esta vez no desplegados, sino en una columna de cuatro hombres en fondo y cubiertos con los escudos, como un ciempiés de placas multicolores. Avanzaban despacio, porque tenían que caminar por el agua y los escudos les estorbaban. Los sirios de cascos cónicos les cubrían de flechazos, y aquí y allá caía algún hombre, alcanzado por una saeta que se colaba por algún resquicio; pero la columna entera no hacía sino ganar terreno.

Tito, advertido del aprieto, mandó a toda prisa a los *numeri* a que amagasen una carga. Amenazados por un flanco, con los arqueros parapetados enfrente, en los barcos, y viendo que las demás bandas habían sido puestas en fuga, esos últimos bayabas retrocedieron por fin y se dispersaron para huir por la selva, asaeteados por la espalda por los sirios.

Con eso concluyó la batalla. Los gritos de victoria se fueron apagando y un extraño silencio cayó sobre ese campo encharcado. Se levantó un viento húmedo a la par que ardiente; las copas de los árboles se agitaban y las aguas se estremecían, deshaciendo los reflejos del sol. Los cadáveres pintarrajeados se mezclaban con los de los romanos. Los heridos bayabas se arrastraban intentando escapar y los mercenarios, a los que se había encomendado tal tarea, les alanceaban en el suelo entre varios. Algunos, moribundos como estaban, aún se retorcían tratando de arañarles o de morderles con esos dientes afilados que aspecto tan terrible les daban.

Agrícola, que sangraba por varios cortes, no paró hasta cercionarse de que Demetrio había sobrevivido a esa jornada de lucha y matanza. Fue quizás esa preocupación la que hizo que no se diera cuenta, en un primer instante, de que el tribuno Emiliano había sido malherido en el último embate enemigo. Sólo se dio cuenta al ver cómo se arremolinaban los pretorianos, con expresiones de consternación, y al ver que Tito, con la túnica blanca manchada de sangre y verdín, la espada y la hoz aún en las manos, se abría paso entre ellos sin contemplaciones.

Él también consiguió llegar hasta el tribuno mayor. Le habían llevado a seco y le habían dejado bocabajo, ya que tenía un trozo de lanza bayaba clavada en la espalda, a la altura de los riñones. La gran hoja se le había hundido en el cuerpo más de un palmo y, aunque aún respiraba, estaba inconsciente, resollaba y era fácil ver que no iba a durar mucho.

Merythot llegó también, con sus ropas blancas y su báculo, y se arrodilló junto al herido. Palpó la herida y luego, con suma suavidad, el trozo de vara rota. Levantó la vista luego, con una mirada que lo decía todo. La suya se cruzó primero con la del prefecto y a continuación con la del ayudante del tribuno, Marcelo, que también estaba allí, y que le observaba con ojos llenos de tristeza.

Agrícola se pasó los dedos por el cabello y al hacerlo fue cuando se dio cuenta, de golpe, de que la lanza había entrado en la espalda del tribuno, de abajo arriba.

Más tarde habría de pensar mucho en tal circunstancia, lleno de sospechas. Recordaría ese momento, con el tribuno agonizando, el egipcio arrodillado a su lado; el prefecto observando con las armas en la mano; Marcelo allí también, con la expresión apenada del que se duele, pero no sorprende, de la muerte de los amigos. Los pretorianos en corro, apesadumbrados. La sangre vertida, los olores a podredumbre vegetal, aguas estancadas y ese horrendo que siempre envuelve a los campos de batalla. Los gritos de victoria a lo lejos, y los chillidos de los enemigos a los que estaban rematando.

La lanza era bayaba, cierto; pero no podían habérsela arrojado, a no ser que lo hubiese hecho algún demonio desde las entrañas de la Tierra. Era posible que algún antropófago, en la vorágine de la batalla, hubiese empuñado esa lanza rota para usarla como un puñal, a falta de algo mejor, y que así hubiera herido al tribuno. Éste, por desgracia, había sido sorprendido, lo mismo que el prefecto, sin armadura, y sus tres guardaespaldas germanos estaban lejos, ya que él mismo les había enviado a ayudar a despejar el canal. Nadie dijo nunca haber abatido, o siquiera visto, al caníbal que mató a Emiliano, y eso, unido a los rumores que corrían sobre el motivo por el que el césar había enviado a ese tribuno a buscar las fuentes del Nilo, dejaron siempre una duda en el ánimo de Agrícola. Una duda que jamás compartió con nadie, ni siquiera con Demetrio, y que sólo revelaría muchos años después, ya con las aguas muy pasadas, a su anfitrión Africano.

También Tito se fijó en la trayectoria de la lanzada; Agrícola se dio cuenta por la expresión que cruzó, como una sombra, por su rostro moreno. Los ojos de ambos se encontraron un instante, y los dos los apartaron con igual rapidez.

En cuanto el tribuno dejó de respirar, fue el propio prefecto quien arrancó aquel trozo de lanza con sus propias manos, y él mismo cubrió su cadáver con una capa roja. Luego ordenó a sus pretorianos que le retirasen, que le pusieran en manos de sus esclavos y que preparasen un funeral digno de su rango. Tras eso se marchó, convertido ahora en el jefe del destacamento, a dar las órdenes.

Había muertos de los que ocuparse y heridos de los que cuidar. Tuvieron que abandonar varias naves; tantas habían sido las bajas. El prefecto mandó ponerlas en seco, acumular leña dentro y alrededor, y amontonar en su interior los cadáveres romanos, para que sirviesen de pira funeraria. También dispuso que se levantase un túmulo en el que sepultar los huesos.

Los tres germanos hicieron duelo por el tribuno, con grandes muestras de pesar: se arrancaron el cabello a puñados, se lamentaron en su lengua bárbara y se tajaron incluso con los puñales, para dejar caer algunas gotas de sangre ante el cuerpo. Esa noche, los tres se escaparon a la selva y no volvieron hasta la mañana siguiente, cuando ya todos les daban por perdidos. Traían sus capas verdes llenas de cabezas bayabas recién cortadas y las amontonaron ante el túmulo, a manera de homenaje póstumo. Tito Fabio les impuso una multa por abandonar el campamento sin permiso, y acto seguido mandó que les inscribieran en las listas como *duplicarii* –dobles pagas–; al mismo nivel económico que un optio o un signífero.

El propio Tito hizo las veces de sacerdote en las honras fúnebres, la cabeza cubierta por un pliegue del manto, por delante de sus hombres. Soplaba un viento caliente que agitaba los juncos y los árboles y arrastraba bocanadas de chipas, llevando el calor de las llamas rugientes y el hedor de los cadáveres que se quemaban hasta los soldados, que formaban por unidades, detrás del prefecto. Éste se quedó largo rato en su sitio, la cabeza cubierta, con el aire ardiente agitando los pliegues del manto.

Sólo por último, cuando los fuegos se hubieron apagado, mandó sacar los huesos de entre las cenizas y sepultarlos en el túmulo. Hecho eso se volvió, se quitó el pliegue del manto de la cabeza y, con un gesto brusco, ordenó que tocasen las trompas de bronce, dando así la señal de regresar a Egipto a través de los grandes pantanos.

CAPÍTULO IX

La memoria de Agrícola sobre los días que siguieron a la gran batalla contra los caníbales se volvía confusa, tal y como suele suceder con los tiempos ya lejanos, y no guardaba más que recuerdos sueltos de sucesos concretos, y no una hilazón de hechos cotidianos.

La navegación por los pantanos fue a la vuelta tan terrible como la ida, y las semanas siguientes no fueron otra cosa que una lucha incesante por abrirse paso a través de ese infierno vegetal. Pugnar contra la vegetación enmarañada, soportando ataques de hipopótamos, escaramuzas, fatigas, privaciones, fiebres. Sobre todo las fiebres.

En aquel caos de agua, fango y plantas, los miasmas surgían de las aguas estancadas y formaban calimas a la luz del sol, como fantasmas temblorosos, y el mal de los pantanos acabó por clavar sus garras en todos. Se llevó a muchos, y uno de ellos fue Demetrio. El griego, tal y como les ocurrió a otros, cayó víctima de un ataque de calenturas, uno más en apariencia, pero no se recuperó. Se fue delirando, ardiendo y sin saber que se moría.

Agrícola, abrumado por la súbita muerte de aquel compañero alto y tranquilo, recordó, mientras adecentaba con sus propias manos el cadáver, lo que le había dicho a la ida el geógrafo Basílides, acerca de que aquellos pantanos no eran otra cosa que los Infiernos del Sur. Febril él mismo, dejó el cadáver de su camarada en uno de los islotes pantanosos, cubierto con su escudo, la espada a mano y con una moneda debajo de la lengua, para que así Caronte acudiese con su bote a través de las ciénagas humeantes a recoger el alma.

Otros imitaron luego ese gesto a la hora de disponer a los amigos muertos, ya que no se les podía dar otro tipo de funerales, de forma que la expedición fue dejando toda una estela de cadáveres tumbados en seco, cerca del agua, en espera de que el barquero infernal pasase a buscarles.

Salieron de ese caos de agua y plantas de papiros enfermos y quebrantados, escasos de víveres y con las naves dañadas. Tal y como hicieran en el límite sur de esos infiernos, plantaron un campamento para recuperar algo sus fuerzas. Allí permanecieron varios días, cuidando como podían de los enfermos y temiendo un ataque de las tribus locales, hasta que les encontró el griego Hesioco, que había salido a buscarles con una pequeña flota de piraguas.

Los tambores habían llevado río abajo la noticia de su llegada, y el anciano griego, imaginando que estarían en apuros, había partido de inmediato con amigos, comida y medicinas. Fue para los romanos un verdadero regalo de los dioses, cuando ya muchos se daban por perdidos.

Agrícola, en una ocasión en la que Hesioco le tanteó sobre qué le había sucedido a Basílides, puso sobre la mesa la complicidad de esos dos, sin ningún rodeo. El griego se quedó mudo unos instantes, antes de admitir, con un encogimiento de hombros, que tal cosa era cierta. Era él, sí, quien había soliviantado a algunas tribus del río, y quien había mandado sobornos a los hombres de los pantanos, para que atacasen a los romanos.

–No entiendo, entonces, por qué ahora nos ayudas –le dijo desconcertado el mercader.

–Acordé con Basílides que haría todo lo posible por estorbar vuestro viaje al sur, no que os impediría volver a Meroe ni que os dejaría morir sin mover un dedo –el griego se permitió una sonrisa apagada–. No disfruto del mal ajeno, Agrícola, ni me considero un asesino.

Su interlocutor se rascó la cabeza y se quedó contemplando a aquel griego de túnica estampada, piel oscurecida y barbas muy blancas.

–¿Por qué lo hiciste, amigo?

–Para poder volver a casa –admitió el otro con tristeza–. Hace ya mucho que tuve que huir de Egipto y no puedo regresar. Aquí me he hecho una nueva vida, pero los años empiezan a pesarme, echo mucho de menos Alejandría y me gustaría poder volver para pasar en casa los años que me queden de vida, sean muchos o pocos.

Escanció más cerveza y así fue como Agrícola conoció la historia de aquel exiliado que, con otro nombre distinto al que tenía en Egipto, se había ganado un lugar al sol en aquellas tierras tan lejanas. Supo cómo se complicó, siendo muy joven, en una conjura ridícula de sus amigos contra intereses romanos, y cómo tuvo que huir para librarse del verdugo. Basílides le había asegurado que movería influencias y le conseguiría el perdón. Así había comprado su ayuda.

Agrícola le prometió hacer por él lo que en su mano estuviese, ya que había socorrido a la expedición en un momento de gran apuro. Y es cierto que habló con Tito de ello, y que de vuelta a Egipto hizo algunas gestiones; pero luego sus propios asuntos le absorbieron y ya no se ocupó más del tema. Más tarde, en los años por venir, de vez en cuando recordaría a aquel exiliado del Nilo, y lo haría con remordimientos, antes de arrinconar de nuevo, no sin cierta vergüenza, ese recuerdo en el fondo de la memoria.

Luego todo fue una sucesión de singladuras río arriba, primero hacia el este y luego hacia el norte, hasta alcanzar las fronteras del reino de Meroe. Desaparecieron las selvas y de nuevo se vieron navegando entre desiertos secos y ardientes. Cerca de la confluencia del Nilo con el Astasobas, perdieron a Flaminio. El *extraordinarius* salió a explorar y no volvió, y nunca llegaron a saber qué había sido de él ni de sus hombres. Seleuco y Quirino mantuvieron durante mucho tiempo la esperanza de que cualquier día apareciera a las puertas de Primis, malhumorado y polvoriento, preguntando por qué demonios no le habían esperado.

En Meroe fueron bien recibidos. El viejo rey Amanitmemide había muerto y reinaba en solitario su hija y consorte, la candace Amanikhastashan. Y, tal y como había soñado el prefecto Tito, la nave con los restos de Senseneb nunca había llegado al reino; así que aquellas visiones de la embarcación atascada entre papiros y repleta de muertos bien podía ser cierta.

La caballería hispana se les unió en la capital y todos juntos emprendieron una vuelta a Egipto, que fue casi ir desandando la etapas de la ida: Nápata, Kawa, el desierto líbico, Primis, Filé. A la altura de esa isla sagrada, la *vexillatio* fue disuelta formalmente. Los auxiliares fueron enviados a sus guarniciones de frontera y los mercenarios licenciados. Los pretorianos siguieron hacia Alejandría, custodiando siempre la *imago*, y lo propio hicieron los legionarios, aunque por separado.

Tito se dirigía también a Alejandría, a rendir cuentas sobre la expedición, y Agrícola fue con él en la nave que le llevó río abajo. Valerio Félix y Merythot, en cambio, se fueron con los pretorianos; del primero, a Agrícola le contaron tiempo después que se había retirado a una villa en Campania, y al parecer nunca llegó a escribir su libro; del segundo ya nunca supo nada más. En cuanto al prefecto, su informe debió satisfacer a las autoridades provinciales, puesto que obtuvo el cargo de *praefectus castrorum* de una legión, aunque Agrícola no llegó a saber en cuál de las dos estacionadas en Egipto.

Él, por su parte, logró llegar a Alejandría más de un año después de haberla abandonado, suministró las informaciones requeridas a sus patronos, se embolsó una buena prima y, tras unos días de holganza en la ciudad, se embarcó también a su vez para Roma. Sin embargo, no mucho después, llevado por su carácter inquieto, partió hacia oriente y se unió a una expedición comercial que iba a las Puertas del Caspio, y las aventuras que corrió en aquellas tierras relegaron al fondo de su memoria las vividas en aquel otro viaje en demanda de las fuentes del Nilo.

EPÍLOGO

Hoy Africano ha hecho a un lado ciertas costumbres suyas y ha salido a dar un paseo por el mercado, en compañía de Aviano, el legado militar. Les rodean sus guardaespaldas y ha ido a muy primera hora de la mañana, cuando aún apenas hay público, y los mercaderes están todavía montando los puestos y colocando géneros. Además, anoche fue fiesta y casi todo el mundo está aún durmiendo. Hoy sopla un viento del norte que baja de las montañas, de forma que la mañana es fría y azul, en contraste con el bochorno que ha hecho en los últimos días.

Caminan despacio entre los puestos y a menudo se detienen a contemplar las mercancías expuestas. Se levanta una ráfaga de aire que hace chasquear las lonas y los cueros de los tenderetes. Aviano se arrebuja en su capa púrpura de legado, aunque tiene la cabeza puesta en algo muy distinto al mal tiempo reinante.

–Es una historia curiosa la que nos contó ese tal Agrícola la otra noche –comenta.

–Curiosa, sí, muy curiosa –asiente el mercader.

–Me gustaría saber hasta qué punto es verdad.

–¿Verdad? –Africano vuelve la cabeza–. ¿No irás a creer que se lo inventó todo?

–Estoy seguro de que no. Fíjate que incluso habló de hombres a los cuales yo llegué a conocer personalmente.

Agrícola le contempla con curiosidad, aunque no dice nada en ese momento. Siguen su paseo y el mercader va inter-

cambiando saludos con los vendedores, que le conocen y saben de sobra cuán poderoso es.

–¿A quiénes conociste, Aviano? –pregunta por fin.

–A Tito Fabio, Salvio Seleuco, Antonio Quirino... Fue durante la guerra de Judea: yo era entonces tribuno laticlavio y ellos llegaron de Egipto con refuerzos, cuando las cosas se pusieron de verdad difíciles. Estuvimos todos en el asedio de Jerusalén, y les recuerdo muy bien –sonríe con esa nostalgia de los años pasados que vuelven de repente a la memoria–. Eran todos unos personajes.

–Ya supongo –Africano sonríe a su vez, como un ídolo, y se pone las manos a la espalda–. ¿Pero no dijo Agrícola que Tito había conseguido el cargo de *praefectus castrorum* de una legión?

–En efecto.

–¿Entonces?

–Cuando estalló la rebelión de Judea, le ofrecieron el cargo de *praefectus cohortis*: el mando de una cohorte miliar de libios –Aviano cabecea, mientras el viento frío hace ondear los picos de su manto púrpura–. Conociéndole, debió aceptar el nombramiento sin pensárselo dos veces, y se llevó con él a sus hombres de confianza de toda la vida. Estuvieron en lo más duro del asalto a Jerusalén, y allí fue donde los conocí.

–Vaya –el mercader ríe sorprendido–. Tanto luchar por llegar a *praefectus castrorum*, si hemos de creer a Agrícola, y luego...

–Se trataba de un mando directo de tropas y Tito era hombre de acción. Tenía que estar más que harto de burocracia –hace una pausa–. Pero lo que a mí me gustaría saber es cuánto de verdad hay en lo que nos ha contado Agrícola sobre esa expedición a Meroe y las fuentes del Nilo.

–Séneca la menciona en un libro, y él habló en persona con dos pretorianos que estuvieron en esa empresa.

–¿Pero cómo es posible que un descubrimiento de tal envergadura haya tenido tan poca repercusión?

–No es tan raro si lo piensas –Africano agita la cabeza–. El geógrafo de la expedición nunca regresó y sus notas se perdieron. La unidad fue disuelta al volver a Egipto, su tribuno estaba muerto y el gobernador de la provincia había cambiado. Tito Fabio debió presentar su informe, después le enviaron a un nuevo destino y ya nadie se ocupó más, a nivel oficial, del asunto. Si Tito dejó algo por escrito sobre el descubrimiento de las fuentes, el documento no debió de llegar siquiera a Roma y estará cogiendo polvo en algún archivo militar. Y Nerón, por entonces, ya se había olvidado del tema y estaba interesado en otros temas. Ya sabes lo caprichoso que era.

Como ve que Aviano sigue meneando la cabeza, dudoso, Africano hace un ademán.

–La burocracia imperial puede ser algo terrible, amigo mío –se echa a reír a carcajadas–. ¡Ay de mí si yo llevase mis negocios de la misma forma!

Su acompañante sonríe pensativo. Un hombre con un gran fardo a cuestas se cruza en su camino, puede que perdido en su pensamiento o tal vez simplemente agobiado por la carga. Uno de los guardaespaldas del legado le pega un empujón y el otro da varios traspiés, a punto de caerse, desequilibrado por el gran peso. Pero se recupera y se aleja sin rechistar, con el fardo a cuestas y a toda prisa, quizá temeroso de recibir una paliza.

El legado le observa por un instante, con ojos de águila, envuelto en el manto púrpura. Luego hace un gesto a su hombre, pidiéndole un poco de mesura. Agrícola se ha detenido ante un tenderete de especias. El viento frío ha limpiado de olores la ciudad, el aire es claro y él aspira con deleite los aromas que surgen de los tarros de arcilla. Aviano insiste.

–Nerón tenía mucho interés en descubrir las fuentes del Nilo. Incluso mandó a todos aquellos pretorianos, y a la imago.

–Nerón era un veleta. Lo más seguro es que cuando los supervivientes lograron llegar a Roma, a él ya se le hubiera olvidado que les había enviado. Además, si Agrícola tiene razón, no debía de tener muchas simpatías por esos pretorianos en concreto, así que tampoco debió prestarles mucha atención, aunque sólo fuera para no concederles honores.

–Puede que tengas razón –el legado se detiene a su vez ante un puesto de frutas–. ¿Pero cuál fue el verdadero papel de Agrícola en esa expedición?

–¿El papel? No te entiendo, amigo. Él mismo nos explicó por qué se unió a esa aventura.

–Ya. Pero no creo que nos haya contado toda la verdad.

–Nadie lo hace –Africano se encoge de hombros, al tiempo que examina goloso las uvas y las manzanas–. Pero no sé adónde quieres llegar.

–Hubo algo en su relato que me llamó la atención. Algo que se le escapó, supongo que porque no le dio importancia.

–¿Qué?

–Que, al poco de volver de una expedición tan larga y fatigosa, se unió a otra que iba a las Puertas del Caspio.

–Agrícola es un hombre inquieto, de ésos que no pueden estarse mucho tiempo inactivos. Yo empleo a gente así en mis caravanas.

–No eres el único que saca partido a esas almas aventureras –se queda pensando–. Verás: en esa época yo estaba metido de lleno en política, en la Urbe, cosa que me costó ser envia-

do a provincias. Fue un falso ascenso y en su momento me lo tomé muy a mal, aunque supongo que es gracias a eso por lo que ahora estoy vivo. Pero el caso es que recuerdo muy bien que Nerón tenía puestos los ojos en dos lugares. Dos territorios que codiciaba como posibles provincias romanas. ¡Qué curioso que fuesen precisamente Nubia y las Puertas del Caspio!

Africano se le queda mirando, ahora boquiabierto. Pasa otra ráfaga de aire fresco, agitando toldos y mantos.

–Vaya, vaya, vaya...

–¿Ves ahora a lo que me refiero?

–Claro –menea la cabeza con mucha lentitud–. Cuando nuestro amigo Agrícola dijo que se había ido a las Puertas del Caspio, supuse que había sido con una caravana.

–Y puede que así fuera, no lo sé. Pero tengo la impresión de que debió de tratarse de algo más que un simple asunto comercial.

–Entonces, ese viaje tiene que tener también toda una historia.

–Sin duda.

–Pues Agrícola, a su vuelta, no se escapa sin contármela.

–¿Es que va a volver por aquí?

–Eso me dijo.

–¿Darás entonces una fiesta?

–Por supuesto.

El legado coge una manzana roja y lustrosa, y la contempla con detenimiento.

–Ya sabes que no me gustan demasiado las fiestas –frota la manzana para sacarle brillo–. Pero, cuando des ésa, que no se te olvide invitarme.

NOTA DEL AUTOR

En el año 60 o 61 d.C., el emperador Nerón mandó una expedición en busca de las fuentes del Nilo. Tanto Séneca como Plinio el Viejo hacen mención a la misma y, por los pocos detalles que nos han llegado, debió ser un asunto bastante extraño. Ni su composición, ni la escasa repercusión que tuvo, habida cuenta lo lejos que debieron llegar, son normales. A partir de todos esos detalles anómalos, empecé a tramar el esquema de la novela.

Una novela histórica no debe hacer tesis, sino ser fiel a los detalles conocidos y jugar a su conveniencia con los desconocidos. Séneca nos cuenta que los pormenores de esa expedición le fueron relatados por pretorianos. La Guardia Pretoriana tenía encomendada la custodia de Roma y la salvaguarda del emperador, y sólo abandonaban la urbe escoltando a este último. Que los pretorianos fueran al corazón de África es tan extraño como que, en el siglo XIX, la reina de Inglaterra hubiese enviado a su Guardia de Buckingham a buscar las fuentes del Nilo. Por otra parte, el mismo Plinio nos dice que los expedicionarios llegaron a unos cenagales inmensos, situados muy al sur de Nubia, una zona que sólo puede ser El Sudd, territorio pantanoso más grande que Inglaterra, situado al sur de lo que hoy es Sudán. Narra también que allí encontraron el origen del Nilo, en un gran chorro que surgía entre dos peñas.

Ahora bien, esa historia del surtidor y las dos piedras es una vieja leyenda egipcia y, por otra parte, convenía muy bien a Séneca, que narra el viaje en su libro Cuestiones Naturales, y que lo usa para teorizar que los grandes cursos fluviales tienen un origen subterráneo.

En la primera versión de la novela, la expedición llegaba hasta esos grandes pantanos pero, documentándome más y leyendo relatos de aventureros y exploradores del XIX, no pudo dejar de llamarme la atención la similitud que alguno de ellos señalan, al hablar de las cataratas Murchison con un gran chorro que surgiera entre peñas. Estas cataratas están ya muy cerca del Lago Alberto, son un desaguadero, y no pude resistir la tentación de situar allí el punto al que llegó la expedición. Como he dicho arriba, no pretendo hacer tesis, sino una novela entretenida; es decir, no postulo que esas cataratas sean las dos peñas de la leyenda egipcia, porque las hipótesis corresponden a otros, no a los novelistas.

Por su parte, Plinio el Viejo dice claramente que la expedición fue enviada sobre todo a espiar; a evaluar el potencial militar de Nubia, porque Nerón tenía ambiciones territoriales ahí y en las Puertas Caspianas. Una cosa no quita la otra y bien pudiera ser que una expedición geográfica redondease su cometido calibrando el poderío de un posible enemigo.

Respecto a la terminología, he buscado el equilibrio entre la fidelidad y la eficacia. He usado términos españoles cuando existen, y en latín en caso contrario. En ocasiones no he dudado en recurrir a vocablos que no son de la época, por razones de eficacia literaria. Así sucede, por ejemplo, al hablar de «nacionalistas egipcios», porque *nacionalistas*, aunque muy posterior, define muy bien a los movimientos de resistencia surgidos ya en tiempos de los lágidas. También he empleado frases hechas, tales como «jugar un papel» o «coto cerrado», que en español definen situaciones concretas y evitan explicaciones largas e innecesarias. Los romanos tenían sus propias frases hechas, equivalentes a las nuestras y con la misma función. Otro tanto puede decirse de palabras de uso común como «pachorra» o «chaval», que se han empleado a sabiendas, por las mismas razones de eficacia y concisión antes expuestas.

Los reyes, gobernadores, sucesos conocidos, se han respetado escrupulosamente. También el trayecto supuesto de la expedición hasta Nubia y la situación humana y política de la época. Todo lo demás es inventado, desde los nombres de los partícipes en la expedición a los motivos que les llevan a estar en ella. Se dan casos curiosos, como el de que sí existió un Basílides en el Museo de Alejandría, y que tenía cierta mala fama, porque hizo una descripción de la India que más que recopilación geográfica es un compendio de fantasías. También en Meroe, capital de Nubia, apareció en una excavación un fragmento de cerámica, parte de una vasija de vino, donde se lee «Pertenezco a Basílides». Todo esto lo supe tras acabar la novela, fue fortuita la elección de ese nombre para el geógrafo de la expedición y lo he mantenido porque estas casualidades son las que también dan sal a las historias.

AGRADECIMIENTOS

En primer lugar y sobre todo, debo gratitud por este libro a Hipólito Sanchiz, sin cuya ayuda, de verdad, nunca hubiera podido escribirlo. Me suministró ingente documentación sobre Roma, las legiones, la provincia egipcia, las relaciones con Nubia... y con suma amabilidad se prestó a buscar la solución a dudas históricas que yo no acertaba a resolver con mis propios medios.

A mi buen amigo Alfredo Lara, que me puso sobre la primera pista de esa extraordinaria aventura que fue la búsqueda de las fuentes del Nilo por parte de los soldados de Nerón.

A Francisco Canales, que me echó una mano con las cuestiones egipcias, y que se tomó la molestia de buscarme la frase en egipcio que pronuncia el sacerdote Merythot al llegar a las fuentes del Nilo.

Javier Negrete me ayudó con las cuestiones griegas. Pero el agradecimiento principal que le debo aquí no es por eso, sino por su doble condición de amigo y escritor, con el que he compartido un montón de veladas comentando los incidentes, alegrías y sinsabores que jalonan ese largo periplo que supone escribir una novela.

Y por último a Francisco García Lorenzana, que echó una mano de forma generosa a este barco, cuando amenazaba atascarse en los pantanos.

ESTE LIBRO HA SIDO IMPRESO EN
MATEU CROMO ARTES GRÁFICAS, S.A.
PINTO (MADRID)